영미소설과 영화의 만남

영미소설과
영화의
만 남

고영란 지음

도서출판 | 동인

머리말

━━━━━━━━━━

    바쁜 일상을 살아가는 현대인들은 눈으로 편하게 스쳐 지나칠 수 있는 영상 매체에 익숙하다. 머리를 쓰며 장시간 집중해야 하는 소설을 굳이 힘들게 읽으려 하지 않고 각색 영화를 찾는 이유이다. 이미 소설을 읽었던 사람 또한 각색 영화를 통해 상상 속에서만 그려보았던 활자 속의 세계를 눈 앞에 펼쳐지는 생생한 장면으로 바라보면서 심미적 즐거움을 맛보고자 한다. 많은 제작비를 들이기에 시장성을 고려하지 않을 수 없는 영화는 현대인의 이러한 취향과 추세에 적극적으로 반응해 왔다. 영화는 탄탄한 서사가 있는 소설에서 이야기의 뼈대를 빌려옴으로써 구성 면에서 일정한 작품성을 담보하는 가운데 관객을 끌어들여 폭넓은 대중성을 확보해온 것이다.

    현대인이 소설 대신에 각색 영화를 찾아 즐기는 현상은 한때 문학의 위기로 받아들여지기도 했다. 사실 감독의 시각에 따라 축약되어 한두 시간의 영상으로 만들어진 영화가 복합적이고 다원적인 원작소설의 깊이를 충분히 표현해내기란 어렵다. 그렇기에 문학의 위기라는 우려는 지극히 자연스러운 현상이라 할 수 있다. 하지만 장시간의 노력을 투자해 소설을 읽으려는 사람이 크게 줄어든 현 상황에서 이를 무조건 탓하고 있을 수만은 없다. 기실 각색 영화가 독자로부터 외면당해온 원작소설을 대중에게 알리는 데 일정 부분 역할을 하고 있음 또한 부인할 수 없다. 각색 영화를 통해 관객은 아예 모르고 지냈을 원작소설의 세계 즉 그 내용과 주제, 배경이 된 사회와 시대적 배경 등을 간접적으로나마 접할 수 있게 되기 때문이다.

현대를 살아가는 우리에게는 문학과 영화의 상호공존 관계를 인정하고 각색 영화를 원작소설의 새롭고 창조적인 해석이자 비평으로 받아들이는 태도가 필요하다. 소설 속 서사를 시각적인 이미지로 전환, 즉 영상화하는 과정에서 감독이나 연기자는 소설 속 활자 속에 함축된 의미를 나름대로 해석해서 하나의 장면으로 보여주게 된다. 따라서 영화에는 필연적으로 감독과 배우의 시각이나 해석이 개재될 수밖에 없고 그렇기에 각색작은 원작에 대한 하나의 비평이 되는 것이다. 특히 감독이 원작에서 제기된 문제를 어떻게 읽어내고 재현해냈는지를 살피는 과정은 원작을 새로운 각도에서 이해하고 그 의미를 더욱 풍부하게 생각할 수 있게 해준다.

영화가 제작된 시대의 문화와 원작이 집필된 시대의 문화를 비교해보는 가운데 시야를 확대하는 보다 적극적이고 능동적인 수용의 자세 또한 필요하다. 영화는 그것이 생산된 사회, 문화의 산물로서 그 어느 장르보다 당대의 문화적 관심사를 반영한다. 그렇기에 영화를 통한 원작소설 다시 읽기는 시대의 변천에 따라 새로운 각도로 원작에 접근할 수 있는 열려 있는 비평작업이 될 수 있다.

사실 시대적 변화에 따른 사회적 쟁점과 분위기 그리고 미학적 풍토로 인해 원작과 그 각색작품은 필연적으로 상당 부분 달라지게 마련이다.

감독과 제작자의 이념이나 취향이 개입되기 마련인 각색 영화는 주제 제시나 등장인물의 형상화 면에서 원작과 상당 부분 유사하면서도 동시에 차이를 보이게 된다. 감독은 자신의 의도에 맞춰 원작의 어떤 부분을 생략해서 단순화하거나 혹은 확대 부각하는 등 변화를 가한다. 그 결과 원작의 주제를 이루는 핵심적인 내용을 도외시하고 생략한 경우 원작에서 멀어지기도 한다. 다른 한편 원작에 새로운 이야기를 덧붙여 인과성을 부여함으로써 설득력을 담보하기도 하나 그로 인해 원작을 훼손할 수도 있다. 그런가 하면 원작을 창조적으로 변형하여 영화 나름의 독자적인 예술성을 확보하면서도 원작의 정수를 살려내기도 한다.

각색작 평가 기준은 크게 두 가지로 나눠 볼 수 있다. 첫째 원작의 정수를 그대로 살리고 있느냐의 여부이다. 둘째 각색작이 예술 작품으로서의 독자적 가치를 지니고 있느냐의 여부이다. 각색작을 평가할 때는 원작 정신의 유지와 하나의 독립된 영화 작품으로서의 가치 사이에서 적절하게 균형을 잡는 것이 필요하다. 원작에의 충실도 여부 그 자체보다는 영화를 하나의 독립된 재현 형식으로 받아들이는 가운데 원작을 어떻게 새롭게 해석하며 재창조하고 있는지, 즉 둘 사이의 대화적인 상호관계에 주목하는 것이 더 의미 있는 작업일 것이다.

원작을 각색하는 방법을 거칠게 분류하면 크게 세 가지로 나눠 볼 수 있다. 첫째 원작을 그대로 살리고자 한 '충실한 각색', 둘째 영화의 독자성을 살리기 위해 변용하기는 했으나 원작의 정수를 살려낸 '다원적 각색', 셋째 독립된 주제를 표현해서 원작과 거의 닮은 점이 없어진 '변형적 각색'이다. 이 책에서는 '충실한 각색'과 '다원적 각색'을 추구한 영화만을 논의한다.

이 책은 원작과 각색작을 비교하면서 주제뿐 아니라 주제를 효과적으로 전달하기 위한 기법의 공통점과 차이점 또한 고찰할 것이다. 독자적인 영상 예술인 각색작의 성취에도 주목하는 것이다. 이를 위해서 매체의 차이에서 오는 변용, 즉 소설과 영화에서 서로 대응하는 요소가 매체의 차이로 인해 다른 방식으로 재현되는 양상을 몽타주와 미장센을 통해 살펴본다. 소설에서는 장면과 장면을 잇는 구성을 플롯이라고 부른다. 영화에서는 이것이 몽타주에 해당한다. 몽타주는 장면과 장면을 배열하는 것으로 여러 장면의 편집을 가리킨다. 한편 소설 속 지문에 해당하는 것이 미장센이다. 소설 속 지문이 주제와 긴밀히 연관되면서 독자의 머릿속에 일종의 이미지를 형성하듯이, 영화에서의 미장센은 감독이 주제를 전달하기 위해 한 화면 속에 담아내는 이미지를 가리킨다. 인물이나 사물의 배치, 쇼트나 프레임, 앵글, 조명, 카메라 각도, 배경과 의상의 스타일, 음악과 음향효과, 시각적 상징성 등이 미장센의 요소이다. 인물의 내적 갈등을 보여주기 위한 클로즈업, 주요 인물 간의 갈등을 나타내기 위한 2인 쇼트나 4인 쇼트, 무엇인가를 강하게 부각하기 위한 익스트림 클로즈업, 내면 갈등을 상징적으로 전달하기 위한 하이 앵글 쇼트나 로우 앵글 쇼트의 적절한 이용 등도 여기에 속한다. 이를 통해 감독 및 연출자는 나름의 메시지와 미학을 보여주는 가운데 원작의 상징적 의미를 함축적으로 전달하는 것이다.

이 책에서는 원작의 창조적 재해석이라는 관점에서 총 15편의 각색 작품을 원작과 비교 고찰한다. 각색 영화를 하나의 독립된 재현 형식으로 받아들이는 가운데 원작을 주제 면과 기법 면에서 어떻게 새롭게 재해석해서 창조적으로 변형했는지를 살펴보는 것이다. 이를 네 개의 카테고리, 즉 첫째 감춰진 이야기 드러내기, 둘째 현대화와 창조적 변형, 셋째 단순화 및 선택과 집중, 넷째 원작의 충실한 재현과 그 성패로 나눠 살펴보겠다.

첫 번째 카테고리에서는 원작 속에 잠재해 있지만 드러나지는 않던 감춰진 이야기sub-text를 영화 전면에 내세워 원작을 새롭게 재해석한 작품들을 고찰한다. <아들과 연인>(1960), <여인의 초상>(1996), <테스>(1979, 2008)가 여기에 속한다. 두 번째 카테고리에서는 원작을 현대화하기 위해 창조적으로 변형한 양상을 살펴본다. 여기에는 <주드>(1996), <오만과 편견>(1995, 2005), <위대한 개츠비>(2013)가 속한다. 세 번째 카테고리에서는 복합적인 원작의 어느 한 면만을 선택적으로 집중해서 단순화한 작품을 분석한다. <연애하는 여인들>(1969), <귀향>(1994)이 여기에 분류된다. 위 세 개의 카테고리에 속한 작품들은 원작의 정수 살리기라는 면에서는 편차를 보이지만 원작을 나름대로 새롭게 재해석한 경우이다. 반면 네 번째 카테고리에 분류된 작품들은 원작을 충실하게 재현하고자 했고 그 결과 원작의 줄거리나 구성을 그대로 따르고 있으나 원작의 정수를 살리지 못한 경우이다. <위대한 개츠비>(1974), <주홍글자>(1979), <워더링 하이츠>(1992)가 여기에 속한다. 한편 <워더링 하이츠>(1939)는 원작 속 2세대의 이야기를 과감하게 삭제했음에도 원작의 정수를 나름 살려낸 작품으로 1992년 작과 구별된다. 이와 같은 고찰을 통해 원작을 무작정 충실하게 재현하기보다는 창조적으로 재해석해서 독자적인 예술성을 갖춘 영화로 만들어내는 가운데 원작의 정수를 살려내는 것이 가장 바람직한 각색이라는 사실을 확인할 수 있었다.

이 책의 체제는 다음과 같다. 먼저 작가와 작품을 소개하고 원작의 주제를 살펴본다. 이어 각색작이 원작을 어떻게 재해석하고 변형했는지를 주제 면과 기법 면에서 고찰한다. 각색작의 기법 부분에서는 창조적 변용이 이루어진 예술작품으로서의 영화만의 장점을 맛볼 수 있게 해줄 것이다. 이후 전반적인 총평으로 마무리한다.

필자는 그간 긴 세월에 걸친 영문학 연구 과정에서 영미 소설을 바탕으로 한 각색작에도 주목하여 둘 사이의 관계를 비교 분석해왔다. 처음에는 호기심과 흥미로 시작했으나 시간이 흐를수록 여러 각색 방법과 그 의미에 대한 나름의 이해가 쌓였다. 이 이해를 바탕으로 소설과 각색작의 복합적인 관계를 한데 정리해보는 것도 의미가 있겠다 싶어 이 책을 출판하게 되었다. 이 책은 그간 필자가 쓴 관련 논문을 바탕으로, 주제의식을 지닌 한 권의 책으로서의 체계를 갖추기 위해 개별 논문의 내용을 취사선택하거나 대폭 수정 보완했고 필요에 따라 새롭게 내용을 첨가했다.

물론 기존에도 원작소설과 각색 영화를 다룬 책들이 여러 차례 출판된 적이 있다. 하지만 각색작이 원작을 주제 면과 기법 면에서 새롭게 재해석해서 창조적으로 변형한 양상을 여러 카테고리로 나누어 살펴봄으로써 각각의 각색 방법과 그 의미를 고찰한 책은 없었다. 이 책의 차별성은 여기에 있다. 이와 함께 독자 혹은 관객에게 과거에 쓰인 원작의 세계를 현시대의 관점에서 새로이 이해해 볼 기회를 제공해준다는 점에 이 책의 시의성이 있다고 하겠다.

이 책이 영미문학을 전공하는 대학생이나 대학원생뿐 아니라 일반인들도 가벼운 마음으로 영미 소설 및 영화의 세계에 잠시 빠져볼 수 있는 장이 될 수 있기를 기대한다. 해당 소설을 굳이 읽지 않았더라도 영미 소설의 세계를 접할 수 있는 즐겁고 유익한 경험을 이 책이 선사할 수 있었으면 좋겠다. 더 나아가 독자가 이 책을 디딤돌 삼아 나름의 시각에서 원작과 각색작을 비교해보고 각각의 배경이 되는 문화를 복합적으로 이해하는 단계로까지 나아갈 수 있다면 더 바랄 바가 없겠다.

차례

1

감춰진 이야기 드러내기

『아들과 연인』

Sons and Lovers

I. 작가와 작품 소개

로렌스D. H. Lawrence는 1885년 산업도시 노팅엄Nottingham에서 가까운 탄광촌 이스트우드Eastwood에서 태어났다. 전직 교사 출신의 인텔리 어머니는 교육을 받지 못한 광부였던 아버지의 호탕한 성격에 잠시 매혹되어 결혼했으나 원래 청교도적인 인물이었던 터라 본능에 따라 무절제하게 행동하는 아버지에게 이내 실망하고 만다. 너무나도 이질적인 두 사람의 결혼 생활은 불행했다. 육체와 정신, 본능과 지성이라는 상반되는 두 속성의 갈등과 대립 사이에서의 균형에 대한 로렌스의 지속적인 관심은 특수했던 그의 성장 배경에서 비롯된 것이다. 불만족스러운 결혼 생활로부터의 돌파구로 어머니는 막내아들 로렌스에게 과도한 애정을 쏟았고 이는 감수성이 강했던 그에게 큰 심리적 부담감을 남긴다. 그 여파로 로렌스는 원만한 이성 관계를 맺지 못해 한동안 가깝게 사귀었던 문학소녀 제시 체임버즈Jessie Chambers와 헤어지고 만다. 제시는 로렌스가 1910년 어머니의 사망 후 집필하기 시작하여 1913년에 출판한 자전적 소설『아들과 연인』의 등장인물인 미리엄Miriam의 모델이다. 로렌스의 성장 과정을 기록한 자서전이라고 할 수 있을 만큼 이 소설에는 어머니를 비롯한 여러 여성과 맺은 관계 등 청춘기의 전기적인 경험이 녹아 있다.

로렌스는 그의 에세이나 소설 속 인물의 말을 통해 여러 차례 영화라는 매체 전반을 혹평한 바 있다. 그에 따르면 시각 매체로서의 영화는 관객의 "생생하고 감각적이며 무의식적인 자아"가 아닌 단지 "정신적 의식"에만 호소할 뿐이다. 그는 또한 영화가 내포한 기계적인 속성에 거부 반응을 보였다. 별개의 사건 이미지를 텅 빈 화면에 기계적으로 투사하는 영화는 예술적인 유기성을 확보하지 못한다는 것이 로렌스의 생각이다 (Cowan 112).

로렌스의 소설과 영화의 친연성 또한 찾아보기 어렵다. 사실 그의 소설은 영화로 각색해내기 어려운 면을 다분히 내포하고 있다. 그는 소설에서 인물들이 '살아있는 온전한 인간'으로 '드러나고' 서로 진정한 관계를 '이룩하는' 과정을 탐색하면서 이를 자연 이미지를 통해 생생하게 구체화한다. 자유간접화법이나 다중적 관점을 통해 인물들의 내부에서 벌어지는 심리적 갈등 양상을 탐색하면서 이를 내면의 대화가 오고 가는 하나의 드라마처럼 극화해내기도 한다. 하지만 장르의 특성상 영화에서는 '살아있는 온전한 인간' 상호 간의 진정한 인간관계 모색이라는 주제와 그것을 효과적으로 전달하는 자연 이미지 및 다중적 관점 같은 로렌스 특유의 서술 방법 등을 영상에 담아내기 어렵다.

로렌스의 소설을 영화로 만드는 작업은 1940년대 후반부터 시작되었다가 1960년 이후 잠시 중단되었다. 그 후 1968년 리델Mark Rydell 감독의 <여우>*The Fox*, 1969년 러셀Ken Russell 감독의 <연애하는 여인들>*Women in Love*, 1970년 마일즈Christopher Miles가 감독한 <처녀와 집시>*The Virgin and Gypsy*가 제작되었다. 1980년대는 로렌스가 부활했다고 할 수 있을 만큼 그에 대한 관심이 많았고 그의 소설에 대한 각색작이 쏟아져 나온 시기였다. 여기에는 1985년이 로렌스 탄생 100주년이라는 이유도 있을 것이다. 심지어 영화로 각색하기가 매우 어려운 작품이라 할 수 있는 <무지개>*The Rainbow*가 1988년 버지Stuart Burge 감독의 BBC 3부작으로, 1989년 러셀이 감독한 영화로 두 차례나 만들어졌다(Greiff 참조).

로렌스 소설을 영화로 각색하기 시작한 1940년대부터 지금까지 그의 소설을 성공적으로 영화화한 작품을 찾기는 어렵다. 그 가운데 예외적으로 잘 만들어진 영화로 평가받는 작품이 바로 카디프Jack Cardiff가 감독하여 1960년에 세상에 내놓은 <아들과 연인>*Sons and Lovers*이다. 카디프의 영화는 호평을 받으면서 아카데미 작품상, 감독상, 각색상, 흑백 영화 촬영상을 비롯한 7개 부문 후보로 선정되었고, 아카데미 흑백 영화 촬영상을 받았다. 카디프는 골든 글로브 감독상, 월터 모렐Walter Morel을 연기한 하워드Trevor Howard는 아카데미와 골든 글로브 최우수 남우주연상, 클라라Clara를 연기한 우어Mary Ure는 아카데미와 골든 글로브 최우수 여우조연상을 받았다. 소설 『아들과 연인』은 '임'의 형상화에 주안점을 두고 있지 않고 이를 포착하려는 서술 방법이 별반 필요 없는 작품이므로 영화화가 상대적으로 쉬웠다고 할 수 있겠다.

1960년 작 이외에도 『아들과 연인』을 각색한 작품으로는 1981년 버지가 감독한 BBC TV용 드라마가 있다. 또 하나의 작품은 휘터케인Stephen Whittakein이 감독한 2003년 작인데, 이 영화는 원작을 완전히 전유하여 '성'sexuality을 통한 구원이라는 주제로 재창조했다. 이 영화의 결말에서 어머니의 죽음 후 비탄과 좌절로 인해 폐인이 되다시피 한 폴Paul은 클라라와의 섹스를 통해 새로운 출발을 하게 된다. 그런데 원작에서와는 달리 클라라와의 관계에 함축된 의미, 즉 삶의 흐름에 자신을 내맡길 수 있는 합일의 체험이 폴 안에 생명력을 축적해준 중요한 계기였다는 사실이 그동안 작품 속에서 충분히 전달되지 않았기 때문에 이 영화의 피상적인 결말은 원작의 정신을 크게 훼손하는 결과를 초래하고 만다. 각색작은 원작의 정신을 지니고 있어야 성공한 작품이라고 한다면 이 작품은 원작의 정신을 제대로 전달하지 못함으로써 실패작이 되었다.

II. 원작: 생명력/죽음의 원리와 복합적인 심리 드라마

원작에서는 생명력과 죽음의 원리가 대비된다. 폴의 영혼을 소유하려는 어머니와 미리엄Miriam의 집착, 성을 통해 그를 붙잡아두려는 클라라, 이들의 소유 의지로 대표되는 억압과 예속, 그리고 정신을 육체보다 우위에 두고 대상을 추상화하는 미리엄의 관념주의가 죽음의 원리를 함축한다. 생명력은 원작 속에 감추어진 이야기, 즉 삶에 대한 의욕이 폴의 내면에 충전되어 결국 죽음의 충동을 물리치고 삶을 향해 나아간다는 내용에 함축되어 있다. 폴은 왜곡된 모자 관계로 인해 초래된 자신의 문제를 알아차리게 되자 어머니에게 무의식적으로 저항하다가 결국은 암에 걸려 극심한 고통을 받는 어머니를 안락사한다. 어머니의 죽음 후 그는 죽고자 하는 충동에 휩쓸리지만 다른 한편 마음 한편에서는 삶에 대한 의욕이 꿈틀거린다. 홀로 버려진 듯한 마지막 대목에서 그는 자신의 존재를 소멸시킬 것 같은 어둠 앞에서 얼마간 표류하지만 "무의 핵심부에서 미미한 존재였지만 여전히 무는 아니었다"[1]는 인식에 도달하면서 결국 도시의 황금빛 인광을 향해 "활기차게" 나아가게 된다.

여기에서 폴의 움직임을 묘사할 때 "활기찬"quick이라는 단어가 사용된 것에 주목할 필요가 있다. '생동감 있고', '민첩한'의 의미를 함축하는 이 단어는 삶을 향해 자발적으로 움직이는 폴의 모습을 응축한다. 그런데 로렌스에게 "생기"the quick는 "죽은 사람"이 아닌 "살아있는 인간"을 의미했음(Phoenix 537)을 감안할 때 폴의 마지막 모습은 로렌스가 생각하는 "살아있는 인간"의 모습 바로 그것이다. 이 대목에서 로렌스는 폴의 삶이 자발적인 힘으로 촉발되고 있음을 예술가적 무의식으로 형상화한 것이라고 할 수 있다.

그런데 미소하나마 결코 소멸할 수 없는 자기 존재에 대한 폴의 자각은 그 안에서 꾸준히 축적되어온 삶의 의욕에 근거한다. 클라라와의 육체적 합일 경험은 폴이 삶의 새로운 경지를 느끼게 했으며 "거대한 생명의 흐름"(398)에 자기 자신을 그대로 내맡길 수 있게 해준다. 이성이나 생각뿐만 아니라 사소한 감정까지도 "하나의 흐름"으로 실려 보낼 때 그의 몸은 그 자신의 의지에 종속된 것이 아니라 생명 그 자체였다(408). 그는 자신이 하나의 유기체로서 무한한 자연 질서 속의 일부분이라고 느낀 것이다. 이러한 경험이 축적되었기 때문에 폴은 결국 삶을 택한다. 어

---

1) D. H. Lawrence, *Sons and Lovers* 1913; rpt. (서울: 신아사, 2002), 464. 이후 본문 인용은 이 책에 따르며 면수만 표기한다.

머니의 죽음 후 압도하는 어둠을 대면한 폴은 존재 자체의 거대한 힘의 물결에서 인간이 낱알같이 왜소하다고 느끼지만 동시에 결코 무로 치닫지 않은 자신의 존재를 깨닫고 삶의 흐름에 스스로를 맡길 수 있게 된 것이다.

폴이 결말 부분에서 보여준 자발적으로 움직이는 생명력, 이로 충만한 인물은 아버지 월터 모렐이다. 그는 실제로 광부였던 로렌스의 아버지를 모델로 했다고 하는데, 로렌스가 모렐을 그려내는 태도는 양가적이다. 모렐은 한편으로 부정적인 인물로 등장한다. 일반적으로 평자들이 로렌스가 오이디푸스 콤플렉스 때문에 모렐에 대해 공감적이지 못하고 신랄했다고 평하는 것은 이 때문이다. 로렌스는 『아들과 연인』을 발표한 후 자신이 아버지를 부당하게 그려냈음을 아쉬워했다고 한다. 하지만 원작을 찬찬히 들여다보면 그 속에는 모렐을 동정적으로 바라볼 수 있는 여지가 적지 않게 마련되고 있다. 아버지에 대한 공감이 로렌스의 잠재의식 속에 자리 잡고 있었음을 짐작해 볼 수 있는 근거이다.

모렐 부부의 만남과 결혼 그리고 그 관계의 파국이 그려지는 제1부에서 모렐은 모렐 부인Mrs. Morel과는 성격이 판이한 충동적인 인물이다. 결혼 전 그는 색다른 삶을 살아가는 흥미로운 존재이자 남성적 활력이 넘치는 매력적인 인물로서 모렐 부인의 마음을 사로잡는다. 하지만 결혼 후 고된 탄광 일로 인한 육체적인 피곤과 자신의 처지를 전혀 이해하지 못하는 아내의 냉대를 동시에 겪으면서 그는 쉽게 짜증을 내고 윽박지르는 등 거친 인물로 변한다. 아내의 높은 기대치에 부합하지 못하기에 열등감에 시달리는 그는 책임 회피의 수단으로 술에 의존하고 그럼으로써 더욱더 가족으로부터 소외당한다. 원래 지니고 있던 육체적 활력이나 따뜻한 생명력마저도 발현하지 못한 채 그는 육체적으로도 몰락해간다. 그는 결국 성장해 가는 아이들 속에서 껍질만 남은 하찮은 인물로 전락해버린다. 그런데 모렐은 자신의 파멸에 책임이 있는 망가진 사람으로서 외부에서부터 묘사되고 독자는 모렐의 변명을 직접 듣지 못한다. 서술자가 모렐에게서 거리를 두기 때문이다.

하지만 작품 기저에 깔린 모렐의 모습은 따뜻하고 인간적이다. 작가가 은연중에 모렐이 처한 곤경에 감정이입을 하면서 공감하기 때문이다. 달레스키Daleski가 지적한 대로 "작가가 서술자의 언술을 통해 모렐에게 적대적인 태도를 보인 것과는 달리 극화된 장면들에서는 모렐에 대한 무의식적 공감이 나타난다"(43-44). 큰아들 윌리엄William이 죽었을 때나 막내아들 아더Arthur가 입대했을 때 그가 보인 반응은 평범한 보통 아버지의 모습 바로 그것이다. 때때로 흥얼거리며 집안 허드렛일을 할 때 그는 천진하고 순박해 보인다. 그는 단조롭고 고된 저임금의 노동에 시달리면서도 다른 광부들과는 달리 자기 일을 스스로 처리하고 아내에게 별다른 요구를 하지 않는 무던한 남편이다. 그럼에도 모렐이 가정 내에서 항상 무시당하고 소외되는 모습은 그를 그 지경으로 몰아넣은 모렐 부인에게 상당히 큰 문제가 있음을 시사한다. 그가 계층적 우월의식에 사로잡혀 있는 아내의 파괴적인 영향으로 인해 희생되는 인물로 보이는 것은 모렐이 우호적으로 그려지고 있음을 방증한다. 소설 속에서 주어지는 모렐에 대한 평가와 실제 제시된 모습이 다르기에 독자는 자신의 가치와 기준을 강요하는 독선적인 모렐 부인보다는 못난 낙오자 모렐에게 공감하게 되는 것이다.

그런데 어머니의 끈질긴 정신적 지배로 강요된 표면적인 의식과는 달리 폴의 심층부에는 아버지가 지닌 따뜻한 생명력이 흐르고 있다. 어느 날 그가 탄광에 대해서 어머니와는 전혀 다른 인식을 보여주는 것은 이 때문이다. 어머니에게 탄광은 평생 빈곤과 누추함이라는 수모를 안겨주었기에 자식만이라도 필사적으로 탈출시키고 싶은 지긋지긋한 곳이다. 그곳은 생계를 유지하게 해주는 수단으로서의 경제적인 의미 그 이상이 아니다. 하지만 폴은 탄광에서 사람의 손으로 움직여지는 석탄 수레를 보고서 "사람의 느낌"(203)을 발견한다. 인간의 손길로 인해 생동감이 살아있는 곳임을 감지한 것이다. 탄갱이 월터 모렐이 상징하는 "비이성적 생명 원칙"(Ghent 537)을 상징한다고 할 때, 이 대목은 폴 안에 아버지의 원시적 생명력이 내재해 있음을 시사한다. 이는 앞으로 폴이 내면에서 자연스럽게 꿈틀대는 삶의 의욕으로 어머니의 반생명적인 정신세계에 맞서게 될 것을 암시한다.

폴이 남편 박스터Baxter를 대하는 클라라의 태도를 문제 삼는 데서도 그가 어머니에 의해 희생된 아버지를 공감적으로 보고 있음을 확인할 수 있다. 폴은 클라라가 쇠풀에 불과한 박스터를 은방울꽃으로 억지로 짜 맞추려 했다고 책망한다. 이는 자신의 가치 기준에 아버지를 억지로 끼워 넣으려 한 어머니의 방식을 클라라가 똑같이 남편에게 강요한 것으로 폴이 간주하고 있음을 의미한다. 그런데 박스터와 모렐은 교육을 잘 받지 못했으며 충동적이고 쉽게 폭력을 휘두르는 노동자라는 점에서 유사성이 많은 인물이다. 따라서 박스터 편에 서서 그를 이해해주는 이 대목은 폴이 노동 계급에 서서히 공감하게 되면서 무의식적으로 아버지에 대한 태도를 바꾸었음을 암시한다. 나중에 폴은 박스터가 재기할 수 있도록 힘을 북돋워 주는데 이는 부당하게 취급되어 온 아버지와의 무의식적인 타협의 결과라고 할 수 있다.

한편 원작은 인물들의 강렬하고도 격정적인 내면 심리를 극화해내는 심리 드라마이다. 작가는 이를 자유간접화법이나 다중적 관점을 통해 형상화한다. 어머니나 미리엄과의 관계를 둘러싼 폴의 심리와 그들 사이의 심리적 갈등 드라마가 자유간접화법이나 다중적 관점으로 잘 형상화된 예로 다음 대목을 들 수 있다.

㉠ 그는 진정으로 그녀(미리엄)에게 속했다. 육체적으로, 몸으로 자기를 사랑하지 않는다는 이 말은 그의 심술에 지나지 않았다. 자기가 그를 사랑한다는 것을 그도 알고 있었기 때문이다. ... 그녀는 누군가가 그에게 영향력을 행사하고 있음을 직감했다. 그녀는 그에게서 견고하고 이질적인 그 영향력을 느꼈다. ... ㉡ 그(폴)는 어머니에게 돌아왔다. 그녀와의 유대는 그의 삶 속에서 가장 강한 것이었다. 그가 이런저런 생각을 할 때 미리엄의 존재는 축소되어 버렸다. ... 그의 어머니는 그의 삶의 축이나 기둥과 같아서 그는 거기에서부터 벗어날 수 없었다. ... ㉢ 그리고 같은 방식으로 그녀(모렐 부인)는 그(폴)를 기다렸다. 그녀의 삶은 이제 폴 안에 자리 잡았다. ... 그녀는 그가 미리엄과 함께 있으면 참을 수 없었다. 윌리엄은 이제 죽고 없다. 그녀는 폴을 지키기 위해 싸울 것이다. ㉣ 그(폴)는 어머니에게 돌아왔다. 그리고 그의 영혼에는 자기희생의 만족감이 있었다. 그녀에게 충실했기 때문이다. ... 그러나 어머니의 사랑만으로는 충분하지 않았다. 그의 새롭고 젊은 삶은 너무나 강력하고 긴박해서 다른 것을 향하여 돌진했다. 그것은 그를 불안으로 미치게 만들었다. ㉤ 그녀는 이것을 알아차렸고 미리엄이 그의 이 새로운 삶만 가져가고 그 뿌리는 자기에게 남겨주는 여자이기를 원했건만 그렇지 못한 것을 비통하게 생각했다. 그는 미리엄에 대해 싸우는 것만큼 그의 어머니에 대항하여 싸웠다. ... ㉥ 미리엄은 대단히 고통을 받았고 그를 다시 보기가 두려웠다. 이제 그녀는 그가 자기를 버리는 수모를 견뎌야 할 것인가? ... 그는 돌아올 것이다. 자기는 그의

영혼의 열쇠를 쥐고 있었다. (323)

팽팽한 긴장이 감도는 폴, 미리엄, 모렐 부인 사이의 심리적 갈등이 집약적으로 포착되고 있는 이 대목에서는 미리엄, 폴, 모렐 부인의 자유간접화법과 이 인물의 관점에서 저 인물의 관점으로 이동하는 다중적 관점이 잘 나타나 있다. 갈등과 고뇌로 얽힌 세 사람의 생각이 공간 안에서 병치되는 가운데 그들 사이의 내적 대화가 드라마처럼 다음과 같이 펼쳐진다. 육체적으로 그녀를 사랑할 수 없다는 폴의 선언을 들은 미리엄은 폴이 그녀에게 속하고 있음을 확신하면서도 그에게 외부의 영향력이 미치고 있음을 감지하기 시작한다(㉠). 이어 미리엄의 의심을 사실로 확인시켜주기라도 하듯이 어머니야말로 가장 강력한 끈임을 확신하는 폴의 내면이 그려진다(㉡). 어머니야말로 견고한 실재이고 어머니 이외에는 아무것도 존재하지 않는다는 것이 폴의 생각이다. 이어 미리엄과 폴의 관계를 결단코 용납할 수 없다면서 폴을 차지하기 위해 필사적으로 싸워나갈 것을 다짐하는 모렐 부인의 관점으로 이동한다(㉢). 이어 폴의 관점으로 다시 이동하여 그의 심리적 곤경이 전달된다. 어머니에게 충실함으로써 그의 영혼에는 자기희생의 만족감이 들었으나 그 밖의 다른 것을 추구하는 마음 때문에 조바심이 난다는 것이다(㉣). 이어 어머니의 관점에서 폴의 관점으로 빠르게 이동한다. 조바심을 내는 폴을 본 모렐 부인은 미리엄이 폴의 새로운 삶을 차지하고 뿌리만은 자신에게 남겨두기를 바랐건만 그렇게 하지 못한 것에 대해 미리엄을 탓하고, 폴은 미리엄에 대항해서 싸운 것만큼이나 어머니에 대항해서 싸운다는 것이다(㉤). 이어 다시 관점은 미리엄으로 이동한다. 일시적으로 폴에게서 버림받는 치욕을 당하겠지만 그의 영혼의 열쇠를 쥐고 있기에 그가 자신에게 돌아올 것을 확신한다는 것이다(㉥).

여기에는 어머니와 미리엄 사이에 놓인 폴의 내면이 어머니의 뜻에 순응하는 자아와 강렬한 거부감에 시달리는 자아로 분열된 양상이 형상화되어 있다. 이 대목을 보면 실제 오가는 대화 내용은 간단한 데 반해 내면의 생각은 그보다 훨씬 복잡하고 복합적으로 흐르고 있음을 알 수 있다. 내면 심리와 생각으로 소설이 상당 부분 전개된다고 해도 과언이 아닐 정도이다.

그런데 복합적인 심리 드라마인 원작에서 서술자는 종종 폴의 목소리에 자신의 목소리를 겹침으로써 폴과 미리엄이 지닌 문제의 경중을 정확하게 가늠하지 못하고 있는 듯 불확실한 태도를 보이게 된다. 폴이 미리엄 앞에서 그의 성적인 본능을 잠재워야 했던 이유는 육체적 사랑을 거부하는 미리엄의 경직된 태도 때문이기도 했으나 폴 자신의 문제이기도 했다. 폴 스스로 미리엄과의 사랑이 진척되지 못하고 고착 상태에 빠진 원인이 자기 자신에게도 있음을 인식한다. 미리엄과 자신 내부에 있는 "지나치게 강한 처녀성"(390) 때문에 그녀에게 다가가지 못한다는 것이다. 그는 심리적으로나 정신적으로 어머니와 지나치게 밀착된 관계가 자신의 문제를 초래했음을 감지하고 "자기도 모르는 사이에 어머니의 영향력에 저항했다"(469). 하지만 다른 한편으로는 "체념에서 오는 쓰라린 평화"(314)를 느끼며 자기희생적으로 욕구를 억누르는 등 의식적으로는 어머니에 대한 반항을 억누른다. 지배하려 드는 어머니의 집착에 대한 폴의 감정은 이처럼 양가적이다. 폴은 어머니를 사랑하면서도 동시에 벗어나려고 몸부림치는 것이다.

폴은 이처럼 자신에게도 문제가 있음을 인정하기는 하지만 미리엄에게 더 많은 문제가 있는 것으로 생각한다. 과도하게 미리엄을 비난하는 등 그녀의 문제를 과장하고 확대하는 면도 보인다. 가령 미리엄과의 관계가 실패했을 때 그는 미리엄이 수녀 같은 여자이기 때문에 자신의 육체적 욕구를 죄악시하게 만든다고 탓한다. 또 다른 예로는 결별 장면을 들 수 있다. 폴이 헤어지자고 말하자 미리엄은 언제나 폴이 그녀에게서 떨어져 나가려고 했기 때문에 두 사람의 관계가 완전한 만족감을 준 때는 한 번도 없었다고 쏘아붙인다. 사실 두 사람의 관계에는 분명 이러한 면이 있었고 이전에 미리엄은 외부의 힘에 좌우되는 폴을 경멸하기도 했었다. 그렇지만 폴은 미리엄이 자신을 숭배하는 줄 알았는데 실제로는 어리석은 아이로 취급하고 무시했다면서 배신감을 느낀다. 여기에서 폴의 이해 부족과 자기중심적인 면을 엿볼 수 있다.

그런데 서술자는 폴의 관점을 채택하는 경우가 적지 않다. 때문에 미리엄과의 관계가 잘 유지될 수 없었던 원인이 주로 미리엄에게 있다는 식의 판단이 폴이나 서술자에 의해 개진된다. 그 결과 미리엄에게 편파적이 되는 경향이 있다(283). 전지적 서술자의 관점이 폴의 관점과 겹쳐지는 경우의 예로는 미리엄이 폴을 "흡수하듯이"(283) 사랑한다는 서술을 들 수 있다. 미리엄이 폴의 영혼을 끄집어내어 "흡수하려" 한다는 식의 언급은 폴과 모렐 부인의 생각과 말을 통해 여러 차례 나온 바 있다(318, 287). 마츠Martz의 주장대로 서술자의 목소리가 폴 내부에서 일어나는 혼란을 반향한다고까지는 볼 수 없다고 해도 서술자의 해설이 주로 폴의 의식을 연장한 것에 불과하다는 견해(57)를 전면 부정하기는 어려운 것이다.

전지적 서술자는 필요할 때 폴로부터 거리를 두지 않을 뿐 아니라 그의 문제점을 지적해 주지도 않는다.2) 그 결과 폴이 미리엄의 문제를 과장하여 책임을 전가하는 면이 분명하게 전달되지 못하게 된다. 그런데 이는 폴과 미리엄에 대한 작가 자신의 불확정적인 태도가 그대로 투영된 결

---

2) 더 자세한 내용은 졸고 「『아들과 연인』의 서술상의 실험과 그 성패」, 32 참조.

과라고 할 수 있다. 로렌스는 어머니의 장례식에서 미리엄의 모델이 된 여성에게 그가 어머니를 연인처럼 사랑했고 그것이 미리엄을 온전히 사랑할 수 없었던 이유임을 밝혔다고 한다. 이처럼 로렌스는 이 소설을 집필하는 동안 자신이 밀접하게 연루된 상황을 객관적으로 평가할 수 있는 처지에 있지 못했다.

전지적 서술자가 공정성을 다소 결여한 태도는 폴과 클라라와의 관계 면에서도 드러난다. 폴이 클라라와 진정한 관계를 맺을 수 없는 데는 어머니에게 얽매여 있기에 정신을 포함한 자신 전부를 그녀에게 줄 수 없는 폴에게 상당 부분 책임이 있다. 그런데 폴은 정신을 배제한 채 관능만을 충족시킨 그 자신에게 일정 부분 책임이 있다는 사실을 인정하지 않는다. 대신 클라라의 잘못 탓으로만 돌리는 자기중심적인 면을 보여준다. 그런데도 이 사실이 분명히 전달되지 않고 있다.

III. 카디프의 영화:
'감춰진 이야기'subtext 복원과 심리 드라마의 단순화

1. '감춰진 이야기'의 복원

카디프가 감독한 <아들과 연인>은 상업적으로나 평자들의 반응 면에서나 성공한 작품이었다. 로렌스 소설에 대한 해박하고 깊이 있는 이해를 바탕으로 그의 소설이 각색되어 온 역사와 각 작품의 성과를 연구해온 그레이프는 이 영화를 로렌스로부터 빗어난 "자신감에 찬 비상"(46)이라고 평가한다. 원작 소설과는 큰 차이가 있으나 나름 성공작임을 인정한 것이다.

사실 카디프의 영화는 많은 면에서 원작 내용을 변형시켰다. 그럼에도 이 영화가 로렌스의 원작 소설을 잘 각색한 작품으로 평가받는 이유는 무엇일까? 그것은 이 작품이 원작의 정수, 죽음의 원리와 생명력의 대비라는 로렌스의 주요 관심사를 일정 부분 간직하고 있기 때문이다. 삶과 죽음 원리의 대비는 로렌스의 초기작인 『아들과 연인』에서 아직 확실하게 드러나 있지는 않으나 작품 기저에 깔려있다. 이 소설에서 죽음의 원리는 지배와 소유의 왜곡된 인간관계 속에, 삶의 원리는 이에 맞서는 생명력에 함축되어 있다. 그런데 카디프의 영화는 죽음의 원리를 잘 함축해내지는 못했어도 생명력의 문제를 잘 살려냈기에 원작의 정수를 온전히는 아니더라도 어느 정도는 간직한 듯이 보이는 것이다.

그렇다면 카디프의 영화는 어떤 면에서 그리고 어떻게 원작의 정수를 부분적으로나마 살려냈다고 할 수 있는가? 이를 살펴보기 위해서는 먼저 원작 속에 삶과 죽음의 원리가 어떻게 대비되고 있는지를 들여다볼 필요가 있다. 로렌스는 1912년 가네트Edward Garnett에게 보낸 편지에서 이 소설이 분명한 주제와 형식을 갖추고 있음을 주장하면서 소설의 줄거리를 다음과 같이 요약한다. 남편에게 실망과 좌절감을 느낀 어머니는 아들들을 연인으로 생각한다. 어머니의 강한 지배 속에서 자란 아들들은 성인이되어 다른 여성을 사랑할 수 없게 된다. 어머니는 문제가 무엇인지를 깨닫고 죽어간다. 어머니가 세상을 떠난 후 폴은 모든 것을 잃고 죽음을 향해 표류한다. 하지만 로렌스의 이와 같은 요약과는 달리 실제 작품에서 폴은 어머니를 따라 죽고 싶은 충동과 살고자 하는 의지 사이에서 갈등하고 방황하나 결국 도시의 불빛을 향한다. 여기에는 폴이 죽음의 나라에 떨어질 위기에 처하지만 결국에는 삶을 향해 나아간다는 의미가 함축되었다고 할 수 있다. 스필카Spilka의 지적대로 폴이 생명력 있는 존재로 태어나는 과정으로 이 소설을 읽을 수 있는 것은 이 때문이다. 로렌스는 의식적으로 의도한 것은 아니었으면서도 무의식적으로는 이러한 의미를 작품 속에 형상화해 둔 것이다. 이는 작가의 의도와 실제 형상화된 내용 사이에 괴리가 있음을 뜻한다. 그런데 카디프의 영화는 작가가 의식하지는 못한 채 예술가적 무의식으로 형상화해 놓은 '감추어진 이야기', 즉 죽음의 원리에 대비되는 삶, 생명력에 관한 내용을 표면으로 끄집어낸다.

카디프의 영화에서는 원작에서보다 더 확연하게 모렐이 생명력을 담지한 인물로 설정되어 있다. 원작 속에 감추어진 이야기를 표면으로 끄집어낸 것이다. 그는 활발하고 유머러스하며 인간미가 느껴지는 인물로서 가정의 가장이자 중심으로 등장하기도 한다. 모렐 부인이 모렐의 등을 씻어주면서 젊을 적에는 그가 아주 건장한 사람이었음을 자식들에게 얘기해주며 그의 기분을 으쓱하게 해주는 장면이나, 크리스마스 가족 모임에서 모렐이 중심에 서서 흥겹게 노래하는 장면이 그 예이다. 아내와 싸운 후에도 다음 날 아침에 침대로 아내가 마실 차를 갖다주고 폴에게 아침 식사를 준비해주며 부부 사이가 폴이 생각한 것만큼 황량한 것은 아니라면서 안심시켜주는 그에게서는 가족을 배려해주는 따뜻한 인간미가 느껴진다. 사고로 아들 아더를 잃을 정도로 열악하고 위험한 탄광의 작업환경에서 저임금에 시달리면서도 그 일을 힘겹게 해나가야 하는 그는 관객의 동정을 유발한다. 가령 폴이 미술품을 출품한 후 후원자가 찾아와 그림값으로 많은 돈을 내놓았을 때 충격을 받은 모렐이 땀에 젖은 더러운 옷을 보여주며 그림값과 자신의 힘든 노동의 대가인 저임금을 대비시키는 장면이 그 대표적인 예이다. 그는 죽기 전 얼마 남지 않은 좋은 기억이라도 간직할 수 있게 더는 얼굴을 보지 말자는 아내의 말을 존중하여 죽은 아내를 보러 가지 않는다. 두려워서 죽은 아내 방에 가지 못하는 원작 속 모렐과 다른 점이다. 원작 속 모렐은 고통스러운 현실을 직면하기 무서워 도피함으로써 스스로 몰락하는 불완전한 면을 보이지만 영화 속 모렐은 성숙한 인물로 등장한다.

영화 속 모렐은 모자간의 뒤틀린 애착 관계를 감지하고서 이를 모렐 부인에게 깨우쳐주는 예민한 감수성의 소유자이기도 하다. 폴이 클라라와 여행을 떠난 후 박스터에게 봉변을 당한 모렐은 모렐 부인의 침실로 들어와서 폴이 유부녀와 나다니는 문제를 언급하며 모렐 부인을 맹비난한다. 모렐 부인이 강한 소유욕과 질투심으로 아들의 영혼을 거머쥐고 있기에 폴이 제 나이 또래의 처녀와 정상적으로 사귈 수 없게 되었으며, 윌리엄이 런던에 간 것은 어머니에게서 도피하기 위한 현명한 선택이었다고 꼬집는다. 덧붙여 모렐은 자식들이란 잘못된 아버지의 영향보다도 너무 사랑함으로써 숨 막히게 하는 어머니의 영향을 피하기가 훨씬 어려운 것임을 예리하게 지적한다. 모렐 부인은 자신의 잘못을 인지하지 못하고 있다가 남편 말을 듣고서야 문제의 심각성을 깨닫게 된 것으로 그려진다.3) 그는 또한 모렐 부인이 죽은 다음 폴이 너무 슬퍼 자살까지 생각하고 있음을 감지하고 그에게 살아가려는 의욕을 갖도록 이끌어주기도 한다. 폴은 런던에 가서 화가로서의 길을 모색하라면서 삶의 의지를 불어넣어 준 아버지의 충고를 들은 후 결국 도시행 열차를 타게 된다. 활기찬 음악이 울

---

3) 원작에서는 폴이 "자기 자신을 상대 여성에게 줄 수 없는"(476) 고충을 어머니에게 토로한다. 어머니는 폴의 고민을 듣고 그의 문제점과 그것을 초래한 자신의 부정적인 영향을 감지하나 폴이 아직 적합한 여자를 만나지 못했다고 말하면서 문제의 핵심을 비껴간다. 단지 그녀는 죽어가면서 폴에게 용서를 비는 듯한 애원의 눈길을 보낸다(502). 하지만 영화에서는 폴이 어머니에게 자신의 고민거리를 말하면서 문제의 심각성을 토로하는 장면이 없다. 대신 모렐이 탓하는 말을 듣고서 모렐 부인이 깨닫는 것으로 처리된다.

려 퍼지는 가운데 폴이 민첩하고 확고하게 걸어와서 기차를 타는 장면은 그가 새로운 삶을 찾아 나설 것을 강하게 시사한다. 이로써 모렐이 이 작품에서 생명력을 담지한 인물임이 확실해진다. 원작에서는 이 사실이 단지 함축될 따름이지만 영화에서는 이를 분명히 하고 있다.

2. 심리 드라마의 단순화

로렌스의 초기작에 속하는 『아들과 연인』은 그의 걸작인 『무지개』와 『연애하는 여인들』을 집필하기 전 실험기에 쓴 소설로서 많은 가능성과 잠재력을 지녔지만 높은 예술적 완성도에 도달했다고 보기는 어렵다. 가령 미리엄이나 클라라와의 결별 그리고 어머니 모렐 부인의 죽음의 와중에서 죽음으로 표류하는 듯한 고통을 겪음에도 불구하고 폴의 내면에서 그간 충전되어온 생명력이 결국 삶을 향하도록 이끈다는 것이 작품 기저에 깔린 내용인데, 이 사실이 제대로 형상화되지 못했다. 이뿐 아니라 작가 로렌스가 폴이나 미리엄이 지닌 문제의 본질이나 그 경중에 대해 입장을 확실하게 정리하지 못한 면이 있다. 형식 면에서도 『아들과 연인』은 여러 서술기법을 실험해 보지만 그것이 의도한 바를 일관되게 효과적으로 전달하고 있지는 못하다.

그런데 카디프의 영화는 복합적인 심리 드라마인 원작을 대폭 단순화하여 인물들 간의 심리적 갈등을 상당 부분 생략해버림으로써 불확실성을 제거한다. 왜곡된 모자 관계로 인한 문제가 중요시되지 않기에 폴의 문제점이 많이 희석되는 가운데 폴보다는 미리엄에게 더 문제가 많은 것으로 나타난다. 이는 왜곡된 모자 관계와 이로 인해 초래된 문제를 크게 부각하지 않음으로써 가능해진다. 영화에서는 모렐 부인의 회상을 통해 중요 내용만 간단하게 전달할 뿐 원작의 제1부를 과감하게 생략함으로써 비정상적인 모자 관계가 성립된 원인과 배경 그리고 그 영향에 관한 내용이 축소된다.

　원작의 제1부에서는 쾌락적이고 무책임하면서도 남성으로서의 권위를 내세우는 모렐과 그와는 정반대의 성격에다 계층적 우월감을 지닌 모렐 부인이 비참한 생활고 속에서 극심한 불화를 겪는 모습이 적나라하게 그려져 있다. 기대치에 훨씬 못 미치는 남편에게서 실망과 좌절을 맛본 모렐 부인이 아들들에게 절대적인 사랑을 쏟으면서 형성된 비정상적인 모자 관계가 큰아들 윌리엄의 때 이른 죽음이라는 치명적인 결과를 초래하게 된 사실, 그리고 둘째 아들 폴의 삶을 구속하고 억압하는 양상이 그려진다. 여기에서는 어머니가 폴보다 더 중심적인 인물이라고 할 수 있을 만큼 뒤틀린 모자 관계가 성립된 원인과 배경에 초점이 맞춰진다. 그런데 영화에서는 제1부가 생략됨으로써 부부관계에서의 좌절감에 대한 보상심리로 모렐 부인이 과도하고 집요하게 아들의 삶에 간섭하며 그를 소유하려 드는 모습이 그다지 주목을 받지 않게 된다.

　이와 함께 폴과 어머니 사이의 강렬한 애착 관계 또한 중요하게 다뤄지지 않는다. 원작에서는 인상적인 에피소드를 통해 폴과 어머니의 관계가 피 의식을 통해 더욱 밀착되고 공고화된다는 사실이 전달된다. 가령 모렐 부인과 싸우던 모렐이 억지로 서랍을 빼다가 실수로 다치자 화가 나서 반사적으로 서랍을 던진 것이 모렐 부인의 이마에 맞아 피가 나게 되고 이 피가 그녀 품에 안겨 있던 폴을 감싼 숄에 떨어진다. 이 장면을 통해 폴이 어릴 적부터 어머니의 감정 변화에 민감하게 반응하고 그녀의 생각을 무의식적으로 이해하는 것은 피로 연결된 모자 관계이기 때문임이 시사된다.

　어머니의 아들에 대한 소유 의지와 그것의 치명적인 영향이라는 원작의 주제를 크게 부각할 의도가 없었던 영화에서는 윌리엄이라는 인물 또한 단순하게 처리한다. 원작의 윌리엄은 어머니의 기대에 부응하여 런던에서 물질적인 성공을 거두지만 자기 나름의 확고한 인생 목표와 가치관이 없었던 까닭에 내적으로는 늘 불안정하다. 그의 마음은 항상 어머니에게 매여 있으므로 모자 관계에 위협이 되지 않을 여성, 성적 매력은 있으나 정신적 깊이가 없는 릴리Lily에게 이끌린다. 그러면서도 그는 릴리에게서 어머니가 지닌 지적인 면을 찾으려 하고 그것을 전혀 찾을 수 없자 좌절감을 느낀다. 이는 그의 내적 분열에 이어 죽음을 초래한다. 반면 영화 속 윌리엄은 모렐의 지적대로 어머니로부터 도피하기라도 하듯 런던에 가서 정착한다. 그에게 문제가 있다는 언급도 없다. 이로써 어머니의 과도한 집착이 아들들을 질식시킨다는 원작의 주제가 희석된다.

　영화는 심리 드라마인 원작을 그대로 극화하는 대신 어머니와 미리엄 그리고 폴의 심리적 갈등을 대폭 축소하거나 삭제하는 가운데 단순화한다. 구속과 소유 의지라는 죽음의 원리 또한 부각하지 않는다. 원작에서 폴과 미리엄은 서로에게 애증의 감정을 느낀다. 서로를 사랑하면서도 벗어나고자 하고, 상대를 불쌍히 여기면서도 피차 서로에게 고통을 안겨주므로 미워한다. 가령 폴은 자기가 미리엄의 기대에 부응하지 못함을 자각하므로 괴롭고 이 때문에 그녀가 밉다. 미리엄은 자신이 폴을 통제하지 못할 만큼 사랑하게 되자 그에게 얽매였다는 생각에 그가 싫어지고 그로부터 자유로워지고 싶어 한다(412). 그러나 인물들의 심리적 갈등을 대폭 간소화한 영화에서는 두 사람 사이의 이처럼 복합적인 감정이 제대로 전달되지 못한다.

　원작 속의 미리엄은 본능적인 욕망과 내면화된 억제 사이의 갈등을 포함하여 복잡한 심리적 갈등을 겪고 있다. 반면 영화에서는 미리엄의 복합적인 심리를 대폭 축소하여 그녀의 문제가 단지 진정한 열정을 함께 나눌 수 없는 성적 장애인 것으로 단순하게 처리한다. 이로써 폴이 미리엄과 결별하게 된 주된 원인은 그녀의 성적 장애가 된다. 가령 폴이 미리엄과 결별하기로 한 계기는 아버지와 어머니 사이에 진정한 열정이 아직도 살아있음을 확인할 때이다. 심하게 싸우다가도 젊을 적 얘기를 하며 사이 좋은 모습으로 돌아가는 부부관계를 처음 의아스럽게 생각하던 폴은 아버지와 어머니가 그렇게 싸우면서도 부부관계를 지속할 수 있었던 것은 진정한 열정으로 맺어졌기 때문임을 깨닫는다. 이를 계기로 폴은 그러한 열정을 함께 나눌 수 없는 미리엄과 결별하기로 한 것이다.

미리엄의 성적 장애를 문제시하면서도 영화는 성관계를 통해 드러나는 폴과 미리엄의 태도 및 시각의 차이 그리고 거기에 함축된 미리엄의 문제점의 실상을 제대로 전달하지 않는다. 원작 속 미리엄은 육체적인 사랑에 대한 진정한 공감 없이 제단에 바쳐지는 희생양인 듯 그녀의 육체를 허락한다. 그들의 육체적인 사랑이 미리엄의 희생을 강요한 것에 지나지 않았다는 생각에 폴은 차라리 죽어버리고 싶어진다. 그래서 그는 성관계 후 "죽음"의 느낌을 받는다. 반면 영화 속 폴은 미리엄이 관계 도중 눈을 감고 두 손을 꼭 쥐고 있자 자신을 범죄자로 느껴 용서를 구한다. 그런데 이 장면만으로는 원작 속의 깊은 의미가 전달되지 못한다. 원작 속 폴은 그녀의 육체를 범하기 위해서가 아니라 정신과 육체가 합일된 사랑을 원했는데 자신을 포기한 듯한 미리엄의 희생적이고 수동적인 태도에 오히려 좌절감과 비애만을 느낄 뿐이었다.

영화는 복잡한 심리 드라마인 원작을 단순화하다 보니, 생명력과 대비되는 죽음의 원리로서 구속과 소유 의지의 문제를 중요하게 부각한 원작의 정신은 제대로 살리지 못하게 된다. 이는 미리엄의 인물 형상화에도 반영된다. 영화 속 미리엄은 어린 동생을 숨 막힐 만큼 껴안고 주체 없이 애정 표현을 한다. 그렇지만 미리엄이 꽃과 정열적으로 교감하는 장면이나 이러한 미리엄을 폴이 못마땅해하는 장면은 없다. 따라서 원작에 함축된 미리엄의 특징, 독립적인 의지가 없는 꽃이나 아이를 상대로 비정상적일 만큼 격렬하게 애무하는 행위가 사실은 상대방의 개성을 인정하지 않고 독립성을 부정하는 소유욕이라는 사실이 잘 드러나지 않는다.

미리엄의 소유욕은 자기를 희생함으로써 폴을 사랑하겠다는 왜곡된 심리와 맞물려 있다. 원작 속 미리엄은 정신이 육체보다 절대적 우위에 있다고 믿는 단순하고 경직된 이분법적 사고에 젖어 육체적인 것을 피한다. 그렇기에 폴을 사랑한다는 것을 알았을 때 그녀는 수치심을 느끼며 마치 종교적으로 죄를 짓고 있는 듯한 심정이 된다. 이에 그녀는 참회하는 기분으로 남녀 간의 세속적 사랑이 아니라 그리스도의 사랑처럼 희생하는 마음으로 그를 사랑하겠다고 기도한다. 그녀의 심리는 "고통이지만 달콤한 자기희생"(323)의 환희를 느끼며 폴을 사랑하기로 마음먹을 만큼 왜곡되어 있다. 그런데 영화에서 미리엄의 이러한 면은 다음의 장면으로 처리되는 데 그친다. 가령 폴이 격정적으로 키스하려 할 때 두려움과 당혹감 때문에 뒤로 물러선 그녀는 그 후 수치심을 느끼지 않게 해달라고 기도한다. 이어 어머니가 등장하여 남녀의 육체관계는 추한 것이라고 차갑게 말하자 미리엄은 잠시 이 말에 반발하지만 이내 수긍하며 그를 "찬란하게" 사랑하게 해달라고 기도한다. 관객들은 이 몇 장면만 보고서는 자기희생을 통해 폴을 소유하겠다는 왜곡된 욕망이 미리엄에게 있다거나 종교적인 희생의 가치를 주입하는 어머니의 영향으로 미리엄의 영혼이 구속되었다는 중대한 사실을 알아차리기 어렵다.

영화에서는 소유 의지로써 상대방을 질식시킨다는 점에서 미리엄과 모렐 부인이 유사하다는 사실이 잘 전달되지 않는다. 원작 속 미리엄은 모렐 부인이 남편을 변화시키려 했던 것처럼 폴을 자신의 가치 기준의 틀에 맞추고자 한다. 이를 위해 그녀는 폴의 정신을 지배하면서 순화시키려 한다. 모렐 부인이 아들에게 온갖 사랑을 쏟으며 자신을 희생했던 것처럼 그녀도 사랑하는 폴을 위해 기꺼이 희생을 감수하기로 마음먹기도 한다.

원작에서 구속과 소유 의지의 문제는 모렐 부인, 미리엄뿐만 아니라 클라라에게까지 확대되어 있다. 폴이 육체적 관계에 집착하는 이유는 그 행위를 통해 어머니의 정신적 지배에서 벗어나 그의 영혼을 자유롭게 하기 위함이었다. 하지만 클라라는 성을 통해 폴을 항상 곁에 붙잡아두려 함으로써 그를 구속한다. 폴은 성적으로 구속하며 소유하려 드는 클라라에게서 벗어나려 한다. 그러나 영화에서는 이러한 면이 도외시된다. 영화 속 클라라는 자신을 온전히 주지 못하는 폴을 비난하고, 폴과의 격렬한 싸움 이후 병든 박스터를 보살피기 위해 떠난다. 단지 폴이 그 누구에게도 속하고 싶지 않다면서 미리엄의 청혼을 거절하고 떠나는 결말 부분의 한 장면 속에 미리엄, 어머니, 클라라의 속박으로부터 그가 마침내 해방된다는 의미가 간단하게 함축될 따름이다.

카디프의 영화는 소유 의지 및 이로 인한 질식의 문제를 주제로 삼고 있는 원작을 단순화함과 동시에 대중화한다. 가령 폴은 그림값으로 받은 많은 돈을 가져와서 미리엄에게 자랑하고 앞으로 명예를 얻고 싶다는 포부를 밝힐 정도로 세속적인 자기성취에 관심이 많다. 출품된 작품을 보고 그의 예술성을 인정하여 런던에서 화가 수업을 받도록 도와주겠다는 후원자가 나타나자 그는 그 꿈을 이룰 기회를 맞는다. 하지만 아버지와 큰 싸움을 벌인 어머니가 걱정된 폴은 자기성취의 기회를 버리면서까지 어머니를 지켜주려고 집에 남는다. 이로써 과도하게 밀착된 왜곡된 모자 관계의 문제점보다는 자기 성취욕이 큰 폴이 그것을 실현할 수 있는 절호의 기회를 어머니를 위해 버린다는 사실 자체에 더 큰 방점이 주어진다.

카디프의 각색작이 이처럼 단순화하고 대중화되는 과정에서 모자간의 왜곡된 밀착 관계나 어머니를 사이에 둔 폴과 미리엄의 갈등 등 왜곡된 인간관계라는 원작의 주제가 충분히 그려지지 못한 부작용이 초래된다. 원작 속에서 제시된 죽음의 원리가 덜 부각되는 것이다. 이 점에서는 원작의 정신에 부합하지 못한 면이 분명히 있다.

3. 원작 기법의 차용과 창조적 변용

원작의 심리 드라마를 대폭 단순화하고 대중화한 이 영화는 느슨하고 삽화적인 원작에 억지로 구조적인 긴밀성을 부여한 "미학적 폭력" (Baldanza, 70)의 결과물로 평가받기도 했다. 하지만 카디프의 영화는 비록 원작 속에 함축된 소유 의지와 이로 인한 질식이라는 죽음의 원리를 잘 전달하지는 못했으나, 구조적으로 짜임새 있는 안정된 작품으로 재창조되었다는 점에서 일정 부분 성공작이라고 할 수 있다. 관객의 취향에 맞춰 원작을 세속화하고 대중화하는 가운데 폴의 성장 이야기를 안정되고 깔끔한 형식 속에 담아내고, 원작의 독특한 서술기법을 그대로 따르려 하는 대신 영화의 주제를 살릴 수 있는 여러 방법을 효과적으로 구사하여 부분적이나마 성공한 작품이 된 것이다.

카디프의 영화에서는 매체의 특성상 자유간접화법이나 다중적 관점이라는 원작의 독특한 서술 방법을 살려내기가 어려웠을 것이다. 그런데 애초부터 복합적인 심리 드라마를 의도하지 않았기에 그것을 살려낼 필요도 없게 된다. 대신 안정되고 균형 잡힌 형식 안에 폴의 자기해방이라는 성장의 주제를 효과적으로 담아내기 위해 원작의 기법을 차용 혹은 변용한 여러 방법을 구사한다. 그 하나의 방법은 원작의 시적 구성을 차용하여 자연과 탄광을 대비시키는 몽타주이다. 영화의 시작 장면은 잿빛 하늘을 배경으로 펼쳐지는 새벽녘의 시골 풍경이다. 카메라는 먼저 목초지와 거기에서 노니는 양 떼를 보여준다. 이어 화면은 이곳과 극도로 이질적인 장소인 탄광과 탄광의 승강기를 작동시키는 바퀴로 바뀐다. 카메라가 바퀴에 멈추자 화면을 가득 채울 만큼 커다란 바퀴가 움직이기 시작하는데 이에 놀란 한 떼의 새들이 날아올라 하늘 위로 흩어진다. 이때 새 이미지는 탄광의 바퀴로 상징되는 기계적 반복과 그로 인한 예속이 자연에 가하는 폭력을 상징한다. 이 장면은 탄광의 엘리베이터를 타고 모렐이 죽은 아들 아더의 시신을 안은 채 탄갱에서부터 나오는 장면과 연결된다. 그렇기에 탄광의 큰 바퀴는 기계와 산업을 대표하면서 생명력을 상징하는 자연과 대비된다. 영화에서는 광부들 사이의 육체적 친밀감 및 유대감이나 동료의식이 부각되지 않고 폴이 탄광의 석탄 수레에서 "사람의 느낌"을 발견하는 장면도 삭제됨으로써 원작에서와는 달리 탄광이 긍정적인 의미를 함축하지 않는다.

또한 카디프의 영화에서는 원작의 비교, 대조 방법이 차용되기도 한다. 원작에서는 미리엄 그리고 클라라와 육체관계를 맺은 후 각기 다른 폴의 느낌이 대조된다. 전자가 폴에게 "죽음으로 손을 뻗는 듯한"(401) 감정을 느끼게 한다면, 후자는 거대한 생명의 흐름에 포용되는 느낌을 준다(492). 한편 영화에서는 서로 다른 성향의 어머니가 자녀에게 미친 영향이 비교, 대조된다. 아들을 질식시킬 듯한 모렐 부인의 소유 의지 및 집착과 성에 대한 미리엄의 태도를 왜곡시키는 레이버스 부인Mrs. Leivers의 억압적인 태도는 폴과 클라라의 관계에 대해 지극히 상식적으로 반응하는 래드포드 부인Mrs. Radford의 태도와 대비된다. 자녀의 영혼을 사로잡고 있는 두 사람과 대조적으로 래드포드 부인은 건강함을 보여준다. 래드포드 부인의 이러한 태도는 클라라가 폴과 미리엄과는 달리 육체와 정신 면에서 별다른 문제가 없는 독립적인 존재로 살아가는 것과 연관 있음이 세 어머니의 비교, 대조를 통해 시사된다.

이와 함께 각색자는 원작을 단순화하면서도 원작 속에서 살려낼 내용은 나름대로 장면을 창조하여 그 안에 함축해낸다. 모렐 부인의 초상화를 모렐이 망쳐버린 사건을 그 예로 들 수 있다. 폴이 귀부인으로 그려낸 초상화에 실수로 기름을 묻히게 된 모렐은 이를 닦아내다가 그림을 망쳐버리고 만다. 망쳐진 그림 속 모렐 부인의 얼굴은 모렐과 마찬가지로 까만색이다. 이는 계층적 우월의식에 젖어 있는 아내에 대한 모렐의 무의식적인 반감, 그리고 그녀가 자신과 같아지기를 원하는 그의 무의식적 바람의 표현임을 시사한다. 이 점에서 모렐 부부의 핵심적인 문제를 포착해낸 창조성이 돋보이는 미장센이라고 할 수 있다. 모렐과 가장 가까웠던 막내 아들 아더가 탄광에서 죽은 사건 또한 영화에서 새로 첨가된 것인데, 이 사건은 가정 내에서 모렐의 위상 약화를 가져오고 더욱 소외시키는 계기를 제공한다는 점에서 중요한 역할을 한다. 어머니 때문에 감정적으로 격하게 충돌한 다음 날 모렐이 폴을 다독거리기 위해 나누는 대화, 모렐과 모렐 부인 사이에서 벌어지는 침실에서의 설전, 해변의 호텔 침대에서 폴의 문제점을 솔직하게 지적하는 클라라와 폴이 나누는 대화 등도 새롭게 첨가되어 플롯 전개에 기여한다.

원작에는 없는 장면을 만들어내어 그 시적 함축으로써 강렬한 극적 효과를 거두기도 한다. 탄광에서 사고가 날 때 그 여파로 호수의 물이 심하게 파동치는 모습을 마침 근처에서 한가롭게 얘기를 나누고 있던 폴과 미리엄의 눈을 통해 포착한 장면의 미장센이 그 예이다. 반면 원작에서 시적 함축성을 띤 여러 장면, 가령 모렐 부인이 달빛이 비치는 흰 백합 속에서 자연과 교섭하는 장면, 흰 들장미 덤불 속 미리엄의 영적 교섭 장면, 폴이 백합 향기에 끌려 밖으로 나왔다가 자주색 야생의 붓꽃을 발견하고 그것에 끌리는 장면 등은 삭제되었다. 원작에서는 충분히 긴 서술과 묘사를 통해 이러한 자연 이미지 속에 상징적 의미를 함축해낼 수 있었으나 영화라는 영상 매체에서는 매체의 특성상 이를 살려내기가 어렵기 때문이다.

원작의 장면을 살려내면서도 영화가 의도한 주제를 효과적으로 전달하기 위해 원작에서와는 다른 의미를 함축해내기도 한다. 원작에서 그네 장면은 폴과 미리엄 두 사람 관계의 정수를 전달해준다고 할 수 있다. 폴에게는 "성적 추구", 미리엄에게는 "성적 두려움"이 잠재해 있어서 두 사람의 관계가 잘 어울리지 않을 것이 시사된다(Greiff 42). 그러나 카디프의 영화는 이러한 의미를 살려내는 대신 대중화한 영화의 주제에 부합하는 다른 의미를 함축시킨다. 영화 속 폴은 그네를 타고 공중으로 높이 날아오르면서 그림값으로 받은 많은 돈을 공중에 뿌리며 미리엄에게 자랑하고 앞으로 유명해져 부자가 되고 싶다는 야망을 밝힌다. 그네 장면을 통해 폴의 세속적인 자기성취 욕구를 드러낸 것이다.

이와 함께 흑백의 단색 화면은 겨울의 거칠고 황량한 날씨를 배경으로 하여 탄광의 큰 바퀴로 대표되는 기계에 생명력이 짓눌리고 있다는 사실을 전체적으로 우울한 톤으로 잘 담아낸다. 생경한 배경과 인물들의 강렬한 감정을 대비시키거나, 목초지의 양 떼 및 새와 탄광 바퀴의 대비에서 볼 수 있듯이 대조되는 이미지를 강렬하게 부각해내는 미장센에도 흑백 영화의 효과는 두드러진다. 단조로운 색감으로써 산만하지 않게 시선을 한곳에 모아주는 역할을 하기 때문이다. 흑백화면은 또한 다큐멘터리와 유사한 느낌을 주면서 사실에 입각한 듯한 진지한 분위기를 조성하기도 한다. 흑백 영화 촬영상을 받은 것이 수긍이 될 만큼 카디프의 영화는 미장센에서 뛰어난 기량을 보여준다.

IV. 총평

　　『아들과 연인』을 집필할 당시 20대 중반이었던 로렌스는 자신을 모델로 한 폴이 처한 곤경에서 아직 완전히 벗어나 있지 못했다. 그렇기에 거기에서부터 거리를 두고 반성과 성찰을 할 여유가 없었던 것으로 보인다. 그가 모렐이나 모렐 부인, 그리고 폴과 미리엄에 대해 균형 잡힌 평가를 하지 못하고 불안정한 태도를 보인 것은 이에 기인한 바가 크다고 하겠다. 카디프의 영화는 다층적이고 복합적인 심리 드라마인 원작에서 불확실성의 근원인 인물들의 심리적 갈등을 대폭 단순화한다. 동시에 폴의 자기해방이라는 성장의 주제를 대중영화의 틀에 맞춰 담아낸다. 이 과정에서 원작 속에 함축된바 소유 의지로 인한 지배와 속박이라는 죽음의 원리를 제대로 살려내지 못하게 된다.

　　다른 한편 카디프의 영화는 로렌스가 의도하지는 않았으나 예술가적 무의식으로써 형상화한 것, 즉 작품 속에 잠재되어 있던 요소를 표면으로 끄집어내어 원작의 정수를 부분적으로나마 간직한다. 내면에 흐르고 있던 생명력의 발현을 통해 폴이 결국 삶의 길을 택하게 된다는 감춰진 이야기를 복원한 것이다. 이는 로렌스가 무의식적으로 인정했던 아버지에 대한 공감과 동성을 표변으로 부상시긴 것을 의미한다. 아버지에게서 물려받은 생명력과 활력이 어머니와의 왜곡된 관계 때문에 억눌려오다가 어머니의 죽음 후 아버지의 도움을 받아 결국 발현됨을 보여준다고 할 수 있다.

카디프의 영화는 원작 속의 죽음의 원리를 함축해내지 못해서 원작의 정수를 온전히 살리고 있지는 못함에도 불구하고, 부분적으로는 그것을 간직하고 있다. 동시에 복합적인 심리 드라마를 단순화하고 대중화하는 가운데 원작의 텍스트가 노정한 다소간의 불확실성과 불안정성으로부터 자유로워질 수 있었다. 이와 함께 카디프의 영화는 자연과 탄광의 대비, 시적 구성 그리고 흑백 영화 촬영법 등의 몽타주와 미장센을 효과적으로 구사하는 가운데 간결한 형식 속에 나름의 주제를 잘 담아낸다. 이로써 균형 잡히고 안정된 작품으로 거듭나는 데 성공했다고 할 수 있다.

『여인의 초상』

The Portrait of a Lady

I. 작가와 작품 소개

헨리 제임스Henry James는 1843년 뉴욕에서 태어났다. 철학과 신학의 권위자였던 아버지의 교육 철학에 따라 후에 미국 실용주의 철학의 대가가 된 형 윌리엄William과 함께 정규 교육 대신 주로 개인 지도를 받았다. 어린 시절부터 잦은 여행을 통해 유럽에 심취하게 되었던 제임스는 1870년대 후반부터는 영국 런던으로 이주하여 정착했다. 미국과 유럽이라는 신구 세계 사이의 문화적 차이 및 갈등에 깊은 관심을 두게 된 제임스는 이를 주제로 한 『미국인』The American을 1877년에 발표하고 이어 1878년에 『데이지 밀러』Daisy Miller를 출판하여 작가적 명성을 얻게 된다. 이 소설의 근간인 젊고 순진한 미국인이 유럽에서 문화적 갈등을 겪는다는 '국제 주제'the international theme는 이후 제임스의 소설에서 다양한 변주를 보이며 다루어진다. 이 '국제 주제'가 심오한 인간 이해와 원숙한 예술적 성취로 꽃핀 작품이 바로 『여인의 초상』이다. 『여인의 초상』은 제임스의 대표작 중의 하나로 1881년에 출판되었다.

제임스는 현실에 대한 인식을 변화시켜 나가는 과정이 삶이고, 그러한 인식의 변화를 통해서 삶의 실체에 도달할 수 있다고 보았다. 이 과정을 통해 현실과의 관계를 새롭게 설정해나가는 것이 제임스가 생각하는 도덕의식이었다. 그의 소설에서는 인식의 변화를 통해 삶에 대한 관계를 조정해나가는 인물들이 다루어진다. 『여인의 초상』의 여주인공 이사벨 Isabel의 경우도 그러하다.

제임스는 인간의 '의식'을 소설의 소재로 삼음으로써 소설에 있어서 소재의 범위를 확대했다. 그는 『여인의 초상』에서 연속적으로 일어나는 사건의 전개 과정을 평면적으로 서술하는 것이 아니라 이사벨의 '의식'에 초점을 두어 사건에 대한 그녀의 심리적 반응과 의식의 움직임을 극화한다. 그러는 가운데 그녀의 의식이 확장되고 인식이 성장해 가는 과정을 탐색한다. 그의 소설이 '의식의 드라마'(Lubbock 147)라고 불리는 것은 이 때문이다. 인간 내면 의식의 움직임을 사실에 가깝게 구체적으로 그려낸다는 점에서 그의 작품은 심리적 사실주의 소설이기도 하다. 그가 이러한 소설 양식을 택한 배경에는 도덕적, 윤리적인 문제에 관심을 두고 사실주의 소설을 썼던 조지 엘리어트George Eliot와 나름의 독창적인 로맨스 형식을 창조한 나다니엘 호손Nathaniel Hawthorne의 영향이 있다. 제임스는 이들을 수용하면서도 창조적으로 넘어서는 소설 양식을 부단히 모색하고 실험한 작가였다.

　1884년 배우인 로렌스 바렛Lawrence Barrett이 제임스에게 그의 소설을 극으로 바꾸는 것이 어떨지 물었을 때 제임스는 그 작업이 잘 되리라고 생각하지 않았다. 제임스에게 이 소설 중 최고의 장면은 이사벨이 의자에 앉아 사색에 잠기는 42장이었는데, 이 장면을 영상으로 옮기기가 여의치 않으리라 생각했던 것으로 보인다. 이후 이 소설은 한 차례 텔레비전 드라마로, 또 한 차례 영화로 만들어졌다.

　1968년 제임스 존스James Jones 감독은 BBC 미니드라마로 만들었고, 이후 1996년 뉴질랜드 출신 여자 감독인 제인 캠피언Jane Campion이 영화로 만들었다. 캠피언은 데뷔작인 단편영화 <스위티>Sweetie로 깐느 영화제 경쟁부문에 선정되고, LA 비평가상을 비롯한 국제 영화제에서 인정받았다. <여인의 초상>은 <피아노>Piano에 이은 제인 캠피언의 네 번째 작품이다. 이 영화에서는 니콜 키드만Nicole Kidman이 이사벨, 존 말코비치John Malkovich가 오스몬드Osmond, 바바라 허쉬Barbara Hershey가 멀Merle 역할을 맡아 열연했다. 이 영화는 아카데미 의상상을 수상했고, 바바라 허쉬는 아카데미와 골든 글로브 여우조연상 후보에 올랐다.

II. 원작: 이사벨의 '의식'과 인식의 성장

　『여인의 초상』은 연속적으로 일어나는 사건에 따라 내용이 전개되는 것이 아니라 여주인공 이사벨의 "의식"[4]에 초점을 두고 그녀의 의식이

---

4) Henry James, *The Portrait of a Lady* (New York: Norton, 1975), 10. 이하 본문 인용은 이 책에 따르며 면수만 표기한다.

변화하고 인식이 성숙해가는 과정을 탐색한다. 제임스 자신도 1908년 뉴욕판 서문에서 인물의 내면세계도 소설의 서술 행위라는 "소동"(9), 즉 소재가 될 수 있다는 견해를 피력하고 이 소설은 이사벨이 "스스로와 맺는 관계"(11)에 주안점을 둔다고 밝힌 바 있다. 이사벨이 자신을 어떻게 인식하고 또 그 인식이 어떻게 변화하는지를 살핀다는 의미이다. 『여인의 초상』은 이사벨의 심리에 초점을 맞춰 그녀가 자신 안의 양면성과 그로 인한 '두려움'을 결국 직시하고 그것을 극복하는 성장 과정을 탐색하는 소설이다. 인물들 사이의 상호관계라는 외면적 이야기의 저변에는 여주인공 이사벨 심리의 흐름을 추적하는 심층적인 이야기가 있다.

제임스는 1881년에 이 소설을 출판한 데 이어 1908년 뉴욕판을 내면서 이사벨의 '의식'과 그 성장에 초점을 맞춘다. 이사벨이 도대체 누구이고 무엇이기에 왜 최고의 신랑감들인 워버튼Warburton과 굿우드Goodwood의 청혼을 거절하고 지위도 재산도 없는 데다 아이까지 딸린 오스몬드와 결혼하기로 했는지 그 선택의 배경을 심층적으로 고찰한다. 더 나아가 42장의 밤샘 숙고 장면을 통해 이사벨 자신이 오스몬드의 실체를 깨닫고 그와 결혼하게 된 배경과 이유를 찬찬히 의식 속에서 정리해 나가는 과정을 의식의 흐름 수법으로 보여준다.

제임스는 뉴욕판을 내는 과정에서 소설의 주제를 이사벨의 양면성과 거기에서 연유되는 두려움, 그리고 마침내 그녀가 자신 안에 잠복해 있던 두려움의 근원을 대면하고 이를 극복하게 되는 성장 과정으로 잡은 것으로 보인다. 이사벨의 심리 상태는 표면에는 드러나지 않은 채 서술의 표층 아래, 심층구조 속에 함축된다. 이에 따르면 이사벨은 모순되어 보일 정도의 양면성을 지니고 있다. 외면적으로는 개인으로서의 자유와 독립을 추구하지만 다른 한편 외부의 힘에 수동적으로 자신을 내맡겨버리고 싶은 잠재된 욕구 또한 갖고 있다. 안전과 안정에 대한 갈망이 그녀 내면에 잠복해 있는 것이다. 이는 삶에 열렬한 관심을 두는 적극적이고 진취적인 면, 그리고 랄프Ralph가 지적하듯이 삶 속으로 뛰어들어 "느끼기"보다는 관조하는 데, 즉 "보는"(134) 데 머무르고자 하는 유아적이고 낭만적인 면의 병존으로 나타나기도 한다.

상충하는 면의 병존, 이사벨의 양면성은 '운명'을 바라보는 시각에서도 드러난다. 서문에 따르면 이 소설은 "운명에 직면하는 한 젊은 여성"(8)의 이미지에서부터 시작되었다고 하는데, 이사벨에게 '운명'은 두개의 상반되는 의미를 함축한다. 하나는 "내 운명을 선택하고 싶다"(143)고 말하거나 워버튼의 청혼을 거절하면서 "내 운명을 피할 수 없다"(118)고 하는 말에서 드러나듯이 보통 사람들이 겪는 위험을 그녀 자신도 직접 겪으면서 부딪치고자 하는 적극적인 면이다. 다른 하나는 굿우드를 "무자비한 운명"(105)으로 여길 때 드러나듯 강한 힘에 자신을 내맡겨 안정과 안전을 찾고 싶은 수동적인 면이다. 이사벨은 관념적으로는 자유와 독립을 추구하지만 다른 한편으로는 보호받으며 관조하는 수동적인 삶을 원했던 것이다. 그녀는 결국에는 자신이 굿우드의 청혼을 받아들일지 모르며, 지금은 상상력의 장애물일 뿐인 그가 "위장된 축복, 멋진 화강암 방파제에 둘러싸인 밝고 조용한 항구"(194)였음이 밝혀질지 모른다고 생각한다. 무의식적으로는 보호막이자 방파제에 의존하는 것을 자신의 '운명'으로 감지하면서 의식 차원에서는 그 '운명'에 맞서는 것이다.

헨리에타Henrietta에게 자신의 행복관을 피력하는 대목에서도 이사벨의 양면성을 엿볼 수 있다. 이사벨은 "어두운 밤에 내 마리의 말이 재빠르게 끄는 마차를 타고 볼 수 없는 거리 위를 달리는 것"(146)을 행복으로 본다. 이 이미지는 정신없이 맹목적으로 휩쓸리는 이미지로서, 외부의 힘에 수동적으로 자신을 내맡기고자 하는 이사벨 내면의 객관적 상관물이라고 할 수 있다. 빛이 없는 어둠 속에서 어디를 지나고 있는가를 볼 수 없는 상태, 현실 속의 거리를 육안으로 직접 보는 것이 아니라 그저 지나가는 거리를 상상해보는 상태를 행복이라고 생각하는 것이다. 이는 빗장 쳐진 문을 열어 실제의 거리를 보기보다는 문을 닫아 놓은 채 거리를 상상해보기를 원하는 이사벨의 심리 상태에서 비롯된 것이다.

이사벨의 양면성이 드러나는 또 하나의 예는 팬지Pansy의 안정감과 워버튼의 동생인 몰리노Molyneux 자매의 유순하고 생각이 없으며 복잡하지 않은 수동적인 삶을 그녀가 부러워한다는 대목이다. 새로운 경험을 갈망한다고 말하지만 다른 한편으로는 세상에 휩쓸리지 않고 보호받고자 하는 이사벨의 모순된 심리는 워버튼에게 "해자를 좋아한다"(101)라고 말하는 데서도 드러난다. 해자가 사람들이 들어가고 나오는 것을 방지하는 막힌 공간임을 감안한다면 그녀는 세상으로부터 안전하게 보호받기를 원한다고 할 수 있다.

이사벨이 워버튼과 굿우드의 청혼을 거부할 때까지는 안정보다는 자유와 독립을 추구하는 면이 더 강하게 표출되는데, 이때에도 그녀는 자기 자신에 대해 "두려움"(78)을 느낀다. 이사벨이 워버튼의 청혼을 거절하는 이유는 그가 제공해주는 "찬란한 안전"(100)을 받아들일 수 없기 때문이라는 것이다. 그녀는 "내 자유", "개인적인 독립"이 너무 좋고 "나 자신의 힘으로 판단하려 한다"(이상 142)고 말한다. 워버튼의 청혼을 받은 후 집으로 돌아오면서 그녀는 자기 자신에 대해 두려움을 느끼고 이상하다고 생각한다. 이사벨이 자유와 독립을 부르짖는 "자신의 모습을 진실로 두려워"(102) 하는 것은 안전을 희구하는 면이 그녀 안에 잠재해 있기 때문이다. 그리고 자신의 문제가 무엇인지를 아직 확실히 깨닫지 못한 상태이기 때문에 이 두려움의 느낌을 이상하다고 생각하는 것이다.

이사벨이 내세우는 자유는 실체가 없는 "이론적인"(145) 것이고 독립 추구 또한 지극히 관념적이다. 독립을 공언하면서도 독립된 자신의 삶으로 앞으로 무엇을 할 것인가에 대해서 확고한 신념이 없고 어떤 방향으로 자유와 독립을 추구해야 할지 막연하게 생각하는 것은 이 때문이다. 그녀가 자유와 독립을 내세우는 것은 일종의 포즈인 면이 있다. 이 사실은 이사벨이 굿우드의 청혼을 거절한 후 자신의 독립심을 강력하게 행사하고 과시한 데 대해 환희에 도취되는 장면에서 확인된다(145). 구체적으로 독립적인 일을 행한 것은 아니지만 독립을 공언함으로써 무언가를 했다는 데 "승리"의 환희를 느낀다는 사실에서 그녀의 관념적인 성향을 엿볼 수 있다.

이사벨이 오스몬드에게 이끌리는 것은 그녀가 품어온 자유와 행복에 대한 관념에 그가 부합하는 인물로 보이기 때문이다. 그는 세련된 취향과 매너로 유럽 문화에 대한 이사벨의 낭만적 동경을 충족시켜준다. 동시에 자유와 독립을 향한 그녀의 열망이 관념적인 것임을 꿰뚫어 볼 수 있기에 그녀의 열렬한 자유 추구를 깊이 공감해주는 포즈를 취할 줄 안다. 그는 청혼함으로써 이사벨의 자유를 위협하는 다른 두 구혼자와는 달리 세계여행을 앞둔 그녀에게 하고 싶은 것은 다 하면서 삶의 자유를 만끽하라고 격려해준다. 이로써 자유와 독립에 대한 그녀의 방어본능을 무력화시킨 오스몬드는 워버튼이나 굿우드처럼 구체적인 결혼 생활을 언급하면서 청혼하는 방식을 취하지 않는다. 대신 지위나 재산이 없는 자신의 사랑을 이사벨이 받아들여 주리라고 기대할 수는 없으나 그저 사랑의 감정을 고백하고 싶을 따름이라는 식으로 낭만적으로 접근한다.

오스몬드가 사랑을 고백한 후 이사벨은 그녀의 내부 깊숙이 존재하는 "고양된 진정한 열정"을 "은행에 저축된 목돈"으로 느끼고 그것을 사용해야만 한다는 데, 또한 "이 목돈에 일단 손을 댄다면 모든 것이 나오게 될 것"이라는 데 "두려움"(이상 263)5)을 느낀다. 그녀가 생각하기에 내면의 이러한 열정이 "모든 두려움을 마땅히 몰아낼 수 있는 바로 그 힘"(263)으로서 그녀를 두렵게 만든 것이다. 다시 말해 이사벨은 변치 않은 진정한 열정을 갖게 되면 "선택하고 결정해야 한다는 두려움"(263)을 물리칠 수 있으리라고 생각하지만 다른 한편 그 힘을 행사하기가 두렵다.

전지적 작가는 질문을 던지고 답하는 형식으로 이사벨이 왜 오스몬드와의 결혼을 결정했는지 그 배경을 설명한다. 삶을 경험하고 싶다던 이사벨의 열망과 독립의 추구, 그리고 결코 결혼하지 않겠다던 예전의 공언은 "보다 원초적인 필요성"(297)에 잠겨버렸다는 것이다. 여기에서 오스몬드가 자극한 이사벨의 깊은 무의식인 "진정한 열정"이나 "원초적인 필요성"은 그녀 내부에 잠재된 안정과 보호의 열망일 수도 있고 성적 깨어남일 수도 있다는 사실이 암시된다.

이사벨은 오스몬드와 결혼한 후 그녀 내부에 잠복해 있는 '두려움'의 정체를 서서히 깨달아가기 시작한다. 자신이 처한 상황이나 내면의 문제를 어렴풋이 인식하는 42장 밤샘 숙고 장면에 이어 55장에서 이사벨은 자신의 내적 문제점을 완전히 깨닫게 된다. 오스몬드와 마담 멀 사이의 석연치 않은 관계가 암시된 장면을 목격한 후 의혹을 품게 된 상황에서 이사벨은 자신의 결혼 생활을 반추해 보게 된다. 그 과정에서 그녀는 오스몬드와 결혼하게 된 정황의 진상에 도달하게 된다. 이 42장에서는 이사벨이 과거를 회상하면서 결혼 실패의 원인을 분석하는 과정이 1인칭 의식

---

5) 로버트 슐먼Robert Shulman은 "자기 자신을 완전히 주어버리는 것"에 대한 이사벨의 두려움을 독립을 추구하는 면과 자신을 새장 같은 곳에 감금시키기를 주저하는 까다로움 및 모든 것에 대한 복합적인 느낌이 복잡하게 융합된 결과로 해석한다(183).

의 흐름 수법으로 진행된다. 자신이 저지른 잘못과 그 원인을 추적하던 이사벨의 의식 속에서 여러 상황이 짜 맞춰짐으로써 마침내 그녀는 오스몬드와의 결혼이 전적으로 자신의 선택에 의한 것만이 아니었고 그 배후에 멀의 역할이 있었음을 깨닫게 된다. 이어 오스몬드의 실체를 간파하게 되고 자신이 왜 그와의 결혼을 결정했는지 이유를 정리할 수 있게 된다. 예기치 않은 재산상속에 따른 중압감과 부담감을 다른 사람에게 넘겨주고 행운에 따르는 상스러움을 지워버리기 위해서 최고의 취향을 지닌 오스몬드에게 재산을 양도하려 했다는 것이다.

　이사벨은 동시에 자신에 대해서도 깨달음에 도달하게 된다. 그녀는 결혼 전 자신의 강한 개성이나 독립심을 드러내지 않은 채 "온순하고", "고분고분한" 면을 내보인 것은 잘못이라고 생각한다(359). 자신을 "감추어서" "처음에 오스몬드를 속였다"(363)는 사실을 인정한 것이다. 그런데 실제로는 이사벨이 오스몬드를 고의로 속였다기보다는 그녀 스스로 자각하지 못했던 양면성 때문에 그러했다. 그녀에게는 수동적인 면이 잠재해 있었기 때문에 주관이 뚜렷하고 개성이 강한 또 다른 면이 은연중 드러나지 않은 것이다.

　이사벨은 양면성이라는 자신 안의 문제에 접근하게 되었으나 아직 그 문제의 실체를 완전히 깨닫지 못했다. 오스몬드의 정체를 간파한 후에도 그녀가 자신을 두려워하는 것은 이 때문이다. 랄프와의 대화 중 남편을 두려워한다면 그것은 순전히 의무감 때문이겠지만 사실은 남편이 아닌 "자기 자신이 두렵다"(419)고 말한다. 랄프가 위독하다는 소식을 듣고 오스몬드의 반대를 무릅쓰고 떠나기로 하면서도 이사벨은 남편의 뜻에 반한 자신의 행동이 너무 "과격"(449)하지 않을까 두려워한다. 자유롭고 독립적인 한 개인으로 행동하는 것을 꺼리는 것이다. 이렇듯 이사벨에게는 자신 안의 두려움의 근원을 깨닫고 그것을 직시해서 극복해야 하는 또 하나의 성장 단계가 남아 있다. 이는 마지막 장인 55장에서 이루어진다.

오스몬드의 정체를 파악한 데 이어 랄프의 죽음을 맞이하면서 삶의 방향을 잃은 이사벨은 구원의 손길을 보내는 굿우드라는 강력한 힘에 자신을 내맡겨버리고 싶은 충동에 휩싸인다. 그렇지만 굿우드의 열정적인 키스를 받은 이사벨은 그의 남성적인 소유 의지를 의식하면서 자신 안에 잠재된 남에게 의지하여 보호받으려 하는 면을 정면으로 맞닥뜨리게 된다. 그것을 깨달은 순간 그녀는 그를 뿌리치고 뛰쳐나간다. 이때 이사벨의 시선은 확고한 방향성을 띠고 발걸음은 단호하다. 이사벨이 굿우드를 "운명"으로 생각하는 면이 있었다는 점에서 그녀는 이제 외부적인 힘에 자신을 내맡기고 싶은 잠재된 욕구를 박차고 나아간 것이다. 이는 이사벨이 두려움의 근원이었던 자신 내부의 문제를 결국 극복한 것으로 이해할 수 있다. 그렇기에 그녀가 확고하고 단호하게 선택한 길은 "똑바로 난 길"(490)이다. 이제 그녀는 두려워할 것도, 불안해할 것도 없다. 당당하게 맞설 수 있는 힘이 생겼기에 로마로 가서 오스몬드와의 관계를 정리할 수도, 그 후 새롭게 자유와 독립을 추구하는 삶을 개척할 수도 있다. 그다음 길은 열려 있는 것이다.

원작에서 이사벨이 양면성이라는 자신의 문제를 대면하게 되는 인식의 성장 과정은 작품 전체를 통해 빛과 어둠 이미지를 통해 유기적인 의미망을 구축하면서 탐색된다. 빛과 어둠은 이 작품에서 여러 의미를 띠는데, 먼저 주목할 것은 빛은 순수와 생기, 어둠은 악을 내포하는 경험과 생명력 고갈을 상징한다는 사실이다. 순수하고 순진한 밝은 인물 이사벨이, 그림자가 드리워지기 시작한 가든코트의 정원에서 담소하고 있는 병색이 완연한 터체트 씨Mr. Touchett와 그 아들 랄프 그리고 워버튼 앞에 당당하고 환한 모습으로 등장하는 것으로 이 소설은 시작된다. 순수의 빛을 몰고 온 이사벨은 그 빛을 잠식하는 마담 멀이라는 어둠을 접하게 된다. 멀이 어둠과 연관됨은 이사벨을 처음 만난 장면에서 그녀가 피아노를 칠 동안 "그림자"(152)가 짙어진다는 대목에서 시사된다. 멀은 정체성이 흐릿하다는 점에서도 어둠과 연관된다. 멀의 조종으로 오스몬드와 결혼한 이사벨은 그와의 결혼으로 어둠의 세계에 갇혀 예전의 밝고 생기발랄한 모습을 잃고 만다. 42장에서 이사벨이 밤새 이런저런 생각에 잠길 때 그녀는 결혼 1년 후 오스몬드가 "고의로 그리고 악의적으로 빛을 하나씩 꺼버린 것처럼"(356) 어둠이 점차 짙어지기 시작했음을 깨닫는다. 또한 오스몬드의 집은 "침묵"과 "질식" 그리고 "어둠"의 집임을 간파하게 된다(360). 반면 이따금 방문하여 이사벨의 숨통을 트이게 해주는 랄프는 어둠을 밝히는 "램프 불"(lamp 363)로 묘사된다.

어둠은 혼란스럽고 불확실한 심적 상태를, 빛은 그 상태를 단순화시키는 것을 상징하기도 한다. 이사벨 안에는 자유와 독립을 추구하는 면과 안정과 보호를 원하는 수동적인 면이 있는데 이러한 양면성 때문에 그녀는 혼란스럽다. 이때 빛은 복잡한 문제를 단순화시키고 해결하는 역할을 한다. 오스몬드가 사랑을 고백할 때 "원초적인 필요성"이 "별빛"(297)처럼 내려와 일거에 모든 문제를 단순화시켰다고 설명되는 부분이 그 예이다. 하지만 이때의 빛은 혼란스러운 심적 상태를 대면하고 직시해서 극복할 수 있게 해주는 진정한 빛은 아니다.

이러한 유형의 빛은 오스몬드의 실체가 밝혀지고 랄프를 잃은 상태에서 혼란에 빠진 이사벨에게 굿우드의 모습으로 또다시 찾아온다. 어찌할 바를 모르는 진퇴양난의 처지에 처한 그녀는 굿우드가 "곧바로"(488) 자신에게로 오라고 강하게 이끌 때 도움이 "밀려오는 급류"로서 닥쳐오는 듯이 느끼고 "황홀경"(489)에 빠진다. 하지만 이내 그것이 어둠 속 급류에 휩쓸려 정신없이 표류하다가 가라앉는 것임을 인식하고 제정신이 들게된다. 굿우드에게 자신을 내맡길까 생각하던 이사벨은 순간 이 모든 "혼돈"이 "혼란스러운 자신의 내적 상황"에서 비롯된 것임을 "인식"하게 된다(489). 그때 "어둠" 속에서 굿우드의 키스가 "하얀 번갯불"처럼 재빠르게 그녀를 덮친다(489). 그의 행동이 거칠고 "공격적이며" "강한 남성성", "강렬한 개성" 그리고 소유 의지를 드러내는 "소유 행위"임을 새삼 깨닫게 된 이사벨은 거기에서부터 뛰쳐나오게 된다(489). 굿우드를 거부하면서도 그의 강력한 힘에 자신을 내맡긴 채 휩쓸리고 싶은 욕구가 내면에 잠재해 있었음을, 즉 자신이 혼돈상태에 있음을 이사벨은 깨닫게 된 것이다. 이제 그녀는 더는 혼돈 속에서 주저하지 않고 그 상황을 박차고 뛰쳐나온다. 이사벨이 굿우드의 강한 힘에 굴복해버릴 뻔했던 위기 상황은 난파당해 물속에 빠진 사람들이 배가 침몰하기 직전까지 간 상황으로 비유된다. 그렇지만 그녀는 마침내 자신 안에 잠재되어 있던 문제점, 외부의 강력한 힘에 수동적으로 자신을 내맡겨 버리고자 했던 면을 직시하게 된것이다. 이사벨이 인식에 이르고 어둠에서부터 새로운 존재로 깨어나는 이 장면은 20세기 제임스 조이스James Joyce 소설에 나타나는 에피파니처럼 제시된다.

　　이 장면에서 굿우드의 키스와 연관되는 번갯불은 그와 연관되는 다른 이미지, "재빠른", "강력한", "밀려오는", "황홀경" 등과 마찬가지로 사람의 혼을 빼듯이 휩쓸고 압도하는 이미지로서 강렬하며 위협적이다. 이사벨은 그것이 그녀가 진실로 원하는 빛이 아님을 깨닫는다. 그래서 그녀는 주위를 둘러싸고 있는 어둠을 뚫고 가든코트에서 비쳐오는 빛을 향해 달려간다.

어둠 속 갈 길 몰라 헤매던 상태에서 잠시나마 굿우드에게 휘둘렸던 이사벨은 가든코트 저택의 빛이 비치는 창문을 향해 단숨에 달려와 "똑바로 난 길"을 택한다. 이 똑바른 길은 어둠에서 빛으로 가는 길이다. 처음 유럽에 도착한 이사벨은 순수의 빛을 몰고 온 인물로서 등장했는데, 이제 모진 고통을 겪고 성숙해져서 찾아가는 빛은 어둠을 알게 된 후 그 앎까지를 포함하는, 어둠을 수용하면서 이를 극복하는 빛이다. 이 소설이 시작 부분과 결말 부분을 대칭되게 배치한 것이 이사벨이 인식의 성장에 도달했음을 보여주기 위한 장치라고 할 수 있는 것은 이 때문이다.

III. 두 각색작: 낭만적 단순화 VS '성'의 전경화

1. 감상적 멜로드라마 VS 페미니즘 주제

『여인의 초상』은 사건이 아니라 심리의 흐름을 쫓는다는 점에서 영상에 담아내기가 어려운 소설이다. 그렇기에 각색할 때 이사벨 인식의 성장이라는 원작의 주제를 그대로 재현해내기보다는 어느 한 면만을 선택하여 사건 중심으로 단순화하거나 나름대로 전유하여 색다른 작품으로 창조해낸 것은 자연스러운 현상이라고 할 수 있다.

1968년 존스가 감독한 BBC 드라마와 1996년 캠피언이 감독한 영화는 제작된 시기와 장르뿐 아니라 각색의 방향에서도 차이가 크다. BBC 드라마는 이사벨의 내면 의식을 탐색하는 원작을 엇갈린 사랑에 대한 감상적인 멜로드라마로 단순화한다. 이사벨, 오스몬드, 랄프 간의 낭만적 삼각관계라는 사랑 이야기에 초점이 맞춰지는 가운데 이사벨은 낭만적 환상을 품었다가 환멸을 겪는 여성으로 자리매김 된다. 반면 캠피언 영화는 여성의 성과 몸에까지 관심의 폭을 넓혀가면서 여성인 이사벨이 정신적으로 감금하려 드는 남편 오스몬드에게서 받는 억압과 수동적 희생자로서의 상황, 즉 사회적인 문제로까지 시야를 확대한다. 이와 함께 원작처럼 이사벨의 의식에 관심을 쏟되, 원작을 과감하게 전유하여 잠재된 성sexuality과 연관되는 문제에만 초점을 맞춘다.

원작과 두 각색작품이 지향하는 주제의 차이는 각 작품의 결말에서 여실히 확인된다. 결말의 차이는 굿우드가 재차 청혼할 때 이사벨이 잠시 그에게 의존해 버릴까 하는 생각을 하지만 그가 열렬하게 키스를 퍼붓는 순간 불현듯 그의 품에서 뛰쳐나오는 장면의 유무와 이사벨이 결국 로마로 돌아갔다는 헨리에타 언급의 유무 여부에 있다. 원작에서는 중요한 이 대목이 BBC 드라마에서는 전부 삭제되어 있고, 캠피언 영화에서는 굿우드와의 장면은 영상화되지만 이사벨이 로마로 돌아갔다고 명시적으로 언급되는 부분은 생략되었다. 두 각색작품에서는 죽어가는 랄프와의 재회가 클라이맥스로 처리되는 가운데, 인식의 성장을 주제로 삼은 원작에서 클라이맥스에 해당하는 마지막 장이 생략되거나 대폭 단순화된 것이다.

원작의 결말에 해당하는 부분, 즉 굿우드의 열렬한 구애와 이에 따른 이사벨의 심적 동요 그리고 그 구애를 격렬하게 뿌리치는 장면은 이사벨에게 닥친 위기가 절정에 달했다가 마침내 해결의 실마리가 되는 부분으로서 주제의 전개에 있어서 매우 중요하다. 이는 오스몬드의 정체를 깨닫게 된 후 랄프의 임종을 앞두고서야 비로소 그의 진정한 사랑을 확인하게 된 이사벨이 앞으로 어떻게 할지를 결정하지 못한 상태에서 맞닥뜨리는 상황이다. 굿우드의 청혼에 순간 동요하는 이 대목에서 이사벨은 그녀 내부에 잠복해 있던, 자유와 독립을 추구하면서도 다른 한편으로는 수동적으로 안전하게 보호받고자 하는 모순된 심리 상태를 대면하고 이를 직시하게 되며 마침내 그 상태를 박차고 뛰쳐나오게 된다.

BBC 드라마의 결말은 랄프의 진실한 사랑을 마침내 깨닫게 된 이사벨이 두 사람 사이의 이루어지지 못한 애절한 사랑을 안타깝게 확인하는 장면이다. 캠피언의 영화는 다시 청혼하는 굿우드의 열렬한 키스를 뿌리치고 가든코트의 문을 향해 뛰어와 문고리를 잡았지만 어찌할 바를 모른 채 카메라를 향해 돌아선 이사벨의 당혹스러운 모습을 담은 장면으로 끝맺어진다. 정신적으로 감금하는 오스몬드로부터 희생당해 왔던 이사벨이 과연 어떤 자유로운 선택을 할 것인지를 명확하게 보여주지 않은 채 열린 결말로 처리하는 것이다.

각 작품이 지향하는 주제에 따라 이사벨이나 주변 인물들이 형상화되는 방식 및 비중 또한 달라진다. 원작에서는 이사벨의 '의식'에 초점이 맞춰지면서 주변 사람들은 그녀 주위를 맴도는 "위성 인물들"(11)로 그려진다. BBC 드라마에서는 이사벨-랄프-오스몬드 간의 삼각관계를 배경으로 한 이사벨과 랄프의 엇갈린 사랑이 주제이기 때문에 랄프의 비중이 상대적으로 커진다. 워버튼이나 굿우드의 구애도 나타나기는 하지만 중요도가 떨어진다. 캠피언 영화에서는 잘못된 선택에 따른 불행한 결혼 생활에 초점이 맞춰지고 이사벨이 희생자로 부각되는 만큼 가해자인 오스몬드가 중심인물로 부각된다. 반면 랄프와 굿우드의 비중이 상대적으로 낮아진다. 멜로드라마적인 선악의 이분법으로 단순화되므로 가해자인 오스몬드는 원작에서보다 더 악한 인물로 등장한다.

BBC 드라마에서는 원작에서와는 달리 이사벨 개인의 성격적 특성이 큰 문제가 안 되고 그녀의 의식 또한 중요하게 다뤄지지 않는다. 이사벨의 의식이나 그 변화에 관심이 없으므로 심리의 흐름을 보여줄 필요가 없다. 따라서 원작의 플래쉬백을 무시하고 이사벨이 갑자기 찾아온 이모 터체트 부인Mrs. Touchett과 함께 유럽행을 결정한 내용부터 시간순대로 소개된다.

BBC 드라마는 원작에서 동화적인 요소, 갑자기 돈 많은 이모가 나타나 유럽으로 데려오고 거기에서 최고의 신랑감들에게 청혼을 받는 데다 랄프라는 요정의 힘으로 예기치 않게 막대한 재산까지 상속받은 선하고 순진한 아가씨가 운명의 장난인지 악인과 결혼함으로써 고통을 겪는다는 식의 내용만을 선택하여 사건 중심으로 이끌어가는 멜로드라마로 의도되었다.

무대 위에서 상연되는 극처럼 만들어진 BBC 드라마에서는 이사벨을 둘러싼 사건이나 사람들과의 관계가 내용 전개에 중요한 요소가 된다. 이사벨과 랄프 그리고 오스몬드 사이의 삼각관계에 초점이 주어지는 가운데 전반부의 랄프는 전혀 병자 같지 않게 활달하고 유쾌한 인물로 등장한다. 랄프 역에 3개의 골든 글로브상을 받았고 다른 10개 상에 노미네이트된 바 있는 리차드 챔버레인Richard Chamberlain이라는 비중 있는 인물이 배정될 정도로 그는 이 드라마에서 핵심적인 위치에 있다. 그의 비중이 상대적으로 커지면서 랄프의 죽음 후 굿우드의 또 한 번의 청혼이나 이사벨이 오스몬드가 있는 로마로 돌아갈 것인가의 여부는 아예 생략된다.

BBC 드라마의 하나의 주제는 오스몬드를 향한 이사벨의 낭만적 환상과 환멸이다. 이사벨이 오스몬드에게 이끌려 결혼하게 되는 구애 과정은 낭만적 장면으로 영상화된다. 처음 시작 장면에서 카메라에 포착된 장미 한 송이는 이사벨이 오스몬드에게 품은 낭만적 환상을 함축한다. 이는 랄프가 오스몬드와의 결혼을 반대하면서 오스몬드가 쏘아 올린 장미에 높이 날던 이사벨이 맞아 지상으로 떨어져 버렸다고 언급할 때 이사벨의 가슴에 달린 장미꽃이 클로즈업되는 장면에서 또다시 확인된다. 그 안에 가

시라는 위험이 도사리고 있다는 점에서 장미는 오스몬드를 향한 이사벨의 낭만적 환상과 이후 겪게 될 환멸을 나타내는 데 적합한 상징이다.

또 하나의 주제는 랄프의 불치병과 이사벨의 낭만적 환상 때문에 엇갈려 결국 이루지 못한 사랑의 비극 그리고 랄프의 보상받지 못한 안타까운 사랑이다. 이사벨은 남편 오스몬드의 실체를 파악하게 된 후 그와의 결혼을 그토록 막았던 랄프가 사실은 자신에게 독립된 삶을 보장해 줄 수 있는 막대한 유산 상속을 이끈 장본인임을 알게 되고, 죽어가는 랄프 앞에서 그의 사랑을 확인하며 오열한다. 죽음을 앞둔 랄프의 침대에서 이사벨은 과거 진심을 감추던 태도에서 벗어나 솔직하게 속마음을 터놓고 그를 향한 안타까운 마음을 토로한다. 이 장면을 클라이맥스로 처리함으로써 BBC 드라마는 이사벨과 랄프의 아름답고 안타까운 낭만적 사랑과 용서의 감상적 멜로드라마가 된다.

캠피언은 이사벨의 의식 변화와 인식의 성장 과정이라는 원작의 주제를 살리지 않고 대신 사악한 남자에게 속아 넘어간 순진한 여성이 억압적인 결혼 생활에 갇히게 된 상황에 주안점을 둔다. 여성의 잘못된 선택에 따른 불행한 결혼 생활과 그 안의 감금 및 억압 문제로 단순화하는 것이다. 영화는 자유와 감금의 주제에 부합하게 원작과는 아무 관계가 없는 파격적인 장면을 창조적으로 연출하기도 한다. 호주 악센트로 성에 대해서 과감하고 자유롭게 얘기하는 여성들의 목소리를 들려준 데 이어, 자유로운 현대 의상과 헤어스타일을 하고 원 모양으로 땅에 누워 있는 여성들을 위에서부터 내려보며 촬영한 장면으로 시작하는 것이다. 성에 대한 여성들의 자유분방한 대화에 이어 울지 않으려고 애쓰면서 눈을 이리저리 옮기는 이사벨의 두려움에 찬 모습이 클로즈업된다. 이때 눈물을 머금고 있지만 흘리지는 않는 이사벨의 상처받은 모습은 태연한 척하나 내적으로는 고통당하고 있는 이사벨의 상황을 압축적으로 표현한다. 내적으로 억눌린 이사벨의 이러한 모습은 자유롭고 거리낌 없는 현대 여성과 병치, 대조되면서 앞으로 전개될 이야기가 여성의 성 및 억압받는 여성의 고통과 연관될 것임을 시사한다. 캠피언 각색작의 창조적 몽타주와 미장센이 처음부터 돋보인 예이다.

영화의 전반부에는 사랑과 결혼을 둘러싼 이사벨의 성적인 각성이, 후반부에는 남편이 가하는 심리적인 폭력 속에서 고통당하는 그녀의 모습이 부각된다. 이사벨을 둘러싼 여러 위성인 주변 인물들이 고통을 숨기는 부자연스러운 그녀의 모습을 관찰하며 진상을 추측하는 원작과는 달리, 캠피언 영화에서는 외롭고 고뇌에 찬 결혼 생활의 이면을 여러 장면을 통해 직접 보여준다. 이사벨이 결혼 제도의 희생자로 그려지므로 이사벨과 오스몬드의 관계가 전면에 부상하고 오스몬드는 처음부터 독선적이고 이기적이며 냉혹하게 사람을 조종하는 사악한 인물로 단순화된다. 이는 오스몬드 또한 결혼 전 자신의 본 모습을 드러내지 않은 이사벨에게 결과적으로 속은 면이 있으며 이사벨의 돈만을 노려 결혼했다고 볼 수만은 없는 원작과 다른 점이다.

캠피언의 영화에서 굿우드의 비중은 BBC 드라마에서와 마찬가지로 축소된다. 원작에서 굿우드는 외부의 강력한 힘에 자신을 내맡겨버리고 싶은 이사벨의 수동적인 면을 가장 강하게 자극한다는 점에서 그녀의 의식이 성장하는 과정에서 중요한 역할을 하는 인물이다. 그래서 그는 이사벨이 중요한 선택을 해야 할 마지막 순간까지 등장한다. 하지만 BBC 드라마와 마찬가지로 캠피언 영화도 이사벨의 양면성 및 의식의 성장이라는 원작의 주제를 도외시하므로 굿우드가 차지하는 비중이 줄어든다.

원작에서는 이사벨이 오스몬드를 선택한 이유 및 배경이 그녀 내면의 양면성, 즉 상반되는 두 가지 측면 사이의 괴리로 처리되지만, 원작을 단순화한 영화는 사랑과 결혼을 둘러싼 여성의 심리 특히 성적인 차원에서 설명해내려 한다. 이사벨의 의식과 무의식 사이의 간극이나 이로 인한 그녀의 혼란을 포착해낸 것은 원작과 같으나, 이를 이사벨의 성격적인 면에서 양면성의 문제로 제시한 원작과는 달리 영화에서는 성적인 차원에만 집중한다. 원작에서 이사벨은 오스몬드의 사랑 고백을 받고 혼란스러운 감정에 빠지는데 이 상태는 지금까지 경험해보지 못한 불가해한 상태, "어둡고" "불확실한" 겨울 황혼 무렵의 "황무지"와 같이 "애매하고 심지어는 약간 위험해 보이는" "영역"(이상 265)에 비유된다. "원초적인 필요성" 때문에 이사벨이 오스몬드와 결혼하기로 한 것임을 감안한다면 이 상태는 이사벨의 성이 자극된 것임을 암시한다. 이처럼 원작에서는 수면 아래 잠복해 있는 성의 문제를 캠피언 영화에서는 표면화하여 이사벨이 성에 눈뜨게 되는 과정을 보여준다. 파라솔을 빙빙 돌리던 오스몬드가 이사벨에게 키스할 때 그녀의 내면에서 무의식적으로 일깨워진 성이 세계 유람 중에 의식의 표면에 떠오르는 것을 여러 성적인 영상물을 첨가한 미장센으로써 표현한다. 떨리듯 연주되는 바이올린 선율이라는 음향 효과를 이용하여 성에 차차 눈뜨는 이사벨의 설레는 심적 상황을 나타내기도 한다. 하지만 성적인 면 이외에는 그녀의 내면이 거의 전달되지 않는다. 물론 이사벨의 내면 의식이 전혀 나타나지 않은 것은 아니다. 가령 오스몬드가 워버튼과 팬지 사이의 결혼을 성사시키지 못한 것에 대해 이사벨을 탓할 때 크게 들려오는 시계의 똑딱 소리는 두려움 속에 극도로 긴장하고 있는 이사벨의 심리를 표현한다. 하지만 선택하는 "행위자"(Chandler 193)로서의 이사벨 모습은 별로 보여주지 못한다. 그렇기에 캠피언 영화는 "인간의 본성과 의식에 대한 제임스의 폭넓은 견해"를 "몸에 초점을 둔 편협한 페미니즘"(Gordon 15)으로 격하시켰다는 비난을 받기도 한다.

영화에서는 이사벨의 극적인 깨달음을 의식의 흐름 수법을 통해 보여주는 원작의 42장이 제대로 살려지지 않는다. 이사벨의 결혼이 성사되도록 배후에서 조종한 멀의 역할이나 멀과 오스몬드의 관계도 이사벨이 서서히 그 진실에 접근해가던 중 오스몬드의 여동생인 제미니Gemini 백작 부인의 얘기로 마침내 그 전모를 파악하게 되는 원작에서와는 달리, 영화에서는 제미니 백작 부인의 갑작스러운 폭로를 통해 이사벨이 알게 되는 것으로 간단히 처리한다. 그렇기에 찬찬히 의식의 궤적을 따라 서서히 깨닫게 된 원작의 이사벨은 담담하게 이 사실을 받아들이나, 영화의 이사벨은 배신감과 노여움에 감정이 폭발하여 흐느끼는 것이다.

캠피언 영화에서는 오스몬드의 실체를 깨닫게 된 이사벨이 랄프의 죽음을 앞두고 그의 애틋한 사랑을 확인하는 장면이 클라이맥스이고 그의 죽음 이후의 장면들은 앤티 클라이맥스이다. 영화는 랄프가 세상을 떠난 후 어디로 가야 할지를 결정하지 못한 이사벨이 굿우드의 키스를 뿌리치고 뛰쳐나와 가든코트의 문고리를 잡고 카메라를 향해 선 모습으로 끝난다. 공간적 배경이나 이사벨이 맞닥뜨리는 상황 면에서 이 부분은 시작 부분과 대칭된다. 랄프의 죽음 후 가든코트에 머무르고 있는 이사벨은 처음 영국에 와서 워버튼의 청혼을 받았던 가든코트의 바로 그 장소에서 이제 굿우드의 청혼을 받는다. 워버튼의 청혼을 거절하고 그러했던 것처럼 이번에는 굿우드의 청혼을 거절하고 잔디를 지나 가든코트의 문 앞으로 달려가는 동작을 반복한다. 그녀는 이 순간 어찌할 바를 모르고 당황한 모습을 보이는데, 그녀의 긴장된 모습은 "심리적 불안정성"(Anesko 179)을 드러낸다. 이러한 이사벨의 모습은 시작 부분에서와 크게 달라 보이지 않는다. 영화는 이사벨이 과연 오스몬드가 있는 로마로 돌아갈 것인지를 포함해서 어떤 최종적인 선택을 할지를 확실하게 밝히지 않은 채 열린 결말로 마무리한다. 그렇지만 과연 영화 속 이사벨에게 원작에서처럼 "똑바로 난 길"이 놓여 있는지는 의문이다. 원작과는 달리 이사벨의 인식이 성장한 것으로 그려지지 않았기 때문이다.

2. 원작 기법의 창조적 전유

원작과 두 각색작품이 지향하는 주제가 달라짐에 따라 각기 의도한 주제를 드러내기 위해 구사하는 기법 또한 달라진다. 원작에서 이사벨의 내적 모순성은 그녀 자신 안에 잠복해 있던 '두려움'의 원인, 즉 그녀가 '두려워한' 자기 자신의 정체이기도 한데, 그녀의 내적 모순과 이에 대한 깨달음이 빛과 어둠 이미지나 시적 함축성으로 가득한 장면을 통해 전달된다. BBC 드라마에서는 빛과 어둠 이미지 대신 안타까운 낭만적 사랑이라는 분위기를 조성하기 위해 여러 장치가 사용된다. 캠피언 영화에서는 감독이 의도한 자유와 감금의 주제에 맞춰 빛과 어둠을 대조시켜 상징적 의미를 함축하는 제임스의 기법을 전유한다.

원작을 사건 중심으로 대폭 단순화한 BBC 드라마에서는 빛과 어둠 이미지가 거의 나타나지 않는다. 항상 동화 속 공주와 같이 화려한 의상을 입고 등장하는 이사벨은 양면성을 지닌 복합적인 인물이 아니라 단지 낭만적 환상을 품은 여인으로 단순화된다. 드라마 내내 늘 그늘 없이 밝은 모습만을 보여주는 이사벨 역의 수잔나 니브Susannah Neve에게서 원작 이사벨이 지닌 심리적 취약성을 찾아보기는 어렵다. 원작에서 이사벨의 내면을 추적하는 후반부는 암울한 분위기를 풍기는데, 이 드라마는 이사벨의 의식의 흐름과 인식의 성장 과정을 고려하지 않기 때문에 시종 어둠이 별로 드리우지 않은 밝은 분위기로 일관한다.

캠피언 영화에서는 빛과 어둠 등 원작의 상징을 영화 나름의 주제에 걸맞게 자유와 감금의 상징으로 전유한다. 따라서 빛과 어둠 이미지가 사용되는 방식이나 함축하는 의미가 원작과는 다르다. 어둠은 오스몬드와 연관되면서 일관되게 감금을 상징한다. 그 첫 번째 예는 오스몬드가 처음 사랑을 고백할 때 사용한 파라솔이 만들어낸 그늘이다. 플로렌스 박물관에서 이사벨이 잃어버린 파라솔을 찾으러 이곳저곳을 기웃거릴 때 오스몬드는 그늘 속에서 파라솔을 천천히 돌리면서 나타난다. 그늘과 햇살이 교차하는 가운데 파라솔 모양의 그림자가 부각된다. 빛과 어둠이 교차하는 이 장면의 미장센은 자유와 감금 사이의 경계선에서 또한 오스몬드에 대한 불확실한 마음속에서 오라가라하는 이사벨의 상태를 상징적으로 함축한다. 오스몬드는 파라솔로 원을 그리며 이사벨 주위를 빙빙 돌고 파라솔이 두 사람의 키스를 가리면서 이 장면이 끝난다. 여기에서 파라솔로 인해 원 모양으로 조성된 그늘은 앞으로 이사벨이 당하게 될 감금을 상징한다.

밝음이 지배적인 첫 장면과 대조되게도 이사벨이 멀과 오스몬드의 책략에 빠져들수록 스크린 위의 이미지들은 점점 더 어두워진다. 로마에 있는 오스몬드의 집 내부에는 "어둠과 밀실공포의 이미지"(Barry 124)가 압도적으로 많다. 햇빛을 차단하기 위해 무겁게 쳐진 커튼은 억압적이고 음울한 분위기를 전달한다. 집에 빛이 비치지 않은 상태는 이사벨과 오스몬드의 암울한 부부관계를 나타낼 뿐 아니라 오스몬드의 억압을 받은 그녀의 내적 마비를 상징한다. 캠피언은 빛을 조정함으로써 이사벨의 심적 고통을 전달하는 것이다(Chandler 192). 또한 워버튼과의 결혼 계획이 무산된 후 오스몬드가 팬지Pansy를 보낸 수도원은 감금을 상징하는 그늘로 제시된다. 로마를 떠나는 이사벨이 수도원으로 팬지를 찾아갈 때 밝은 햇빛을 등지고 어두운 건물 속으로 걸어 들어가는 장면의 미장센이 그 예이다.

영화에서는 어둠 이미지뿐 아니라 새장이나 창살 그리고 감옥을 비롯한 여러 감금의 이미지가 나타난다.6) 랄프가 오스몬드와의 결혼을 말릴 때 이사벨은 "내가 새장을 좋아한다 하더라도 당신이 신경 쓸 필요가 없다"는 식으로 얘기하는데, 그때 이사벨이 서 있는 곳은 큰 새장이나 감옥 같은 분위기를 풍기는 창살 앞이다. 이 장면의 미장센은 그녀가 오스몬드와 결혼함으로써 감금될 것임을 전조한다. 로마의 지하 묘지에서 로지에 Rosier와 팬지를 가로막고 있는 것은 묵중한 철제 창살인데, 이는 오스몬드가 팬지를 정신적, 물리적으로 감금한 채 두 사람의 결합을 가로막고 있음을 시사한다.

캠피언 영화에서 감금은 조종의 형태로 나타나기도 한다. 한 장면 한 장면 끊어진 빠른 영상으로 흑백 처리된 세계여행 장면에서 멀은 항상 이사벨의 배후에 서서 지켜보고 있는 모습을 하고 있다. 이러한 몽타주는 멀이 이사벨을 자신의 음모에 따라 조종하고 있는 상황을 상징적으로 함축한다. 오스몬드가 파라솔을 들고 나타나 돌리는 장면은 이사벨이 이성을 잃고 최면에 걸린 듯 판단력이 혼미해진 상태임을 전달한다. 오스몬드와 결혼 후 이사벨이 처음 등장할 때 입은 꼭 끼는 옷은 억압과 감금의

---

6) 제한되고 포위되며 감금되는 이미지는 채워지는 빗장, 넘어서는 안 되는 선, 펼쳐지는 그늘 등을 통해 원작에서도 나타난다(Barry 128). 또 다른 예로는 이사벨이 처음 오스몬드의 집을 보고 "바깥세상과 접촉이 없는"(195) 이 집에 일단 들어가면 나오기가 어렵겠다고 느끼는 것, 로지에가 오스몬드 집의 진경을 보고 "지하 감옥"이나 "요새"(이상 307) 같다는 인상을 받는 것, 오스몬드가 팬지를 보내버린 수도원을 이사벨이 감옥으로 보는 것, 그리고 이사벨이 오스몬드의 집을 "끝이 막다른 벽인 어둡고 좁은 골목길"(356)로 보는 것 등을 들 수 있다.

현실을 반영한다.7) 장식이 많고 땅에 질질 끌리는 거추장스러운 이사벨의 의상은 자주 클로즈업되면서 여성의 자유로운 활동을 제한하는 부자연스러운 상황을 반복해서 보여준다(Chandler 185). 영화의 마지막 장면에서 이사벨이 굿우드의 접촉에서 도망치는 것은 그녀가 "접촉"을 절망이나 슬픔과 연관시키고 있음을 시사한다(Bauer 195)고 할 수 있는데, 이는 오스몬드가 계속해서 손이나 접촉과 연관되면서 감금을 의미하는 것과 관련이 있다.

캠피언 영화에서 빛과 어둠이 자유와 감금을 상징하는 데 한정되었다면, 원작에서는 인식의 성장이라는 주제에 부합되게 이사벨이 순수의 빛에서부터 어둠의 악을 경험한 후 결국 어둠을 수용하면서 이를 극복하는 보다 높은 차원의 진정한 빛을 찾는다는 내용이 작품 전체를 통해 유기적인 의미망을 구축하고 있다.

IV. 총평

원작은 이사벨을 주체이자 관찰의 대상으로 삼아 그녀의 의식 변화와 인식의 성장 과정을 추적한다. 반면 각색작들은 이사벨 인식의 성장 과정을 탐색하는 대신 인물의 행위나 사건에 따라 전개된다. 1968년 BBC 드라마는 남녀의 삼각관계를 둘러싼 낭만적 연애담, 캠피언의 영화는 사랑과 결혼에서의 잘못된 선택과 그 비극적 결과에 주안점을 둔다. 그 결과 낭만적 멜로드라마나 남편의 정신적 폭력에 감금된 희생자에 관

---

7) 고던Gordon은 영화에서 이사벨을 "완전한 주체"라기보다는 "초상화"로 제시하다보니, 주위에서 일어나는 사건이 그녀에게 미치는 영향을 의상이나 헤어스타일을 통해 드러낸다고 본다(17).

한 작품에 그치고 만다.

　BBC 드라마는 원작 전반부의 동화적 구조를 따르고, 캠피언 영화는 원작 후반부의 희생자 이미지에 주안점을 두고 있다. BBC 드라마가 여성의 사랑과 결혼을 낭만적 환상과 환멸을 축으로 풀어냈다면, 캠피언 영화는 이에 덧붙여 여성의 성과 몸으로까지 시야를 확대하고, 자기 주관이 뚜렷한 여성임에도 불구하고 남편의 정신적 폭력에 감금되는 수동적 희생자로서 이사벨의 모습을 그려냈다. 이사벨의 의식보다는 잘못된 선택에 따른 불행한 결혼 생활에 초점을 두는 것이다.

　두 각색작들은 원작을 단순화하는 가운데 행위나 선택의 주체로서 이사벨의 내적 갈등을 도외시한다. 인물의 성격이나 섬세한 동기보다 사건이나 행위를 중요하게 취급하기도 한다. 그 결과 이사벨은 멜로드라마의 주인공에 머물고 만다. 각색작들이 원작의 정수를 잘 살리지 못했다고 할 수 있는 이유이다. 원작에서는 이사벨이 단순히 희생자에 그치는 것이 아니라 자기가 맞게 된 곤경에 일정 부분 책임이 있고 또 그 사실을 스스로 인정하며, 인식의 성장에 도달한 후에는 당당하게 상황에 맞서기 위해 로마로 돌아간다. 그렇기에 원작 속 이사벨은 비극의 주인공에 부합하는 위치에 자리매김 된다.

　이사벨의 인식 성장 문제를 다루지 않은 두 각색작은 복합적이고 섬세한 인간 이해의 정수를 보여주는 원작의 폭과 깊이에 미치지 못한 아쉬움을 남긴다. 가령 BBC 드라마는 밋밋하고 초점이 없이 산만한 이야기가 되어버렸다. 이와 달리 캠피언 영화는 원작 속에 감추어진 이야기, 즉 여성의 성에 초점을 맞춰 집중적으로 부각한다. 원작의 텍스트 속에 잠복해 있는 어느 한 면만을 확대하여 전유하면서 창조적으로 변형하고 이를 독자적 예술 작품으로 잘 형상화했다는 점에서 캠피언의 영화는 나름 성과를 거두었다고 할 수 있다.

『더버빌가의 테스』

Tess of the d'Urbervilles

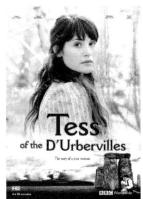

I. 작가와 작품 소개

토마스 하디Thomas Hardy는 1840년 영국 남서부 도오셋Dorset 지방의 작은 마을 하이어 보캠튼Higher Bockhampton에서 태어났다. 하디는 단순히 목가적인 농촌 이야기나 추상적이고 형이상학적인 운명과 인간 사이의 대립에 관한 이야기를 쓴 것이 아니다. 19세기 말 영국 남부 농촌 사회의 변천 과정에 대한 경험을 토대로 그는 그 변화의 전반적이고 본질적인 성격을 실감 나게 형상화했다. 당시까지는 영문학에서 정식으로 다루어지지 않았던 시골 지방과 그곳에 사는 사람들의 삶에 주목하여 당대 사회 현실의 핵심적이고 절실한 문제를 탐색한 것이다.

하디는 허버트 스펜서Herbert Spencer, 앨더스 헉슬리Aldous Huxley, 존 스튜어트 밀John Stuart Mill, 찰스 다윈Charles Darwin의 저술에 영향을 받아 사회진화론에 관심을 두게 되면서 기독교적 관습과 가치 체계를 회의하게 된다. 이는 그가 당대 청교도 사회에서 금기시한 성, 인간 본능의 영역을 본격적으로 다루게 된 배경이다.

『더버빌가의 테스』는 『귀향』The Return of the Native, 『광란의 무리를 멀리 떠나』Far From the Madding Crowd, 『숲속의 사람들』The Woodlanders, 『캐스터브리지의 시장』Mayor of Casterbridge, 『무명의 주드』Jude the Obscure와 함께 '웨섹스'Wessex 소설이라고 불린다. 웨섹스는 하디가 고향인 도오셋과 그 주변 지방을 모델로 하여 만들어낸 상상의 공간이다. 하디 소설에서 웨섹스는 단순히 형식적인 공간적 배경에 그치거나 지역적인 배경에 머무르지 않는다. 하디는 웨섹스 지방 특유의 관습 및 풍속, 전설과 민담을 보여주는 가운데 그 지방을 배경으로 삼아 19세기 말 농촌 사회가 변화하고 해체되어가는 과정과 그 양상을 다룬다.

『더버빌가의 테스』의 부제는 "순정한 여인"Pure Woman이다. 미혼모이자 유부녀의 신분으로 다른 남자의 정부가 되고 결국에는 살인자가 되어버린 테스를 "순결"하고 "순정한" 여인으로 칭함으로써 하디는 당대 빅토리아조 사회의 순결 관념에 도전한다. 영국 중산층의 편협하고 독선적인 성 윤리에 의해 희생되는 여주인공을 통해서 하디는 이중 잣대를 들이대는 당대 빅토리아 시대의 순결 관념을 비판하고 성적 금기를 깨뜨린다.

이 소설은 여기에서 한 걸음 더 나아가 여주인공 테스의 '순정성'을 부각하여 고전 비극적 주인공의 차원으로 격상시킨다. 테스는 인간으로서 가장 기본적이고 자연스러운 욕구에 따라 에인절을 진정으로 사랑했던 것이고 그 사랑에 변함없이 충실하다. 에인절Angel에 대한 사랑이 테스에게는 삶을 지탱하는 근간이었기에 그 성취를 위해 몸부림치는 것이고 알렉Alec을 살해하기에 이른 것이다. 하디는 인간으로서 너무나 자연스럽고 소박한 욕구를 지닌 여성이 그 욕구를 충족시키는 것마저 가능하지 않은 상황에서 그것의 실현을 위해 처절하게 몸부림치는 모습을 극한의 상황 설정 속에서 설득력 있게 그려낸다.

하디가 시각적인 요소를 중시한 "영화적인 소설가"(Lodge 80)임에도 불구하고 그의 소설이 영화나 드라마로 각색된 경우는 많지 않다. 하디 생전에 네 편의 무성 영화가, 1929년에 한 편의 무성 영화가 만들어졌다. 1930년대와 1940년대에 영화화된 하디의 작품은 없었고 1950년대에 아동용 영화가 한 편 출시되었다. 1967년 존 슐레징어John Schlesinger가 감독한 <광란의 무리를 멀리 떠나>가 만들어진 후 1970년대에 여러 편의 BBC TV 번안물이 제작되었다. 그 후 1990년대 중반에 이르러서야 하디 소설은 영화나 텔레비전 드라마 제작자들에게 주목을 받기 시작했다. 1967년부터 2000년 사이에 제작된 영화는 단 여섯 편이었다(Dalziel 744, Niemeyer 4 참조).

하디의 『더버빌가의 테스』는 1913년과 1924년 무성 영화로 제작된 이래 1979년 로만 폴란스키Roman Polanski 감독에 의해 영화로 만들어졌다. 테스 역에는 당시 17세의 나스타샤 킨스키Nastassia Kinski, 에인절 역에는 피터 퍼스Peter Firth, 알렉 역에는 레이 로슨Leigh Lawson이 캐스팅되었다. 이 영화는 1981년에 아카데미 촬영상과 의상상, 보스턴 영화비평협회 최우수 감독상을 비롯한 여러 상을 받고 흥행에도 성공했다. 이후 1996년에 제작된 영화는 상업적 실패작이었고 2000년, 2011년, 2013년에도 영화로 만들어졌으나 비평가나 관객의 주목을 받지는 못했다.

이 소설은 텔레비전 드라마로도 여러 차례 만들어졌다. 1952년과 1960년에 이어 1998년 런던 A&E에서 이얀 샤프Ian Sharp 감독에 의해 3시간짜리 ITV 드라마로 만들어진 이래, 2008년 BBC에서 데이빗 니콜즈David Nicholls의 번안과 데이빗 블레어David Blair의 감독으로 4시간짜리 드라마로 제작되었다. 영국에서는 2008년에 4부작으로, 미국에서는 PBS '고전 걸작 시리즈'에서 2부작으로 2009년 방송되었다. 블레어 드라마에서 테스 역은 젬마 아터톤Gemma Arterton, 알렉 역은 한스 메이더슨Hans Matheson, 에인절 역은 에디 레드메인Eddie Redmayne이 맡았다.

II. 원작: '순정한 여인' 테스

『더버빌가의 테스』는 알렉에게 순결을 상실한 여주인공 테스가 그 과거를 용납하지 않는 에인절에게 결혼 첫날 밤 거부당한 후 온갖 고난을 겪다가 경제적 궁핍에 내몰려 알렉의 정부가 되지만 에인절이 돌아와 용서를 빌자 알렉을 살해하고 결국 처형된다는 이야기다.

알렉에게 순결을 잃은 사건이 비극의 발단이기는 하지만, 테스를 비극적인 결말로 몰아넣은 직접적인 원인은 아니다. 더 결정적인 원인은 당대 사회의 순결 관념을 내면화한 채 그녀를 아내로 받아들여 주지 않은 에인절에게 있다. 하디가 여성에게 일방적으로 순결을 강요하던 당대 성관념의 이중성과 편협성을 비판했다고 할 수 있는 이유는 여기에 있다. 소설에서는 이와 함께 19세기 말의 변화하는 농촌 사회에서 하류계층 여성인 테스가 겪는 경제적인 고통이 생생하게 형상화되면서, 여성에게 가해진 성적, 경제적 억압이 비판된다.

하디 소설에서는 테스를 '순정한 여인'으로 형상화하는 데 주력한다. 외형적으로 보면 테스는 수동적인 희생자로 보인다. 경제적으로 열악한 위치에 있는 여성을 경제력과 사회적 지위를 무기로 하여 육체적 욕망의 대상으로 본 알렉, 여성을 순결한 천사 아니면 타락한 여인이라는 이분법으로 구별하면서 순결성을 잃은 테스를 타락한 여인으로 규정해버리는 에인절, 이 두 남성에게 테스는 하나의 '대상'에 불과하다.

테스의 인생을 비극으로 치닫게 한 두 남성의 폭력적인 대상화는 그녀의 나약하고 충동적인 성격 탓에 더 가능해진 면이 있다. 거부감과 끌림이라는 이율배반적이고 불분명한 심리 상태에서 그녀는 알렉의 "집요한 구애에 잠시 눈이 멀어 혼돈상태에 얼마간 굴복하여"[8] 순결을 잃게 된다. 에인절에게 버림받을 때도 타락한 여인으로 규정하는 그의 말에 수동적으로 순종한 나머지 여성이 쓸 수 있는 모든 수단을 동원하여 에인절을 붙잡는 대신 "무모하게 운수에 순응"(324)한다. 알렉을 살해하게 되는 데도 테스의 무모하고 충동적이며 격정적인 성향이 작용한다. 나중에 에인절이 추측하듯이 그 순간 그녀는 "도덕 감각"과 정신의 "균형"을 잃고 "탈선"(이상 475)했다.

그렇지만 테스는 외부의 힘에 수동적으로 희생되는 '대상'에 머무르지 않고 자존심이 강하고 끈질긴 생명력을 지닌 온전한 인격체로 형상화된다. 가령 그녀는 아버지의 반대로 목사의 방문이 무산되자 자식을 사랑하는 어머니의 심정에서 죽어가는 아이 소로우Sorrow에게 세례를 줌으로써 관습에 도전하는 용기를 보여준다. 경제적 궁핍 속에서도 에인절의 부모에게 도움을 청하지 않고 꿋꿋하게 견뎌내며 고통과 고난도 묵묵히 홀

---

8) Thomas Hardy, *Tess of the d'Urbervilles*. 1891; rpt. (New York: Penguin, 1978), 130. 이하 인용은 이 책에 따르며 괄호 안에 면수만 표기하기로 한다.

로 감수하는 성숙함을 보인다. 사냥꾼의 총에 맞은 새의 고통을 덜어주고자 목을 졸라 죽게 하면서 자신이 가장 비참하다는 연민에 사로잡혔던 것을 부끄러워하며 용기를 낼 정도로 불굴의 생명력을 갖고 있다. 테스는 힘든 삶 한가운데서도 꺾이지 않고 그것과 맞서 자신의 삶을 꾸려나가는 '주체'로서의 면모를 보여준다.

에인절과의 사랑을 성취할 수 있기를 간절히 원해 왔던 테스는 그가 회개하여 돌아왔을 때 알렉을 살해하는 극단적인 선택을 한다. 그 후 스톤헨지Stonehenge에서 경찰에 포위된 것을 알았을 때 테스는 담담하게 "전각오가 되어 있어요"(487)라고 말하며 순순히 체포된다. 극한으로 내몰린 상황에서 최대한의 인간적 존엄과 용기를 보여준 테스의 죽음은 패배인 동시에 "영적인 승리"(Casagrande 200)가 될 수 있다. 독자가 테스의 죽음에서 정신적으로 고양되는 느낌을 받는 것은 이 때문이다. 극한의 시련 속에서도 놀라울 만큼 결연한 의지로 꿋꿋하게 견뎌내고 자신의 행동에 의연하게 책임을 지는 테스의 성격은 숭고한 고전 비극의 주인공에 버금가는 것이다. 이처럼 하디는 하류계층 출신의 테스를 고결한 정신의 소유자로 형상화하여 비극적 주인공의 위치로까지 끌어올린다.

이를 위해 작가 하디는 결말 부분에서 감상에 치우치지 않는 절제된 평정 상태를 유지한다. 테스가 체포된 지 8개월 후 교수형에 처한 바로 그날을 시간적 배경으로 삼은 59장에서 서술자는 거리를 둔 객관적 관찰자의 시점에서 담담하고 차분하게 서술한다. 아무 일도 없다는 듯이 예나 다름없는 모습을 띠고 있는 자연의 무심함이 지적될 뿐, 테스의 비극적인 죽음에 대한 감상이 배제되어 있다. 소설은 고전 비극과 같이 죽음을 초월하고 슬픔이나 절망감이 승화된 듯 초연하고 담담한 분위기로 끝맺어진다.

테스가 처형된 후 떠오르는 태양을 배경으로 에인절과 테스의 정신의 상징인 여동생 리자 루Liza-lu가 손을 잡고 걸어가는 맨 마지막 문장에서도 희망의 분위기가 느껴진다. 구름이 걷히고 태양이 모습을 드러낸 것은 테스의 희생 속에 희망이 있음을 암시한다. 테스의 삶 속에서 행복한 시기에는 항상 태양이 빛났기 때문이다. 이와 같은 배경 설정으로 절망감을 완화해(Lawrence 8) 주기 때문에 독자는 테스의 비극적 삶에서 고전비극에서와 같은 감정적 카타르시스를 경험할 수 있다.

III. 폴란스키와 블레어의 각색작: 확대와 전경화

1. 테스: 욕망의 대상 vs 욕망/감성의 주체

19세기 말에 쓰인 소설을 20세기 현대에 각색할 때는 흥행을 의식해야만 하는 영화나 드라마의 속성상 그 시대의 문화적 요구나 관객의 취향을 반영하지 않을 수 없다. 『더버빌가의 테스』를 각색한 폴란스키의 <테스>나 블레어의 <더버빌가의 테스>도 시대적 상황 및 분위기를 고려해서 다음의 내용을 변형해야 했던 것으로 보인다. 하디의 테스는 순진한 어린아이의 모습과 유혹녀의 풍모를 함께 지니고 있다. 에인절에게는 하품하는 "그녀의 붉은 입속이 뱀의 벌린 입속과 같아"(231) 보이고, 자신을 애타게 하는 "도회지의 일류급 요부"(240)와 같다. 알렉에게 테스는 배교로 이끌 정도로 뿌리칠 수 없는 매력으로 유혹해서 치명적인 파멸에 빠뜨리는 여성이다. 여성을 순결한 천사와 타락한 여성으로 이분법적으로 구분했던 하디 당대 독자들은 성적 매력을 풍기는 여자가 진정성과 순정성을 갖추었다는 하디의 파격적인 인물 설정을 받아들이기 어려웠을 것이다.

그렇지만 더는 경직된 이분법적 사고의 틀에 매여 있지 않은 현대인들에게 테스는 그다지 파격적으로 다가오지 않을 것이다. 그러므로 테스라는 인물을 현 시대적 요구에 맞춰 다른 각도에서 형상화할 필요가 있었던 것으로 보인다.

20세기 현대 관객의 취향에 비추어 볼 때 19세기 빅토리아조 영국의 순결관 문제 또한 다소 고리타분하게 비칠 수 있다. 육체적 순결을 잃어버린 테스를 아내로 받아들일 수 없는 에인절은 현대적 시각에서 보면 가부장적 사고의 틀에 얽매어 사랑을 배신하는 옹졸한 남성이다. 따라서 에인절이 테스를 거부하는 배경이 현대 관객들에게 좀 더 설득력 있게 다가오도록 만들 필요성이 있었을 것이다. 19세기 말 열악해져 가는 경제 상황에서 농촌의 하류계층 여성에게 가해진 성적, 경제적 억압에 대한 비판 등도 현대 관객의 흥미를 끌어내기가 쉽지 않을 터이므로 시장성을 고려한다면 전면에 부각하기가 꺼려졌을 것이다.

1979년 폴란스키의 <테스>와 2008년 블레어의 BBC 드라마가 순결관이라는 이데올로기나 당대 농촌의 과도기적 경제 상황에서 하류계층 여성에게 가해진 압력을 비판하기보다는 다른 문제에 주안점을 두고 테스를 원작과는 다른 각도에서 형상화한 것은 이런 연유에서 자연스러운 현상이다. 원작과 두 각색작품을 비교해볼 때 눈에 띄는 점은 결말 부분에서 찾아볼 수 있다. 테스에게 닥친 비극의 원인을 복합적으로 조망해보면서 당대 순결 관념을 비판하고자 한 원작소설은 에인절과 테스의 여동생 리자루가 테스의 교수형 집행을 알리는 검은색 기가 올라간 것을 확인한 후묵묵히 손을 잡고 걸어가는 장면으로 끝맺어진다. 두 사람이 함께 있는 이유는 테스가 그것을 간절히 원했기 때문이다. 육신과 영혼의 분리를 믿는 테스는 육신은 죽더라도 영혼은 에인절 곁에 살아 있을 수 있다고 생각하며, 죽어 영혼이 된 후에 리자 루와 함께라면 에인절을 공유할 수 있겠다는 믿음에, 에인절에게 리자 루와 살아달라고 부탁한 것이다. 따라서 에인절과 리자 루가 손을 잡고 걸어가는 맨 마지막 장면은 그들을 통해 테스와 에인절의 관계가 영속될 수 있을 것이라는 암시를 준다. 테스가 완성하지 못한 에인절과의 결합을 리자 루를 통해 이루어내게 함으로써 테스의 죽음이 막다른 파국이 아니고 그녀는 구원된다는 느낌을 준다. 비록 죽음을 통한 것이기는 하지만 육신을 속박하는 사회적 관습을 뛰어넘을 수 있다는 희망을 보인 것이다.

반면 폴란스키 영화의 마지막 장면은 은은한 음악이 울려 퍼지는 가운데 황무지에 우뚝 선 이교도 사원인 스톤헨지Stonehenge의 거석 기둥을 배경으로 하여 테스가 자신이 저지른 살인의 책임을 지겠다는 태도로 묵묵히 경찰 뒤를 따르는 장면이다. 아침 햇살 속에 거석 기둥이 그림자를 드리운 이 장면은 경건함과 비극적 아름다움으로 승화된 분위기를 자아낸다. 원작소설의 마지막 장을 영상화하지 않은 영화에서는 테스가 교수형에 처한다는 사실이 짧막하게 자막 처리될 뿐 에인절과 리자 루가 앞으로 함께할 것이라는 암시가 주어지지 않는다. 이 영화에서는 영혼과 육체의 분리 문제가 중요하게 다루어지지 않은 것이다. 그런데 영혼과 육신이 분리될 수 있다는 테스의 생각에는 육신을 구속하는 관습이나 법규의 영향을 벗어날 수 있다는 믿음이 함축되어 있다. 이 점이 부각되지 않은 1979년 영화에서는 관습적인 성 관념을 초월할 수 있다는 하디의 비전이 전달되지 않았다고 할 수 있다.

블레어의 드라마에서는 테스가 에인절에게 리자 루와 결혼해 달라고 부탁하는 장면이 나오지만 이를 통해 관습이나 법규를 넘어서고자 한다는 의미를 함축하고 있지는 않다. 그저 영혼만이라도 에인절과 함께 있고 싶은 테스의 애절한 심정이 전달될 따름이다. 그런데 이 드라마에서는 원작이나 1979년 영화에는 없는 장면이 새롭게 첨가된다. 테스가 비 오는 날 감옥에서 나와 처형대로 향하는 장면과 그녀의 상상 속에서 펼쳐지는바 에인절을 처음 만난 오월제 축제에서 춤추는 장면이 교차편집 된다. 처형되기 전 주기도문이 울려 퍼지는 처절한 장면 다음에 환하게 탁 트인 들판을 배경으로 두 사람 주위에서 춤추던 사람들의 모습이 사라지고 둘이서만 얼굴을 맞대고 서로의 눈을 그윽하게 쳐다보면서 춤을 추는 아름답고 낭만적인 장면이 이어진다. 극단적으로 대조되는 이 두 장면의 몽타주는 테스가 알렉을 만나기 전 에인절을 만난 적이 있는데 그때 서로 사랑하게 되었더라면 아무런 비극이 일어나지 않았으리라는, 엇갈린 인연과 어긋난 사랑으로 인해 테스의 비극이 초래되었다는 사실을 함축적으로 전달하면서 독자의 애절한 안타까움을 불러일으킨다.

결말 부분의 이러한 차이는 세 작품이 지향하는 바가 다르다는 사실을 시사한다. 미혼모라는 사실 자체만으로도 마을에서 "정숙한"proper 여자가 아니라는 이유로 배척9)되는데, 거기에다 유부녀의 신분에 다른 남자의 정부가 되고, 결국에는 살인까지 저지른 여자를 하디는 "순정한 여인"으로 격상시키고 고전 비극의 주인공에 버금가는 인물로 형상화한다. 이 소설을 통해 "사회의 기둥"을 뒤흔들어 보고자(Florence E. Hardy 234 참조) 했던 하디의 의도는 이중 잣대를 들이대는 순결관이나 여성에 대한 이분법적 사고라는 당대 사회의 관습을 비판하고자 함이었다. 반면 폴란스키의 영화는 낭만적이고 비극적인 로맨스로 의도되었다. 조용하고 순순히 따르기에 더 애달픈 테스의 희생자로서의 가련한 모습을 아름다운 영

---

9) 테스가 알렉에게 하는 말에 따르면 종신 차지농이었던 아버지의 죽음 이후에도 주급 소작농으로서 그 집에 계속 머물 수는 있었는데 자신이 "정숙한" 여자가 아니라는 이유 때문에 가족들이 그 마을을 떠나야 한다(438).

상으로 보여준다. 블레어의 각색작은 사회 문제에 대한 비판의식은 약해진 채 개인적인 문제로 중심을 이동하여 테스와 에인절 간의 엇갈린 사랑의 비극을 감상적으로 펼쳐 보이는 멜로드라마이다. 이처럼 원작과 두 각색작품이 지향하는 주제에 따라 주인공 테스가 형상화되는 방식이 달라진다.

폴란스키의 영화 <테스>의 제목은 <더버빌가의 테스>가 아니라 그냥 <테스>이다. 제목에서 분명해지듯이 이 영화는 원작을 대폭 '단순화' 한다. 명문인 더버빌가의 후손인 테스 가족이 경제적 궁핍에 내몰리게 되는 구체적인 현실을 도외시하는 것이다. 말 프린스Prince의 죽음을 유발하여 집안의 경제적 손실을 초래했다는 죄책감과 책임감 때문에 테스가 어쩔 수 없이 알렉을 찾아가게 되므로 이 사건이 큰 비중을 차지하는 원작에서와는 달리 이러한 상황을 부각해주는 장면 또한 없다. 단지 어머니가 동생들에게 테스가 알렉의 더버빌 저택으로 새 말을 살 돈을 벌기 위해 떠나는 거라고 말하고 나중에 테스가 에인절에게 알렉과의 과거를 고백하려다가 "말의 죽음이 내 인생을 바꿔 놓았다"고 언급하는 것으로 간단하게 처리된다. 이와 함께 19세기 말 변화를 겪고 있는 영국 농촌과 그 변화와 함께 닥친 절박한 경제 상황 등이 절실하게 부각되지 않고, 테스를 옥죄는 경제적 궁핍이 그녀를 비극으로 몰아넣은 또 하나의 계기였음이 중요하게 전달되지 않는다.

폴란스키의 영화는 "충실하게 제시된 순정한 여인"이라는 원작 맨 앞의 도발적인 표어를 삭제함으로써 기독교 사회에 대한 비판을 누그러뜨린다(Strong 196). 정식 세례를 받지 못한 아이에게 기독교식 장례를 허용할 수 없다는 목사에게 테스가 발끈하는 장면을 통해 목사를 포함한 기독교 사회의 경직성과 편협성이 가볍게 비판되기는 한다. 하지만 테스가 죽어가는 아이에게 직접 세례를 주는 모습이 신비스럽고 위엄있게 그려진 원작의 내용이 영상화되지 않기 때문에 목사가 아닌 일반인, 그것도 미혼모가 세례를 줄 수 있다는 하디의 교회 법규에의 강력한 도전이 희석된다.

구체적인 경제 상황이나 사회 관습에 대한 비판적 요소를 과감히 삭제한 이 영화는 폴란스키가 밝힌 바대로 "낭만적이고 심지어 감상적인" 형태로 "아름답고 비극적인 사랑 이야기"를 담아낸다. 이에 따라 체이스 Chase 숲 장면마저도 "로맨스"가 된다(Sadoff, 이상 158). 테스는 숲에서 추근거리는 알렉을 밀쳐 말에서 떨어지게 하는데 그에게서 피가 나자 자책하면서 큰 반항 없이 순응하여 순결을 잃고 그 후에도 얼마 동안 그의 정부로 살아간다. 테스가 강간당했다기보다는 힘을 행사하는 알렉에게 두려움을 느끼는 가운데 수동적으로 유혹된 결과 순결성을 상실한 것으로 처리된다. 남성의 성적 욕망을 불러일으키는 테스가 일순간이나마 성적으로 유혹되었기 때문에 불가피하게 희생될 수밖에 없다는 논리를 따르는 것이다(Sadoff 159). 원작에서 함축된바 테스가 의도하지 않은데도 불구하고 그녀에게서 자연스럽게 흘러나와 남성에게서 에로틱한 반응을 유발하는 성적 매력(Boumelha 117-34)에 집중하여 그 매력에 끌리는 알렉의 반응 그리고 성적으로 유혹되어 희생자가 되어가는 테스의 모습에 초점을 맞춘다.

폴란스키의 <테스>는 테스의 '순정성' 문제보다는 여배우 킨스키의 육체를 욕망의 대상으로 상정하여 이를 영상화하는 데 주력한다. 킨스키의 몸은 남성 관객에게는 욕망의 대상이고 여성 관객에게는 이상적인 미의 상징으로서 응시의 대상이 된다. 더 나아가 테스는 천진난만한 어린아이처럼 세상 물정을 모르는 '순진함'의 화신으로 그려진다. 어린애 같은 음성, 수줍은 듯 머뭇거리는 태도, 겁에 질린 듯이 무기력하거나 무표정한 얼굴이 주로 포착된다. 이렇게 테스를 수동적 희생자로 보이게 하면서 폴란스키는 그녀가 고통받고 희생되는 모습을 볼거리로 만든다. 원작에 나타난 테스의 일면인 수동적 희생자로서의 모습만을 확대해서 거기에 초점을 맞추는 것이다. 폴란스키가 "테스를 어린아이처럼 만들어 그녀가 희생되는 것을 관음적으로 즐기는 사람"(Marcus 93)이라는 비난이 일면 설득력을 확보하는 것은 이 때문이다. 이 영화는 하디의 진실을 제대로 재현하지 못했다는 혹평을 받기도 했다(Costanzo 76).

욕망의 대상이나 수동적 희생자로서의 테스의 모습을 확대하여 거기에 집중하다 보니 알렉이라는 인물은 '단순화'된다. 설교가로 변한 알렉을 우연히 만나 두 사람의 재회가 이루어지는 원작과는 달리 폴란스키 영화에서는 테스 어머니가 보낸 편지를 통해 그녀가 처한 열악한 상황을 알게 된 알렉이 플린트콤 애쉬Flintcomb-Ash의 탈곡기 위에서 고된 노동을 하는 테스를 찾아온다. 개종하여 설교가가 되었음에도 알렉은 테스를 다시 만나자 그녀의 뿌리칠 수 없는 매력 때문에 배교하고 다시 그녀를 쫓아다닌다는 원작의 내용 또한 삭제되었다. 알렉에게는 테스가 치명적으로 유혹하는 여성이고 본의 아니게 그를 파멸로 이끄는 유혹자의 면모를 지니고 있음을 부각하지 않은 것이다. 그럼으로써 폴란스키의 테스는 수동적 희생자로만 남게 된다.

블레어의 드라마 제목은 원작을 그대로 따라 <더버빌가의 테스>이지만 농촌 사회의 몰락이나 그와 함께 테스가 처하게 된 절박한 경제 상황은 단지 배경으로만 자리 잡는다. 책임감 있게 가정을 이끌어나가지 못하는 부모로 인해 테스가 겪는 경제적 궁핍에 대한 묘사나 순결관의 내면화로 인한 테스의 심적 갈등은 이 드라마에서 주목을 받지 못한다. 이에 따라 블레어의 드라마에서는 관습적인 순결 관념에 대한 비판이 비중 있게 다루어지지 않고 테스의 비극보다는 테스와 에인절 사이의 어긋나버린 안타까운 사랑에 더 초점이 맞춰진다.

이 드라마에서는 현대화된 세 인물 테스, 에인절, 알렉의 삼각관계가 그려진다. 원작에서는 에인절이 테스가 순결을 잃었다는 사실 자체만으로 그녀를 아내로 받아들이지 못한다는 사실을 강조한다. 에인절은 목사인 아버지에게서 알렉의 무례함에 대해 듣고 테스에게 지나가듯이 언급한 적은 있지만, 테스의 남자가 알렉임을 알았는지의 여부는 불확실하게 처리된다.[10] 드라마에서는 에인절이 목사관을 방문했을 때 알렉을 직접 만나고 이어서 그의 방탕했던 과거 얘기를 듣게 되며 나중에 테스가 고백할 때 알렉의 신원을 밝히는 것으로 이야기를 전개한다. 에인절이 테스의 남자가 알렉임을 알게 되는 것으로 분명하게 정리하여 신원을 알고 있는 남자에게 정조를 빼앗긴 여자를 아내로 맞이할 수 없다는 논리, 즉 개인적인 감정 문제가 개재된 상황으로 설정한 것이다.

블레어의 드라마에서는 고백 편지를 에인절이 받지 않았음을 발견한 테스의 충격과 이후의 행위가 강렬하게 조명된다. 이는 에인절의 태도가 전혀 변하지 않았음에 혹시 못 받은 것은 아닌가 하는 의심이 들어 테스가 직접 방문을 살펴보고 에인절이 편지를 읽어보지 않았음을 확인하는 일련의 과정이 전지적 작가 시점으로 차분하게 서술된(277) 원작과 다른 점이다. 에인절의 청혼을 받고 나서 테스가 겪는 심적 갈등을 길고도 자

---

10) 에인절이 고백 후 테스에게 그 남자가 살아 있는지, 또한 영국에 사는지의 여부를 묻는 것을 보면 알렉임을 몰랐다고 보는 것이 더 정확할 것이다.

세하게 소개한 원작의 내용을 삭제한 채, 에인절이 고백 편지를 읽지 않았음에 충격을 받는 장면에 초점을 맞춘 것은 내면화된 순결 관념으로 인한 테스의 심적 갈등보다는 과거 있는 여자를 아내로서 받아주느냐 마느냐의 에인절 개인의 문제로 축소했기 때문이다.

이와 함께 체이스 숲에서 벌어진 사건의 성격도 테스와 알렉과의 관계가 유혹이었는지 강간이었는지의 문제를 전면에 부각하는 가운데 더 명확하게 규명된다. 고백을 듣고 에인절은 테스가 유혹되었다기보다는 차라리 강간당했다고 믿고 싶어져 이를 확인하려 든다. 테스는 알렉이 그녀 가족에게 베푼 호의 때문에 어쩔 수 없이 그렇게 되어버린 것이기는 하지만 강간은 아니었음을 분명히 한다. 이에 격분한 에인절은 당시 테스가 처한 상황을 이해해주지 못한 채 단순화시켜 그녀가 유혹되었다고 몰아붙이고 더 나아가 알렉의 물질적 도움에 대한 대가로 정절을 지불한 것이라고 단정하며 노골적으로 비난한다.

삼각관계라는 개인적인 사랑 이야기로 범위를 좁혀 전개하려 한 블레어의 드라마에서는 테스가 왜 그토록 에인절을 사랑하고 왜 그토록 끈질기게 구애하는 알렉을 사랑할 수 없었는지에 대해 좀 더 구체적인 답을 주고자 한다. 이를 위해 테스를 욕망의 주체로서 형상화한다. 첫 만남 장면에서 먼저 시선을 던지는 사람은 에인절이 아니라 테스이다. 그녀는 춤 상대로 자신을 선택하지 않은 에인절을 원망하듯 힐끗 보면서 먼저 눈을 맞춘다. 춤을 추다가 마주한 두 사람의 눈이 마주치고 서로를 응시하는데 이때 순간적으로 긴장감이 흐른다. 마침 그때 형들이 재촉하는 바람에 그곳을 떠나게 된 에인절은 뒤돌아서 테스를 바라보지만 이내 잊어버린다. 반면 테스는 이후 탤보세이즈Talbothays에서 에인절을 만났을 때 그를 정확하게 기억해낼 정도로 그에게 관심이 있었다.

테스와 알렉의 관계 진전 양상이나 그녀가 순결을 잃는 과정 또한 욕망의 주체로서 테스의 성이 무의식적으로 일깨워지는 면을 보여주는 가운데 구체적으로 극화된다. 가령 알렉에게서 휘파람을 배우면서 테스 자신도 모르게 그에게 가까워지는 장면이 그 예이다. 휘파람이 키스와 같다면서 입술을 내밀며 시범을 보이는 등 자상하고 친절하게 구는 알렉과 테스 사이에 성적 긴장이 낭만적인 분위기 속에서 생겨난다. 테스의 몸과 알렉의 몸이 가볍게 스치는 서재 장면은 '몸'의 사소한 접촉을 통해 테스의 성적 욕망이 점차 일깨워짐을 암시한다. 이 장면들은 테스가 무의식적으로 알렉에게 유혹된 면이 있다는 사실을 함축적으로 전달한다. 이 밖에도 환심을 사기 위해 계속 노력하는 알렉에게 테스가 자신도 모르게 마음이 동하고 있음 또한 암시된다.

이와 함께 테스라는 욕망의 주체가 바라보는 응시의 대상으로서 에인절의 몸이 부각된다. 테스는 탤보세이즈 농장에서 잠자고 있는 에인절의 벌거벗은 몸을 뜻하지 않게 보게 된다. 이 장면에서 에인절의 몸이 서서히 비치는데 이때 카메라는 테스의 관점에서 그녀의 시선에 따라 그를 바라보고 있음을 암시한다. 이는 에인절이 "에로틱한 주체"(Mitchell 177)로 설정되지 않은 하디의 원작소설과 다른 점이다.11) 또한 테스를 알렉과 에인절의 응시의 대상으로 설정한 1979년 영화와도 차이를 보인다. 일반적으로 영화에서는 여성의 몸이 남성의 응시 대상인 데 반해, 이 드라마에서는 에인절의 몸에 여성 관객의 시선이 향한다. 에인절의 몸이 낙농장세 처녀뿐 아니라 테스의 응시의 대상이 되는 여러 번의 장면을 통해서 드러난다. 이는 현대적 시대 상황의 반영이라 할 수 있다. 유리창을 통해

---

11) 미첼Mitchell에 따르면 하디의 독자는 여성 인물의 관점 대신 남성 서술자의 관점을 공유해서 "그녀의 보기를 바라보"(17)도록 유도된다.

세 여성의 눈에 비친 응시의 대상으로서 에인절의 모습은 '몸'에 초점을 맞추지 않고 막연히 포착해낸 1979년 영화에서 한 걸음 더 나아간 것이다.

블레어의 드라마에서 테스는 욕망의 주체로서뿐 아니라 감정의 주체로서 형상화된다. 죄책감 때문에 에인절과의 결혼을 망설이지만 사랑 표현에 있어서 그녀는 비교적 적극적이다. 가령 빗물에 넘친 길을 건널 때 세 처녀가 건너편에서 주시하고 있음에도 불구하고 에인절 품에 안겨 다정하게 대화를 나눌 정도로 자신의 감정이나 욕망에 솔직하다. 순결을 잃은 후 새에게 휘파람을 불어주다가 감정이 복받쳐 밖으로 뛰어나가 울부짖는 모습을 보일 만큼 감정을 솔직하고 적나라하게 표출하는 현대 여성으로서의 면모를 보인다. 에인절을 속이면 죄가 될 것 같아서 과거를 고백했다는 테스의 말에 어머니는 그와 결혼함으로써 충분히 죄를 지었다고 대꾸하는데 이에 격앙된 테스는 그를 사랑했고 원했다면서 욕망의 주체로서의 모습을 솔직하게 드러낸다.

알렉도 인간적으로 동정해줄 수 있는 인물로 그려지고 그 비중이 커진다. 원작 속의 알렉은 그 나름의 방식대로 테스를 사랑하기는 하지만 그의 행동이나 처신으로 볼 때 속이 깊고 진실한 성격을 지닌 테스의 사랑을 받을 만한 인물은 되지 못한다. "야만적"으로 생긴 데다 "대담하게 눈을 굴리는"(79) 위협적인 외모는 차치하고라도 설교가로 변신한 후에도 그는 테스에게 자신을 유혹하지 않겠다는 맹세를 강요하는 등 이기적인 면을 보인다. 들일하고 있는 테스 앞에 작업복 차림으로 나타나 자신을 이브인 테스를 유혹하는 뱀으로 비유하는 농담을 한다거나 거처할 곳이 없어진 테스가 더버빌가의 조상이 묻혀 있는 교회 안에 들어갔을 때 제단 모양의 무덤 위에 누워 있다가 일어나 테스를 깜짝 놀라게 하고 "가짜 더버빌"(449)의 손가락 하나가 진짜 더버빌 전체보다도 더 많은 일을 해줄 수 있다며 명문가인 더버빌 가문의 실질적 무력함을 조롱하며 테스의 자존심을 건드리기도 한다. 그렇지만 2008년 드라마 속 알렉은 다소 오만하고 자기중심적이기는 하지만 그녀를 진정으로 사랑하고 있다고 할 수 있을 만큼 순정남의 모습을 보인다.[12] 테스를 희생양으로 만들었으나 알렉 역시도 인생을 행복하게 살지 못한 불쌍한 존재라는 사실 또한 시사된다. 이는 번안을 맡은 니콜즈가 알렉과 그 어머니 사이의 애정이나 신뢰가 상실된 관계를 보여주는 장면을 첨가하여 "심리적인 깊이"(Webster 78)를 제공한 데 힘입은 바 크다.

이와 함께 현대적 시각으로 보면 옹졸한 남성인 에인절을 좀 더 현대 독자에게 호소력이 있는 인물로 만들기 위해서 감정에 좌우되는 평범한 현대 남성으로 등장시킨다. 이는 목사인 아버지의 반대에도 불구하고 대학 교육과 성직을 포기하고 기독교를 비판하는 등 사회적 관습과 가치 체계에 구애받지 않는 진보성을 표방하면서도 구체적인 현실에 봉착하면 자신 안에 뿌리 깊게 자리한 기독교적 사회 관습에 안주해버리는 당대 과도기 사회의 전형적인 진보적 지식인으로 형상화된 원작과 다른 점이다. 원작에서 서술자는 에인절이 지난 25년간의 본보기로서 모범적인 젊은이지만 의외의 일을 겪게 되면 어릴 적에 배웠던 가르침으로 도망치고 마는 인습의 노예라고 그의 한계를 지적한다(338). 여기에서 "본보기"라는 표현에는 테스를 거부한 에인절의 판단과 행위가 당대의 표준이라는 의미가 함축되어 있다. 에인절의 한계성을 당대 남성들의 전형적인 모습으로 그려내어 관습적인 순결관이 일반 사람들의 마음속에 광범위하고도 깊이 뿌

---

12) 드라마에서 보여주려 하는 순정과 사나이적인 면과 본질적으로 알렉이라는 인물이 지닌 특성이 어울리지 않아 드라마 속 알렉은 솔직히 어색해 보이는 면이 있다.

리내리고 있음을 보여줌으로써 그 심각성을 부각한다.

　원작에서는 정조를 잃은 테스를 내치는 에인절의 결정이 기독교 사회 관습을 내면화한 결과임을 논리적으로 짚어주면서 세세한 감정의 흐름을 잘 표현해내는데, 이와 달리 드라마에서의 에인절의 결정은 쉽고 빠르며 다분히 감정적이다. 순결을 잃은 여자를 아내로 받아들일 수 없는 에인절의 한계성이 사회 전반의 관습 문제로 파악되기보다는 지극히 개인적인 문제로 축소되는 것이다. 따라서 관습의 지배를 받는 의식과 무의식적인 본능적 감정 사이에서 갈등을 겪고 있음을 여실히 보여주는 몽유병 장면을 굳이 영상화할 필요가 없게 된다. 이와 함께 에인절이 브라질에서 코스모폴리탄의 시야를 가진 사람을 만나 사회 관습을 객관적으로 바라볼 수 있는 사고의 유연성과 포용력을 갖게 된 결과 테스에게 돌아온다는 원작의 내용이 삭제된다. 대신 특별한 계기 없이 테스에 대해 미안함을 느끼게 된 그가 브라질에서 죽을 고비를 맞게 된 상황에서 테스에게 용서를 받으려는 일념으로 죽을힘을 다해 병원을 찾아 치료받은 후 몸을 추슬러 돌아온 것으로 내용이 변경된다.

　블레어의 드라마는 테스를 솔직하고 단호하며 자존심이 강하고 어려운 상황에도 좌절하지 않으며 이를 뚫고 나가는 강한 현대 여성으로 형상화한다. 정조를 잃은 후 몇 주 동안 트랜트리지Trantridge에 머문 원작의 내용과는 달리 그다음 날 곧바로 집을 향해 떠나고 쫓아와 말리는 알렉에게 그녀는 그를 사랑하지 않기 때문에 떠나는 것이고 잠시 눈이 멀었지만 이제 그는 재와 먼지에 불과하며 절대로 사랑하지 않을 것이라고 단호하게 자신의 입장을 밝힌다. 플린트콤 애쉬에서 마리언Marian을 만났을 때도 테스는 연민을 보내지 말고 질문도 하지 말라며 당당하고 의연한 자세를 견지한다. 이 밖에도 테스가 독서에 관심이 많고 장래 희망이 교사이며 글이나 예의범절을 가르치는 선생 밑에서 배운다고 설정함으로써 그녀를 지적이고 교양 있는 인물로 형상화한다. 그런가 하면 테스를 그녀의 통제 밖에 있는 외부 환경에 의해 희생되는 인물로 그려낸다. 알렉이 테스의 순결을 일방적으로 빼앗은 것인지 아니면 테스도 수긍한 것인지, 즉 유혹인지 강간인지를 불분명하게 처리한 원작과는 달리, 정조를 잃을 때 숲속에 울려 퍼지는 테스의 비명을 통해 그녀가 이제까지 알렉에게 유혹된 면이 있기는 하지만 순결을 상실하는 바로 그 지점에서는 불시에 희롱당한 희생자로 볼 수 있음을 시사한다. 또한 거처할 곳이 없어진 극한의 상황에서 더버빌가 조상의 묘를 물끄러미 바라보고 있는 테스에게 알렉이 다가와서 그녀의 어머니에게 경제적 도움을 제안했고 동생들도 그 제안을 받아들일 것을 원한다며 무언의 압박을 가하고 사라진 후 테스가 털썩 주저앉아 울부짖는 장면이 나온다. 알렉의 정부가 된 것이 테스의 선택이기보다는 이미 그녀에게 주어진 어쩔 수 없는 상황임이 강조된 것이다.13) 이로써 테스는 주변 상황에 의해 가련하게 희생된 비련의 여인이 되고 관객의 감상적인 페이소스를 유발한다.

2008년 BBC 드라마의 결말은 담담하고 건조하게 처리된 원작과는 달리 감상에 치우쳐 애절한 분위기를 불러일으킨다. 에인절은 검정 깃발이 올라가는 모습을 보고 슬픔을 주체하지 못한 채 오열하고 잠시 후 리자 루의 손을 잡고 일어나 언덕을 내려간다. 이는 에인절과 리자 루가 언덕 위에서 감옥의 탑을 응시하다가 테스의 처형을 알리는 검은 깃발이 올라가는 모습을 보고 몸을 굽히고 있다가 다시 일어나 손을 잡고 언덕을

---

13) 원작에서는 거처할 곳이 없어질 정도로 궁지에 내몰리게 된 테스네 가족들의 경제 상황이 자세히 서술되지만, 막상 어떻게 테스가 알렉의 정부가 되었는가에 대해서는 침묵한다. 다만 에인절이 돌아왔을 때 "그가 나를 다시 되찾아 갔다"(466)라고 말해 그 정황을 짐작하게 할 따름이다.

내려갔다는 내용을 객관적인 관찰자의 시점에서 감정을 절제한 채 담담하게 서술한 원작이나 이 대목을 아예 삭제한 1979년 영화와는 다른 점이다.

2. 원작 기법과 그 창조적 차용: 시각적 상징성이 풍부한 미장센

원작에서는 테스를 "순정한 여인"으로 형상화함으로써 관습적 순결 관념을 비판하기 위해서 '자연'이나 '빛'과 '어둠' 이미지를 통해 상징적 의미를 함축해낸다. 원작과는 달리 인습적 순결 관념을 비판할 의도가 없었던 각색작들은 '자연'을 사회 관습이나 규범과 대조시키지는 않는다. 하지만 '빛'과 '어둠'을 대조시키는 가운데 상징적 의미를 함축하는 하디의 기법을 차용하여, 이를 영상예술에 맞게 변형함으로써 독특한 효과를 거둔다.

하디는 자연과 연관된 장면을 카메라로 포착하듯 강렬하게 부각하고 그 상징적 의미를 생생하게 전달하는 데 일가견이 있는 작가이다. 가령 따사로운 8월 추수기에 아픈 과거를 떨쳐버리고 황금빛 들판에 나가 일하는 테스의 모습은 그녀가 자연에 조응하며 재생력을 갖게 되었음을 상징한다. 자연은 테스로 하여금 새로운 삶을 찾아 탤보세이즈로 향하게 만드는 원동력임이 함축된다. 활기찬 여름날 탤보세이즈 낙농장으로 가는 길에 자연 속에 널리 퍼져 있는 "쾌락"을 찾으려는 "뿌리칠 수 없는 보편적이며 자동적인 성향"(157)이 테스를 사로잡는다는 대목은 자연이 인간의 자연스럽고 기본적인 본능적 욕구와 연관된다는 사실을 함축한다. 이처럼 자연의 일부로서 탤보세이즈에서 에인절을 만났을 때 테스는 "제어할 수 없는 법"에 의해 그에게 이끌린다. 두 사람의 사랑은 "한 골짜기의 두 시냇물이 필연적으로 합쳐지는"(이상 168) 자연 현상으로 상징된다.

이러한 상징적 의미를 더욱 분명히 전달하기 위해서 하디 소설에서 자연은 사회의 법규나 규범을 비판적으로 바라볼 수 있게 해주고 테스의 마음속 깊이 내재한 인습의 압력을 이겨내게 해주는 힘으로 제시된다. 가령 테스의 내면에 새겨진 관습의 정체와 그것이 그녀에게 가하는 압력의 작용 양상을 하나의 그림으로 만들어 비평을 곁들여 서술한 대목에서, 서술자는 사회에서 부과한 인위적인 법이 "도덕적 도깨비"로서 그녀의 마음속에 자리 잡아 죄책감에 시달리도록 만드는 것이지, 자연의 관점에서 보면 결코 그녀 자신을 "변종"(이상 135)으로 느낄 필요가 없다고 단언한다.

자연의 리듬에 플롯의 내용이 조응되는 것도 상징적 의미를 띤다. 테스와 에인절의 사랑이 무르익는 곳은 햇빛 찬란한 여름의 풍요로운 탤보세이즈 낙농장에서이고, 에인절에게 첫날 밤 거부당한 후 극심한 정신적 고통을 겪는 테스가 혹독한 육체적 노동으로 내몰리는 곳은 삭막한 겨울 뼛속까지 스며드는 차가운 비가 내리는 황량한 플린트콤 애쉬에서이다.

테스 인생의 부침이 자연의 리듬에 부합되는 양상을 보여줌으로써 그녀가 자연의 일부로서 자연의 법을 따르는 존재라는 사실, 그렇기에 사회에서 부과한 인위적인 법으로 테스를 함부로 재단하거나 단죄해서는 안 된다는 작가의 메시지를 전달한다.

계절의 흐름뿐 아니라 해가 뜨고 지는 자연 현상에 따른 '빛'과 '어둠' 또한 상징적인 의미를 함축한다. 테스의 삶에서 인생의 명암이 갈리는 결정적인 순간은 '빛'과 '어둠'이 교차할 때 발생한다. 테스와 에인절이 오월제에서 만나는 때는 저녁이고 테스가 스톤헨지에서 체포되는 때는 동틀 녘이다. '빛'은 테스의 인생에서 보통 희망이나 행복과 연관되고 비극적인 사건은 '어둠' 속에서 일어난다. 말 프린스는 어둠 속에서 죽음을 맞게 되고 체이스 숲에서 테스가 순결을 잃은 때는 안개 자욱한 밤이며,

결혼 첫날 밤 테스가 과거를 고백한 때 또한 어두운 밤이다.

한편 석탄불이나 벽로의 불로서의 '빛'은 불길함을 나타낸다. 태양신과 같은 존재인 에인절의 사랑을 받는 탤보세이즈에서 테스의 과거는 "연기를 내는 위험스러운 석탄불"과 같다. 테스는 에인절에 대한 사랑과 그 사랑에 대한 굳은 믿음 때문에 "과거 위를 밟고 꺼버렸다"(이상 257). 그러나 과거는 '어둠' 속에서 테스의 행복이라는 밝은 '빛'을 언제라도 엄습해버릴 듯한 기세로 잠복해 있다(260). 고백 장면에서 테스의 얼굴과 손을 비추는 벽난로의 "붉은 석탄 불빛"은 "최후의 심판일의 불빛"(이상 292)과도 같다. 이 불빛을 받아 벽과 천장 위에 크게 어른거리는 테스의 그림자, 두꺼비의 윙크처럼 사악하게 빛나는 테스 목 위의 다이아몬드 목걸이는 괴기하고 불길한 분위기를 조성한다. 이 대목은 석탄 불빛이 테스의 과거와 연관됨을 재차 암시한다.

자연은 인물의 심정을 함축적으로 전달하는 객관적 상관물이기도 하다. 에인절의 청혼을 받은 후, 내면화된 순결관의 영향을 받아 청혼을 거절해야 한다고 주장하는 내면의 목소리와 에인절의 사랑을 받아들이고 싶은 본능적 욕구 사이의 갈등은, '빛'이 사라지고 '어둠'이 깔리기 시작하는 다음 장면에서 효과적으로 전달된다. "거대한 용광로"의 모습을 띠며 태양이 지평선 위에 내려앉자 "괴물 같은 호박 모양 달"이 떠오르고, "계속된 전지"로 인해 자연스러운 원래 모습을 상실한 "버드나무 가지"는 "가시 머리를 한 괴물"(이상 241)처럼 보였다는 것이다. 괴기하게 뒤틀린 자연의 모습은 에인절의 청혼을 받아들이고 싶은 테스의 자연스러운 본능적인 욕구가 순결관이라는 관습의 압력을 받아 뒤틀리고 있음을 상징한다.

각색작품들에서는 자연이 관습과 대비되어 상징적 의미를 띠는 장면은 없지만 '빛'과 '어둠'을 대조하는 원작의 기법은 영상예술의 특성에 맞춰 효과적으로 살려지고 있다. 폴란스키의 <테스> 시작 장면에서 배경을 이루는 지는 해는 테스에게 비운이 닥칠 불길한 상황을 전조한다. 아이를 안고 걸어가는 테스의 모습을 담은 장면의 배경은 먹구름이 낀 하늘인데, 이는 앞으로 아이의 죽음이라는 불길한 일이 발생할 것을 암시한다. 더 나아가 '빛'과 '어둠'은 강렬히 대비되어 상징적 의미를 함축하기도 한다. 테스가 과거를 고백하는 편지를 써서 에인절의 방안으로 집어넣은 후 그가 그 편지를 보지 않았음을 확인하는 장면의 미장센이 그 예이다. 여기에서 하얗게 빛나는 태양 빛의 큰 원은 그림자로 처리된 그녀를 에워싼다. 이는 태양 빛으로 상징되는 에인절에 대한 사랑이 과거에 사로잡힌 테스를 빙 둘러싸며 압도해버림을 나타낸다. 이로써 테스가 과거에 대한 죄책감을 뿌리치고 에인절에 대한 사랑을 선택할 것임을 상징한다.

벽로의 붉은 불빛은 원작에서처럼 불길함을 나타낸다. 테스의 고백을 들은 에인절이 부지깽이로 땔감을 들어 올리자 불이 강하게 일어나고 이내 다 타버린 땔감이 아래로 힘없이 떨어진다. 이때 붉은 석탄 불빛이 에인절의 얼굴을 비춘다. 이 장면의 미장센은 석탄 불과 같은 과거가 환하게 밝혀지자 테스에 대한 에인절의 사랑이 재가 되어 꺼져버리고 있음을 상징한다.

블레어의 드라마에서는 알렉에게 순결을 잃고 집으로 돌아온 테스가 겨울 눈이 녹고 하늘의 구름이 걷히면서 빛이 환해질 때 밭으로 다시 일하러 나가는 것으로 그려진다. 탤보세이즈 낙농장으로 향할 때 하늘의 구름이 지나가는 모습이 그림자로서 땅에 비치고 이어 탤보세이즈는 찬란한 햇빛을 받는 풍요로운 푸른 들녘으로 테스의 눈앞에 모습을 드러낸다. '어둠'이 지나가고 '빛'이 펼쳐지는 이 장면의 미장센은 테스가 절망의 그림자에서 벗어나 희망의 빛을 맞이하게 될 것을 상징한다.

자신이 쓴 고백 편지를 에인절이 읽지 않았음을 우연히 발견한 테스가 경악하는 장면도 또 하나의 예이다. 마침 그때 에인절이 방에 들어오자 당혹감에 편지를 몸 뒤로 감추는 등 긴장감이 감도는 상황에서, 망설이던 그녀는 결혼식 날 입을 옷을 바라보면서 결심을 한 듯 고백 편지를 벽난로 불 속에 던져버린다. 편지가 불이 붙어 재로 변하는 모습과 붉은색 불이 그 옷의 목 부분에 반사되어 번쩍 빛나는 모습이 병치된다. 이 대목의 몽타주는 편지는 재로 변하지만 테스의 과거는 결단코 소멸하지 않고 에인절과 결혼하는 그녀를 끝내 따라다닐 것을 불길하게 전조하는 상징적 의미를 띤다. 붉은색 불빛은 테스가 과거를 고백할 때 주위에서 불길하게 흔들거리는 촛불로서 또다시 등장한다. 이때 거울에 비친 얼빠진 에인절의 얼굴과 어우러진 흔들리는 촛불은 풍전등화와도 같이 불안정한 테스의 가련한 운명을 함축적으로 암시한다.

'빛'과 '어둠'의 대조는 에인절이 알렉의 정부가 되어 있는 테스 앞에 나타난 장면에서 여실하게 드러난다. 바깥의 빛이 환하게 들어오는 창문을 배경으로 선 에인절 앞에 테스가 어둠 속에서 검은색 드레스를 입고 여러 개의 문틀을 배경으로 하여 모습을 드러낸다. 그녀는 "나는 이미 죽었어요"라면서 알렉이 자신을 되찾아 갔으니 다시는 자기 앞에 나타나지 말라며 작별을 고하고 사라진다. 이 말을 듣고 정신이 나간 듯 우두커니 서 있는 에인절의 모습을 카메라는 서서히 뒤로 물러나면서 촬영한다. 여러 개의 문을 프레임으로 하여 그 안에 갇힌 형국을 한 에인절의 모습은 문틀에 답답하게 둘러싸인 테스의 모습과 어우러져 두 사람 모두 어찌할 수 없는 상황에 붙들려 있음과 둘 사이에는 여러 장애물이 놓여 있음을 상징하는 미장센이다.

이 밖에도 각색작품에서는 각기 의도한 주제를 시각적인 상징을 통해 생생하게 전달하기 위해서 여러 촬영법이 활용된다. 대표적인 것이 클로즈업이다. 테스가 성적으로 유혹되어 순결을 잃는다는 사실 그 자체가 중요한 폴란스키의 영화에서는 클로즈업을 통해 테스의 성적 매력을 강조하고 성적으로 유혹되는 모습을 포착해내어 관객의 볼거리를 만들어낸다. 클로즈업은 감정을 표현하는 원천인 얼굴 근육의 미세한 움직임까지도 가까이에서 포착하는 근접화면인데, 이를 통해 순간순간의 감정 변화와 심리적 반응 및 상태가 형상화된다. 알렉의 유혹에 무의식적으로 반응하는 테스의 욕망의 시선 및 표정이 클로즈업을 통해 포착됨으로써 테스가 성적으로 유혹될 수 있음이 효과적으로 전달된다. 클로즈업의 또 다른 예로는 장미 정원의 장면을 들 수 있다. 알렉이 따준 딸기와 테스의 입술이 거의 같은 비율로 화면의 중심에 포착되고, 테스에게 맛있고 탐스럽게 보이는 딸기를 내미는 알렉의 모습에 이어, 눈을 내리깔다가 이내 그를 올려보며 매혹적인 붉은 입술을 뾰족하게 내밀어 알렉의 손에 들려있는 딸기를 받아 조용하고 차분하게 먹는 테스의 우물거리는 입술의 움직임이 클로즈업된다. 클로즈업된 테스의 모습은 그녀가 유혹될 수 있음을 보여주는 지표이다(Sadoff 152). 알렉이 가위로 잘라 테스의 가슴에 직접 붉은 장미를 꽂아주는 장면에 이어 포크와 나이프를 들어 붉은 살코기를 써는 알렉의 손에 카메라의 앵글이 맞추어진다. 이 장면들이 연속적으로 화면에 클로즈업됨으로써, 남성의 성적 욕망에 사로잡히게 된 욕망의 '대상'으로서의 여성 테스가 결국 성적으로 유혹되고 만다는 논리가 성립된다.

개인 내면의 감정 드라마에 초점을 맞춘 블레어의 각색작에서는 '몸'의 언어에 주목한다. 대표적인 것이 '손'인데 이를 클로즈업하여 상징적의미를 전달한다. 에인절은 테스와 함께 목초지에서 마늘을 찾아내는 일을 하다가 사랑의 감정을 억누르지 못한 채 주위의 시선에도 불구하고 더

듬더듬 테스의 손을 잡는다. 이때 '손'은 언어에 앞서 몸이 시키는 대로 부지불식간에 사랑의 감정을 전달하는 매개체이다. 순결을 잃었다는 이유로 테스를 아내로 맞아주기를 거부한 에인절과 헤어질 때 마차 창문 밖으로 애처롭게 나온 테스의 '손'이 클로즈업되는데 이 '손'은 어찌할 수 없는 상황에서 속수무책인 그녀의 심리 상태를 상징한다.

또 하나의 '몸'의 언어는 시선이다. 에인절과 테스가 처음 만나는 오월제에서 두 사람의 눈이 마주치고 잠시 서로를 응시하는 장면을 클로즈업하여 순간적으로 두 사람 사이에 흐르는 성적 이끌림을 시사한다. 테스가 과거를 고백할 때 클로즈업된 에인절의 얼굴은 그가 받은 충격과 분노 그리고 절망감을 효과적으로 전달한다. 첫 만남 때 딸기를 받아먹는 테스의 모습을 바라보며 침을 꿀꺽 삼키는 알렉의 모습을 익스트림 클로즈업, 즉 대상을 파편화시켜서 보여줌으로써 관객의 시선을 그곳에 고정하는 촬영법을 통해 각색작은 알렉의 욕망이 강하게 자극되고 있음을 함축적으로 보여주기도 한다.

시각적 상징의 또 다른 예는 까마귀이다. 테스와 에인절이 결혼 후 신혼을 보내기로 한 셋집은 옛 더버빌 저택인데 이 집에 도착했을 때 지붕 위에 까마귀가 앉아 있다가 날아간다. 스톤헨지에 다다랐을 때도 까마귀가 거석 지붕 위에서 날아가고 그들이 거석 위에 잠들어 있을 때도 까마귀 소리가 들린다. 여러 차례 등장하는 까마귀는 모두 불길한 징조를 전한다.

스톤헨지 장면에서도 시각적 상징을 찾아볼 수 있다. 장엄한 스톤헨지의 거석 위에 제물처럼 지친 육신을 누이고 잠시 눈을 붙인 후 일어난 테스는 체포하러 온 경찰들을 향해 거석과 그 옆에 선 에인절을 빙 돌아 담담하게 걸어 나온다. 그 과정에서 테스는 한순간 거석을 사이에 두고 에인절과 평행선에 놓인다. 이 장면의 창조적인 미장센은 두 사람이 다시는 만날 수도 없고 합쳐질 수도 없는 엇갈린 길을 가게 될 것을 선명하게 시각화한다.

시각적 상징의 또 다른 예는 인간이란 광활하게 펼쳐지는 자연의 파노라마 속에서 하나의 점에 불과한 존재라는 하디의 생각을 생생하게 보여주는 장면들이다. 블레어의 드라마는 텔레비전 번안물로는 특이하게 Super 16mm가 아닌 35mm 포맷을 사용하여 영화와 같은 분위기를 조성 (Webster 80)하고, 필요에 따라 익스트림 롱쇼트로 촬영하여 효과를 극대화한다.

IV. 총평

원작을 각색한 작품은 원작의 배경을 이루는 시대뿐 아니라 그 각색자이 제작된 시대의 사회, 문화적 분위기의 영향을 받지 않을 수 없다. 폴란스키와 블레어 역시 각기 자기 시대의 렌즈를 통해 또한 자신의 감각을 투사하여 19세기 빅토리아조 말기에 쓰인 원작을 새롭게 읽어내면서 독자적인 예술품을 만들어낸다. 매체의 특성상 선택과 집중을 할 수밖에 없는 두 각색작품은 여러 다양한 각도에서 해석할 소지가 많은 원작의 복합적인 요소들을 대폭 생략하여 단순화한다. 대신 그들은 현대 관객의 취향과 관심사에 맞춰 그들에게 호소력을 가질 수 있는 문제, 즉 하디의 원작 소설에서는 밖으로 드러나지 않은 채 감추어져 있는 여성의 욕망에 초점을 맞춘다.

원작의 테스는 알렉의 욕망의 대상이자 에인절의 이분법적 규정의 대상으로서 수동적으로 희생되는 면이 분명 있지만, 다른 한편 에인절에 대한 지고한 사랑을 삶의 목표로 삼고 이 사랑을 성취하기 위해 알렉의 살해라는 극단적인 선택도 불사하는 행위의 주체이기도 하다. 각자 의도 하는 바에 따라 원작을 전유하는 가운데, 폴란스키의 영화는 욕망의 대상 이라는 테스의 일면만을 집중적으로 '확대'하고, 블레어의 BBC 드라마는 원작 속에 감추어진 테스의 육체적 욕망을 들춰내어 '전면화', 즉 전면에 부상시킨다.

폴란스키는 욕망의 대상으로서 테스가 수동적으로 희생되는 모습을 포착해낸다. 그는 테스가 알렉에게 유혹되어 비극을 맞는 과정을 안타까 위하면서도 여성이 성적으로 유혹된 이상 어쩔 수 없이 맞을 수밖에 없는 불가피한 결과인 양 그 비극을 낭만적으로 아름답게 그려낸다. 이는 실버 만Silverman이 지적한바 여성의 몸에 대한 서술자의 숭배와 가학적 통제라 는 하디 소설의 일면을 포착하여 그것만을 집중적으로 확대한 경우이다.

폴란스키의 영화가 낭만적 로맨스라면 블레어의 드라마는 욕망의 주 체인 테스와 에인절 간의 엇갈린 사랑에 대한 멜로드라마라고 할 수 있 다. 블레어는 테스가 에인절을 욕망의 시선으로 응시하는 장면과 알렉에 게 순결을 잃기 전 그녀의 성이 무의식적으로 일깨워지는 장면을 첨가하 여 욕망의 주체로 자리매김한다. 테스와 에인절 그리고 알렉을 솔직하게 감정을 드러내고 감정에 좌우되는 평범한 현대인으로 등장시키고 그들의 삼각관계를 개인적인 차원에서 그려낸다. 테스가 에인절이나 알렉과 맺는 "유혹, 사랑, 배신"14)의 관계에 개인적인 감정을 개재시켜 현대적으로 각 색한 것이다. 두 작품 다 원작의 정수를 일면적으로는 살려내고 있다고 할 수 있겠다.

이와 함께 폴란스키의 영화나 블레어의 드라마는 그림과 같은 장면

---

14) 2008년 BBC 드라마 DVD 표지에 쓰여 있는 글귀다.

을 통해 심층적인 의미를 담아낸 하디의 시각적 상징 기법을 클로즈업을 비롯한 여러 촬영 기법을 사용하여 자기 나름의 독특한 영상미로 재현해 낸다. 두 각색작은 현대인들의 취향을 의식하는 대중성을 보여주면서도 원작을 창조적인 미장센으로 영상화함으로써 높은 예술성을 갖추었다고 할 수 있다.

2

현대화와 창조적 변형

『무명의 주드』
Jude the Obscure

I. 작가와 작품 소개

토마스 하디Thomas Hardy는 빅토리아 여왕 즉위 3년 후인 1840년에 영국 남서부 도체스터Dorchester 부근의 작은 마을 하이어 보캠튼Higher Bockhampton에서 음악에 조예가 깊었던 아버지와 하녀지만 독서를 좋아했던 어머니 사이에서 태어났다. 하디 집안은 대대로 석공 일을 하였고 그의 아버지는 석공으로 출발해 건축업자로 자수성가한 인물이었기에 장인 계급에 속한다. '점잖은' 계층 출신이 아님을 의식했던 하디에게는 열등감이 있었다. 그는 대학 교육을 받지는 못했으나 건축 일에 종사하는 가운데서도 열심히 독학했다. 끝내 대학 진학의 기회를 얻지 못한 하디가 대학의 배타성에 가한 비판은 『무명의 주드』의 중요 주제 중 하나이다.

하디는 『광란의 무리를 멀리 떠나』*Far From the Madding Crowd*의 인기로 경제적으로 안정된 1874년 변호사의 딸이자 활발한 성격의 문학소녀 엠마 기포드Emma Gifford와 결혼한다. 하지만 엠마와의 결혼 생활 동안 하디는 행복하지 못했다. 엠마가 사회적 지위가 상대적으로 낮은 하디 집안을 얕본 데다 둘 사이에 아이가 없었기 때문이다. 후에 정신착란을 보인 엠마는 『무명의 주드』를 자신에 대한 공격으로 받아들이고 이 책이 출판되지 못하도록 애쓰기도 했다. 하디가 『무명의 주드』에서 이혼을 쉽게 허용하지 않는 당대의 경직된 이혼법을 포함해 결혼제도 전반을 비판한 것은 그 자신의 불행한 결혼 생활에서 비롯된 것으로 보인다.

『무명의 주드』에서 하디는 웨섹스 지방을 단순히 전원적인 농촌이 아니라 산업사회의 전반적인 변화의 흐름 속 구체적인 역사의 현장으로 만들어낸다. 19세기 말 농촌 사회가 변화하고 해체되어가는 과정과 그 양상을 다루면서 하디는 예전의 '농민층'이 이제는 도시의 빈민이 되어 현실에 뿌리내리지 못한 채 일자리를 찾아 계속 불안하게 떠돌아다니는 현상을 구체적이고 절박하게 그려낸다.

『무명의 주드』는 결혼이라는 소재를 독특한 방식으로 이용하여 결혼제도의 문제점을 새롭게 부각한다. 하디는 이 소설의 주제를 두 가지로 들고 있다. 첫 번째 주제는 충족되지 않은 목표인 대학 교육에 대한 꿈이고, 두 번째 주제는 육체와 정신 사이에서 벌어지는 처절한 싸움이다. 이 두 주제는 서로 상충되어 보이기 때문에 이 소설은 연관성이 없는 별개의 문제들을 복합적으로 다룬다는 비난을 받기도 했다. 그렇지만 이 소설에서 두 개의 주제를 비롯한 여러 문제는 결혼이라는 큰 주제 속에 모두 포함된다. 하디가 「서문」에서 밝히고 있는바 『무명의 주드』에는 결혼의 주제가 있고 그것은 그의 다른 소설들보다 더 분명하게 전면에 부상한다. 하디의 소설은 남녀가 여러 갈등을 겪다가 결국 행복하게 결혼한다고 결말 짓는 그 이전 영소설들과는 달리 결혼 이후의 구체적인 부부관계에 더 많은 관심을 기울인다. 더 나아가 결혼제도라는 인위적인 규범과 자연적인 본능 사이에서의 갈등을 그려낸다. 이러한 갈등 속에서 주드가 인위적이고 편협한 결혼제도의 관습을 벗어나 자유롭게 살아가겠다는 비판적인 인식을 정립하는 데서 드러나듯이, 하디는 결혼을 단순히 관습적 제도라는 관점에 국한하지 않고 사회의 테두리를 넘어서 객관적으로 조망한다. 『무명의 주드』는 인습적인 종교의 묵인을 받은 법적 결혼제도와 형식을 부정하고 자연적인 본능과 사랑에 근거한 결혼 그 자체가 중요하다는 생각을 전면에 내세운다는 점에서 하디의 소설 중에서 가장 파격적이다.

『무명의 주드』는 이와 함께 '신여성' 문제를 다루면서 당대의 경직되고 편협한 성 관념을 비판한다. 인습적인 결혼제도에 얽매이기를 거부하고 여성의 자유 선택권과 성적 자율권을 주장하는 등 신여성의 면모를 지닌 쑤Sue를 여주인공으로 삼은 것이다. 그런데 『무명의 주드』는 예술성 없이 정치성만 강조하는 일군의 신여성 소설과는 달리, 여성에게 가해지는 성적, 경제적 억압 양상을 구체적으로 전면에 부상시킬 뿐 아니라 여성의 법적 지위나 교육 문제 등 심오한 여성 문제 인식을 담고 있다. 쑤의 심리적 갈등을 실감 나게 포착해내는 등 예술적인 성취도도 높다. 여기에 『무명의 주드』의 문학사적 의의가 있다고 하겠다.

『무명의 주드』는 두 번 영화화되었다. 하나는 휴 데이비드Hugh David가 감독하고 로버트 파웰Robert Powell과 피오나 워커Fiona Walker가 주연한 영화로 1971년에 발표되었다. 다른 하나는 마이클 윈터바텀Michael Winterbottom이 감독하고 호세인 아미니Hossein Amini가 각색하여 1996년 개봉한 영화 <주드>이다. 케이트 윈슬렛Kate Winslet과 크리스토퍼 에클레스턴Christopher Eccleston이 주연을 맡았다. 에클레스턴은 새틀라이트 드라마 부문 남우주연상, 아미니는 새틀라이트 각색상을 받았다.

윈터바텀은 강한 사회비판의식으로 현대 사회의 어둡고 타락한 면을 주로 그려왔다. 잉마 버그만Ingmar Bergman에 대한 두 편의 TV 다큐멘터리로 감독 데뷔를 한 윈터바텀은 범죄자의 비정상적인 심리를 파고 들어가는 범죄 드라마를 감독하여 관객들에게 깊은 인상을 남긴 바 있다. 1995년에 개봉한 <버터플라이 키스>Butterfly Kiss에서는 레즈비언 연쇄 살인범의 이야기를, 1997년 <웰컴 투 사라예보>Welcome to Sarajevo에서는 보스니아 전쟁의 아픔을 다큐멘터리 기법으로 차분하게 그려냈다.

<주드>에서는 '필름 느와르'film noir적인 색채를 가미하여 현대인의 감수성에 호소한다. '필름 느와르'는 1930년대와 1940년대 미국 시나리오 작가들에 의해 쓰인 것으로 고전 헐리우드 영화의 전통적 서사와 스타일상의 관행에서 벗어나 폭력적인 주제나 사건을 감정을 배제한 냉혹한 시선으로 다루는 하드보일드hard-boiled 스타일을 구사하는 장르이다. 이로인해 필름 느와르는 관객에게 불안과 불편함 그리고 조바심을 불러일으킨다.

II. 원작: 쑤의 심리적 모순과 이로 인한 비극

『무명의 주드』에서 주드가 비극적 죽음을 맞는 데는 높은 이상을 세워놓고도 본능적인 충동을 이겨내지 못할 만큼 의지가 약하며 현실적인 인식이 부족하다는 그의 개인적인 약점 탓도 있으나 당대 사회 체제와 제도의 경직성 및 관습의 편협성 또한 큰 영향을 미친다. 그렇지만 이들은 주드의 비극을 초래한 결정적인 요인은 아니다.

그렇다면 주드를 비극으로 몰아넣은 직접적인 원인은 무엇인가? 주드는 임신했다며 책임질 것을 강요하는 아라벨라Arabella와 "명예"를 지키기 위해 원치 않은 결혼을 한다. 사회 규범상 피할 수 없었던 아라벨라와의 결혼은 주드로 하여금 사회를 비판적으로 인식하게 만든 계기가 된다. 그 결혼이 환멸로 끝난 후 주드는 일반적인 통념이나 사회적인 관행에 문제가 있음을 깨닫는다. 그 후 사촌이자 이제는 필롯슨Phillotson의 아내가 된 쑤를 향한 열정을 억누를 수 없는 상황에서 그녀와 격정적으로 키스한 주드는 종교적 법을 지키는 사도가 되려는 생각을 완전히 버리고 자기가 옳다고 생각하는 방식에 따라 살아갈 것을 결심한다.15) 크라이스트민스터 Christminster에 대한 꿈의 좌절, 법적 결혼을 원치 않는 쑤와의 동거 때문에 그에게 가해지는 주위 사람들의 편견과 관습의 압력, 그리고 경제적 궁핍과 병마 속에서도 그는 의연하게 삶에 대한 강한 의지를 보인다. 크라이스트민스터에 다시 돌아와 군중에게 연설할 때 적대적인 주위 환경으로 인해 고통받았음에도 불구하고 그 고통에 괘념치 않고 자신을 변호할 수 있을 정도로 의연함을 보이는 주드의 태도가 그 예이다. 그는 숱한 시련을 통해 삶이나 사회인습 및 제도를 독자적으로 인식할 수 있게 된 것이다. 이처럼 인습이나 적대적인 환경을 넘어설 수 있었던 주드를 비극적 죽음으로 몰아넣은 것은 아이들의 죽음을 계기로 표면화된 쑤의 심리적 문제점과 이로 인한 그녀의 변화이다.

---

15) Thomas Hardy, *Jude the Obscure* 1895; rpt. (New York: Norton, 1999), 171-72. 이후 인용은 이 책에 따르며 면수만 표기한다.

쑤는 일견 모호하게 보일 정도로 모순되고 다층적인 결을 지닌 복잡한 인물이다. 그녀는 연약하고 예민한 여성으로 기분 변화가 급격하고 충동적이며 불안한 심리 상태에서 예상치 못했던 행동을 서슴없이 한다. 일반화하고 추상화하는 경향이 있는 그녀는 자신의 얘기를 하면서도 이를 보편적인 '여성'의 속성으로 설명한다. 그녀의 본질적인 문제가 거론될 상황에 놓이게 되면 그것을 애매하게 일반화하는 가운데 정당화하기도 한다. 자신 내부의 근본적인 문제에 맞닥뜨리는 것을 피하고 책임을 전가해버리는 것이다. 쑤에게는 현실을 애써 외면하려 하는 이상주의적 성향과 자신만의 세계에 안주할 수 있는 유아기로 퇴행하려는 심리 또한 있다.

이와 더불어 주드와의 심리적 역학관계에서 가장 결정적인 영향을 미치는 쑤의 특징은 성을 억누르고 성관계를 거부한다는 것이다. 주드는 쑤를 육체적인 면이 거의 없는 유령 같은 존재 혹은 정령으로 보지만 실상 쑤는 건강한 성 본능을 갖고 있다. 쑤는 무성의 존재라기보다는, 법적 결혼에 수반되는 성관계가 임신을 초래하고 결국 출산과 육아라는 생물학적 자연법칙에 얽매이게 할 것이라는 불안감이 있기에 이를 피하고 자연스러운 본능을 억누르고 있다. 필롯슨을 떠나 주드와 함께 살게 되었을 때 쑤는 결혼이라는 틀에 얽매이지 않은 자유와 육체를 초월한 사랑을 원칙으로 내세운다. 그렇지만 쑤는 아라벨라가 등장하자 그녀에게 주드를 빼앗길지 모른다는 위기감에서 육체관계를 허용해버린다.

아이들의 죽음 후 쑤는 이러한 자신의 행위를 다음과 같이 참회한다. 본능 속에서 즐기는 것이 자연의 존재 이유라고 생각하면서 자연을 "말 그대로"(266) 받아들여 본능과 감정에 따라 주드와 함께 산 자신이 바보였다는 것이다. 더 나아가 쑤는 세상을 무관심하다기보다는 "인간의 형상을 한" 적대적인 "가해자"(이상 269)로 간주하며 그로부터 도망치려 한다.

아이들의 죽음을, 분노한 신이 자신과 주드에게 복수하기 위해 벌을 내린 결과로 해석하는 것이다. 기독교적 율법을 곧이곧대로 받아들인 쑤는 "세상의 만족을 위해서", 또한 "형식을 위해서"(이상 283) 주드를 떠나 '법적 남편'인 필롯슨과 다시 결혼하려고 마음먹는다. 주드가 지적하듯이 쑤는 "문자 그대로"(306) 행동했다. 인습적인 종교의 묵인을 받아온 법적 결혼 제도와 형식에 굴복한 쑤는 주드가 지적한 것처럼 "형식의 노예"(315)가 된 것이다.

주드는 아이들의 죽음 후 쑤가 정반대로 바뀌었다고 생각하나 이는 그가 쑤를 제대로 이해하지 못한 데서 연유한다. 쑤는 주드가 생각한 대로 돌변한 것이 아니라 예전부터 이렇게 변화할 수 있는 조짐을 보여 왔으며 그 변화는 다음과 같이 점진적으로 진행된다. 법적으로 결혼하지 않은 채 주드와 실질적인 부부관계를 맺게 된 쑤는 성관계에서 비롯되는 출산과 육아 문제에 부딪히게 되면서 생물학적 '자연법칙'의 지배를 받게 되고 사회 관습상의 여러 형식에 얽매이게 된다. 사회 관습이나 냉정한 '자연법칙'의 지배를 받는 현실을 불가피하게 맞닥뜨리지 않을 수 없게 되었을 때 쑤는 힘없이 무너진다.16) 이후 쑤는 "자연의 법"에 대해 언급하기 시작한다. 법적으로 결혼한 부부관계가 아니라는 사실이 밝혀져 실직한 후 다른 곳으로 일자리를 찾아 떠나고자 경매를 할 때 쑤는 도살꾼

---

16) 원작소설에서는 '자연'이 본능이나 임신 및 출산과 일관성 있게 연관된다. 교원양성학교 학생들을 묘사하는 부분에서 여성은 "냉혹한 자연법칙"에 따라 아무리 노력해도 결코 강해질 수 없고 여성으로서의 "몸이 형성되면서 주어진 성의 형벌"(112)을 타고난 존재라고 서술된다. 여성은 불가피하게 생물학적 자연의 지배를 받게 된다는 의미를 함축하는 이 대목에서는 여성인 쑤가 생물학적 "임신"과 육아의 문제에 봉착하고 결국 아이들의 죽음이라는 "상실"을 겪게 될 것이 시사된다.

에게 팔린 새를 풀어준 후 "자연의 법은 상호학살"(243)이라고 말한다. 그 후 2년 반이 지난 시간 동안 주드는 이곳저곳 일자리를 찾다가 병석에 눕게 되고 그가 만든 과자 빵을 시장 좌판에서 팔던 쑤는, 우연히 만나게 된 아라벨라가 셋째 아이의 임신 사실을 알아채자 울먹이며 아이를 세상에 태어나게 하는 것은 매우 비극적인 일이라고 말한다. 이 장면은 관찰자적 관점으로 서술되어 쑤의 내면을 직접 드러내지는 않지만, 쑤가 "자연의 법" 앞에서 언제라도 허물어질 듯이 약해져 있는 상황에 놓여 있음을 시사한다. 이러한 함의를 읽어낼 때 크라이스트민스터의 군중 속에서 필롯슨을 본 쑤가 그를 두려워하면서 "믿지 않은 인습적 위압감이나 공포"가 "오싹하는 마비"(이상 258)로 엄습해온다고 말할 때 이를 그녀 내면에서 일어난 점진적인 변화의 자연스러운 귀결로 받아들일 수 있게 된다. 취약한 심리 상태에서 쑤는 어렵사리 얻은 방의 주인에게 주드와 실제로 결혼한 사이가 아님을 밝혀 버린다. 주드와 법적 부부관계에 있지 않고 이는 인습에 위배된다는 사실이 그녀에게 큰 중압감으로 작용하고 있었는데, 이를 무시해버릴 힘이 이제 그녀에게는 남아 있지 않았기 때문이다. 이는 불과 얼마 전 결혼 사실을 묻는 아라벨라의 질문에 쑤가 "물론"(245)이라고 대답했던 것에 비해 크게 달라진 모습이다.

　"자연의 법" 앞에 허약해져 있는 상태에서 쑤의 문제점, 일반화하고 추상화하는 경향이 더 증폭되어 드러나게 된다. 법적 부부가 아니라는 이유로 힘들게 구한 여관방에서도 쫓겨나게 될 비참한 상황에서 "저는 태어나지 말았어야 했어요, 그렇죠?"(260)라고 묻는 파더 타임Father Time이, 사람들은 왜 아이를 낳느냐고 묻자 쑤는 그것도 "자연의 법"이기 때문이라고 답한다. 쑤는 비관적인 생각이 어린아이에게 미칠 영향을 고려하지 않은 채 "모든 것이 걱정이고 역경이며 고통이다"(261)라는 추상적인 얘기를 무심코 내뱉기도 한다. 그녀 자신이 인정하듯이 자기 나름으로는 정직하고 솔직하게 말한 것이지만 사실은 진실된 것이 아니었으며 "섬세한 척하면서 너무 모호하게 얘기한 것이었다"(266). 쑤의 이 말은 파더 타임을 자극하여 궁극적으로 아이들의 죽음을 초래한다.

아이들의 죽음 후 쑤가 필롯슨에게로 돌아간 다음, 본의 아니게 아라벨라와 다시 결혼하게 된 주드는 여전히 쑤를 잊지 못해 쏟아지는 폭우 속에 그녀를 찾아 나선다. 쑤는 자신이 주드를 여전히 사랑하고 있음을 새삼 확인하자 그를 향한 육체적 욕망을 억누르기 위해 그날 밤 필롯슨에게 처음으로 성관계를 허용한다. 이 사실을 전해 들은 주드는 쑤의 인습에의 굴복이 더는 돌이킬 수 없을 만큼 극단화되어 감을 확인하고 자포자기 상태에 빠진다. 주드는 아라벨라가 돌팔이 의사인 빌버트Vilbert를 새 남편으로 점찍고 축제를 즐기러 나간 사이에 욥기의 구절을 읊으며 쓸쓸히 죽음을 맞는다.

아이들의 죽음이 주드가 삶에 대한 의욕을 잃고 죽게 된 직접적인 원인은 아니다. 다시 돌아온 크라이스트민스터에서 행한 주드의 연설에서 드러나듯이, 인습적인 종교가 옳지 못함을 간파하는 등 관습에 구애받지 않은 안목을 견지해온 주드는, 아이들의 죽음을 계기로 종교적 교리나 관습에 대해 더욱 강한 비판적 인식을 하게 된다. 그렇지만 아이들의 죽음 후 쑤의 태도가 극단적으로 변모되어 감에 따라 주드는 삶의 의지를 상실하고 의사의 치료도 거부한 채 절망과 체념 속에 저주의 말을 뇌까리며 처절하게 죽어간다. 소설 『무명의 주드』에서는 주드를 비극으로 몰고 간 쑤의 심리적 갈등 및 모순, 이것의 표출과 이로 인한 그녀의 변모, 그리고 그 과정상의 인과관계가 일관성 있게 탐색된다.

III. 각색 영화: 현대화를 위한 차용/변형과 그 성패

1. 현대적 여권론자로서의 쑤

윈터바텀이 감독한 <주드>는 19세기 영국 사회를 배경으로 한 『무명의 주드』를 차용하면서도 영화가 제작된 20세기 후반에 걸맞게 상당 부분 현대화하는 변형을 가했다. 19세기 후반 영국의 시·공간적 배경을 사실적으로 재현해내는 가운데 인물은 지극히 현대적으로 변형한 것이다. 따라서 20세기의 관객은 시간적 배경이 19세기 후반이라는 사실을 잊고 동시대인의 이야기로 착각하게 된다(Berardinelli).

윈터바텀은 <주드>에서 19세기뿐 아니라 현대에도 유효한 사회 문제에 초점을 맞춘다. 인습적 체제와 제도에 따르지 않는 개인을 배척하는 사회를 비판하는 것이다. <주드>는 법적 결혼을 하지 않고 동거한다는 사실 때문에 사회로부터 배척당하며 도시 빈민으로 전락한 채, 일자리를 찾아 이리저리 옮겨 다니다가 마땅히 머물 거처를 찾지 못하게 된 상황에서, 아이들의 죽음과 그로 인한 결별이라는 비극적인 결말을 맞는 두 남녀의 이야기이다.

윈터바텀은 하디의 원작과는 달리 쑤의 복잡한 심리를 배제한 채 그녀를 현대적 여권주의자 내지는 정치적 진보주의자로 그려낸다. 이와 함께 쑤의 내면보다는 주로 주드의 관점에서 쑤의 외면 모습을 보여준다. 1990년대 동시대 관객의 관심을 끌기 위해서 보다 현대적인 인물로 그려내려 했기 때문이다.

영화 속의 쑤는 생기발랄하고 아름다워 사랑할 수밖에 없는 매력적인 여성으로 등장한다. 쑤는 낭만에 차 있는 건강한 여성이면서 다른 한편 활발하고 자유분방하며 순수한 어린아이 같은 모습이다. 교생 일을 하면서 필롯슨과 가까워진 쑤는 그가 자신의 허리를 팔로 감았을 때 깜짝 놀라 주변을 두리번거리지만 이내 두려워하는 기색 없이 다정스레 그의 허리에 팔을 두르고 걸어갈 정도로 행동에 거리낌이 없다. 충동적으로 필롯슨과 결혼해버리거나 한밤중에 학교를 탈출하여 주드 집에 오는 행동을 하지만 원작 속의 쑤처럼 지나치게 예민하고 복잡한 심리의 소유자로 보이지 않는다.

성 문제에 대해서도 영화 속 쑤는 원작의 쑤와 확연히 다르다. 원작에서 쑤는 이성과의 사이에 성이 개입되지 않게 하고 남성의 성적 대상이 되지 않으려 한다. 그런데 영화 속 쑤는 성에 대해 무지하지 않으며 남성을 안달 나게 만드는 등 남자의 심리를 잘 알고 있다. 교원양성학교를 뛰쳐나와 주드의 집을 찾아갔을 때도 그의 마음을 읽고 "남자는 여자가 허락할 때만 움직이게 되어 있다"며 단둘이 방에 있는 상황이 두렵지 않다고 말한다. 화롯불이 그녀의 얼굴을 낭만적으로 비추는 가운데 주드의 안락의자에 몸을 둥그렇게 웅크리고 앉아 있는 그녀는 주드에게서 눈을 떼지 않고 그윽한 시선을 보낸다. 관능적인 분위기를 자아내는 이 장면은 쑤가 주드와의 사이에서 흐르는 성적 긴장을 감지하고 있음을 드러낸다. 그러다가 쑤는 눈을 감아 버리는데 이는 주드에게 성적 접근을 허용하는 듯하다가 불현듯 접근을 막아 버리는 태도로서 그녀가 남녀 사이의 성적 역학관계를 잘 알고 있음을 시사한다. 쑤가 그저 남자를 유혹했다가 안달하게 만드는 바람둥이로 보이기까지 하는 것은 이 때문이다. 따라서 쑤가 필롯슨과 결혼하게 된 것은 남녀 간의 결혼이 무엇을 의미하는지를 잘 몰랐다거나 기숙사에서 쫓겨나 궁지에 몰린 상황 때문이라기보다는, 자신이 기혼자라는 주드의 고백에 배신감을 느끼고 질투에 불타 결혼을 감행했다는 해석에 더 무게가 실리게 된다.

영화에서는 성관계를 둘러싼 쑤의 절박하고 복잡한 심리가 드러나지도 함축되지도 않는다. 그 결과 쑤가 주드와 동거를 시작하면서 성관계를 거부할 때 관객은 쑤의 행위를 갑작스럽고 의아하게 생각하게 된다. 사실이 대목에서 성에 대한 쑤의 특이한 태도가 표출되는 것인데, 이제까지 쑤의 복합적인 심리가 드러나지 않았기 때문에 관객에게는 쑤가 돌연 성을 억누르는 신경증적인 여성으로 변모한 것으로 보인다. 쑤의 인물 형상화에 균열이 생기는 것이다.

쑤의 인물 형상화에 균열이 나타나는 또 하나의 예는 아이들의 죽음 후에 보이는 그녀의 반응 및 행위에서다. 쑤의 내면 심리를 보여주지 않았던 영화에서는 이 장면이 다음과 같이 영상화된다. 쑤는 아이들의 죽음 후 과도하게 신경과민적인 반응을 보인다. 하느님에게 죄를 지은 대가를 받은 것이라면서 주드의 아이가 자기 아이들을 죽였음을 언급한다. 교회 예배에 나가 열심히 찬송가를 부르고 혼자서 텅 빈 교회에 앉아 있는 등 독실한 기독교인으로서의 모습을 보이기도 한다. 쑤의 변모는 교회에서 거행한 결혼만이 유효한 것이므로 자신은 필롯슨에게, 주드는 아라벨라에게 돌아가야 한다는 극단적인 주장으로까지 이어진다. 성관계나 본능의 문제 그리고 이를 둘러싼 인습적 두려움에 관한 쑤의 심리가 이제까지 전달되지 않았기 때문에 아이들의 죽음 후 종교에 귀의해 전 남편에게 돌아가는 쑤의 변화는 갑작스럽게 느껴진다.

이후 영화는 주드와 쑤의 이별과 홀로 남겨진 주드의 비참한 모습을 비춰주는 것으로 마무리된다. 떠나겠다는 쑤의 선언을 들은 후 침대에 누워 괴로워하다가 벌떡 일어나 청회색의 건물 사이로 걸어나가는 주드의 모습이 카메라에 잡힌다. 이어 1889년 크리스마스라는 시간이 찍힌 화면에는 아이들 묘지에 홀로 앉아 있는 쑤의 모습과 그곳을 찾아온 주드의 모습이 담긴다. 돌아와 달라는 주드의 간청에 본능을 억제하지 못하고 긴 키스를 나눈 후 자신을 사랑하느냐고 묻는 주드에게 "항상 알고 있잖아" 라는 대답을 남긴 채 쑤는 돌아서고, 주드는 그녀를 향해 "이 세상 그 누구보다도 더 우리는 부부야"라고 소리치며 영화는 끝난다. 이는 인습적인 법적 결혼이 아니라 진정한 사랑에 기반을 둔 관계가 더 중요하다는 항변으로 들린다.

2. 사회 비판을 위한 변형

영화에서 주드의 비극에 결정적인 영향을 미치는 것은 사회이다. 법적 결혼을 하지 않은 채 동거하는 등 사회 규범을 따르지 않은 이방인이자 주변인인 주드와 쑤를 억압하고 배척하는 사회가 아이들의 비극적 죽음을 초래했고 이것이 쑤로 하여금 주드를 떠나게 만든 비극을 유발한 직접적인 원인이라 할 수 있다.

사회가 주드의 비극에 책임이 있다는 사실은 영화의 첫 부분부터 시사된다. 크라이스트민스터에서 공부를 더 해보겠다는 꿈을 품고 메리그린 Marygreen을 떠나는 필롯슨 선생이 저 멀리 보이는 크라이스트민스터를 가리키며 주드에게 대학 교육에의 열망을 심어주는 장면이 그 예이다. 원작에서는 고아로서 드루실라 Drusilla 대고모에게 얹혀살면서 새 쫓는 일로 돈을 벌어가며 어렵게 공부하는 처지에 놓여 있던 주드가, 필롯슨이 크라이스트민스터로 떠난다는 사실에 자극받아 그곳을 황량한 현실과 극명하게 대조되는 환상 속의 비전으로 이상화한다. 크라이스트민스터를 향한 주드의 열망에는 현실을 벗어나고픈 바람 속에서 쉽게 환상에 빠져드는 개인적 약점이 개재되어 있음이 함축된 것이다. 영화에서는 사회를 대표한다고 할 수 있는 필롯슨이 몸소 주드에게 크라이스트민스터에 대한 꿈과 기대를 불어넣는 것으로 변형되었다. 그 결과 나중에 대학 입학을 거부당한 주드는 허망한 꿈을 불어넣었다가 매정하게 그 꿈을 짓밟아버리는 사회에 의해 배신당한 것처럼 보이게 된다.

영화는 사회가 법적 결혼이라는 인습적인 제도에 순응하지 않는 구성원들을 억압한다는 사실을 중점적으로 비판하기 위해서, 여러 사회 문제를 다룬 원작의 내용을 대폭 단순화한다. 학문 및 교육과 종교에 관련된 내용을 상당 부분 생략한 것이다. 가령 학문을 향한 주드의 열정과 꿈이 비중 있게 다뤄지지 않는다. 크라이스트민스터를 빛과 학문의 도시로 신비롭게 이상화하고 라틴어와 그리스어를 익히기 위해 수레 위에서 짬이 날 때마다 부지런히 공부하던 소년 시절의 모습, 엉터리 약장수 빌버트에게 문법책을 구해달라고 부탁하고는 사기당한 일, 갈색 집 지붕에 올라가 반짝이는 빛의 도시 크라이스트민스터를 신비롭게 바라보던 장면 등은 생략되고 청년 주드가 열심히 책을 읽는 두 장면으로 대치된다. 이와 함께 밤에 크라이스트민스터에 첫발을 내디딘 주드가 그곳을 걸으면서 학자의 혼령과 대화하는 내용이 거의 한 장에 걸쳐 서술되어 그의 학문에의 꿈이 중요하게 취급된 원작에서와는 달리, 영화에서 주드가 크라이스트민스터에 도착한 첫 장면에는 쑤가 일하는 교회용품 가게에서 그녀를 몰래 지켜보는 모습이 담긴다. 이는 토파즈처럼 빛나는 신비로운 모습으로 나타난 크라이스트민스터를 신성시하고 이상화하여 그곳에 대해 환상적 비전을 갖는 주드의 모습이 비중 있게 다뤄진 원작과 다른 점이다. 영화에서는 크라이스트민스터보다도 쑤가 더 주드로 하여금 환상을 갖게 하는 대상으로서 초점을 받는 것이다. 영화 속 쑤는 회색의 크라이스트민스터를 배경으로 밝고 투명한 광채를 발하며 등장함으로써 주드에게 환상 속의 여인임이 시사된다.

일자리를 잃고 이곳저곳 전전하면서 크라이스트민스터로 되돌아온 주드가 대학 정문 앞에서 군중을 향해 자신의 이상과 좌절, 거기서 얻은 깨달음에 대해 길게 연설하는 장면 또한 생략되었다. 영화에서 주드는 "주어진 상황이 어떻든 끌려다니지 않아야 한다", "처음엔 목표가 뚜렷했는데 이제는 점점 더 희미해지고 있다"고 말함으로써 학문에 대한 꿈을 완전히 버리지 않았음을 보여주기는 한다. 그러나 당대의 배타적인 교육제도에 대한 강력한 비판과 함께 학문에 대한 주드의 끈질긴 열정을 가장 잘 나타내는 대목 중 하나인 연설장면이 삭제됨으로써 영화가 원작과 다른 방향의 주제에 초점을 두고 있음이 확실해진다. '무명인'the Obscure을 의미하는 구절이 영화의 제목에서 빠져있는 것도 이 사실을 뒷받침한다.

영화에서는 대학 진학 문제 이외에도 현대인에게는 진부한 소재일 수 있는 종교 문제를 단순화하는 가운데 기독교에 대한 비판이 축소되었다. 원작에서 쑤는 이교도 조각상을 몰래 사서 집으로 가져오는데 나중에 집주인이자 고용인인 미스 폰토버Miss Fontover에게 발각되어 해고당하고 거처까지 옮겨야 하는 상황에 놓인다. 긴 분량으로 서술된 이 부분은 쑤가 기독교에 대해 거부감을 가지고 있음을 드러낸다. 이는 그녀가 이교도적 글을 읽고 있는 장면과 바로 그 시각 주드가 그리스어로 쓰인 성서를 열심히 읽는 장면이 대비, 대조되는 데서 더 분명해진다. 한편 영화에서는 필롯슨과 예루살렘 모형에 관한 대화를 나누는 장면에서 쑤의 종교에 대한 회의감이 나타나기는 하지만 특별히 기독교를 강하게 부정하는 모습은 보이지 않는다. 다만 쑤는 주드에게 신이 있다고 생각하느냐는 질문을 가볍게 던지며 자유분방한 무신론적 사고를 내비칠 뿐이다. 쑤가 이교도적 조각상을 산 것도 주드와 함께 있을 때인데 주드는 이에 대해 놀라거나 나무라지 않으며 그녀 또한 이교도 상을 사는 이유를 설명하지 않는다.

그 결과 그저 하나의 스쳐 지나가는 장면으로 가볍게 처리된다. 영화에서는 이교도 상이 원작보다 훨씬 작은 크기로 나오는데 이는 이교도 조각상을 둘러싼 쑤의 행위가 그다지 큰 중요성을 갖지 못하고 있음을 보여준다. 주드가 감동적인 찬송가를 만든 작곡가를 기대에 가득 차 찾아가나 신앙심을 찾아볼 수 없는 그의 세속적인 면을 보고 크게 실망하는 장면 또한 생략되었다.

결혼하지 않은 채 동거한다는 이유로 주드와 쑤를 배척하는 사회를 비판하는 데 중점을 두기 때문에 영화에서 절정을 이루는 중요한 사건은 아이들의 죽음이다. 이는 아이들의 죽음보다 그 사건이 쑤에게 끼친 영향과 그녀의 극단적인 변모 그리고 그것이 주드의 죽음을 초래하는 과정과 양상이 더 중요하게 다뤄진 원작과는 차이가 있다.

"자연의 법" 앞에서 허약해진 쑤의 비관적인 말이 파더 타임을 자극하여 아이들의 죽음을 초래하게 되는 원작과는 달리, 영화에서는 아이가 그토록 끔찍한 행동을 하게 된 원인을 좀 더 구체적으로 제공한다. 그래서 쑤의 신경질적 반응이 주이Joey에게 영향을 끼친 것으로 처리한다. 물론 이와 함께 아이들의 죽음 사건이 일어난 원인을 주이의 심적 동기에서 찾으면서 그의 행동에 개연성을 부여하기도 한다. 가령 쑤가 해산하는 장면을 바라보는 주이의 눈을 클로즈업하거나, 해골로 변하는 장면을 담고 있는 마술 쇼를 호기심에 가득 차 열중해서 바라보고 있는 주이의 눈을 부각한다. 이러한 장면을 통해 주이가 어린 나이임에도 불구하고 삶의 고단함이나 인생무상을 이해하고 있다는 사실을 암시하는 것이다.

주이가 동생들을 죽이고 스스로 목매달아 죽는 장면 바로 이전에 쑤의 신경질적인 반응은 다음과 같이 부각된다. 쑤는 다음 날 쫓겨나게 될 숙소에서 불안한 마음에 잠을 못 이루고 침대로 찾아온 주이에게 그의 걱정을 덜어주고 위로해주는 대신 "가서 자"라고 쌀쌀맞게 대한다. 주드가 주이를 찾아가 그를 위로하는 장면이 이어지므로 쑤의 매정함이 더 크게 부각된다. 원작과는 달리 "자연의 법"을 둘러싼 쑤의 복합적인 심정이 전혀 나타나지 않은 상태에서 이 장면이 나오므로 관객은 주이에게 신경질적인 반응을 보이는 쑤의 태도를 의아하게 여기게 된다.

영화에서는 아라벨라라는 인물도 변형되었다. 원작에서 아라벨라는 주드의 비극을 초래하는 데 중요한 역할을 하는 인물이다. 충동적이고 본능적으로 술과 여자에 약한 주드는 "암컷"(33)인 아라벨라에 대한 성적 이끌림과 이성적 판단 사이에서 갈등하다가 그녀에게 유혹되고, 임신했다는 말에 속아 결혼하게 되는데, 이것이 계속해서 꿈과 이상을 향해 나아가려는 그의 발목을 잡기 때문이다. 원작 속 아라벨라는 계획적이고 치밀하게 주드를 옭아매는 영악한 여성이다. 그렇지만 영화 속 아라벨라는 관능적으로 주드를 유혹하기는 하지만 그저 주드를 사랑하는 평범한 여성으로 보인다. 주드가 아라벨라와 결혼하는 것도 유인당해 덫에 붙잡힌다기보다는 매력을 느껴 자연스럽게 결혼에 이르는 것으로 처리된다. 이 점에서 그녀가 처음 주드에게 던진 물건이 돼지 심장이라는 사실은 시사하는 바가 크다. 심장은 마음을 상징한다고 볼 때 그녀는 처음 만난 주드에게 끌리는 '마음'을 전한 것이다(Niemeyer 178). 이는 돼지의 특정 부위를 던져 주드의 성 본능을 노골적으로 자극한 원작 속 아라벨라의 모습과는 거리가 있다. 영화 속 아라벨라는 임신했다고 주드를 속여 결혼하도록 종용하지 않는다. 결혼 전 정말 임신인 줄 알았다고 변명하는 편지에서 아라벨라는 이제 자신이 멀리 떠나므로 주드는 자유로이 크라이스트민스터에 가서 대학생이 될 수도 있을 것이라며 행운을 빈다. 이로써 아라벨라는 주드에게 학업을 계속할 수 있도록 길을 터준다는 인상을 준다. 결혼이란 여자에게 사회적으로 유리한 조건을 갖추는 기회라고 쑤에게 충고하는 세속적인 면 또한 보이지 않는다. 이후 그녀는 시장에서 우연히 만난 아들 주이에게 다가가 상냥하게 말을 건네고 아이들의 장례식에 찾아와 주드에게 진실 어린 위로의 말을 던지는, 모성애가 있고 사려 깊으며 조신한 모습을 보인다. 원작에서와는 달리 쑤를 떠나보내고 절망에 빠진 주드를 술에 취하게 만들어 자신과 재혼하도록 유인하지도 않는다.

아라벨라가 긍정적인 인물로 그려지면서 상대적으로 쑤라는 인물의 호소력은 약해진다. 아라벨라가 동정심이 있는 어머니상을 구현하면서 반대로 쑤는 전통적인 성 역할을 포함한 사회 질서를 전복하려 하는 위험스러운 존재로 보이게 된다. 따라서 장례식 때 찾아와 따뜻하게 위로하는 전처 아라벨라를 주드가 받아들이지 않은 것은 그가 안정감을 되찾을 기회를 놓친다는 인상을 준다(Niemeyer 183). 이로써 법적 결혼을 강요하는 사회를 비판하던 영화는 마지막에 주드의 법적 아내인 아라벨라를 긍정적으로 그림으로써 법적 결혼제도를 긍정해 버리는 듯이 보인다. 사회 비판의 주제가 약화되는 것이다.

3. 창조적 변형: 몽타주와 미장센

영화 <주드>는 현대적으로 각색되는 과정에서 인물 형상화나 주제 면에서 균열을 보인 면이 분명 있다. 그렇지만 <주드>는 감독이 의도한 주제를 잘 드러내기 위해 원작의 여러 서사 기법을 창조적으로 변형하는 몽타주와 미장센으로 나름의 성과를 거둔다. 원작에서 상반되는 장면을 병치한 하디의 방법을 차용하되, 이를 감독의 의도에 부합하게 창조적으로 변형한 몽타주의 활용이 그 한 예이다.

하디는 주드의 비극적 죽음 장면과 그때 그의 주변에서 일어나는 희극적인 장면을 병치한다. 저주의 말을 뇌까리며 죽어가는 주드의 처절한 모습은, 빌버트와 아라벨라 사이의 저속하고 경박한 희롱 장면이나, 새로 점찍은 남편감을 염두에 두고 잘 차려입은 아라벨라가 축제에 참여하는 장면과 아이러니하게 교차된다. 또한 욥Job이 자신의 태어남을 저주하는 구절을 읊조리는 주드의 목소리는 바깥의 축제 현장에서 들려오는 만세 소리와 아이러니하게 병치된다. 비극적인 장면과 희극적인 장면의 병치로 인해 조성된 우스꽝스러운 분위기 속에서 독자는 주드나 쑤의 비극에 감정적으로 몰입되지 않고 일정한 거리를 두면서 그 비극의 의미를 음미할 수 있다.

영화 <주드>는 원작의 병치 기법을 몽타주로 살려낸다. 상반되는 장면을 병치해 극적인 효과를 창출하면서 관객을 장면 속에 몰입시킨다. 아이들의 죽음을 전후한 장면들에서 이 사실이 특히 잘 드러난다. 영화는 아이들의 죽음 장면 앞에 극단적으로 대조되는 분위기의 장면을 배치한다. 쑤가 주이에게 신경질을 부린 후 주드가 주이를 달래주므로 쑤가 신경질인 태도로써 주이에게 상처를 준 상황이 정리되는 듯이 보이는 장면, 일자리를 얻고 희망에 부푼 주드와 쑤가 아이들에게 그 기쁜 소식을 서로 먼저 전하려고 층계를 뛰어 올라가는 장면이 아이들의 죽음 장면 바로 앞에 배치된다. 상황이 해결되었다는 느낌을 준 다음 전혀 뜻하지 않은 상황이 바로 이어져 극적인 반전이 일어난다. 이러한 몽타주로 인해 아이들의 죽음은 더욱 충격적이고 비극적으로 느껴지게 된다. 쑤의 극적인 변화를 부각하기 위해 아이들의 죽음 후 변화한 쑤의 모습을 보여주는 장면과 이전 모습을 담은 장면을 병치하여 대조하기도 한다. 쑤가 자신들은 단죄되어야 한다면서 주드를 더는 사랑하지 않는다고 말함으로써 그를 엄청난 고통에 몰아넣는 장면 바로 뒤에, 발랄하고 관습에 아랑곳하지 않는 쑤의 예전 모습을 담은 장면이나 거침없이 인습에 대해 비판을 쏟아내는 장면 그리고 주드와의 행복했던 순간이 담긴 장면을 배치한다. 이러한 몽타주는 원작과는 다르다. 원작에서는 아이들의 죽음을 주드와 쑤에게 닥친 고통스럽고 우울한 일상사의 연장인 것처럼 긴장감이나 반전 없이 또한 감정이 섞이지 않은 객관적인 어투로 담담하고 평이하게 전달하기 때문이다. 윈터바텀 감독은 원작을 차용하는가 하면 다른 한편 변형한 것이다.

아이들의 죽음 장면 역시 원작을 차용하면서도 변형을 가한 예이다. 이 장면은 하디가 '반사실주의'를 표방하며 새롭고 낯선 이야기 전개와 알레고리로 보일 만큼 놀랄 만한 요소 및 기괴한 것들의 도입을 통해 독자의 흥미를 유지하고자 한 것을, 감독이 자신의 의도에 부합되게 나름의 방식대로 전유한 경우이다. 원작에서는 쑤의 심리적 문제점이 극단적으로 표출되는 참회와 자기 포기라는 변모가 예사롭지 않고 부자연스러운 것으로 처리되었다. 주드를 아직도 사랑하고 있음을 확인한 쑤가 참회를 위해 필롯슨에게 혐오감을 느끼면서도 몸을 바치고 이 사실을 전해 들은 주드는 삶의 의욕을 상실한 채 죽게 된다는 것이다. 반면 영화에서는 사실주의에 따라 비극적 이야기를 전개하려는 의도에서, 사실주의에 반하는 것은 생략한다. 다양한 장르가 섞여 있는 원작과는 달리, 비극적 사실주의에만 집중하여 그것에 반하는 다른 장르적 요소들을 삭제하는 것이다 (Strong 200). 대신 아이들의 죽음 장면을 깜짝 '놀랄 만큼' 충격적으로 처리하여 극적 효과를 거두면서 관객을 화면에 몰입시킨다.

영화가 거둔 또 하나의 성과로 꼽을 수 있는 것은 이미지와 상징이 효과적으로 활용된 미장센이다. 소설은 논증이 아니라 삶에 대한 작가의 인상이라고 생각하여 생생한 그림 안에 상징적인 의미를 함축하려 한 하디의 기법을 감독은 차용하기도 하고 창조적으로 변형하기도 하면서 원작에 없는 상징까지 만들어낸다. 영화의 첫 부분에서부터 시작하여 군데군데 등장하는 매달린 사체의 이미지가 그 예이다. 영화의 첫 장면은 바람이 부는 황폐하고 거친 벌판에 한 소년이 등장하여 딸랑이 기구를 들고 다니며 새를 쫓는 장면으로 시작된다. 이어 갑자기 화면이 바뀌면서 죽어 매달려 있는 여러 마리의 까마귀가 클로즈업되고 불안한 시선으로 죽은 까마귀를 쳐다보는 소년 주드의 모습이 포착된다. 어린 주드가 바라보는 까마귀 사체는 이후 아라벨라가 돼지를 도살해서 매달아 놓은 장면, 그리고 아이들이 목매달려 죽어 있는 끔찍한 장면과 상징적으로 연결된다. 너무나 사실적이어서 생경하기까지 한 사체들의 이미지는 비참하게 희생당하는 존재적 상황을 일관되게 압축적으로 전달하는 뛰어난 상징이다.

또 하나의 예로는 돼지의 이미지를 들 수 있다. 주드와 아라벨라는 결혼식 때 아기 돼지를 선물 받는데 후에 그녀는 성장한 돼지를 도살한다. 이때 주드는 아라벨라와의 본질적인 차이점을 확인하고 집 밖으로 나가버리고 이를 계기로 두 사람은 헤어진다. 결혼식 때 선물 받은 돼지의 도살은 결혼의 파국을 상징한다. 아라벨라가 학문에만 빠져 살던 주드의 성적 관심을 불러일으키는 데 돼지의 특정 신체 부위를 사용한 데서 드러나듯 돼지는 본능을 상징한다. 돼지의 도살로 상징되는바 그 본능적인 요소가 사라졌을 때 두 사람의 결별은 필연적으로 보인다.

이와 함께 '기차', '안개', '비'의 이미지도 주제를 부각하는 데 효과적으로 활용되었다. 주드와 쑤가 기차를 타고 계속 이동한다는 것은 한곳에 정착하지 못하고 뿌리 뽑힌 채 이곳저곳을 전전하는 그들의 불안정한 삶을 상징적으로 보여준다. 안개는 방향을 잃은 삶의 불확실성을 나타내고 마지막 장면에서 우산을 쓰지 않은 주드에게 쏟아지는 비는 그가 절망적인 상황 속에 방치되어 있음을 상징한다. 인습적인 사회의 억압으로 초래된 아이들의 죽음과 쑤와의 이별로 이어지는 암담한 현실 속에 갇힌 주드의 암울한 상황을 상징하기 위한 잿빛과 청색의 색채 사용도 효과적이다.

공간적 배경 안에 상징적인 의미를 함축해낸 장면의 미장센 또한 이 영화가 거둔 성과이다. 주드의 어둡고 음울했던 어린 시절이 압축된 장면은 흑백으로 촬영된다. 그다음 어른으로 성장한 주드가 힘든 석공 일을 하는 가운데서도 학문에의 꿈을 품고 틈틈이 그리스어와 라틴어를 공부하는 장면은 아름다운 총천연색 화면에 담긴다. 대학 교육의 꿈이 좌절된 후 주드가 고통스러운 삶을 살아가게 되면서 크라이스트민스터는 차갑고 냉엄한 회색빛 도시로 표현된다. 원작에서 크라이스트민스터의 모델은 옥스퍼드이지만, 그곳을 화면에 담아낼 때 관객에게 고풍스러운 멋을 느끼게 하고 아름다운 연상을 불러일으킬 수 있다는 우려에, 일부러 북부 에딘버러Edinburgh에서 황량한 장소를 찾아 촬영했다고 한다(Strong 202).

이와 함께 이 작품은 영상 매체다운 특징을 살려 시청각적 효과를 활용한 미장센으로 함축적인 의미를 담아낸다. 필롯슨과 쑤가 다정히 걷는 모습을 본 후 설상가상 직장까지 잃고 꿈과 사랑 어느 것 하나 이루지 못한 비참한 상황에서 주드가 느끼는 고뇌와 좌절감은, 소리 지르며 거칠게 숲속에서 뛰어 달리는 장면으로 압축된다. 필롯슨의 집에서 나와 올드브릭험Oldbrickham으로 옮겨온 쑤와 주드의 행복한 순간은 바닷가에서 뛰놀고 자전거를 타며 함께 보내는 하나의 장면으로 압축된다. 우울하고 안개 낀 크라이스트민스터와 완전히 대조되는, 초록색 잎사귀와 밝은 햇살에 나부끼는 쑤의 옷자락이 낭만적으로 어우러진 장면의 시각적인 효과는 두 사람의 행복한 한때를 압축적으로 표현한다. 플루트와 바이올린이 어우러진 애절한 주제곡을 통해서도 사회에 의해 배척당하고 연인과도 헤어겨야 하는 주드의 비극적 상황이 효과적으로 전달된다.

흐리고 우중충한 마을 분위기를 흑백 화면에 담아낸 첫 장면의 미장센 또한 앞으로 전개될 영화의 내용과 분위기를 집약한다. 바깥소리voice over로 처리된 까마귀의 울음소리는 음울하고 억눌려 있는 듯한 분위기를 조성한다. 인간을 지평선 위의 왜소한 존재로 포착한 조감 앵글을 통해 무력하기 그지없는 인간의 실존이 표현된다. 암울한 잿빛 속에 펼쳐진 젖은 들판을 에워싸고 있는 궂은 날씨는 앞으로 다가올 불행을 전조한다. 첫 장면의 흑백 모노톤은 마지막 장면의 흑백 모노톤과 대칭을 이루면서 주드가 처한 암울한 처지와 그것의 비극적 순환성을 상징한다.

원작에서는 각 부가 바뀔 때마다 주드와 쑤가 사는 공간적 배경이 바뀌는데, 이를 영화에서는 힘차게 증기를 내뿜으며 달리는 기차 장면을 삽입하여 알려준다. 효과적인 몽타주의 예라 할 수 있다. 기차의 고동 소리라는 청각적 효과와 기차가 증기를 내며 달리는 모습을 담은 시각적 효과로 가득한 미장센은 주드가 어디론가 떠나고 있고 곧 새로운 장소에서 이야기가 펼쳐질 것을 시사한다.

IV. 총평

윈터바텀 감독은 현대에 맞게 영화의 주제를 설정하면서 그 주제에 부합하도록 원작을 차용/변형한다. 사회 규범에 따르지 않는 사람은 소외되는 사회의 억압을 비판하는 데 집중하기 위해서, 쑤의 복잡한 심리가 작동하는 양상이나 그것이 주드에게 끼치는 영향에는 주목하지 않는다. 쑤의 내면 심리를 알려주는 대신, 주드가 쑤를 바라보는 관점에 맞춰 쑤의 외면만을 보여준다. 쑤가 주드의 관점에서 '시각화'(Boumelha 148)되는 원작 서술의 일면만을 차용하면서 쑤를 변형한 것이다. 그렇지만 이는 아이들의 죽음을 전후하여 쑤의 심리적 문제점이 극단적으로 표출되는 상황에 이를 때 쑤라는 인물 형상화의 균열을 초래한다. 법적 결혼제도를 수용할 것을 강요하는 사회에 대한 비판으로 의도된 영화가 오히려 법적 결혼제도를 긍정하는 듯 보임으로써 주제상의 균열을 보이기도 한다. 이는 쑤가 갑자기 신경질적으로 돌변하는 듯 그려지고, 주드의 법적 아내인 아라벨라가 모성애를 지닌 따뜻한 인물로 보이는 데서 비롯된 것이다.

그렇지만 영화는 하디가 원작에서 구사한 여러 기법을 차용하여 창조적으로 변형하는 미장센과 몽타주로 나름의 성과를 거둔다. 상반되는 장면의 병치나 반전을 통한 극적 효과, 이미지와 상징의 효과적인 활용, 강렬한 사실성에 기반을 둔 크나큰 정신적 충격으로 관객을 작품 속에 몰입시켜 강력한 메시지를 전달하기, 시청각적인 효과를 살린 장면에 압축적인 의미를 담아내기 등이 그 예이다. 하디 소설이 지닌 시각적 요소를 살릴 뿐 아니라 영상 매체이기 때문에 가능한 촬영법을 십분 활용한 것이다.

영화 <주드>는 법적 결혼을 하지 않고 동거하는 비 순응주의자를 용납해주지 않는 19세기 영국 빅토리아조 사회를 배경으로 삼으나 주인공들에게 닥친 문제는 현대적으로 각색한다. 현대인의 시각에서 볼 때는 시대에 뒤떨어진 이야기로 보일 수도 있는 원작 소설을 현대적으로 변형하여 시각 중심의 극적 구성으로 풀어내는 것이다. 감독은 하디의 작품이 갖는 특징을 수용하되 이를 자신의 주제와 의도에 부합하게 변형하는 창조적인 운용의 묘 또한 보여준다. 영화를 소설과 대등한 독립적 재현 형식으로 본다면 각색작 <주드>는 원작과는 별개로 나름의 성과를 거둔 예술작품이라고 평가할 수 있겠다.

『오만과 편견』

Pride and Prejudice

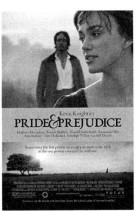

I. 작가와 작품 소개

　　제인 오스틴Jane Austen은 1775년 영국 남부 햄프셔Hampshire주의 스티븐튼Steventon이라는 작은 마을에서 교구 목사인 아버지와 목사 딸인 어머니 사이에서 태어났다. 체계적인 교육을 받지는 못했으나 오스틴은 연극을 직접 공연하기도 할 정도로 문학적인 집안 분위기에서 폭넓은 독서를 하며 성장했다. 오스틴은 열한 살 때부터 다양한 장르의 글을 썼고 이십 살 때인 1795년, 후에 개작을 거쳐 『이성과 감성』으로 1811년 출판한

『엘리노어와 매리앤』*Elinor and Marianne*을 썼다. 1797년에는 『첫인상』*First Impression*을 완성했는데 이를 개작해서 1813년 출판한 것이 바로 『오만과 편견』이다.

오스틴이 작품 활동을 한 시대는 사회의 보편적인 가치가 중시되던 시대로부터 개인의 주관이 강조되고 감정이 예찬되는 낭만주의 시대로 넘어가는 18세기 말엽이었다. 오스틴은 동시대에 유행한 낭만주의보다는 18세기의 문필가인 알렉산더 포우프Alexander Pope나 사무엘 존슨Samuel Johnson으로 대표되는 신고전주의, 즉 질서와 균형 그리고 이성에 더 큰 가치를 두었다. 당시 유행하던 감상주의적 고딕소설을 못마땅하게 생각했던 오스틴은 1790년대 후반에서 1815년까지의 영국 섭정기 시대의 시골 생활과 풍습을 정확하고 세세하게 사실적으로 그려낸 풍속 소설을 썼다.

오스틴은 날카로운 비판력의 소유자로 재치 있는 풍자를 즐길 만큼 지적이고 활력이 넘쳤다. 그녀는 소설에서 간결하고 절제되어 있으며 신랄하면서도 유머가 넘치는 문체를 구사한다. 재기발랄한 위트와 풍자 그리고 아이러니로 인해 발생하는 활력은 독자의 지성과 상상력 및 감수성을 끊임없이 자극하면서 작품 속에 몰입하게 해준다.

오스틴은 한 편지에서 그녀의 소설을 "섬세한 붓으로 작업해 놓은 2인치 평방의 작은 상아 조각"이라고 평했다. 사실 그녀 작품 속 세계는 한정되어 있었다. 미국의 독립전쟁이 일어난 1775년에 태어난 그녀는 14세 때인 1789년에 발발한 프랑스 혁명에 대해서도 알았을 것이다. 그렇지만 이 두 중요한 역사적 사건이 그녀의 소설에서는 언급되어 있지 않다. 그녀는 소재를 좁은 시골 젠트리 계층의 몇몇 집안에서 벌어지는 소소한 일상사와 남녀 간의 사랑과 결혼에 한정시켰다. 하지만 이 사소한 일상사 속에 당시의 사회 배경과 그 변화 양상이 세밀하게 투영되어 있다.

『오만과 편견』은 영국 BBC에서 1938년, 1952년, 1958년, 1967년, 1980년, 1995년 모두 여섯 번 드라마로 만들어졌는데 그중에서 사이먼 랭튼Simon Langton의 감독, 앤드류 데이비스Andrew Davies의 각색으로 1995년에 만들어진 6부작 미니시리즈가 원작의 정신에 충실한 각색작품의 고전으로 호평을 받았다. 내용뿐 아니라 저택과 의복도 철저한 고증을 통해 19세기 초반 사회의 모습을 그대로 재현해낸 이 드라마는 영국에서만 1,100만 명이 시청하고 세계 45개국에서 방영되어 국가마다 대히트를 기록했다고 한다.

이 소설은 1938년 흑백 영화를 시초로 올더스 헉슬리Aldous Huxley의 각색으로 1940년에 그리어 가슨Greer Garson과 로렌스 올리비에Lawrence Olivier가 주연한 헐리우드 영화가 만들어진 이래 수차례 영화화되다가 2005년 65년 만에 신예 감독 조 라이트Joe Wright에 의해 다시 영화로 제작되었다. 키에라 나이틀리Keira Knightley가 엘리자베스Elizabeth 역, 매슈 맥파이든Matthew Macfadyen이 다아시Darcy 역을 맡았다. 나이틀리는 아카데미와 골든 글로브 여우주연상 후보로 올랐고, 이 영화는 아카데미 의상상, 미술상, 음악상 후보로도 선정되었다. <오만과 편견>은 2008년 뉴욕에서 무대 위의 뮤지컬로 공연되기도 했다.

II. 원작: "보편적 진리"와 개인적 "감정"의 변증법적 통합

『오만과 편견』은 조지 3세 시대에 해당하는 1796년과 1797년 사이에 집필되었으나 황태자의 섭정기인 1813년에 출판되었다. 오스틴 스스로 '지나치게 가볍고 밝게 반짝거리며 그늘이 없다'고 생각할 만큼 재기가 넘쳐흐르는 유쾌한 희극 형식을 갖고 있으면서도 그 안에 결혼을 둘러싼 진지한 문제의식을 담고 있다.

　이 소설의 첫 두 문장은 다음과 같이 시작된다. "재산이 많은 독신 남자에게 아내가 꼭 필요하다는 것은 보편적으로 인정되는 진리이다. 이런 사람이 이웃이 되면 그의 감정이나 관점이 거의 알려져 있지 않다 할지라도, 이 진리는 동네 사람들의 마음에 확고히 자리 잡고 있기 때문에 그를 자기 딸 중 하나가 차지해야 할 재산으로 여기게 된다"(필자 강조).17) 이 두 개의 문장을 유심히 살펴보면 "보편적으로 인정되는 진리"와 "감정이나 관점"이 대비되고 있음을 알 수 있다. 첫 문장에서 "보편적으로 인정되는 진리"에는 관례나 규범이 포함된다. 반면 두 번째 문장에서 언급된 "감정이나 관점"은 개인적인 감정 및 주관을 가리킨다. 다시 말하면 이 둘 사이의 관계는 사랑과 결혼의 문제에서 경제력 등 외적 조건을 중시하는 전통적인 규범, 그리고 개인의 감정 및 견해를 중시하는 새로운 개인주의적 가치관 사이의 충돌로 요약될 수 있다.

　제1권 1장부터 15장에서는 "보편적인 진리"와 개인적인 "감정" 사이의 관계와 "보편적인 진리"로 인정되는 집단적 견해 및 평판이 형성되는 과정이 탐색된 다음, 개인적 "감정"이 주목된다. 앞서 인용된바 병치된 두 문장에서는 "보편적 진리"가 개인의 "감정이나 관점"을 전혀 고려하지 않은 지극히 추상적이고 관념적인 것임이 암시된다. 두 관점 사이의 대립 및 충돌은 베넷Bennet 씨와 베넷 부인의 대화를 통해 극화된다. 첫 장 첫 문장에서 언급된 "보편적으로 인정된 진리"에 대한 관심은 1, 2장을 거쳐 3장까지 이어진다. "일반적으로 수용되는 진리"에 대한 관심은 3장에서 근거 없이 내용이 바뀌면서 빠른 속도로 떠돌아다니는 소문이나 평판에

---

17) Jane Austen, *Pride and Prejudice* (New York: Norton, 1966). 1. 이후 인용은 이 책에 따르며 면수만 표기한다.

대한 언급으로 이어진다. 루카스Lucas 경이 전한 말을 루카스 부인이 베넷 부인과 그 딸들에게 전하는 이 부분에서는 최상급이나 과장된 표현 그리고 강조어 및 짧고 간결한 문장이 사용됨으로써, 점차 고조되는 분위기, 즉 청자들이 빙리Bingley에 대해 점점 더 호감을 품고 그의 마음을 사로잡아 볼 기대에 차는 과정이 생생하게 전달된다. 그런데 즐거운 기대에 부푼 여자들의 희열에 찬 어조 속에는 서술자의 아이러니하고 회의적인 목소리가 뒤섞여 있다. 이를 통해 집단적인 평판이나 소문이 조롱된다. 집단의 평판이 형성되는 과정은 4장까지 주목되고 5장부터는 개인적인 "감정이나 관점"이 중요하게 부각된다. 베넷가의 여자들과 루카스네 사람들의 대화에서 다아시의 '오만'에 대한 새로운 시각이 도입된다. 집단적인 관점에서 '오만'을 혹평했던 이제까지와는 달리, 각 개인의 관점에서 '오만'은 새롭게 이해된다.

사회적 평판에 개인적인 편견을 더한 엘리자베스는 다아시와 위컴Wickam을 오판하는 실수를 저지르고 결국 그 잘못을 깨닫는다. 위컴의 등장으로 그에 대한 무조건적 호감이 커지면서 엘리자베스의 다아시에 대한 편견은 커지는데, 편견이 심해질수록 엘리자베스는 독단적이고 독선적으로 변한다. 엘리자베스가 보이는 독선적인 태도는 여러 대화 장면 속에서 드러난다. 가령 위컴의 험담을 전해 들은 제인Jane이 어떻게 생각해야 할지 모르겠다고 하자 엘리자베스는 위컴의 "얼굴에는 진실"이 있으니 "어떻게 생각해야 할지를 정확히 알겠다"면서 자신 있게 단언한다(60). 무도회에서 만나리라 기대한 위컴이 나타나지 않자 오히려 다아시에게 화가 난 엘리자베스는 다아시를 "미워하기로 작정한 사람"(63)이라고 단정한다. 위컴을 향한 엘리자베스의 호감은 다아시에 대한 편견과 반비례의 상관관계에 있다.

그러던 중 전혀 예기치 않게 다아시의 청혼을 받은 엘리자베스는 "당신에 대한 나의 견해는 이미 정해져 있었다"고 말하며 "당신을 알게 된 지 한 달이 되지 않아 누가 뭐라고 해도 당신 같은 사람과 결혼할 수는 없을 것으로 생각했다"면서 단호하게 청혼을 거절한다(133). 그렇지만 다아시가 떠난 후 엘리자베스는 다아시 같은 대단한 인물이 자기에게 청혼했다는 놀라움에 휩싸인다.

외양에 근거하여 성급하게 갖게 된 엘리자베스의 감정적 편견을 송두리째 뒤흔든 것은 다아시의 편지이다. 다아시는 편지에서 엘리자베스가 청혼을 거절하면서 퍼부은 비난을 조목조목 반박하고 구체적인 증거를 대며 논리에 맞게 합리적으로 상황을 설명한다. 다아시의 편지는 "정의", "증언", "증인" 등 법적 용어를 사용하면서 논리적 어법에 맞게 차분하게 쓰인 것으로 설득력을 갖고 있다. 다아시는 자신에게 가해진 두 개의 비난을 '하나는 이러하고, 다른 하나는 이러했다'는 식으로 요약한 다음 그 비난에 대해 차례로 자신을 변호한다. 우선 제인과 빙리Bingley를 떼어놓았다는 엘리자베스의 비난에 대해 다아시는 그것이 관찰과 이성에 입각한 판단이었다고 변명한다. 이어 위컴의 악행에 대해서는 그 진실성을 입증해줄 여러 명의 증인을 댈 수 있다고 공언한다. 자신을 옹호하는 다아시의 논리는 구체적인 증거, 객관적 관찰과 이성에 입각한 판단, 그리고 진실성을 입증해줄 증인에 기반을 두고 있다는 점에서, 외양에 입각한 감정적인 편견에 갇힌 엘리자베스의 근거 없이 확신에 찬 비난과 정반대되는 것이다.

다아시의 편지를 읽은 엘리자베스는 편견에 사로잡힌 자신의 잘못을 깨닫고 자기인식에 이르게 된다. 다아시의 말이 예전에 들은 위컴의 말과 조응되자 위컴을 전혀 새로운 각도에서 객관적으로 바라볼 수 있게 된 엘리자베스는 그의 외양인 "표정, 목소리, 몸가짐만 보고" 그를 좋은 사람으로 "성급하게 단정"했음을 깨닫게 된다. 위컴이 미덕을 갖고 있다는 구체적 증거는 전혀 없고 단지 이웃들의 좋은 평판과 호감이 있었을 뿐이며 이 호감의 근거도 그의 외양, 즉 "뛰어난 사교술"이었음을 새삼 깨닫는 것이다. 거기까지 생각이 미치자 다아시에 대한 위컴의 험담도 "처음 만난 사람에게 한 말로서는 부적절"(이상 142)했고 그의 말과 행동 또한 일치하지 못했음을 알아차리게 된다. 일련의 생각을 거치면서 엘리자베스는 수치심 속에서 자기 잘못을 직시하게 된다.

엘리자베스는 맹목적으로 편파적이어서는 안 되고 편견에 사로잡혀서도 안 된다는 것을 깨닫게 된다. 그녀는 자신이 위트를 잘못 사용했음도 인정한다. "아무 근거도 없이" 그를 "단호하게 싫어하는 것으로 남다르게 똑똑하게 굴려고" 작정했음을 시인하고, "계속 비웃다 보면 가끔은 재치 있는 말이 걸릴 때가 있다"(이상 155)면서 자신을 반성한다. 엘리자베스는 한 단계 더 나아가 아버지 베넷 씨의 현실에 초연한 냉소주의가 무책임한 것이고 남편이나 아버지로서의 태도로 부적절한 것임을 솔직하게 인정하게 된다.

자기인식에 도달한 엘리자베스는 자신을 우월한 존재로 생각하던 자기만족으로부터도 벗어나 스스로 조롱하며 유머러스해질 정도로 활력을 되찾는다. 그렇지만 엘리자베스가 "보편적인 진리"와 개인적 "감정" 사이의 변증법적 합에 도달하기 위해서는 또 하나의 과정을 넘어서야 한다. 개인의 주관적 감정에 과도하게 몰입하거나 감정에 탐닉하여 자신의 고통을 지나치게 과장하는 감상주의에서 벗어나야 한다.

엘리자베스는 리디아Lydia가 위컴과 도피 행각을 벌여 집안 망신을 시킨 후 이 때문에 다아시와의 결혼이 이루어지기 어렵게 되었다고 추정하면서, 이루어질 수 없는 사랑이라는 식의 감상에 빠지게 된다. 다아시에게 리디아에 관한 불미스러운 소식을 엉겁결에 전한 후 엘리자베스는 다아시가 그녀와의 결혼을 체념했고 그래서 모든 사랑이 헛되게 되었다고 생각한다. 그를 결코 사랑할 수 없을 것 같았던 지난날과는 달리 이제 그를 사랑할 수 있을 것 같다고 느끼는 엘리자베스는 뒤바뀐 "감정의 짓궂음"(190)에 한숨지으며 자신의 처지를 낭만화한다.

마침내 다아시의 청혼을 다시 받게 된 후 엘리자베스는 예전의 활력과 여유를 되찾으며 훨씬 성숙해진다. 편견을 갖고 다른 사람들을 조롱하는 대신 그들의 감정을 배려하고 견해를 존중할 수 있게 된다. 다아시야말로 개선해야 할 점이 아직도 많아 남의 비웃음을 더 당해 보아야 하지만 지금부터 시작하기에는 너무 이르니 서서히 단계적으로 고쳐야 한다고 생각할 만큼 그녀는 사려 깊어졌다.

마지막 장에서는 모든 갈등이 해결되고 화해에 도달한 모습이 펼쳐진다. 다아시가 변함에 따라 이제 펨버리Pemberey에서는 계층이나 지위보다 개인의 미덕이 중시되고 인간적인 관계가 우선시 되는 듯하다. 이곳에서 다아시는 위엄을 잃지 않으면서도 공개적으로 엘리자베스로부터 조롱을 당할 만큼 두 사람은 자유롭고 행복한 결혼 생활을 영위한다.

그렇지만 엘리자베스와 다아시의 결혼 생활의 행복이 낭만적으로 미화되거나 이상화되어 있지는 않다. 주변 사람들의 태도가 겉보기와는 달리 실제로는 크게 개선되지 않았고 따라서 예전과 같은 걸림돌은 여전히 남아 있다는 냉정한 현실 인식이 기저에 깔려있다. 가령 마지막 장의 첫 단락은 제1권 첫 장과 마찬가지로 베넷 씨 부부에 관한 내용인데, 그때와 비교해볼 때 베넷 씨 부부는 크게 변하지 않았고 그 결과 "가정의 행복"을 찾지 못한다. 베넷 부인은 "지각 있고 상냥하며 유식한 여자"가 되는

"행복한 결말"(이상 266)을 맺지 못하고 여전히 신경 타령이나 하고 주책 없으며, 베넷 씨 또한 예나 지금이나 어리석은 아내를 조롱하며 그 재미로 살아간다. 위컴과 리디아의 성격도 크게 달라지지 않았다. 그들은 여전히 남의 신세 지는 것을 대수롭지 않게 여길 만큼 뻔뻔하다. 엘리자베스를 싫어하던 빙리 양Miss Bingley과 캐서린 영부인Lady Catherine의 태도도 겉모습과는 달리 실제로는 크게 나아지지 않았다.

요컨대 이 소설에서 오스틴은 감상의 지나침을 경계하면서 "보편적 진리"와 개인적 "감정"의 변증법적 통합을 모색한다. 오스틴이 지향하는 바, "보편적인 진리"인 사회 집단의 관례와 개인적 "감정" 사이의 변증법적 합은 다음과 같다. 일차적으로는 사회 집단의 보편적 견해를 단순히 쫓는 데 머무를 것이 아니라 개인적인 감정을 고려해야 한다. 이때 외양과 인상에 기반을 둔 성급한 판단이나 자기만족을 위해 편의적으로 내리는 주관적인 편견을 넘어서서, 객관적이고 구체적인 관찰에 입각하고 '이성'에 부합하는 공정한 평가를 해야 한다. 베넷 씨에게서 드러나는 냉소적이고 초연하며 무책임한 개인주의 또한 넘어서야 한다. 개인의 주관적 감정에 너무 탐닉하여 고통을 지나치게 과장하거나 자신을 다른 사람들보다 우월하다고 생각하는 자기만족의 환상으로부터도 벗어나야 한다. 이 단계에 도달하면 자신도 남들과 똑같은 실수를 저지를 수 있다는 겸허한 자세로 남의 견해를 존중하고 감정을 배려하면서 상호이해와 교감하에 인간관계를 맺을 수 있게 된다.

오스틴은 감상에 치우치는 것을 경계하며 이성과 감성 간의 균형을 추구한다. 여기에서 감성은 감정적 자극에 대한 섬세한 감수성, 즉 민감하게 느끼고 감정을 드러내는 것을 가리킨다고 할 때 오스틴은 따뜻한 감수성을 갖되 이성으로 감정을 절제해야 한다고 생각한 것이다.

III. 두 편의 각색작: 창조적 재해석과 변형

1. 랭튼의 드라마: 젠더의 역할 변화와 여성화된 다아시

오스틴은 단순히 남녀 간의 사랑과 결혼에 국한하거나 구애 플롯에 중점을 두지 않고 올바른 삶의 태도와 이상적인 결혼 모델을 모색한다. 반면 랭튼의 드라마와 라이트의 영화는 원작을 충실하게 따르기보다는 로맨스에 치중한다. 지성을 중시하며 눈부신 성장을 거듭해오던 20, 21세기 사람들은 그 반작용으로 감정을 드러내는 모습에서 인간미를 느끼며, 낭만적 사랑으로 모든 역경을 이겨낼 수 있다는 환상을 심어주는 로맨스를 동경하게 되는데 그러한 당시 사람들의 요구에 응한 것이다. 그 결과 원작과는 달리 "보편적 진리"와 개인적 "감정" 사이의 관계가 주목을 받지 못한다. 랭튼의 드라마에서는 "보편적인 진리"에 관한 첫 문장만이 가족 간의 대화 속에서 엘리자베스의 대사로 잠깐 전해질 따름이고 "보편적 진리"와 개인적 "감정" 사이의 대립을 나타내는 두 번째 대사는 살려지지 않았다. 라이트의 영화에서는 "보편적 진리"에 대한 언급조차 없다. 두 각색작품에서는 엘리자베스와 다아시가 처음으로 만나게 되는 파티 장면으로 곧바로 넘어가 두 인물의 로맨스에 집중한다.

랭튼의 드라마는 원작을 현대화한다. 당시 20세기 후반기의 사람들은 여권론의 영향을 받아 젠더의 역할을 엄격하게 구분하는 태도에 회의적이었다. 그들은 남성이 감정을 절제해야 한다고 생각하던 18세기 사람들과는 달리 남성도 여성처럼 감정을 자유롭게 표현해야 한다고 생각하며 감성의 주체로서의 남성을 원했다. 당대 사람들의 이러한 욕구에 맞춰 랭튼의 드라마는 남성인 다아시가 여러 감정 중에서도 특히 고통을 겪는 모습을 생생하게 포착해낸다. 점잖은 예법에 따라 육체나 성에 대한 언급이나 암시가 거의 없는 원작과는 달리, 랭튼의 드라마에서는 엘리자베스를 향한 다아시의 섹슈얼리티, 성적 욕망이 주목을 받는다.

원작에서 다아시는 접근하기 어려운 오만한 인물로서 감정이 분명하게 드러나지 않는 수수께끼 같은 인물이다. 물론 다아시의 속마음이 그의 관점에서 서술된 때가 있기는 하다. 그로부터 받은 개인적 모욕 때문에 편견에 가득 차 그를 짓궂게 대하는 엘리자베스에 대해 다아시가 그녀 친척들의 지위가 낮지 않았더라면 그가 상당한 위험에 처했으리라고 생각할 정도로 그녀에게 감정적으로 이끌리는 대목이 그러하다(35). 이 경우를 제외하고는 그저 다아시가 엘리자베스가 혼자 있을 때 목사관을 자주 방문한다거나 그녀의 산책길에 나타난다거나 하여, 그가 엘리자베스를 좋아하는 것이 아닌가 하고 샬럿Charlotte이 의심했다는 정도로만 그의 감정이 내비쳐진다. 샬럿은 다아시가 엘리자베스를 사랑하고 있음을 직감하고 자신의 직관이 정확한 것인지 확인해보려 하지만 그는 단지 "정신이 나간"(125) 상태로 보였다고 서술되는 데 그친다. 다아시의 감정이 모호하게 나타나므로 엘리자베스처럼 독자도 그의 감정을 확실히 알지 못한다.

엘리자베스를 향한 다아시의 이끌림이 잠시 언급될 뿐 청혼 때까지는 명확하게 밝혀지지 않은 원작에서와는 달리, 랭튼의 드라마에서는 다아시의 감정이 분명하게 드러날 뿐 아니라 한 걸음 더 나아가 엘리자베스를 향한 성적 끌림으로 구체화된다. 목욕 후 유리창을 통해 밖에서 개와 장난을 치는 엘리자베스를 바라보는 그의 애틋한 눈길은 그가 그녀를 갈망하고 있음을 드러낸다. 그는 엘리자베스의 열등한 집안 배경과 교양 없는 가족 때문에 욕망을 억누르려고 애쓰나 그 욕망을 떨쳐버리지 못한다. 이처럼 난처한 상황은 울적함과 불만족이 뒤섞인 찌푸린 표정과 울적함을 떨쳐버리기 위한 여러 신체 활동을 통해 표현된다. 네더필드Netherfield에서 다아시가 당구 치고 있는 방의 문을 엘리자베스가 실수로 열었다가 아무 말 없이 문을 닫고 사라져 버리자 실망한 그가 곧바로 당구공을 탁 소리를 내며 세게 침으로써 불만을 표출하는 장면이 그 하나의 예이다.

다아시는 엘리자베스를 향한 욕망을 억누르기가 어려워 고통받고 자신이 처한 당혹스러운 상황에 우울해하며 이를 해소하려고 애쓰다가 엘리자베스에게 거부할 수 없을 만큼 이끌리게 되었을 때 그녀의 감정을 확신하지 못해 애타 한다. 가령 펨버리에서 빙리 양이 위컴을 언급하는 바람에 피아노를 치던 다아시의 여동생 조지아나Georgiana가 크게 동요할 때 엘리자베스는 이 상황을 침착하게 마무리한다. 여기에 안도한 다아시는 엘리자베스를 흐뭇한 눈길로 바라보고 엘리자베스 또한 그를 향해 미소 짓는다. 그날 밤에 다시 그 방을 찾은 다아시는 엘리자베스의 모습을 떠올리지만 이번에는 그녀의 얼굴에서 미소를 찾아볼 수 없다. 이 장면은 엘리자베스의 감정을 확신하지 못하고 애타 하는 다아시의 마음을 함축적으로 전달해준다. 그런데 이러한 모습은 보통 남성이 아니라 여성에게서 찾아볼 수 있는 모습이다. 이처럼 여성화된 다아시에게 여성 관객은 공감하고 그와 동일시하게 된다. 다아시의 눈길은 엘리자베스를 향하는데 그녀가 그의 시선의 대상이 될 때조차도 여성 관객이 시선을 던지는 대상은 엘리자베스가 아니라 다아시이다. 일반적으로 영화에서는 여성의 몸이 남성의 응시 대상인 데 반해, 여기에서는 다아시의 몸에 여성 관객의 시선이 향한다(Hopkins 112).

다아시가 여성화된 데서 나타나듯이 랭튼의 드라마에서는 젠더의 역할 변화가 일어난다(Ellington 106-07). 밖에서 개와 놀거나 자유롭게 산책하는 등 자연과 어울리는 인물은 여성 엘리자베스이고 안에 갇혀서 유리창 바깥을 내다보는 모습이 자주 포착되는 인물은 남성 다아시이다. 일반적으로 남성과 여성에게서 기대되는 성의 역할이 전도된 것이다.

2. 조 라이트의 영화: 욕망의 주체로서의 엘리자베스와 '몸'

라이트가 감독한 2005년 영화는 영국의 영화제작사인 워킹 타이틀 Working Title, 미국 헐리우드의 포커스 피쳐스Focus Features의 지원을 받아 데보라 모가치Deborah Moggach의 각색을 바탕으로 만들어졌다. 라이트 감독은 난독증 때문에 정규 교육을 제대로 받지 못하고 미술을 공부했는데 이 영화를 맡기 전에는 오스틴의 소설을 한 권도 읽지 않았다고 한다. 로맨틱 코미디인 <브리짓 존스의 일기>Bridget Jones's Diary, <네 번의 결혼식과 한 번의 장례식>Four Weddings and a Funeral, <러브 액츄얼리>Love Actually 등을 만들어 영국뿐 아니라 미국에서까지 흥행에 성공한 바 있는 워킹 타이틀이 이러한 특이한 이력의 소유자인 라이트에게 작품을 맡긴 것은 이전 각색작품들과는 확연히 구별되는 원작에 대한 신선한 해석을 원했기 때문으로 보인다.

라이트 감독은 시대적 배경을 섭정기가 아닌 1790년대로 잡음으로써 조지 3세 시대의 원기 왕성하고 활력이 넘치며 거칠고 왁자지껄한 시골 분위기를 사실주의적으로 재현해 내는가 하면 대담한 시각적 상징주의를 도입한다. 이 영화 제목은 <Pride & Prejudice>인데, 원작의 "and" 대신 "&"를 사용한 데서 격식과 형식을 차리지 않겠다는 의도가 느껴진다. 원작과의 차별화를 함축한 것이다. "당신이 절대 같이 있고 싶지 않은 사람이 때로는 당신에게 없어서는 안 될 사람이다"라는 영화 포스터의 문구도 도발적이다. 이 영화는 오스틴 소설 특유의 질서정연함과 절제된 단아함 그리고 형식을 갖춘 예법을 파격적으로 무시했기 때문에 북미 오스틴 학회와 오스틴 소설 팬들의 혹평을 받았다. 그렇지만 제78회 아카데미 4개

부문(여우주연상, 미술상, 의상상, 음악상), 제63회 골든 글로브 여우주연상과 작품상 후보에 오를 만큼 영화평론가들의 호평을 받았다.

라이트의 영화는 랭튼의 드라마와 마찬가지로 로맨스에 초점을 두나 시대의 변화된 요구에 부응하는 가운데 약간의 차이를 보인다. 1995년은 이미 20여 년 전 절정에 달했던 여권론이 퇴조한 포스트 페미니즘 시대가 되었지만 2005년에 이르면 이러한 경향이 더 두드러졌다. 여성은 성 해방으로 자유와 독립 그리고 평등을 얻었으나 오히려 성 역할의 구분이 없어지고 선택의 폭이 넓어짐으로써 초래되는 불확실성 속에서 혼란을 느낀다. 따라서 이 시대의 여성들은 그러한 불안이 해소되는 환상적인 세계를 보고자 한다. 사회를 포함한 다른 요소들이 개입할 수 없는 사적인 공간에서 개인의 욕구와 필요가 모든 것을 우선하는 지극히 '개인적인' 로맨스를 원했던 것이다. 이에 따라 영화는 '개인' 내면의 감정적 드라마에 주목하는 시공을 초월한 보편적이고 일상적인 로맨스로 제작되었다. 이로써 19세기라는 특정한 시대에 여성이 처한 열악한 경제 상황을 둘러싼 현실 사회 인식이 덜 나타나고 계층 차이도 별다른 영향을 끼치지 못한다.

라이트의 영화는 다아시와 엘리자베스를 현대 관객들과 크게 다르지 않게 불안해하는 평범한 청춘남녀로 그려냄으로써 그들의 사랑 이야기를 현대의 일상사에서 쉽게 접할 수 있는 로맨스로 만들고 관객들이 편안하게 공감할 수 있게 한다. 두 인물은 랭튼의 드라마에 비해 훨씬 젊어졌다. 랭튼 드라마의 엘리자베스는 이야기가 어떻게 끝날지를 알고 있다는 듯이 약간은 노숙해 보이는 여유만만한 모습을 자주 보인다. 이에 비해 라이트 영화의 엘리자베스는 말괄량이 같은 어린 처녀의 모습에 가깝다. 한편 다아시는 랭튼의 드라마에서보다 인간적으로 더 취약한 면을 보여준다. 수

줍어하는 그는 사교활동에 서투르다. 겉으로 드러나는 오만이나 과묵함은 그 자신이 이러한 약점을 예민하게 의식하는 데서 오는 내면의 불안정성을 감추기 위함이다. 우수에 찬 낭만적인 면모가 두드러진 결과 랭튼 드라마 속 다아시가 보여준 강렬한 카리스마를 풍기지 못한다. 이에 따라 그의 존재의 무게감이 줄어든다.

라이트의 영화에서는 엘리자베스를 향한 다아시의 감정이 일찍이 드러나는 랭튼의 드라마에서 한 걸음 더 나아가, 두 인물이 처음부터 서로에게 매력을 느끼고 어쩔 수 없이 사랑에 빠져든다는 사실이 관객에게 미리 다 밝혀진다. 두 인물이 처음부터 서로에게 은연중 이끌린다는 내용 설정 때문에 원작이나 랭튼의 드라마에서와는 달리, 엘리자베스가 다아시의 사랑을 전혀 예측하지 못하는 데서 초래되는 아이러니가 없다.

라이트의 영화에서는 엘리자베스를 향한 다아시의 욕망을 크게 부각했던 랭튼의 드라마와는 달리 욕망의 대상으로서의 엘리자베스에게 더 초점이 맞춰진다. 다아시와 카메라가 응시하는 대상은 엘리자베스이다. 다아시가 새벽에 안개를 배경으로 셔츠를 반쯤 열어젖히고 코트를 흩날리며 걸어오는 장면에서조차도 성적 주체로서의 다아시에게 초점이 주어지는 것이 아니다. 대신 점차 다가오는 시선이 욕망하는 대상으로서의 엘리자베스를 부각한다(Camden 4). 엘리자베스는 점차로 욕망의 주체가 되어가는, 그녀의 성적 욕망이 서서히 일깨워지는 과정에서도 초점을 받는다. 이와 함께 시선의 교환, 손의 접촉, 제스처, 육체적인 아름다움을 내뿜는 조각상 등 '몸'을 포착하는 장면이 많아진다. 이는 '몸'에 부쩍 관심이 커진 현대인들의 관심이 반영된 결과라 할 수 있다. 라이트 감독 스스로 그의 DVD 평에서 "이 영화는 온통 몸에 관한 것이다"라고 정의한 바 있다 (Gros 4).

'몸'의 사소한 접촉을 통하여 점차 일깨워지는 성적 욕망은 무의식적으로 표출된다. 퍼붓는 폭우 속에서 다아시가 청혼한 후 두 사람이 얼굴을 가까이 마주한 채 설전을 벌이다가 갑자기 묘한 긴장이 흐르는 분위기를 연출하는 장면이 그 예이다. 다아시에 대한 오해가 극에 달해 분노하고 있던 엘리자베스가 과거 다아시의 부당한 처사를 지적하기 위해 위컴을 언급하자 두 사람의 관계는 새로운 국면에 접어든다. 질투심에 휩싸인 다아시의 도전적인 태도는 초기 단계에 머물러 있던 그에 대한 엘리자베스의 성적 관심을 촉발한다(Stewart-Beer 5). 두 사람이 순간 무의식적으로 거의 키스할 뻔한 것은 바로 이 지점이다.

엘리자베스 내면에 잠복해 있던 성적 욕망이 더 분명하게 표면에 떠오르게 된 것은 펨버리에서 다아시의 조각 흉상을 바라볼 때이다. 원작에서 엘리자베스가 본 것은 다아시의 초상화였는데 초상화를 다아시의 조각 흉상으로 대체한 것은 '몸'에 대한 관심을 더 부각하기 위해서라고 할 수 있다. 조각품 진열실의 천장은 통통한 나체 아이 천사와 거의 옷을 걸치지 않은 여자들의 그림으로 장식되어 관능적인 분위기를 조성한다. 조각품들이 품어내는 에로티시즘에 매료된 상태에서 그녀는 다아시의 조각 흉상을 바라본다. 그때 엘리자베스가 가디너Gardiner 숙모에게 다아시가 잘생겼음을 처음으로 인정한다는 것은 한 여성으로서 다아시라는 남성을 바라보고 있음을 함축한다.

라이트의 영화가 엘리자베스를 욕망의 시선을 던지는 주체로 만든 것은 원작과 랭튼 드라마에서의 시선 문제를 새롭게 재해석한 경우이다. 원작과 랭튼의 드라마에서 엘리자베스는 남성이 던지는 시선의 특권에 도전한다. 다아시가 봐줄 만은 하지만 자신을 매혹할 만큼은 못 된다고 그녀를 평하자 엘리자베스는 남성 다아시의 시선을 일방적으로 받는 수동적인 대상에 머물지 않고, 다아시의 말을 친구들에게 전하면서 그를 은근히 우스꽝스러운 조롱의 대상으로 만든다. 여성인 자신도 다아시에게 시선을 던지며 평가할 수 있는 주체로서의 위상을 주장하는 것이다. 이때 그녀의 시선은 욕망의 차원이 아니라, 하나의 인격체로서 남성과 평등함을 주장한다는 의미를 띤다.

3. 창조적 변형의 미장센: 시각적 상징성과 촬영법

사회적 예법에 따라 남성의 감정 절제를 미덕으로 보았던 원작과는 달리, 랭튼의 드라마에서는 다아시의 감정이나 성적 욕망 그리고 그것의 좌절로 인한 고통 등을 시각적으로 형상화하는 여러 장면을 첨가한다. 엘리자베스에게 이끌리는 다아시의 내면과 그 고통을 시각적으로 형상화하는 것이다. 카메라는 다아시의 강렬한 눈을 쫓아가며 그 눈빛에 담긴 고통을 포착해낸다. 엘리자베스를 향한 욕망과 그것을 억누르려 하는 복잡한 심리가 드러나는 다아시의 얼굴을 자주 클로즈업하는 것이다. 오만한 분위기를 물씬 풍기지만 실제 내면에서는 한 여성 때문에 애타 하며 받는 고통, 충족되지 못한 채 억눌린 욕망과 그 욕망을 억누를 수밖에 없는 상황, 거기에서 비롯되는 불만과 우울함 등의 복잡한 심리 상태는, 목욕 후 유리창을 통해 바깥의 엘리자베스를 바라보는 장면, 받아들여질 것을 추호도 의심치 않은 청혼이 무참히 거절당한 후 당혹감과 분노 속에 거칠게 걸어 나오는 장면, 엘리자베스의 비난에 대해 자신을 변호하는 편지를 쓰다 말고 위컴과 얽힌 과거를 회상하다가 만감이 교차한 듯 어찌할 바를 모르고 유리창 쪽으로 왔다 갔다 하며 괴로워하면서 세수를 하는 장면, 마음속의 격정을 떨쳐버리려는 듯 셔츠를 풀어 헤친 채 펜싱을 하고 난 후 "이 상황을 극복할 거야"라고 다짐하는 장면, 그리고 열정을 식히려는 듯이 말에서 내려 펨버리의 연못에 뛰어드는 장면 등에서 다아시 역을 맡은 콜린 퍼스Colin Firth의 풍부한 표정 연기를 통해 실감 나게 전달된다. 퍼스가 다아시 역으로 여성들에게 엄청난 인기를 누리며 일약 스타덤에 오른 이유가 수긍이 갈 정도로 그는 다아시라는 인물을 현대적으로 해석해서 매력적으로 연기해낸다. 젖은 셔츠 차림의 퍼스의 모습을 담은 장면은 영국 TV 역사상 가장 잊을 수 없는 장면 중의 하나로 뽑히고 있을 정도이다.

랭튼의 드라마에서는 다아시가 청혼할 때의 광경을 창조적인 미장센으로 영상화함으로써 두 사람 사이의 격렬한 감정의 충돌을 보다 효과적으로 포착한다. 목사관에서 제인에게 받은 편지를 되씹어 읽으며 제인과 빙리의 관계를 다아시가 방해했다고 오해하여 흥분 상태에 있던 엘리자베스는, 청혼이 마치 그녀에게 엄청난 은혜를 베푸는 것인 양 오로지 자기 관점에서만 얘기하는 다아시의 태도에 크게 분노한다. 격렬한 감정에 휩싸인 엘리자베스는 단호하게 그의 청혼을 일언지하 거절해버리고 그의 과거 행적을 맹렬히 비난한다. 이제까지 거부당해 본 적이 없었던 다아시는 전혀 예기치 않은 엘리자베스의 반응에 당혹감과 분노를 느낀다. 두 사람의 격정은 팽팽하게 얽히고 부딪치면서 폭발할 지경에 이른다. 이때 화면에 잡힌 꽉 막힌 방의 내부는, 좁은 공간에 갇혀서 감정을 발산할 분출구를 찾지 못한 그들의 팽팽한 긴장 상태를 생생하게 전달해준다. 언쟁이 끝난 후 분노에 찬 다아시는 거친 발걸음으로 걸어나가고 격정에 휘말린 엘리자베스는 발을 구르며 눈물을 흘린다. 격앙된 엘리자베스의 심적 상태를 자유간접화법으로 전달하면서도 서술자가 차분하게 요약하고 정리하는 원작에서와는 달리, 이 드라마에서는 그들의 감정이 여과 없이 표현된다.

다아시의 편지를 받고 난 후 엘리자베스는 자기인식에 이르는데, 이는 다아시의 모습을 갇힌 내부가 아닌 낭만적인 교외 풍경을 배경으로 하여 그녀의 기억 속에서 회상 형식으로 클로즈업되는 장면을 통해 전달한다. 이 장면의 미장센은 이제 엘리자베스가 사회의 관습이나 편견에서 벗어나 다아시를 한 개인 본연의 모습으로 보게 되었다는 의미를 함축한다. 그렇지만 엘리자베스의 자기인식은 원작에 비해 짤막하게 처리되어 그 비중이 줄어든다. 랭튼의 드라마에서 지성적이고 사색적인 엘리자베스의 모습을 찾아보기 어려운 것은 여기에 기인한 바 크다.

라이트의 영화는 엘리자베스 내면의 감정적 드라마에 주목하여 욕망의 주체로서의 모습과 그녀가 성적으로 일깨워지는 과정을 포착하기 위해 창조적인 미장센과 몽타주, 즉 여러 다양한 촬영법cinematography, 편집, 시각적 상징주의 등을 효과적으로 활용한다. 시각적 상징주의의 한 예로 들수 있는 것은 '손'에 초점을 맞춘 장면이다. 네더필드를 떠나는 엘리자베스를 마차에 태워주는 다아시의 손이 그녀의 손과 닿을 때, 카메라는 동요하는 엘리자베스의 모습을 비춘 후 오므렸다 펴는 다아시의 '손'을 클로즈업하여 한 컷에 담아낸다. 이는 두 사람 사이의 교감이 둘만의 사적인 공간인 마음속 내부에서 은밀히 형성되고 있고 그들 사이에 성적 긴장감이 흐르고 있음을 시사한다. 펨버리에서 다시 만나 간단한 대화를 어색하게 나눈 후 엘리자베스가 황급히 걸어 가버릴 때 카메라는 또다시 다아시의 '손'을 클로즈업한다. 이 장면은 다아시가 엘리자베스를 향해 '손'을 내밀지 못함, 즉 욕망을 억누르고 있음을 시사한다고 할 수 있다. '손'을 통해 표현되는 '몸의 언어'는 두 번째 청혼 때도 발견된다. 다아시가 엘리자베스에게 육체와 영혼 면에서 매혹되었다며 열렬한 사랑을 고백할 때 그녀는 아무 말도 하지 않다가 그의 손에 키스하면서 손이 너무 차다고 말한다. 강렬하고 애틋한 사랑의 감정을 담은 '손'의 만짐이라는 '몸의 언어'를 통해 그의 사랑을 받아들이겠다는 뜻을 전달한 것이다(Martin 4).

시각적 상징주의의 또 하나의 예로는 빛과 어두움의 대조나 거울 들여다보기를 들 수 있다. 자신을 변호하는 다아시의 편지를 읽고 난 엘리자베스가 심적 변화를 거치면서 스스로 재평가하게 되는 과정을 담은 일련의 장면에서 상징을 찾아볼 수 있다. 다아시가 편지를 주고 떠난 후 창문을 통해 들어온 불빛이 편지를 읽어 내려가다 밖을 내다보는 그녀를 희미하게 비춘다. 이때 빛과 어두움이 교차하는데 빛의 변화는 그녀가 다아시의 인물됨을 재해석하고 있음을 상징한다(Paquet-Deyris 4). 유리창에 눈을 고정한 엘리자베스가 생각에 몰입할 때 그녀의 얼굴이 클로즈업되는데, 이 장면은 그녀가 유리창 속에서 자기 자신을 들여다보며 내적 성찰을 하고 있음을 상징한다.

돌아가는 그네 속에 시간의 흐름을 함축하는 장면 또한 시각적 상징주의의 또 다른 예이다. 베넷가의 뒤뜰에서 엘리자베스가 서서히 그네를 탈 때 배경을 이루는 장면 속 계절이 빠르게 변화하는데 이를 통해 세월의 흐름이 표현된다. 군인들의 행진 중에 키티Kitty와 엘리자베스가 던진 손수건을 다른 군인들과는 달리 위컴만이 집어 드는 장면도 상징적 의미를 함축한다. 그는 손수건을 던지는 여자의 속마음을 읽어낼 수 있고 그렇기에 여자의 감정과 욕망을 조종할 수 있다.

시각적 상징주의와 함께 라이트의 영화에서 눈에 띄는 것은 효과적인 촬영법이 구사된 미장센이다. 엘리자베스가 성적으로 일깨워짐을 그녀 내면의 감정적 동요를 담아 '몸'의 차원에서 표현하기 위해서 파격적이고 대담한 촬영법이 구사된다. 엘리자베스와 다아시의 주변 세계를 사실적으로 보여주던 이제까지의 방식과는 달리, 펨버리 장면에서는 엘리자베스라는 한 개인의 감정적 드라마에 집중하기 위해서 '낯설게 하기'를 시도한다. 클로즈업과 끊임없는 카메라의 움직임으로 연속성을 깨뜨림으로써 부자연스럽게 만들어 이제까지와는 다른 방식으로 이야기를 전개하는 것이다. 엘리자베스가 펨버리를 방문하여 그 내부를 감상하는 일련의 과정은 크레인 위의 카메라를 사용하여 집 안으로 들어오는 엘리자베스와 그 일행을 내려다보며 촬영한다. 다른 나체 조각상들을 감상하다가 마침내 다가서게 된 다아시의 조각 흉상은 엘리자베스를 성적으로 일깨운다. 카메라는 그녀를 확대 촬영하고, 이로써 관객은 다아시를 향해 강렬하게 솟아오르는 엘리자베스의 감정을 주목하게 된다. 이때부터 카메라의 눈은 엘리자베스의 내적 시점과 합쳐지고, 관객은 그녀의 감정 상태를 알게 된다.

인물 내면에서 펼쳐지는 감정적 드라마에 주목하기 위해 '낯설게 하기'를 시도한 예는 그 이전에도 찾아볼 수 있다. 네더필드에서의 춤 장면에서 무도회장의 정경을 스펙타클하게 비추던 카메라는 두 사람이 춤을 출 때가 되자 그들의 춤을 따라가다가 180도 이상 위치를 바꾼다. 그 결과 인물들의 위치가 좌우로 뒤바뀌게 되고 관객은 일순간 혼돈에 빠진다. 이와 함께 영화를 보고 있다는 사실을 잊은 채 편안하게 그 세계에 빠져 있던 관객은 갑작스러운 낯섦에 시간과 장소에 대한 인식을 새롭게 하게 된다. 관객의 시선을 무도회장의 장관에서부터 두 사람만의 낭만적 이야기로 돌리는 것이다(Durgan 6). 이어 엘리자베스와 다아시가 춤을 추다가 위컴에 대한 언쟁이 절정에 이르자 갑자기 주변 사람들이 모두 사라진 채로 두 사람만이 계속 상대를 뚫어지게 보면서 화면에 남는다. 이로써 관객은 주위 배경이 아니라 두 인물 내면의 감정적 상호작용에 관심을 두게 된다.

'낯설게 하기'가 사용된 몇 개의 경우를 제외한다면 라이트 감독이 일반적으로 사용하는 촬영 방식은 멀리 떨어져 오랫동안 길게 잡는 롱테이크 혹은 롱 트레킹 숏과 근접촬영이다. 전자는 책을 읽으며 걸어가는 엘리자베스를 따라 집으로 들어가면서 길게 잡는 영화의 시작 장면, 그리고 두 개의 주요 댄스 장면의 도입부를 촬영하는 데 사용된다. 엘리자베스가 네더필드로 걸어가는 장면에서 시골 풍경은 익스트림 롱숏으로 촬영된다. 줌 렌즈나 손으로 잡고 이동하는 카메라를 통한 클로즈업은 인물의 눈과 표정을 포착하고 내면의 감정을 전달하는 데 활용된다.

자연 배경이 인물의 감정 상태를 상징하기도 한다. 그 대표적인 예가 다아시에 대해 성적으로 일깨워진 엘리자베스가 펨버리의 배경이 된 채트워쓰Chatsworth의 피크 지역Peak District의 높은 절벽을 배경으로 서서 아래의 장관을 내려다보는 모습을 담은 장면이다. 여기에서 카메라는 높은 절벽과 그 아래에 펼쳐지는 가슴 뭉클한 장관을 배경으로 하여 그녀의 뒷모습을 멀리서 보여주다가 서서히 그녀를 감싸듯이 앞쪽으로 가깝게 다가가면서 그녀의 얼굴을 클로즈업하여 감정의 출렁임을 포착해낸다. 이렇듯 자연은 그녀의 격렬한 감정적 동요를 상징하는 의미를 띤다. 이는 엘리자베스가 겉으로 드러나는 조건이나 신분, 외양이 아닌 실제의 자연스러운 본성, 즉 다아시의 꾸밈없이 솔직하고 진실한 성품을 깨닫고 그 가치를 인정하게 되는 곳이 아름답게 조화를 이룬 펨버리라는 자연 배경임이 강조된 원작이나 랭튼의 드라마와 다른 점이다. 자연 배경의 활용 면에서 라이트의 창조적인 해석이 돋보이는 예이다. 청혼 때 퍼붓는 폭우 또한 표면에 드러나지 않은 채 긴장 속에 잠복해 있던 엘리자베스와 다아시 내부의 성적 욕망이 갑작스럽게 격렬하게 분출되는 상징적 배경으로 적합하다고 할 수 있다. 엘리자베스가 다아시의 두 번째 청혼을 받아들이고 둘의 사랑을 확인할 때 배경을 이루는 것은 햇살이 안개를 뚫고 나오는 광경이다. 두 사람은 잠을 못 이루다가 안개 낀 새벽 산책길에서 만났던 것인데 이때 햇빛이 찬란하게 비추는 광경은 두 사람이 마침내 어려움을 극복하고 밝은 미래를 맞이하게 되었음을 상징한다.

　　로맨스 형식에 걸맞게 엘리자베스와 다아시, 제인과 빙리의 공동결혼식이라는 동화 같은 결말로 끝나는 랭튼의 드라마에서 한 걸음 더 나아가 라이트의 영화에서는 사회 전반의 개입이 배제된 채 엘리자베스와 다아시의 열정만을 충족시키기 위한 듯한 낭만적이고 사적인 공간을 보여주면서 끝맺는다. 횃불이 밝혀진 펨버리의 정원을 배경으로 하여 결혼 후 두 사람만의 낭만적인 공간이 멜로드라마 같이 재현된다. 이 장면은 영국판을 제외한 해외판에서만 나온다. 나중 해외판에 이 장면을 첨가한 것이 아니라 이것이 애초 영화의 엔딩 장면이었는데, 영화 시사회를 본 영국인들의 요청으로 영국판에서는 이 장면이 삭제되었다고 한다(Camden 6). 오스틴의 소설 세계에 익숙한 영국인들은 오스틴의 소설이 지나치게 개인적인 로맨스로 해석되는 것을 받아들이기 어려웠을 것으로 짐작된다. 영국판의 영화는 베넷 씨가 다아시에게 결혼 승낙을 한 후 지금 한가하니 키티나 메리Mary의 구혼자도 들여보내라고 코믹하게 말하는 장면으로 끝난다.

IV. 총평

　　제인 오스틴의 『오만과 편견』과 두 편의 각색작품인 랭튼의 BBC 미니시리즈와 라이트의 영화를 구별하는 세 개의 주요어는 감성, 성(섹슈얼러티), 몸이라고 할 수 있다. 감정의 절제, 이성과 김성 간의 균형을 바람직한 것으로 생각한 원작에 비해, 랭튼의 드라마와 라이트의 영화는 여성뿐 아니라 남성도 감정을 자연스럽게 드러내는 모습을 보여주며 관객의 감성에 호소한다. 성적인 언급을 피하던 원작과는 달리 랭튼의 드라마는 남성 다아시의 성적 욕망을, 라이트의 영화는 여기에서 더 나아가 여성 엘리자베스가 성적으로 일깨워져 욕망의 주체가 되는 과정을 보여준다. 라이트의 영화에서 엘리자베스와 다아시 상호 간의 무의식적인 이끌림이나 이로 인한 성적 긴장, 그리고 엘리자베스의 성적인 일깨워짐은 '몸'의 차원에서 포착된다. 두 편의 각색작이 원작과는 달리 '성'이나 '몸'을 전면에 부각하고 관객의 감성에 호소하는 로맨스로 만들어 낸 것은 현대라는 시대적 요구 때문이라고 할 수 있다.

랭튼의 드라마는 다아시의 고통과 '성'을 직접적이고 명시적으로 다룬 점에서는 원작과 차이를 보이지만 그 밖의 경우에는 대체로 원작에 충실한 작품이라고 할 수 있다. 영국의 아름다운 자연경관뿐 아니라 과거 시대의 화려한 의상이나 우아한 내부 장식을 배경으로 시골 젠트리 계층의 풍요롭고 여유로운 생활을 보여주는 전통적인 헤리티지 영화[18]의 틀을 크게 벗어나지 않는다. 그러나 라이트의 영화는 부분적으로는 그러한 전통을 수용하지만 다른 한편으로는 파격적으로 그 전통을 거부한다. 영국의 유산을 이상화해서 묘사하기보다는 사실적이고 거칠며 가능한 한 솔직한 작품으로 만들려고 했다는[19] 라이트 감독의 의도대로 이 영화는 19세기 초반의 사회라는 문맥에서 벗어나 현대의 평범한 남녀의 소박한 로맨스로 만드는 가운데 시골 마을의 투박하고 소란스러운 일상을 있는 그대로 사실적으로 보여준다. 오스틴의 원작을 창조적으로 현대화한 것이다.

---

18) 코스튬costume 드라마라고 불리기도 한다.
19) "*Pride & Prejudice* Companion Book." Dole 4 재인용.

『위대한 개츠비』

The Great Gatsby

I. 작가와 작품 소개

스콧 피츠제럴드F. Scott Fitzgerald는 미네소타Minnesota주의 세인트 폴 Saint Paul에서 가난한 명문가 출신의 아버지와 부유한 아일랜드계 어머니 사이에서 태어났다. 술과 향락에 탐닉했던 낭만주의자 아버지, 아들을 과도하게 사랑한 어머니 밑에서 그는 절제와 규율 없이 자랐다. 피츠제럴드는 1914년 일리노이주 출신의 지네브라 킹Ginevra King을 만나 구애했지만 가난하다는 이유로 거절당했다. 이후 이 경험은 그의 모든 작품에 중요한 모티브가 된다. 제1차 세계대전이 발발하자 대학 졸업을 앞두고 군에 소집된 피츠제럴드는 장교 훈련을 받은 후 알라바마Alabama에 근무하게 되는데, 그곳에서 주 대법원 판사의 딸인 미녀 젤다 세이어Zelda Sayre를 만나 사랑에 빠져 약혼한다. 사치와 향락을 추구하는 젤다에게 경제력과 장래성에 대한 확신을 주지 못한 그는 이내 파혼당한다. 하지만 자전적 소설 『낙원의 이쪽』This Side of Paradise을 1920년에 출간하여 엄청난 성공을 거둔 후 그는 마침내 젤다와의 결혼에 성공한다. 몇 년간 두 사람은 피츠제럴드가 1920년대를 지칭하기 위해 직접 만든 용어인 '재즈 시대'의 총아로 살았다. 이러한 자전적 경험이 1925년 출판된 『위대한 개츠비』의 배경을 이룬다. 이 작품은 물질적 번영을 추구하는 한편 감각적인 재즈 선율로 대표되는 향락과 쾌락에 빠져 있던 재즈 시대의 사회상을 잘 나타내고 있다.

피츠제럴드는 '미국의 꿈'이 '미국의 악몽'으로 변질된 시대의 한복판에 살면서 그것에 대해 냉철하게 반성하고 비판한 작가이다. 그는 낭만적 이상주의자이면서 동시에 엄격한 도덕가이기도 했다. 남북 전쟁 이후 급격한 산업화의 과정을 겪고 있던 미국은 제1차 대전의 특수로 인해 1920년대에 황금시대를 맞는다. 당시 뉴욕의 금융시스템이나 채권 및 주식 시장의 분위기가 번영의 절정기임을 보여준다. 하지만 전쟁을 겪은 후에는 전통적 가치와 도덕률에 대한 믿음이 무너지게 되고 산업의 급격한 발달과 과도한 경기부양의 부작용으로 물질만능주의와 향락적인 분위기, 그리고 허무주의가 뒤섞여 혼란스러웠다. 그런가 하면 산업의 발달로 부자와 가난한 사람들 간의 소득 격차가 크게 벌어졌고, 1929년 대공황Great Depression이라는 파국을 전조하듯 사회·경제적 불확실성과 불안감 또한 팽배했다. 이처럼 광기와 허식, 탐욕과 부패 그리고 이로 인한 무질서와 불안감이 팽배한 혼란스러운 시대적 분위기는 '미국의 꿈'에 대한 전반적인 반성을 요구했다. 여기에 적극적으로 반응한 소설이 『위대한 개츠비』이다. 이 작품에서 피츠제럴드는 '미국의 꿈'에 내포된 이상과 현실, 환상과 실재 사이의 심각한 간극과 이로 인한 환멸에 초점을 맞춘다.

『위대한 개츠비』는 1926년, 1949년, 1974년, 2000년에 이어 최근 2013년에 영화화되었다. 바즈 루어만Baz Luhrmann 감독의 작품으로 리오나르도 디카프리오Leonardo DiCaprio가 개츠비, 캐리 멀리건Carey Mulligan이 데이지Daisy, 토비 맥과이어Tobey Maguire가 닉Nick, 조엘 에저튼Joel Edgerton이 톰Tom을 연기했다. 특히 맥과이어는 심신이 약해 보이는 닉의 역할을 잘 소화해냈다.

루어만은 현재의 관점에서 새롭게 해석해낸 『위대한 개츠비』를 현대의 최신 영상기술을 동원하여 영화화했다. '컴퓨터 생성 이미지'computer-generated imagery, CGI로 만든 두 개의 상을 통해 거리 지각의 착시를 일으키는 3D 영화, 즉 '3차원 영화'3-dimensional film로 만들어 영상 속 인물이 극장 무대에서처럼 생생하게 살아 움직이는 듯한 느낌과 재빠르게 움직이는 속도감을 전달했다. 이와 함께 1920년대를 배경으로 한 이야기에 시대착오적으로 보일 만큼 파격적으로 현대적인 음악을 가미했다. 고전적인 의상 일부를 현대적으로 제작하기도 했다. 루어만의 영화 및 연극에서 30여 년 의상을 제작했던 그의 아내 디자이너 캐서린 마틴Catherine Martin이 세트와 의상을 맡아 아카데미 프로덕션 디자인상과 의상상을 받았다. 프라다Prada의 디자이너도 의상에 참여했고 티파니Tiffany, 브룩스 브러더스 Brookes Brothers 등의 명품도 파트너로 참여했다. 이를 바탕으로 루어만은 과거와 현재가 혼재하는 독특한 영상을 만들어냈다.

II. 루어만의 〈위대한 개츠비〉: 현대적 각색을 위한 창조적 변용

소설 『위대한 개츠비』는 데이지를 되찾으려는 개츠비의 꿈을 신대륙에 처음 건너온 네덜란드 선원들이 품었던 '미국의 꿈'과 연관시킨다. 작가가 소설을 쓰던 그 시점에서 과거로 거슬러 올라가 그 역사적 근원을 찾는 것이다. 이로써 개츠비의 비극은 단순히 한 개인의 차원에 머무르지 않고 미국 건국의 역사라는 문맥에 자리매김 된다. 더 나아가 소설의 결말 부분에서 개츠비의 꿈은 모든 인간의 보편적인 이상의 문제로까지 그 의미가 확대된다. 이와 함께 개츠비를 환멸 후 인식에 도달한 비극적 차원의 인물로 격상시켜 독자의 공감을 유발한다.

2013년 루어만 감독은 피츠제럴드의 원작에 얽매이지 않고 자기 나름의 방식대로 소화해서 현대적으로 각색한 영화를 발표했다. 원작이 '환상과 현실 사이의 괴리'를 드러내는 개츠비의 꿈을 '미국의 꿈'과 연관지어 고찰하고 반추하는 데 초점을 두었다면, 영화는 '개인적인 차원'으로 축소하여 개츠비와 데이지의 순애보, 즉 멜로드라마를 그려낸다. 루어만은 이 멜로드라마를 광란의 재즈 시대를 배경으로 하되 현대적인 각색을 통해 현재와 연관시키려 했다.

루어만이 『위대한 개츠비』를 현대적으로 각색한 것은 1920년대와 21세기 초반의 시대적 공통점을 절묘하게 포착해냈기 때문이다. 미국에서는 제1차 대전 이후인 1920년대에 경제적 활황기를 맞았으나 소득의 격차는 매우 크게 벌어졌다. 당시 미국 사회의 양극화는 원작에서 톰과 데이지의 무료하게 느껴질 만큼 과도하게 풍족한 삶 및 개츠비 집에서의 지나치게 화려한 파티, 폐기된 쓰레기장 같은 "재의 계곡"Valley of Ashes에 사는 노동자 윌슨Wilson의 희망 없는 삶의 극단적인 대비에서 적나라하게 재현된다. 대공황을 겪고 난 1930년대 후반 이후 미국 사회에서는 수십 년간 소득의 불균형이 완화되었다. 하지만 1980년대 들어 격차가 다시 커졌고 이후 현재에 이르기까지 양극화 현상이 두드러지는 상황이다. <트리뷰트 영화>*Tribute Movies*와의 인터뷰에서 루어만이 지적한 대로 1920년대는 "오늘 우리 모든 것의 시작"이다. 1920년대는 우리가 사는 현대의 새로운 막을 열었다. 현대인은 1920년대부터 시작된 현대의 연장선에서 21세기를 살아가고 있다. 1920년대는 번영의 절정에 오른 황금시대였지만 곧 닥쳐올 대공황[20]이라는 파국을 전조하듯 불안감 또한 팽배했다.

제1차 대전 이후 과도한 경기부양으로 흥청망청하던 1920년대의 혼란스러운 사회상과 사람들의 "불안한"[21] 상태는 21세기 사회 상황 및 현대인의 불안감과 상통한다. 겉으로는 풍요를 구가하고 있으나 내적으로는 공허감 속에서 불안을 느낀다는 점에서 1920년대 사람들과 현대인의 모습 사이에는 유사성이 있는 것이다. 루어만이 광란의 1920년대 개츠비의 이야기를 대담하게 현재의 미국에 대입하여 21세기 현재 시점에서 과거 1920년대 '재즈 시대'를 돌이켜보는 것은 이 사실을 포착했기 때문이다.

한편 루어만의 영화는 개츠비에 관한 이야기를 시작하기 전 이미 성장해 있는 닉이 과거를 회상하는 서술구조를 택한 원작과는 달리 닉이 받은 정신적 충격과 상처의 치유를 위한 '이야기하기'에 초점을 맞춘다. 영화 속 닉은 개츠비를 둘러싼 비극을 목격하면서 큰 정신적 충격을 받고 현재 정신과 치료를 받고 있다. 불안한 현대 사회에서 정신적으로 상처받

---

20) 전 세계적인 대공황은 1929년 뉴욕 월스트리트 주식 시장의 대폭락으로 촉발되었다. 한편 21세기 초의 대침체Great Recession는 2000년대 후반에서 시작되어 2008년 미국의 서브프라임 모기지subprime mortgage 사태 및 세계 금융위기로 급속히 진행되었다.

21) "불안한"restless이라는 단어는 원작의 1장에서부터 반복적으로 등장한다. 톰, 데이지, 조던Jordan, 개츠비, 심지어 닉까지도 불안을 느끼고 있다.

기 쉬운 현대인의 모습이 투영된 인물이 닉이라고 할 수 있다. 닉은 개츠비의 이야기를 꺼내는 그 순간까지도 충격에서 벗어나지 못한 채 혼란에 빠져 있다. 따라서 그에게는 아직 나름의 정리된 관점이 없다. 그는 치유를 위해 글을 쓰라는 의사의 권유로 개츠비의 이야기를 써나간다. 자신이 쓴 원고를 탈고하면서 닉은 '개츠비'라는 제목 앞에 "위대한"이라는 수식어를 덧붙인다. 마침내 혼란에서 벗어나 개츠비를 '위대하다'고 정리할 수 있게 된 것이다.

1. 개츠비의 인물 설정과 개츠비/데이지의 관계 변용

루어만의 영화가 지향하는 주제가 원작과 달랐다는 것은 두 작품의 결말 부분을 비교해보면 더욱 분명히 확인된다. 원작에서 닉은 개츠비의 장례식 후 모든 것을 마무리하고 고향 서부로 돌아가기 전 개츠비의 저택을 둘러본다. 달이 점점 높이 떠오르면서 실체가 없는 집들이 사라지자 닉은 다음과 같은 상상을 한다.

그 옛날 네덜란드 선원들의 눈에 한때 꽃처럼 찬란히 떠올랐던 이 옛 섬―신세계의 싱그러운 <u>녹색 가슴</u>을 깨닫게 되었다. 바로 이 섬에서 자취를 감춘 나무들, 개츠비의 저택에 자리를 내준 나무들은 한때 인간의 모든 꿈 중 마지막이자 가장 위대한 꿈에 소곤거리며 영합했던 것이다. <u>덧없이 흘러가 버리는</u> 매혹적인 <u>한순간</u>에 인간은 이 대륙을 바라보며 틀림없이 숨을 죽였을 것이다. ... 인류 역사에서 마지막으로 <u>경이로움을 느낄 수 있는</u> 재능과 맞먹는 그 무엇과 직면하면서 말이다.

닉은 오랜 미지의 세계를 곰곰이 생각하면서 개츠비가 데이지의 부두 끝에서 <u>녹색 불빛</u>을 처음 찾아냈을 때 느꼈을 <u>경이감</u>에 대해 생각해보았다. 그는 이 푸른 잔디밭을 향해 머나먼 길을 달려왔고 그의 꿈은 너무 가까이 있어 금방이라도 손을 뻗으면 닿을 것만 같았을 것이다. 그 꿈이 <u>이미 자신의 뒤쪽에</u> 공화국의 어두운 벌판이 밤 아래 두루마리처럼 펼쳐져 있는 도시 너머 광막하고 어두운 어딘가에 <u>가 있다</u>는 사실을 그는 미처 알아차리지 못했던 것이다.22) (필자 밑줄 강조)

위 두 단락은 개츠비와 미국 신대륙에 처음 도착한 이민자들을 연관 짓는다. 개츠비가 그 옛날 신대륙에 도착한 네덜란드 선원들과 유사한 꿈을 꾸었고 그들의 경이감과 비슷한 경이감을 가졌다는 것, 그리고 그 꿈은 사실 덧없이 흘러가 버리는 것이어서 이미 사라지고 없다는 사실이 여기에서 시사된다. 이는 네덜란드 선원들의 눈 앞에 펼쳐진 '녹색 가슴'과 개츠비가 데이지의 부두에서 본 '녹색 불빛'이, '경이로움을 느낄 수 있는 재능'과 개츠비의 '경이감'이, '덧없이 흘러가 버리는 ... 한순간'과 '이미 자신의 뒤쪽에 ... 가 있다'는 구절이 조응되는 데서 알 수 있다. 첫 번째 단락에서는 아직 형체가 잡히지 않은 꿈에 대한 무한한 기대감이, 두 번째 단락에서는 개츠비가 5년 후 데이지 부두 위의 녹색 불빛을 보며 그의 꿈을 찾으려 했으나 그것은 이미 사라진 뒤였다는 의미가 함축된다. 더나아가 '미국의 꿈'이 개츠비의 꿈과 연결되면서 순수했던 희망과 믿음이 변질되어 물질 추구로 치닫다 보니 이제는 결코 붙잡을 수 없게 되었다는 의미로 확대된다. 이 부분에서는 빛과 어둠의 이미지가 대비된다. 여기에서 '빛'은 꿈이나 이상을, '어둠'은 이상의 실현을 가로막는 가차 없는 현실을 나타낸다고 할 수 있다.

---

22) F. Scott Fitzgerald, *The Great Gatsby* 1925; rpt. (서울: 경문사, 2010). 215-16. 이후 인용은 이 책에 따르며 면수만 표기한다.

루어만의 영화는 첫 번째 단락의 내용은 삭제한 채 두 번째 단락의 내용만 영상화했다. 그 결과 개츠비의 꿈을 '미국의 꿈'으로 연결하는 부분이 생략된다. 개츠비의 꿈을 데이지에 대한 사랑으로 국한한 영화는 멀리서 반짝이지만 결코 붙잡을 수는 없는 사랑을 원했던 한 남성의 이야기로 만든다.

루어만은 그 사랑의 배경으로 물질주의와 타락으로 얼룩진 재즈 시대의 광란적인 분위기를 집중적으로 부각한다. 영화의 시작 부분에서 당시의 사회·경제적 배경을 요약해서 제시함으로써 그 시대적 분위기를 이해할 수 있게 해준다. 미국 주식 시장의 호황, 월스트리트로 몰려드는 젊은이들, 흥청망청한 파티, 퇴폐적인 쇼, 금주법의 시행에도 불구하고 술의 불법적인 유통이 만연했던 시대 상황을 담은 영상이 닉의 나레이션과 함께 제시된다.

루어만의 영화는 이후에도 개츠비가 계층상승을 열망하며 수단을 가리지 않고 부를 축적하도록 만든 시대적 배경과 사회적 분위기에 초점을 맞춘다. 욕망에 사로잡혀 정신없이 혼란스러운 광란의 시대를 살아가는 군상들을 부각하기 위해 원작보다 더 길게 그리고 반복적으로 파티 장면을 배치하기도 한다. 개츠비가 비극적인 희생자로 삶을 마감하는 장면도 무책임하고 이기적인 사회에 대한 비판을 함축한다. 물론 루어만의 영화에서 비판하는 물질 만능 사회는 '미국의 꿈'이 변질되고 왜곡된 모습이라고 할 수 있다. 하지만 루어만의 영화에서는 원작과는 달리 이를 직접 '미국의 꿈'과 연관시키고 있지는 않다.

이는 데이지를 향한 개츠비의 낭만적인 사랑을 '미국의 꿈'과, 그녀를 되찾기 위해 개츠비가 수단 방법을 가리지 않고 물질을 추구한 것을 '변질된 미국의 꿈'과 연관 짓는 원작과 다른 점이다. 개츠비는 그의 꿈을 실현하기 위해서 단기간에 큰 재산을 축적하려 한다. 이를 위해 그는 울프쉼Meyer Wolfshiem 같은 조직폭력배 두목과 손을 잡고 법으로 금지된 밀주 판매, 훔친 채권의 유통, 심지어는 도박까지 서슴지 않는다. 종교적인 자유와 평등 그리고 물질적인 성공을 보장하는 이상 국가 건설을 꿈꾸며 미국에 온 초기 이민자들이 19세기 말에 이르러 물질적인 부를 맹목적으로 추구하면서 타락해간 것처럼 개츠비의 꿈도 그 성취를 위해 물질을 수단으로 삼으면서 변질된 것이다.

개츠비와 데이지의 관계 설정 면에서도 루어만의 영화는 원작과 차이를 보인다. 원작에서 데이지를 향한 개츠비의 사랑은 자신의 정체성에 대한 낭만적인 이상과 밀접한 연관성이 있다. 데이지와 5년 만에 재회한 개츠비가 닉에게 해준 이야기에 따르면 촌부의 아들이었던 개츠Gatz는 17세 때 '제이 개츠비'라는 이상적인 인물로 새로 태어난다. 그가 자신을 이상화한 것은 플라톤처럼, 시간과 공간의 제약을 받는 물리적인 현실은 가짜이고 이상적인 관념의 세계야말로 진짜 세계라고 믿었기 때문이다. 자신에 대한 완벽한 이미지를 만들어낸 개츠는 "자아도취"(121) 속에 '제이 개츠비'로서 살아가고자 한다.

개츠가 만들어낸 '제이 개츠비'라는 이상적인 관념은 처음에는 "막연한" 것이었지만 댄 코디Dan Cody를 만나면서 "구체화"(이상 124)된다. 이후 개츠비의 이상적인 꿈을 구현하는 "화신"(135)이 된 인물이 데이지이다. 데이지는 개츠비에게 있어서 현실 속의 여성이기보다는 "자신의 플라토닉한 관념"(120)이 투영된 이상의 결정체이다. 개츠비가 데이지에 대해 품은 꿈은 삶의 궁극적인 목표인 종교적 순례와 같은 의미를 띠는 것이다 (Lehan 117). 톰과 데이지가 신혼여행을 하는 동안 루이빌로 돌아온 개츠비는 데이지와 함께했던 시절, "가장 신선하고 최상"이었던 과거의 그 상태를 "잃어 버렸"(이상 182)음을 깨닫는다. 그 최상의 상태로 되돌아가기 위해서 개츠비는 데이지를 되찾으려 한다.

개츠비에게 있어서 데이지를 되찾는 것은 "과거를 반복한다"는 의미이다. 여기에서 '과거'는 과거의 그 자신을 뜻한다. 닉이 추측하듯이 개츠비는 "데이지를 사랑하는 데 들어간, 그 자신에 대한 어떤 관념"을 되돌리고 싶은 것이다. 데이지를 되찾으려고 수단을 가리지 않고 벼락부자가 되는 과정에서 개츠비는 큰 "혼란에 빠지고 무질서해졌다"(이상 134). 그는 혼란하지 않았던 과거 자신의 이상적인 모습을 되찾고 싶어서 "출발점으로 돌아가려"(135) 한 것이다.

영화 속 개츠비 또한 과거를 되돌리려 하고, 데이지를 사랑하면서 품었던 꿈을 되찾을 수 있다고 믿는다. 하지만 영화에서 개츠비의 꿈은 원작에서와는 달리 단지 계층상승 열망과 데이지를 향한 지고지순한 사랑을 의미하는 것으로 보인다. 현실을 초월한 이상적인 관념의 추구인 개츠비의 꿈이 데이지를 향한 사랑과 밀접한 연관성이 있다는 사실이 영화에서는 시사되지 않기 때문이다. 그렇기에 개츠비의 꿈이 '현실과 환상의 괴리'라는 문제를 내포한 '미국의 꿈'과 마찬가지로 본질적인 취약성이 있다는 점이 드러나지 못한다.

물론 원작에서도 개츠비가 데이지를 사랑하게 된 배경에는 계층상승 욕구가 자리 잡고 있다. 톰에 의해 '제이 개츠비'라는 신화가 무참히 깨진 후 개츠비가 닉에게 들려준 과거 얘기에는 그와 데이지의 관계에 계층 문제가 깊이 개재되었다는 사실이 더욱 분명하게 드러난다.23) 이때 개츠비는 단순히 이성 간의 이끌림으로 데이지에게 매료된 것이 아님을 스스로

---

23) 개츠비의 비극이 부분적으로는 "계층 없는 사회"classless society라는 미국의 신화, 즉 그가 부를 쌓으면 세습 부자인 톰과 동등해지리라는 순진한 믿음에 있었다고 본 헤이즈Hays의 주장은 타당하다(217).

인식하고 있다. 그는 데이지를 사랑하기도 전에 이미 그녀를 통해 상류 계층에 진입할 수 있다는 환상을 품었다. 그렇기에 데이지를 갖게 된 다음에야 자신이 데이지를 사랑하게 되었음을 알고 놀란 것이다.

루어만의 영화에서는 '계층' 문제가 원작에서보다 더 선명히 부각된다. 루어만은 부나 매너를 포함한 문화면에서 계층 간에 존재하는 선명한 차이를 여러 장면에서 의도적으로 뚜렷하게 부각한다. 흑인 남성들을 "재의 계곡"에서 대다수를 차지하는 노동자로 등장시키기도 한다. 루어만은 원작보다 더 "인종적/계층적 분리"(Viscardi 192)를 분명히 보여주는 것이다. 원작을 "익숙하지 않은 맥락"에 놓고 "조화를 이루지 못한 채 거슬리는 전위"의 스타일을 전략적으로 활용함으로써 루어만은 원작의 저변에 깔린 인종적인 "주변성" 문제를 부각한다(Giles 14).

루어만의 영화에서 데이지에 대한 개츠비의 사랑이 계층상승 욕구와 밀접한 관계를 맺고 있다는 사실은 첫 만남 장면부터 잘 드러나 있다. 부유한 데이지의 집을 여러 군인과 함께 방문한 개츠비는 그녀와 키스할 수 있다면 평생 헌신하겠다고 생각하면서 데이지를 따라 계단으로 올라간다. 이는 원작의 다음 장면, 개츠비가 데이지와 마주할 때 보도블록이 "사다리"(135)를 이루면서 나무 위로 올라가는 것처럼 느꼈다는 닉의 상상을 영상화한 것이다. 계단 위로 오르는 이 장면의 미장센은 개츠비의 계층상승 욕구를 집약적으로 함축한다.

원작 속 개츠비는 데이지라는 여성 그 자체가 아니라 그녀가 과거에 불러일으켰던 사랑, 그녀를 이상화하면서 채색했던 그 기억을 되찾고자 한다. 이렇듯 과거에 기반을 둔 개츠비의 향수에 감상주의가 깔려있기는 하다. 그런데 각색작품에서는 이 감상주의를 의도적으로 더 크게 확대한다.

데이지를 향한 개츠비의 순애보에 초점을 맞춘 영화에서는 개츠비가 데이지에게 사로잡히는 상황을 '운명'으로 처리한다. 개츠비는 데이지에게 얽매임이 자신의 앞길을 가로막게 되리라고 느끼지만 빠져나오지 못한다. 데이지와 사랑에 빠지면 "영원히 그녀에게 매이게 되리라는 것", 즉 "그의 운명이 변하리라는" 것을 감지했고 잠시 멈췄지만 "자신을 놓아 버렸다"는 것이다. 개츠비는 이후 "자신의 처지에서 사랑에 빠지는 건 큰 실수"라는 걸 알았지만 데이지라는 한 여성에게 운명적으로 빠져들었다. 그는 데이지를 되찾으려 하는 이 시점이라도 그녀를 잃었음을 잊을 수 있다면 "자신은 겨우 32세이기 때문에 대단한 사람이 될 수 있다"고 생각한다. 데이지로 인해 자신이 높이 뻗어나가지 못한 사실을 인정한 것이다. 그렇지만 그는 끝내 그녀를 놓지 못한다.

이러한 처리는 데이지를 갖고 싶은 개츠비의 마음이 그의 꿈이나 이상과 밀접하게 연관된다는 사실이 시사되는 원작과 다른 점이다. 원작 속 개츠비는 데이지를 차지하고 난 후에는 그녀를 떠날 의도였다. 데이지를 취한 후 그는 그녀가 자신을 차버리길 바랐으나 그녀는 그를 사랑하고 있었다. 그래서 그는 "본래의 야망을 잊은 채 순간순간 더 깊이 사랑에 빠져들었고 갑자기 다른 일에는 신경 쓰지 않게 되었다." 그때 그가 한 생각은 "거창한 일을 할 필요"(179)가 없다는 것이었다. 그는 이내 데이지를 갖는 것이 "성배 쫓기"(178)가 되었음을 알게 되었다. 처음부터 의도한 것은 아니었지만 개츠비에게 데이지를 얻는 것은 그의 이상을 구현하는 유일한 방법이 되어버린 것이다.

루어만의 영화는 개츠비의 꿈을 '미국의 꿈'과 연관 지을 의도가 애초에 없었기 때문에 원작의 9장 내용을 짧게 처리했다. 원작의 9장은 화자인 닉이 개츠비의 죽음 후 그의 인생을 정리해가면서 장례식을 치르기까지의 과정을 상세하게 서술하는 단원이다. 여기에서 개츠비 아버지의 전언을 통해 어린 개츠비가 벤자민 프랭크린Benjamin Franklin 식의 생활 태도로 부단히 자기계발 노력을 하였다는 사실이 전달된다. 이로써 9장에서는 '미국의 꿈'과 연관 지어지는 개츠비 꿈의 시작과 끝이 드러나게 된다. 반면 영화에서는 개츠비 아버지가 등장하지 않는다. 조문객은 없고 단지 기자들이 몰려들어 개츠비의 시신을 찍어대는 컷이나 엉터리 추측으로 가득 찬 신문이나 잡지 기사에 대한 언급을 통해 진실이 묻힌 개츠비의 비참한 죽음을 간단하게 전달하는 데 그친다. 이런 마무리는 거리를 두고 차분하게 명상하게 하는 원작과는 달리 안타까움과 허무감이라는 감상에 빠지게 한다.

루어만의 영화는 개츠비의 꿈이나 이상에 주안점을 두기보다는 개츠비와 데이지의 애절한 사랑 이야기로 만들기 위해 데이지라는 인물도 변화시켰다. 원작에서는 데이지가 물질을 너무도 중시하기에 쉽게 개츠비를 버릴 수 있는 피상적인 감성의 소유자라는 사실이 시사된다. 개츠비는 데이지 같은 "멋진" 여자가 얼마나 "특별해"질 수 있는지를 몰랐다고 하는데 그 말은 언제든지 데이지가 "개츠비에게는 아무것도 남겨놓지 않은채" 부유한 자신의 삶 속으로 사라져 버릴 수 있다는 의미를 함축한다. 개츠비에게 있어서 데이지는 "성배"(이상 178)와 같았지만 데이지에게 있어서 개츠비와의 관계란 언제든지 쉽게 끝내버릴 수 있는 별 의미가 없는 것이었다.

루어만의 영화는 원작과는 달리 이 대목에서 데이지의 자기중심적이고 피상적인 면을 부각하지 않는다. 대신 개츠비가 데이지와의 계층적, 경제적 격차를 실감한다는 내용으로 대체한다. 개츠비는 "멋진 여자가 얼마나 특별한 건지 몰랐다. 앞으로도 알 것 같지 않다. 데이지와 결혼해서 살아가려면 한 달에 얼마를 벌어야 살아갈 수 있는지 헤아려 보려 했다'고 말한다. 상류 계층인 데이지에게 개츠비가 얼마나 큰 계층적 격차를 느꼈는지에만 초점을 맞춘 것이다.

영화에서 데이지가 원작과 다르게 형상화되었다는 사실은 5년이 지나 재회한 후 개츠비의 수많은 고급 셔츠를 보았을 때 보인 반응에서도 확인된다. 원작에서 데이지는 개츠비가 부를 과시하면서 그녀 쪽으로 던지는 아름다운 셔츠 앞에서 흐느껴 운다. 이 장면은 개츠비의 진정성과 대비되는 그녀의 속물성과 천박한 감상주의를 잘 드러낸다. 반면 영화 속 데이지의 심적 상태는 닉에 의해 다음과 같이 추측된다. 개츠비에게 하고 싶은 말이 있지만 차마 그 말을 하지 못한 채 기쁨과 회한의 눈물을 감추기 위해 셔츠가 너무 예쁘다는 말로 얼버무린다는 것이다. 개츠비에 대한 데이지의 마음이 진심임을 느끼게 해주므로 관객은 그녀에게 공감을 보내며 두 사람의 애틋한 사랑 이야기에 집중하게 된다.

영화에서는 개인적인 차원에서의 사랑 이야기에 초점을 맞추기 때문에 개츠비-톰/데이지 구도보다는 개츠비-데이지-톰의 삼각 구도로 전개된다. 머틀Myrtle의 차 사고24) 이후 현장에 오게 된 톰은 슬픔과 분노에 가득 차 있는 윌슨이 묻지 않았는데도 사고를 낸 노란 차의 주인이 개츠비라고 알려준다. 톰은 윌슨으로 하여금 개츠비가 머틀을 가지고 놀다가 죽

---

24) 원작에서 머틀이 노란 차에 치여 사망하는 장면은 닉이 아닌 3인칭 관찰자 시점으로 신문에 난 기사처럼 객관적으로 전달된다. 이 사건으로 닉은 혹시 개츠비가 차 사고를 낸 것은 아닌지 크게 우려하고 그렇기에 독자의 호기심 또한 유발되며 이는 서스펜스를 조성한다. 이 사건은 결국 개츠비가 아닌 데이지가 차를 몰았지만 개츠비가 죄를 뒤집어쓰려 하고 그럼에도 톰과 데이지는 빠져나올 궁리만 한다는 사실을 깨닫게 된 닉이 마침내 개츠비 편에 서게 되는 결정적인 계기가 된다. 여기에 차 사고가 플롯 면에서 차지하는 중요성이 있다.

인 "부정직한 악당"이라고 단정하게 만든 것이다. 이로써 개츠비가 대가를 치러야 한다면서 윌슨에게 복수하도록 충동질한 톰의 행위가 개츠비의 죽음을 촉발한 중요 동인으로 부각된다. 이는 원작과 다르다. 원작에서는 범인을 찾으려고 방문한 윌슨에게 톰이 개츠비에 관해 말했을 것이라는 사실이 단지 시사될 따름이다. 영화 속 톰은 삼각관계 구도에서 자리매김되고 있기에 원작 속 톰보다 더 악한 인물로 등장하는 것이다.

또 하나의 예는 프라자 호텔에서 톰과 개츠비가 격렬하게 충돌하는 장면이다. 개츠비가 톰에게 부자가 된 자신이 그와 "동격"이라고 주장하자 톰은 "태생이 다르기" 때문에 아무리 돈이 많아도 그 사실을 바꿀 수는 없다고 말해 개츠비의 격한 분노를 유발한다. 원작에서는 개츠비의 불법적인 재산 형성에 대한 톰의 무자비한 폭로만 있을 뿐 세습 부유층과 신흥 부유층 사이의 결코 뛰어넘을 수 없는 벽에 관한 언급은 없다. 세습받은 갑부인 톰이 졸부인 개츠비에게 느끼는 우월감과 적대감이 적나라하게 표출됨으로써 데이지를 사이에 둔 삼각관계 구도가 계층 간의 격차를 매개로 하여 더 명확하게 설정된다.

루어만의 영화는 영상 매체의 특성상, 닉의 시각이나 해석을 통해서 개츠비를 간접적으로 접하게 하는 원작과는 달리 개츠비의 대사나 태도 등을 통해 그를 직접 보여준다. 이는 루어만이 의도한바 개츠비 개인적인 차원에서의 감상적 멜로드라마에 잘 부합한다. 가령 개츠비의 표정이 마치 살인이라도 저지른 사람처럼 보였다는 원작 속 닉의 언급은 영화에서는 실제 개츠비의 살기등등한 거친 행동으로 영상화되어 그의 분노를 생생하게 전달한다. 개츠비가 이성을 잃고 격노하는 이 장면은 데이지가 자신 안으로 움츠러들며 개츠비에게서 멀어지는 심적 변화의 '개연성'을 확보해주기도 한다(Marshall 200). 이로써 관객은 데이지의 변화에 공감을 보낼 수 있게 된다. 이와 함께 개츠비나 그를 둘러싼 주변 인물들 간에 벌어지는 사건들이 직접 화면 속에서 영상화됨으로써 관객은 개츠비를 가까이서 접할 수 있게 된다. 그렇기에 관객은 데이지를 향한 개츠비의 사랑과 그것의 애절함에 더욱 몰입하게 된다.

2. 닉의 역할 및 상징적 의미의 변용

2013년 각색 영화가 가장 눈에 띄게 원작과 다른 점은 닉의 역할 변화이다. 원작에서는 개츠비의 낭만적 이상이 현실에 부닥쳐 깨지면서 죽음으로 내몰리는 과정을 닉이 직접 목격하는 가운데 성장하는 과정이 중요하다.[25] 닉은 꿈을 붙잡기 위해 안간힘을 쓰던 개츠비가 결국 환멸에 이르는 과정을 옆에서 지켜보면서 그 자신도 성장한다. 도덕적으로 성장한 닉은 과거를 되돌아보며 개츠비의 꿈에 관해 서술한다. '성장한 닉의 회상'이라는 틀에 개츠비의 이야기를 담아낸 것이다.

현재 성숙한 상태에서 과거를 돌아보는 원작 속 닉은 세상이 "도덕적 차렷 자세"(4)를 취하는 것, 즉 도덕적 재무장이 필요하다고 본다. 하지만 개츠비를 둘러싼 사건을 겪기 전에는 전쟁의 여파와 재즈 시대의 영향으로 닉 또한 다른 인물들과 마찬가지로 불안정했다. 그는 초연하고 냉소적으로 현실을 회피하기도 한다. 그런 닉이 변화한 것은 머틀의 차 사고 이후 개츠비와 대비되는 톰/데이지/조던의 실체를 알아차리게 되면서

---

25) 원작에서 닉은 청자이자 관찰자, 1인칭 시점의 서술자이면서, 개츠비를 둘러싼 사건에 직접 연루되는 가운데 성장해가는 인물이기도 하다. 닉은 조던과의 사랑과 이별이라는 '부 플롯'subplot의 한 축을 이룬다. 처음 불안과 도덕적 혼돈 속에 빠진 그는 무관심과 냉소로써 세상을 관조하는 조던의 현대 여성적인 독립성에 이끌린다. 그렇지만 머틀의 자동차 사고 후 닉은 조던이 톰이나 데이지와 마찬가지로 부도덕하고 부정직할 뿐 아니라 이기적인 사람임을 깨닫고 그녀와 헤어진다.

이다. 개츠비에게 닥쳐오는 위험을 예감하면서도 어쩔 수 없이 출근을 위해 개츠비를 떠나오면서 닉은 "그들은 썩어빠진 사람들이요. 당신이 그 빌어먹을 인간들을 모두 합쳐 놓은 것보다 더 가치가 있어요"(183)라고 판정을 내린다. 확고한 도덕적 입장을 정립하게 된 닉은 이후 적극적으로 개입하게 되고, 마침내 "개츠비가 결국 옳았음이 판명되었다"(5)라고 정리할 수 있게 된다. 닉의 이러한 평가가 소설의 서두에 배치됨으로써 개츠비에 대해 독자가 취해야 할 자세가 미리 설정된다.

원작은 '성장한 닉의 회상' 형식을 활용했기 때문에 주제를 잘 전달할 수 있었다. 개츠비를 회상하는 시점에 닉은 이미 그를 둘러싼 사건의 개요와 그 의미를 모두 파악하고 있다. 도덕적 인식에 이르렀기에 객관적이고 확고한 판단 기준을 제시할 수도 있다. 그렇기에 다음이 가능해진다. 첫째 개츠비의 꿈을 '미국의 꿈'과 연결할 수 있고, 둘째 개츠비가 환멸을 겪었음을 암시하여 그를 비극적 인물로 격상시킬 수 있게 된다. 원작은 개츠비의 데이지에 대한 사랑과 그 자신의 정체성에 대한 낭만적 이상을 '미국의 꿈'과 연관 짓는 진중한 주제를 다루고 있고, 이미 성장한 닉이 과거의 이야기를 차분하게 관조하면서 담담하게 논평하기 때문에 전체적인 분위기가 묵직하다. 반면 루어만의 영화는 긴 시간을 파티 장면에 할애하는 데다 결말 부분에서야 닉이 치유되고 생각을 정리할 수 있게 되기 때문에 전체적인 분위기가 요란하다.

닉의 역할뿐 아니라 닉이라는 인물 자체도 영화에서는 원작과 달리 형상화되었다. 영화 속 닉은 원작에 비해 감정적이고 낭만적인 면이 강하다. 톰과 머틀의 불륜 현장인 뉴욕의 아파트에서 벌어진 난장판 파티를 닉이 기꺼이 즐기는 장면을 그 예로 들 수 있다. 일종의 "화학적 광기"로 "부풀어 올라" 질펀하게 놀고 난 그는 갑자기 뉴욕이 좋아지기 시작했고

"그 안에 있기도 하고 또 밖에 있기도 했다"고 고백한다. 이 장면의 배경을 이루는 것은 뉴욕의 화려한 아파트 유리창을 틀로 하여 그 속에서 만화경같이 현란하게 펼쳐지는 다채로운 삶의 양상이다. 이때 닉은 "인생의 다양성에 매혹되었고 역겨워했다"고 말한다. 하지만 역겨움을 느끼는 모습보다는 매혹되어 속절없이 빠져드는 모습이 더 부각된다.

물론 원작 속 닉 또한 자신의 도덕적인 면이 거부하는 것을 기꺼이 즐길 만큼 낭만적인 인물이다. 그는 활기와 모험으로 가득한 뉴욕의 생동감이 "들떠 있는 눈동자"(70)에 안겨주는 흥분의 약속에 이끌린다. 또한 닉은 저속한 머틀의 파티에 도덕적으로는 거부감을 느끼면서도 그 분위기에 휩쓸린다. 하지만 원작 속 닉은 어릴 때부터 받은 부친의 충고에 따라 "모든 판단을 유보"(3)하면서 차분하고 담담하게 지켜볼 뿐 감정을 드러내지 않는 이성적인 인물이기도 하다. 이러한 닉의 면모가 영화에서는 잘 드러나지 않는다.

영화 속 닉은 21세기라는 불확실한 시대를 살아가는 보통의 현대인들과 별반 다르지 않은 '우리들 중의 하나'이다. 그는 활기찬 동부에서 돈을 벌겠다는 꿈을 품고 건너와 개츠비를 둘러싼 일련의 사건을 목격하면서 정신적 병을 앓게 되었다. 개츠비가 죽은 후 닉에게 있어서 뉴욕은 한때는 황금빛 신기루였지만 이제는 탐욕과 비정한 이기주의로 얼룩져 "뇌리에서 사라지지 않고 붙어 다니는" 역겨운 곳이다. 관객은 닉의 이러한 상황이 정신없이 물질을 추구하는 가운데 21세기를 불안정 속에서 살아가는 자신들의 문제와 상통함을 느끼고 공감을 하게 된다. 루어만은 닉을 감상적으로 변화시키면서 정신적으로 취약한 현대인들의 문제와 연관시키는 가운데 관객의 감성을 자극한다.

3. 원작 기법의 차용 및 창조적 변형

영화는 나름의 의도에 부합하게 인물들을 변화시켰을 뿐 아니라, 빛, 어둠, 비 등의 원작 속 상징을 차용하되 거기에 원작과는 결이 조금 다른 의미를 함축하기도 한다. 원작에서는 빛과 어둠이 교차하는 장면이 많은데, 빛은 개츠비의 환상을, 어둠은 그 환상을 덮치려는 듯 이따금 모습을 드러내는 현실을 상징한다. 빛과 어둠의 교차는 '환상과 현실의 괴리'를 보여준다. '환상과 현실의 괴리'는 '미국의 꿈과 그 변질'을 상징하는 '개츠비의 꿈과 그 좌절'을 설명하는 데 핵심적인 요소이다. 반면 영화에서 어둠은 개츠비가 꿈을 이루기 어려운 상황을 암시한다. 재회 후 데이지가 개츠비의 집에 걸어 들어갈 때는 햇빛이 환하게 비치지만, 이후 데이지가 비밀리에 개츠비를 방문하면서부터는 예전에 집을 환히 밝히던 불빛이 하나씩 꺼지기 시작한다. 또한 차 사고 후 개츠비는 데이지의 집 앞에서 그녀가 불빛으로 보내줄 신호를 기다리지만 얼마 후 데이지는 불을 꺼버린다. 빛은 개츠비에게 꿈과 희망을 상징한다는 점에서 이는 데이지를 향한 개츠비의 사랑이 비극적으로 끝날 것을 암시한다. 개츠비의 꿈이 무너지리라는 불길한 징조는 빛을 비추는 램프가 깨지는 장면에서도 나타난다. 호텔 방에서 개츠비의 정체를 적나라하게 폭로한 톰과 개츠비가 격하게 충돌하자 당황한 데이지는 뛰쳐나가는데 개츠비가 그녀를 급하게 뒤따라가다 램프를 건드려 깨뜨린다. 깨져서 빛을 낼 수 없게 된 램프는 개츠비의 꿈과 희망이 산산조각이 날 것임을 암시한다.

원작 속 녹색 불빛은 단지 데이지를 상징하는 데 머무르지 않고 현실 속에서는 실현할 수 없는 개츠비의 꿈과 환상을 상징한다. 개츠비에게 데이지는 사랑하는 한 여인에 그치는 것이 아니라 그의 꿈을 구체화할 수 있는 존재라는 한 차원 높은 의미를 띠기 때문이다. 반면 영화 속 녹색 불빛은 데이지를 가리키는 것으로 단순화된다. 데이지를 향한 개츠비의 일편단심에 초점이 맞춰진 영화에서 그 시작과 끝을 장식하는 것은 데이지를 상징하는 녹색 불빛이다. 흑백 화면 속의 점이 점차 녹색 불빛으로 변화하는 가운데 영화가 시작되고 안개 낀 물 위에서 녹색 불빛이 여러 번 명멸하는 가운데 사라지는 것으로 영화는 끝이 난다.

원작에서 비는 냉엄한 현실의 침투를 암시하나 영화에서는 허황되고 헛된 사랑의 사라짐을 상징한다. 5년 만에 개츠비와 데이지가 재회하던 날, 집은 온통 알록달록한 꽃으로 화려하게 장식되지만 맑던 하늘에서는 갑자기 비가 쏟아진다. 이는 데이지를 되찾아 결혼하려는 개츠비의 계획이 헛되게 끝날 것을 암시한다. 결말 부분에서도 홀로 비를 맞으며 걸어가는 닉 앞에 녹색 불빛을 쫓는 개츠비의 환상이 나타난다. 비가 오는 가운데 부두의 녹색 불빛을 바라보면서 닉은 오래된 미지의 세계를 생각한다. 이때 흑백 화면과 컬러 화면이 대비된다. 푸른빛이 도는 흑백 화면은 현재의 장면에, 컬러 화면은 과거를 회상할 때 사용된다. 화려한 컬러 화면은 개츠비의 희망과 꿈을, 어두운 흑백 화면은 사라진 꿈을 효과적으로 나타낸다. 이어 개츠비가 꿈을 움켜잡으려 했으나 이미 사라진 과거였을 뿐이라는 닉의 대사가 나간 후 비가 사라지는 영상 편집이 이어진다. 이러한 몽타주를 통해 개츠비의 꿈이 물거품처럼 사라졌음을 암시한다.

다른 한편 영화에서는 원작의 상징성을 그대로 살려내면서도 영상예술의 장점을 살려 훨씬 더 인상적인 미장센으로 표현하기도 한다. T. J. 에클버그Eckelberg의 거대한 눈을 담은 광고판이 그 예이다. 이 광고판은 '재의 계곡' 중심에 방치되어 있다. 노동자들의 고된 노동 현장이지만 뉴욕에 가려면 계층과 무관하게 모든 사람이 거쳐야만 하는 '재의 계곡'은 상류계층과 하류계층을 포함한 사회 전체가 유기적으로 엮여 있음을 생생하게 보여주는 장소이다. 톰과 닉이 머틀을 만나러 윌슨의 정비소에 들렀을 때와 개츠비와 닉이 울프심을 만나러 가는 길목에도 이 눈은 등장한다. 에클버그의 눈은 환락을 쫓는 상류층의 도덕적 타락뿐 아니라 하층민들의 고달픈 삶까지 사회 전체를 지켜보는 것이다. 이 눈은 머틀을 친 차 사고의 경위도 신처럼 내려다본다. 머틀이 차 사고를 당할 때 에클버그의 눈이 먼저 카메라에 잡히고 머틀이 차에 부닥쳐 튀어 올랐다가 땅에 떨어져 죽는 장면이 뒤따른다. 사고를 낸 노란 차는 멈췄다가 다시 출발하는데 그때 목격자인 양 에클버그의 눈이 클로즈업된다. 음산한 음악을 배경에 깐 이 장면은 불길한 기운을 내뿜으며 파국으로 치닫는 결정적인 상황임을 시사한다. 그런데 이 광고판의 눈은 진실을 알고 있는 듯한 모습을 줄곧 하고 있다. 그 예로는 개츠비가 부잣집 아들이라는 자랑을 늘어놓으며 사진을 보여줄 때 닉이 "사진은 전부 진짜였다. 그게 다 사실일까?"라고 반신반의하는 장면을 들 수 있다. 닉이 이 대사를 하는 순간 개츠비가 모는 차는 광고판을 지나치고 그 눈이 클로즈업된다. 또한 플라자 호텔로 향하는 두 대의 차가 광고판을 지나칠 때도 에클버그의 눈은 불륜을 포함한 모든 숨겨진 진실을 신처럼 다 알고 있는 듯한 느낌을 풍기며 지켜본다. 복수하기 위해 총을 챙기는 윌슨은 그 눈을 바라보며 신은 모든 걸 보고 있다고 중얼거린다. 하지만 에클버그의 눈은 실제로는 상업을 위한 광고판에 불과하다. 따라서 신처럼 보이는 광고판의 눈은 전통적인 신이 부재한 물질만능적인 시대상의 상징이라고 할 수 있다.

영화가 영상예술의 장점을 잘 살려낸 또 하나의 예는 데이지가 펄럭이는 커튼 사이로 처음 등장하는 장면이다. 손에 잡힐 듯 말 듯 펄럭이는 커튼 사이로 언뜻언뜻 보이는 데이지의 모습은 그녀가 쉽게 잡을 수 없는 신기루 같은 존재임을 암시한다. 또한 여러 갈래로 나뉜 '하얀색' 커튼과 어우러진 그녀의 '금발'은 '데이지꽃'을 연상시킨다. 호화로운 배경 속에서 흐느적거리는 듯 나른해 보이는 데이지와 조던의 모습을 담은 이 장면의 미장센은 더할 나위 없이 풍족하나 역설적으로 그렇기에 오히려 무기력해진 최상류층의 허무한 일상을 잘 표현한다.

짧은 영상을 통해 강렬하게 비극을 전조하는 장면도 있다. 플라자 호텔로 향하던 중 톰이 탄 노란색 쿠페 차는 바닥에 어질러져 있던 과일을 밟고 지나간다. 이때 수박이 빨간 속을 드러내며 터지는데, 이 장면은 치명적인 차 사고가 일어날 것을 암시하는 복선이다. 이후 데이지와 개츠비가 탄 바로 그 쿠페 차는 톰의 내연녀인 머틀을 치어 처참한 죽음에 이르게 한다.

영화 속 노란색 이미지 또한 영상화를 통해 원작보다 더 생생하게 그 상징적 의미를 전달한 예이다. 원작에서는 감미로운 칵테일 음악을 "노란"(51) 색깔의 이미지로 표현하는가 하면, "무심코 위를 올려다보는 사람들에게 인간의 비밀을 나누어주고 있"는 뉴욕 아파트의 "창문들이 노란색"(이상 45)이다. 개츠비의 차 또한 노란색이다. 영화에서는 햇빛을 받아 황금색으로 물든 도시의 색채를 시각적으로 생생하게 보여줌으로써 노란색에 함축된 의미를 더 강렬하게 전달한다. 황금빛 도시는 당대의 물질만능주의를, 개츠비가 모는 노란색 쿠페 차는 물질적인 부의 과시를 통해 데이지를 되찾으려 했던 개츠비의 환상을 암시한다. 원작에는 없는 상징이 영화에서 첨가된 예도 있다. 개츠비가 항상 새끼손가락에 끼고 있는 반지에는 중심부가 노란색인 데이지꽃이 새겨져 있는데 이는 데이지를 향한 개츠비의 일편단심을 드러내는 소품으로 사용된다.

루어만의 영화가 원작의 주제가 갖는 폭과 깊이에는 못 미치나 영화가 의도한 바는 잘 달성하고 있는 예는 더 있다. 여러 각도에서 잡은 많은 컷의 속도감 있는 편집과 빠른 음악을 통한 미장센과 몽타주는 정신없이 혼란스러운 사회를 재현하는 데 효과적이다. 현란한 파티 장면과 자동차들의 아슬아슬한 속도 경쟁 장면은 재즈 시대의 광기를 최대한 살려낸다. 프라자 호텔 장면에서 격분한 개츠비가 이성을 잃고 살기등등하게 톰의 멱살을 잡는 장면 또한 시각적이고 청각적인 효과를 가미해서 생생한 현장감을 살린 미장센의 좋은 예이다. 이러한 다각도의 영상기법이 활용되기 때문에 관객은 감정적으로 더욱 몰입할 수 있게 된다.

IV. 총평

『위대한 개츠비』를 현대적으로 각색한 루어만의 영화는 감상적 멜로드라마로 의도되었기 때문에 원작과는 분위기가 다르다. 광란의 재즈 시대 이야기를 감정을 절제한 철학적 명상으로 에워싼 원작과는 달리 루어만의 영화는 관객의 감각과 감성에 호소한다. 원작이 개츠비를 둘러싼 이야기로부터 거리를 두고 차분히 관조하게 했다면, 영화는 정신없이 쏟아지는 시각적 볼거리와 청각적 자극을 제공함으로써 관객이 데이지를 향한 개츠비의 사랑과 그것의 애절함에 몰입하게 한다. 관객이 직접 보고 들으며 공감하고 안타까워하도록 만드는 것이다.

루어만이 관객의 감각과 감성을 자극하여 몰입을 높일 수 있었던 것은 과거 1920년대와 21세기 현재를 절묘하게 연결 지었던 데 상당 부분 기인한다. 루어만은 21세기의 최신 촬영기술을 활용하여 1920년대 광란의 시대상을 동화 나라처럼 환상적으로 재현해 낸다. 3D로 촬영된 이 영화에서 카메라는 끊임없이 줌인과 줌아웃을 거듭하고 위에서 내려찍는가 하면 멀리서 넓게 조망하다가 갑자기 가깝게 범위를 좁혀 포커스를 맞추기도 한다. 이러한 미장센은 꿈처럼 화려했지만 10년도 지나지 않아 짧게 막을 내린 광란의 재즈 시대를 실감 나게 영상화한다. 이와 함께 빠른 쇼트 배치로 눈앞에서 무슨 일이 벌어지는지 모를 정도로 정신없이 펼쳐지는 만화경과 같은 풍경을 그려낸다. 또한 형체가 없는데도 마치 실제로 존재하는 것처럼 보여주는 CG 기술을 활용하여 개츠비라는 인물과 그의 환상을 효과적으로 전달한다. CG 기술은 1920년대의 "안개"mist와 같이 공기 중에 떠 있는 듯한 개츠비의 환상, "개츠비가 상상 속에서 만들어낸 과거에 대한 자신만의 비전"을 표현하는 데 적절하고도 유용하게 사용된다(이상 Doherty 47).

시각적인 효과 못지않게 큰 역할을 하는 것은 음악을 통한 청각적 효과이다. 루어만은 1922년 히트곡 「새벽 세 시」를 포함해 많은 당시 인기곡을 영화에 삽입하는 동시에 최신 현대 음악을 대담하게 도입했다. 그는 힙합 아티스트인 제이 지Jay Z를 음악 감독으로 참여시켰고 사운드트랙 앨범에는 비욘세Beyonce, 와인하우스Amy Winehouse, 유 투U2의 노래를 삽입했으며 재즈로 편곡된 대중가요도 첨가했다. 이로써 과거와 현재가 혼재하고 1920년대 재즈 시대와 현대의 힙합 시대가 오버랩 된다.26) 재즈로 대표되는 1920년대 말의 분위기가 현대의 물질 만능을 비판하는 힙합과 교묘하게 맞아떨어지기 때문에 가능한 작업인데, 이 점을 루어만이 포착해내어 영상에 담아낸 것이 이 영화의 성과 중 하나라고 할 수 있다.

---

26) 힙합은 원래 1970년대 후반 뉴욕 할렘가에 거주하는 흑인이나 스페인계 청소년들에 의해 형성된 새로운 문화운동 전반을 가리키는 말이었다. 반복되는 비트를 배경음으로 깔고 리듬에 맞춰 가사를 말하는 랩 뮤직을 그냥 힙합이라고 부르기도 한다. 1920년대와 현대에 공통적으로 발견되는 광기와 허식, 부패와 탐욕 그리고 이로 인해 무질서와 불안감이 팽배한 시대적 분위기가 재즈와 랩을 통해 표현된다.

그런데 흥미롭게도 피츠제럴드 자신도 여러 의미를 함축하기 위해 음악을 활용했다(MacLean 120-31 참조). 루어만은 <트리플 제이>*Triple J*와의 인터뷰에서 피츠제럴드가 아프리칸-아메리칸의 거리 음악인 재즈를 책의 전면에 내세운 것처럼 "우리도 그렇게 했다"고 말하면서 자신이 현대 음악을 가미하도록 영감을 준 사람은 바로 피츠제럴드임을 밝혔다(Haghanipour 17 재인용).

　　루어만 영화의 또 하나의 성과는 관객으로 하여금 광란의 재즈 시대가 21세기 초반의 미국과 다를 바 없다는 사실을 발견하게 한다는 점이다. 1920년대에 부상한 문제, 즉 과도한 물질의 추구, 이로 인한 공허감과 불안, 그리고 왜곡된 열망으로 초래된 비극 등의 문제가 현재까지도 이어지고 있음을 깨닫게 한다. 이로써 관객은 자신이 사는 '지금, 현재'를 되돌아보고 성찰하게 된다. 그런데 이렇게 성찰로 이끄는 것은 피츠제럴드가 원작에서 의도한 바이기도 하다. 피츠제럴드는 '개츠비의 데이지에 대한 사랑과 그 자신의 정체성에 대한 꿈'을 '미국의 꿈'과, 그리고 '개츠비 꿈의 붕괴'를 '변질된 미국의 꿈'과 연관 짓는 가운데 '미국의 꿈'을 미국 건국부터의 역사라는 큰 맥락 속에서 반성해보도록 이끈다. 루어만은 피츠제럴드와는 달리 '미국의 꿈'을 전면에 내세우지는 않는다. 대신 루어만은 과거보다는 현재와 부단히 연결 지으면서 시의성을 확보하는 가운데 피츠제럴드가 원작에서 의도한 바를 다른 방식으로 달성한다. 루어만의 현대적 각색의 의의는 여기에 있다고 하겠다.

3

단순화 및 선택과 집중

『연애하는 여인들』

Women in Love

I. 작가와 작품 소개

　　로렌스D. H. Lawrence는 1885년 영국의 탄광촌 이스트우드Eastwood에
서 태어났다. 1898년 산업도시 노팅엄Nottingham에서 중산층 자녀들이 많
이 다니던 고등학교에 진학한 로렌스는 그곳에서 광부의 아들인 자신이
하층계급 출신임을 절감하게 되었고 이를 계기로 계층적 자의식을 갖게
된다. 1906년 2년제인 노팅엄 대학에 진학한 후 1908년 교사자격증을 취
득한 그는 잠시 교사로 근무하기도 했다. 로렌스는 1912년 대학 시절 스

승이던 위클리Weekley 교수의 아내이자 세 자녀의 어머니였던 여섯 살 연상의 프리다Frieda와 사랑에 빠져 독일로 도피한 후 이태리에 정착한다. 1914년 위클리 교수가 이혼에 마침내 동의해주자 법적으로 정식결혼 절차를 밟고자 영국 런던에 온다. 하지만 유럽으로 건너가기 전 1차 대전이 발발하는 바람에 전쟁이 끝날 때까지 로렌스와 프리다는 영국 내에서 이리저리 옮겨 다니며 힘겹게 살아야 했다. 프리다가 독일인이라는 이유로 간첩 혐의까지 받은 로렌스는 전쟁에 광분한 대중들을 혐오했고 영국을 타락한 문명의 본거지로 폄훼하기에 이른다. 그는 1919년에서야 영국을 떠나 이태리로 갈 수 있게 되는데 이후 몇 차례 짧은 기간의 체류를 제외하고는 내내 영국을 등지고 살았다.

로렌스는 『무지개』The Rainbow를 1915년 출판했으나 외설물로 기소되어 곧 발행 금지 처분을 받는다. 1916년에는 『무지개』의 속편이라고 할 수 있는 『연애하는 여인들』의 집필을 완료했으나 이 소설 또한 외설이라는 이유로 출판을 거부당하다가 1920년에서야 미국에서 출판할 수 있었다.

영문학사에서 로렌스가 차지하는 독특한 위상은 인물 내면의 '비인성적인 의지'를 그려내겠다는 그의 인물관에 기인한 바 크다. 로렌스는 이전 소설가들과는 달리 인간이 다른 사람들에게 내보이는 인격이나 성격이 아닌 인간 내부의 비인성적인 면에 주목한다. 로렌스가 공언하듯이 그에게 중요한 것은 여자가 무엇을 '느끼는지'가 아니라 그녀가 '무엇인지'이다. 그는 생리적으로 그리고 물질적으로 여자가 무엇'인가'에 대해서만 관심을 둔다. 인물의 '무엇'이 로렌스에게는 인물의 '임'being이다.

로렌스는 1914년 에드워드 가넷Edward Garnett에게 보낸 편지에서 그의 소설에서는 재래식 작중인물의 '안정된 자아'를 기대하지 말 것을 주문하면서 '안정된 자아'의 표면 아래 놓인 비인성적인 면의 '또 다른 자아', 즉 내면 깊숙한 곳에 있는 불변의 요소를 그려내겠다고 말한다 (*Letters* 2, 182). 다이아몬드나 석탄은 탄소의 동소체의 상태인데, 자신은 여러 형태로 변하는 가운데서도 불변하는 원소인 탄소의 상태에 관심이 있다는 것이다. 일반적으로 소설은 탄소라는 원소의 다양한 상태의 하나인 다이아몬드의 역사를 추적하려고 하지만 자신의 주제는 탄소라는 것이 로렌스의 입장이다.

로렌스는 인물의 비인성적인 면, '임'을 그려내기 위해서 재래식의 플롯을 따르는 대신 인물들 내면 심리에서 펼쳐지는 상호작용을 극화한다. 이러한 특징이 잘 나타난 소설이 『연애하는 여인들』이다. 이 소설에서 로렌스는 고양된 상태나 위기의 순간에 봉착했을 때 인물들 내면에서 일어나는 폭풍같이 강렬한 감정을 포착해내거나, 의식하지는 못하나 무의식 상태에서는 알고 있는 '앎'을 형상화하는 등 인물의 심리 상태 및 그 작용 양상을 재현한다.

로렌스 소설을 영화화하는 작업은 그의 소설의 독특성 때문에 한계를 지닐 수밖에 없다. 로렌스가 소설에서 제시하고자 한 주제와 그것을 전달하는 서술 방법이 영화라는 장르가 살려내기 어려운 면을 다분히 내포하고 있기 때문이다. 로렌스는 「도덕과 소설」 "Morality and the Novel"에서 "인간과 그를 둘러싼 우주 사이의 관계를 그 살아있는 순간에 드러내는 일"[27]이 중요하다고 지적한다. 삶에 대한 감각을 생생하게 구체화하고자 한 로렌스는 '살아있는 온전한 인간'인 '임'을 형상화하고 '임'과 '임' 사이의 바람직한 남녀관계가 이룩되는 과정을 그리려 한다. 로렌스는 인물의 '임'을 자연 이미지를 통해 드러내고 자유간접화법이나 서술자의 직접

---

27) D. H. Lawrence, "Morality and the Novel", 527.

적인 평을 통해 인물들의 내면에서 벌어지는 심리적 갈등의 양상이나 그 변화 과정을 보여준다. 이와 함께 남녀 각자가 당당하고 자유로운 온전한 '임'이 될 때 각기 개인의 개체성과 독자성을 유지하면서 결코 섞이는 일 없이 일정한 궤도를 유지하는 "별들의 평형" 상태를 이룰 수 있다는 비전을 제시하면서, 이러한 추상적이고 관념적인 비전을 구체적으로 형상화하고자 한다. 그런데 이러한 이미지나 서술 방법은 장르의 특성상 영화에서는 잘 살려내기가 어렵다.

로렌스 자신은 영화 전반에 대해 그의 소설 속 인물을 통해서 혹은 에세이 속에서 여러 차례 혹평을 한 바 있다. 그중 가장 중요한 것은 1920년에 출판된 소설 『잃어버린 소녀』*The Lost Girl*에서의 평이다. 이 소설 속 세 개의 장면에서 왜 사람들이 즉석에서 공연되는 연극 혹은 오락보다 영화 보기를 더 좋아하는가에 대해 인물들 간에 논의가 이루어지고 매번 그 논의는 영화가 관객의 감정이 아닌 "정신적 의식"에 호소하기 때문이라는 결론으로 귀결된다. 이를 명시적으로 언급하는 인물은 마담 로차드 Madam Rochard라는 연예인인데, 그녀는 자신의 업이 곧 영화에 의해 대체되리라는 사실을 깨닫는다. "영화는 영혼으로부터의 이해를 요구하지 않는다"는 로차드의 말은 로렌스의 영화에 대한 생각을 그대로 반영하고 있다. 로렌스에 따르면 기본적으로 시각 매체인 영화는 관객의 "정신적 의식"에만 호소할 뿐 생생하고 감각적이고 무의식적인 자아와 무관하다.

로렌스는 영화를 보는 관객이 피와 살로 이루어진 실제의 사람들과 접촉하기가 어렵게 되어 스크린에 비친 영상에 현혹될 우려가 있다고 보았다(Cowan 108). 로렌스에게 있어서 피와 살로 이루어진 실제의 사람이란 인물의 '임'을 의미한다고 할 때, 그는 위의 언급을 통해 영화에서 '임'이 온전히 그려지기가 어려움을 지적한다고 할 수 있다. 로렌스가 영

화에서 못마땅해한 또 하나의 요소는 그것이 내포한 기계성이다. 로렌스
가 보기에 별개의 사진 이미지를 모아서 이를 텅 빈 화면에 기계적으로
투사함으로써 예술적으로 재생산하는 방법을 구사하는 영화의 미학은 유
기적이지 못하다(Cowan 112). 사실 영화에서는 소설에서와는 달리 인물
의 내면세계를 보기가 어렵다. 관객과 등장인물 사이에 거리가 생기는 것
이다.

　『연애하는 여인들』은 1969년 켄 러셀Ken Russell의 감독으로 영화로
만들어졌다. 러셀은 1927년 영국에서 출생해서 해군과 공군에서 복무했고
발레단 댄서, 연극배우, 사진작가로 활동하다가 영화감독이 되었다. BBC
방송국에서 프로듀서로 성공한 후 그는 2011년 세상을 떠나기 전까지 자
신만의 영화 세계를 구축해 나갔다. 두 편의 로렌스 소설을 포함하여 다
양한 장르를 아우르며 활동한 그는 영화계의 이단아였다. 최초로 남성 누
드를 보여주는 등 인습을 타파하는 도발적 면모로 영화계의 로렌스로 평
가되기도 했다. 이러한 평가에 부합하게도 원작 『연애하는 여인들』을 자
기식대로 소화해서 창조적으로 변형한 러셀은 이 영화로 아카데미 감독상
후보에 올랐다. 이 밖에도 이 영화는 아카데미 각색상, 촬영상 후보로도
선정되었다. 구드런Gudrun을 연기한 글렌다 잭슨Glenda Jackson은 아카데미
여우주연상과 뉴욕 영화비평가상을 수상했다. 버킨Birkin 역을 맡은 알랜
베이츠Alan Bates는 <조지 걸>Georgie Girl(1966)과 하디 소설을 각색한 <광
란의 무리를 멀리 떠나>Far From the Madding Crowd(1967) 등에 출연한 바
있고, <연애하는 여인들>에 출연하기 바로 전 맬라머드Bernard Malamud의
소설을 각색한 <수리공>The Fixer(1968)으로 아카데미 최우수 남우주연상
후보에 올라 이미 세계적으로 알려진 배우였다.

　한편 윌리엄 아이보리William Ivory는 이 소설과 『무지개』를 하나로 묶

어 BBC 텔레비전 2부작으로 만들었다. 미란다 보웬Miranda Bowen의 감독으로 2011년 방송된 이 드라마의 제목은 <연애하는 여인들>이었다. 이 드라마 속 제럴드Gerald는 알프스가 아닌 남아프리카 다이아몬드 광산에서 죽음을 맞는다. 원작 소설의 제럴드가 갖는 상징적 의미가 물, 눈, 얼음과 밀접하게 연관된다는 점에서 이 각색작은 원작의 정신이나 주제에서 적지 않게 벗어난 작품이었다.

II. 원작: 해체와 재생의 주체

『연애하는 여인들』은 로렌스 소설의 독특성이 가장 잘 나타난 작품이라고 할 수 있다. 이 소설에서는 버킨과 어슐라Ursula, 제럴드와 구드런, 이 두 쌍의 관계가 대조되는 가운데 서구 근대문명과 산업사회의 문제가 지적되고 그 해결책이 모색된다. 이와 함께 '임'의 차원에서의 진정한 관계 맺음으로 "별들의 평형"이 제시된다.

이 소설에서 로렌스의 대변인이라고 할 수 있는 인물은 버킨인데, 그를 통해 나타나는 로렌스의 생각은 다음과 같다. 1914년부터 1918년 사이에 영국을 비롯한 서구 문명사회는 해체의 과정에 있으며 파멸을 향해 치닫고 있다. 지성과 감각 간의 균형을 상실한 맹목적인 지식 추구는 인간의 정체성을 파괴하면서 인간을 기계의 부품으로 도구화하고 인간이 원초적으로 가지고 있던 유기적인 생명력을 상실하게 한다. 이는 인류의 해체와 파멸을 초래할 위험이 있다는 것이다.

현대 산업 문명사회에 대한 버킨의 염세적인 진단은 주로 그의 내적 독백 속에 드러난다. 제럴드와 함께 런던에 간 버킨은 경박하고 퇴폐적인 보헤미언 예술가들의 아지트인 폼퍼두어 카페에서 아기를 분만하는 고통으로 넓이 나간 목이 긴 서아프리카 산모의 조각상을 본다. 나중에 버킨은 이 조각상에 대한 기억에 자극을 받아 인류의 해체를 우울하게 예언한다. 버킨이 보기에 현대 사회에서 인류는 극단적인 방향으로 치달아 두 갈래 해체의 과정을 밟고 있다. 하나는 아프리카적인 것으로서 "감각과 양명한 정신 간의 관계가 깨어져 버린"28) 역사의 한 극단이다. 즉 버킨이 서아프리카 목상에서 발견하는 "감각에 머물고 그것으로 끝나는 지식, 붕괴와 소멸에 대한 신비한 지식"(285-86), 관능의 맹목적 추구이다. 이는 존재의 의미를 감각에만 의존하는 정신이 실종된 육체적 관능 문화의 극치라는 것이 버킨의 생각이다. 관능적 감각의 포로가 되면 인간은 축소되고 결국 해체된다.

해체로 향하는 또 하나의 다른 길은 북구 백인들이 택한 "결빙의 파괴적 지식의 신비극"(286)이다. 버킨이 보기에 북유럽 백인종들은 얼음과 눈처럼 차가운 추상적인 지식에 의해서 축소와 해체의 과정을 밟고 있다. 현대 서구 산업사회에서의 현대인들은 얼음과 눈의 이미지로 상징되는바 지성에 편향되어 감성마저 이성의 지배를 받고 있다. 자의식에 갇혀 폐쇄된 채 자신을 축소해 나가는 이 과정은 인간적인 면을 배제하고 기계적인 원리로 환원되는 경향을 보인다. "얼음처럼 파괴적인 지식"과 순수 추상만을 만들어내고 결국 "눈처럼 추상적인 파멸"(이상 286)의 길에 이르게 된다. '광대한 추상'을 배경으로 얼음처럼 굳어서 해체를 향해 나아가는 것이다. 두 방향으로의 나아감은 각기 정신이나 감각적 관능 어느 한쪽에 치우친 채 변증법적인 통합과 조화에 이르지 못한 까닭에 파멸을 향하고 있다. 아프리카적인 길과 북구 백인이 가는 길은 둘 다 '해체와 붕괴의

---

28) D. H. Lawrence, *Women in Love* (New York: Penguin, 1980), 285. 이후 본문 인용은 이 책에 따르며 면수만 표기한다.

지식'을 추구하는 것으로서 유기적인 삶의 창조적인 활동에서 벗어나 있다.

버킨이 보기에 현대산업사회 백인들의 운명을 대표하는 인물이 바로 제럴드이다. 이는 17장 「산업계의 거물」"The Industrial Magnate"에서 분명해진다. 광부들의 복리를 생각하는 자애로우나 감상적인 탄광주였던 부친과는 달리, 제럴드가 경영의 전면에 나서면서 현대 기계문명의 물결이 예전의 탄광촌에 들이닥치게 된다. 그는 자신의 의지 발현이며 힘의 화신인 위대하고 완벽한 하나의 시스템, 즉 무한히 반복하는 기계와 같은 시스템을 만든다. 제럴드는 순수하게 기계적인 원칙에 따라 움직이는 효율적인 시스템을 도입하여 생산성과 이윤을 극대화한다. 이로써 그는 이 시스템의 위대한 운영자이자 "기계를 운행하는 신"(250)으로 등극한다. 이제 광부들에게는 단지 생산 기계의 연장으로의 기능만 요구되고, 결국 그들은 기계의 부품 같은 신세로 전락한다. 하지만 광부들은 처음에는 당황하나 점차 인간의 감정과 이성을 초월한 초인간적인 '위대한 사회적 생산 기계'에 소속되었다는 데서 일종의 자유와 만족감까지 느낀다. 이렇게 해체의 첫 단계가 시작된다. 생명체의 유기적 원칙을 무 생명의 기계적 원칙이 대체함으로써 인간은 해체에 접어드는 것이다.

제럴드는 기계와 등가물이다. 그의 기계 같은 속성은 지배 의지의 자동적인 발현과 이의 무자비한 강요로 표출된다. 그는 인간을 포함한 모든 유기체까지도 종속과 억압의 대상으로 삼아 기계적으로 지배 의지를 행사한다. 철도 건널목에서 겁에 질려 날뛰는 아랍산 암말을 지나가는 화차에 가까이 서 있도록 옆구리에서 피가 흘러나오기까지 박차를 가해 끝내 굴종시키는 장면에서 제럴드의 이러한 면이 잘 드러난다. 말을 폭력으로 위협해 유기적인 생명체로서의 자연스러운 생리적 반응을 하지 못하도록 억압하는 것은 말을 기계와 같이 길들이는 행위이다. 날뛰는 토끼를 잡을 수 없자 분노하여 목덜미를 내리쳐 잔인하게 굴복시키는 행위 또한 그 하나의 예이다.

그렇기에 기계적인 제럴드의 지배 의지는 스스로 에너지를 갖고 그 자신까지도 몰아붙인다. 그가 자신의 의지를 통제하기보다는 의지의 통제를 받는 것은 이 때문이다. 그가 구축한 '거대한 생산 기계'는 아이러니하게도 그 자신을 불필요한 존재로 만들어버린다. 예기치 않게 불필요한 존재가 되자 제럴드의 내면에서는 혼돈이 일어난다. 공허감과 무기력증에 시달리는 그는 저녁에 혼자 있을 때 공포에 질려 벌떡 일어서곤 한다. 그의 정신은 암흑 속에서 떠다니는 거품 같아서 언제라도 폭발할 것 같다. 이때 자신의 허전함과 공허감을 일시적이나마 채워주는 도구로 그가 택한 것이 바로 섹스이다.

제럴드가 구드런을 찾는 배경 또한 이러한 패턴에 부합한다. 아버지 크리치Crich 씨의 임종에 즈음하여 그의 내부가 붕괴하는 것 같은 공포를 심하게 느끼는 제럴드는 구드런에게 매달린다. 아버지의 죽음 후 그는 밤마다 깊이를 알 수 없는 허무의 나라 위에 체인으로 묶여 떠 있는 듯한 공포에 시달리다가 구드런을 찾는다. 부친 묘소의 진흙이 부츠에 잔뜩 묻은 채로 찾아온 그를 구드런은 운명적으로 받아들인다. 제럴드는 구드런에게 그의 생명을 침식하고 있는 죽음과 암흑을 쏟아부은 후 만족감 속에 곯아떨어진다. 하지만 구드런은 제럴드 옆에서 밤을 꼬박 새우면서 자기 가슴속의 꽃봉오리가 찢어 발겨졌다고 느낀다. 극심한 비통함에 젖어 분개하는 구드런의 모습은 이들의 황폐한 관계의 실상과 그것이 치닫게 될 파국을 전조한다. 제럴드와 구드런의 교제는 처음부터 불행할 것으로 운명 지어져 있다.

제럴드와 구드런은 유기적 생명체를 억압하고 폭력을 행사하는 파괴와 해체의 인물이라는 점에서 유사하다. 두 사람은 또한 자아를 극대로 주장하고 자신의 의지를 남에게 가차 없이 강요하려는 성향을 지녔다. 그렇기에 구드런은 처음 제럴드의 모습에서 풍겨 나오는 잔인할 정도로 지배적인 의지에 매혹된다. 가령 그녀는 그가 말을 굴복시키는 장면을 본 것을 계기로 그에게 이끌리게 된다.

하지만 기계의 화신인 제럴드에 대한 구드런의 반응은 양가적이다. 그에게 끌리면서도 다른 한편으로는 반발하는 것이다. 이러한 구드런의 심리는 광부들에 대한 태도에서도 드러난다. 그녀는 자신을 기계로 변한 현대판 다프네 요정으로 보며 광부들의 세계에 향수를 느낀다. 이는 그녀가 기계적인 것에 이끌림을 의미한다. 그녀에게는 기계와 같은 "더 단순한 존재의 양식으로 퇴행하고 싶은 심리"(Price 266)가 내재해 있는 것이다. 하지만 다른 한편 구드런은 오랜 시간을 어두운 지하에서 보내는 광부들을 정신이 없는 기계와 같은 존재라고 여기며 혐오한다.

구드런이 이처럼 양가적이고 복합적인 이유 중의 하나는 그녀가 잔인할 정도로 극단적인 자의식의 소유자로서 자기 소외를 겪고 있기 때문이다. 그녀는 자기 이외의 사람들에게서 거리를 둔 채 초연하게 무관심한 외양을 보여주지만, 실제로는 주위 사물과 세계에 대해 지나치게 긴장한다. 그 반작용이 그녀의 강한 자기주장이다. 가령 그녀는 제럴드가 말을 가차 없이 복종시킬 때 그의 기계적인 지배 의지에 매료되면서도 다른 한편으로는 자신을 그 말과 동일시하면서 반발한다. 이는 그녀의 무의식 속에 잠재해 있다가 어느 순간 도발적이고도 격렬한 행위를 통해 분출된다. 소 앞에서 나체로 춤을 추는 장면이나, 위험을 경고하며 그녀의 행위를 제지하는 제럴드의 뺨을 충동적으로 후려치는 장면 또한 그 예이다.

두 사람의 관계는 결국 상호 파괴로 귀결된다. 두 사람의 갈등은 긴장 속에 서서히 심해지다가 알프스에서 결국 폭발하고 만다. 제럴드가 보기에 구드런은 그곳에서 마치 사면이 막히고 완결된 상자 속의 물건처럼 수정같이 단단하고 완고하게 자신만의 세계에 갇혀 충족감을 느낀다. 이러한 모습의 구드런이 제럴드에게 끼치는 영향은 치명적이다. 냉담하게 자기만족에 도취해 있는 구드런의 모습은 제럴드의 소외감과 고립감을 증폭시킨다. 이는 그가 더더욱 구드런에게 의존하지 않을 수 없게 만드는 악순환을 초래한다. 그는 급기야 구드런을 강간하기에 이르고, 이는 구드런의 강한 반발을 유발하면서 두 사람 간의 증오심은 극도로 커진다. 좌절감 속에 제럴드는 설산의 골짜기에서 생을 포기한다. 제럴드가 동사한 후에도 "그녀의 영혼은 꽁꽁 언 악마적인 아이러니를 벗어날 수 없었다"(535). 구드런은 자학적인 기쁨과 공포가 뒤섞인 뒤틀린 심리 상태에서 파괴되어가는 자신의 삶을 구경하면서 아무런 희망도 없이 무의미한 미래에 자신을 내맡겨 버린다.

파멸로 치닫는 제럴드와 달리 버킨은 해체와 파멸로 향하는 길에서 벗어날 수 있는 새로운 제3의 길, 자유의 길을 생각해낸다. 버킨에 따르면 현대 산업 문명사회에서 인간이 살아남는 길은 집단에 흡수되지 않고 홀로 인간임을 고수하는 것이다. 제럴드로 대표되는 산업계의 고용주가 기계적 제도를 도입했을 때 피고용인 집단은 그것의 효율성과 생산성에 현혹되어 기계적으로 그 시스템에 복무하는 경향을 보이는데, 이 과정에서 인간성은 상실된다. 이처럼 파괴적인 길로 내모는 집단의식에 대항할 수 있도록 "자유롭고 당당한 홀로임"(287)의 상태를 견지해야 한다는 것이 버킨의 생각이다. 버킨이 '홀로 있음'의 상태를 유지하려 하는 것은 이념이나 지배체제를 집단으로 강요하는 현대의 기계 문명사회에 저항하면서 한 '개인'으로서 개체성과 독립성을 지키기 위함이다. 이런 점에서 버킨이 말하는 '홀로 있음'은 자기 자신만을 내세우는 이기주의와는 다르다.

또 하나의 방편은 '홀로 있음'의 상태를 계속 견지하는 가운데 팽팽한 균형을 이루는 진정한 남녀관계를 맺는 것이다. 이는 "감각적으로 사랑하고 자신을 내어주면서도 당당하고 자유로운 홀로임의 상태를 절대로 포기하지 않는"(287), 즉 새로운 개성을 가진 자유로운 개인으로서 '개인적인 독립성'을 상실하지 않고 살아가는 것이다. 버킨이 바라는 남녀관계는 '둘이 하나가 되는 것'이 아니고 '분리된 상태에서의 상호 일치'이다. 그런데 이를 방해하는 것이 여성의 지배 의지와 소유욕이라고 버킨은 생각한다. 버킨이 연못에 반사되는 달빛을 깨뜨리려고 돌을 던지는 장면은 여성의 지배욕에 대한 그의 강한 반항심을 상징적으로 보여준다.

버킨은 기계에 저항하는 것과 같은 이유로 여자에게 굴복하지 않으려 한다. 결혼으로 일심동체가 된다는 종래의 결혼관은 위선과 억압을 내포하고 있다고 생각하기에 그는 그것에 반대한다. 그가 보기에 "재래식 사랑은 무서운 굴레이고 군대로의 징집"(223)과 같은 것이고 한 여자에게 항복하는 것은 하나의 도구로 축소되는 것으로서 기계에 의해 도구화되는 것과 매한가지이다. 축소는 해체와 마찬가지로 인간 본연의 총체적인 유기성과 창조성의 상실을 의미한다. 따라서 남녀가 하나로 합쳐서는 안 된다. 일상적인 자아가 아닌 "비인성적인 나"(161)가 되어 서로 섞이지 않고 "홀로임"을 유지한 채 두 개의 별처럼 함께 자유로운 "별들의 평형 관계"(164)를 이루는 것이 진정한 남녀관계라는 것이 버킨, 더 나아가 로렌스의 비전이다.

파멸을 피할 수 있는 비전으로서 평형을 이루는 남녀관계와 남자끼리의 우정을 믿었던 버킨에게 희망을 가져다준 인물은 어슐라이다. 처음

에는 거부반응을 보였지만 어슐라는 결국 "별들의 평형" 관계라는 버킨의
비전을 받아들이게 된다. 어슐라와의 유대관계는 사회에 절망하면서 '죽
음으로의 희구'에 빠졌던 버킨을 구원해준다. 그는 이후 현대 사회에 범
람하는 '해체의 강'을 헤엄쳐 나올 수 있다는 희망을 품게 된다.

어슐라는 정신주의와 관능성 사이에서 오락가락하던 버킨이 그 사이
에서 균형을 찾게 이끌어주기도 한다. 그 예로는 연못에서 데이지꽃이 춤
추듯 신비롭게 흘러 다니는 모습을 보고 자유로운 자연 유기체의 상태를
새롭게 인식하게 된 어슐라가 기존의 지식을 동원하여 데이지를 설명하려
는 버킨에게 반발하는 장면을 들 수 있다. 결국 두 사람은 데이지꽃을 미
지의 생명체로서 그냥 받아들여야 한다는 데 동의한다. 데이지를 기존의
고정된 지식을 동원하여 이해하거나 분석하려 하는 것은 생명체 그 자체
를 자칫 망각하게 하므로 그러지 말아야 한다는 것이다.

한편 어슐라 또한 버킨과의 상호작용으로 변화한다. 의지를 작동시켜
미지의 세계와 차단된 채 기계화된 삶을 산다는 것은 수치스럽고 불명예
스러운 일이라고 생각하기에 이른 것이다. 버킨과 어슐라는 결국 파멸과
해체의 길로 흘러가는 '암흑의 강'에서 벗어나 새로운 생명을 꽃피울 수
있는 길을 찾아 나서게 된다.

III. 켄 러셀의 영화: 선택과 집중의 창조적 각색

1. '사랑과 죽음' 주제로의 단순화

1969년 켄 러셀이 감독한 영화 <연애하는 여인들>은 로렌스 원작
소설의 정수를 제대로 표현했다고 보기는 어렵다. 원작에서 31개의 장은

일견 서로 관련이 없어 보이지만 실제로는 장면들의 병치를 통해 비교 대
조되면서 긴밀하게 의미망을 형성해 나간다. 이와는 달리 영화는 장면들
사이에 서로 연관성이 없어 보일 정도로 삽화적이고 단편적이다. 로렌스
가 원작에서 전달하고자 한 심오한 주제들이 저속화되고 단순화되었다는
사실 또한 부인하기 어렵다. 폭력적이고 병적인 격정으로 가득한 "고딕
성 판타지"Gothic sex fantasy로서 원전 정신에 용서받을 수 없는 폭력을 가
했다는 카엘Pauline Kael의 극단적인 혹평도 전혀 일리가 없다고 할 수만은
없다(Crump 32 재인용).

러셀 감독은 원작 『연애하는 여인들』의 여러 주제 중에서 '사랑과
죽음'의 주제만을 선택해서 이를 일반적인 차원으로 단순화한 다음 이 주
제에 집중한다. 더 구체적으로 말해보면 서로를 조화로운 합일에 이르게
하는 진정한 사랑, 그리고 죽음으로 귀결되고 마는 왜곡되고 뒤틀린 사랑
을 대비시키는 데 초점을 맞춘다. 그렇지만 로렌스가 나타내고자 한 심오
한 주제를 러셀이 이해하지 못한 것은 아닌 것으로 보인다. 이 각색작의
진정한 가치는 여기에서 시작한다.

물론 러셀의 영화는 주제나 인물의 형상화 면에서 원작의 심오한 깊
이에 한참 미치지 못한다. 가령 영화는 일반적인 차원에서의 '사랑과 죽
음'의 주제에만 집중하기 위해서, '임'의 차원에서 제럴드와 구드런의 상
호역학관계를 다루는 부분이나 그들이 서로에게서 동질성을 감지하는 장
면들을 생략한다. 영화에서는 제럴드가 기차 건널목 앞에서 말을 선로에
가까이 붙이고 무서워 날뛰는 말에 채찍질을 가하는 장면을 통해 그의 잔
인한 의지력 행사를 부각하기는 한다. 그러나 원작 소설에서처럼 자연 이
미지를 사용하여 말의 본능적인 생명력과 제럴드의 반생명적인 의지를 대
비시키지 않으므로, 제럴드의 '임'의 중요한 요소인 파괴적이고 기계적인

지배 의지가 제대로 부각되지 못한다. 제럴드는 죽은 동생에 대한 죄책감으로 그의 기억 속에 드리워진 죽음의 그림자 때문에 아버지의 죽음을 앞두고 공허감과 두려움에 시달리는데, 영화에서는 제럴드의 이러한 심리적 긴장감과 초조감이 충분히 부각되지 못한 채 사건 중심으로 너무 가볍고 빠르게 전개되기도 한다. 아버지의 죽음 후 제럴드의 심리적 공허감이 절박하게 그려지는 원작에서와는 달리 영화에서는 그의 혼란스러운 심리 상태가 전달되지 않은 채 단지 그가 고뇌의 표정을 띤 채 무덤의 흙을 잠깐 움켜쥐는 장면으로 간단하게 처리되는 데 그친다.

원작에서 제럴드는 하얀 피부와 차가운 빛줄기 같은 금발을 한 고독한 인물이지만, 영화에서의 제럴드는 목이 짧고 다부져 보이는 중년 신사의 모습이다. 올리버 리드Oliver Reed의 유연하지 못한 몸놀림과 초조한 눈빛 연기는 내면적으로 억눌린 채 살아가는 제럴드에 부합하는 면이 있다. 그렇지만 리드에게서는 음울한 눈빛 외의 제럴드의 다른 특징, 즉 겉으로는 자신감과 확신에 차 있으나 실제로는 감정적으로 불안정한 상태 속에서 자기 파괴적인 열정을 감추고 있는 면을 찾아보기 어렵다.

영화에서 인물의 '임'을 그려내기 어려운 이유는 원작에서와는 달리 작가의 개입을 통한 직접적인 서술이나 자유간접화법 등의 서술 방법을 구사할 수 없기 때문이다. 이는 영화라는 매체의 특성상 불가피한 면이기도 하다. 영화에서는 인물들의 복잡하고 미묘한 심리 상태를 서술할 수 없으므로 단지 제한적 관찰자의 시점에서 인물의 말이나 행동 및 표정을 화면에 담아낸다. 가령 영화 시작 부분에서 구드런이 제럴드를 처음 보았을 때 단지 구드런의 미묘한 표정만이 카메라에 잡히기 때문에 그녀가 제럴드의 '임'을 간파한다는 원작의 내용은 제대로 전달되지 못한다.

자유간접화법이 살려지지 않는 영화에서는 인물들 내면에서 펼쳐지는 심리적 긴장과 갈등 또한 그려지지 못한다. 가령 1장에서 허마이어니의 불안정한 심리나, 그녀의 불안해하는 심리 상태를 의식하면서도 외면해버리는 버킨의 죄책감과 혐오감이 뒤섞인 복합적인 심리 상태 등이 포착되지 않는다. 그 결과 갈등하는 두 인물 사이의 팽팽한 심리적 긴장이 잘 드러나지 않게 되고 그들은 단순히 애증이 교차하는 연인 사이로 보일 따름이다. 인물의 심리가 그려지지 않기 때문에 그 행위가 돌출적으로 보이게 된다. 허마이어니가 버킨을 공격하는 장면에 원작 소설 3장 「교실」 "Classroom"에서 버킨이 허마이어니에게 퍼붓는 말 "지긋지긋한 뼈를 부서뜨려야 한다"를 집어넣어 허마이어니의 공격 행위에 그럴듯한 동기를 부여하려 하지만, 그때까지 끊임없이 이어진 두 사람 사이의 내면적 갈등이 영화에서는 나타나지 않았기 때문에 설득력을 확보하지 못한다.

구드런과 제럴드의 행동 저변에 깔린 심리적 동기 또한 이해하기 어렵다. 가령 제럴드가 버킨에게 구드런에 대한 양가의 감정을 고백하는 장면과 구드런이 제럴드에게 자신을 사랑하느냐고 도전적으로 물어보는 장면 역시 너무 갑작스럽게 느껴진다. 내적 긴장과 갈등으로 인해 표출된 행위인데도, 그때까지 인물의 심리나 복합적인 동기 등이 잘 전달되지 않았기 때문에 관객들에게는 갑작스러운 행위로 보이는 것이다.

제럴드가 구드런의 목을 조르는 장면과 끝없이 걷다가 눈밭에 쓰러져 죽는 장면은 외적 행위만 보여주는 것으로 짤막하게 처리되어 그의 심리적 공황 상태를 잘 표현하지 못한다. 그러므로 그가 어떤 심리 상태에 처해 있는지 또한 왜 죽음에까지 이르러야 했는지를 관객은 제대로 이해하기 어렵다. 제럴드가 바람피우는 구드런과 뢰르케를 처벌한다는 차원에서 폭행을 가하고 단지 돌이킬 수 없는 실연에 대한 슬픔 때문에 죽는 것으로 보일 정도이다.

한편 러셀은 로렌스와는 달리 서구 산업사회의 문제를 거의 제기하지 않은 채 제럴드를 단순화하고 이와 함께 그의 부모 크리치 부부도 단순화한다. 아버지 토마스Thomas는 상냥한 노인에 불과해 보일 만큼 거의 존재감이 없는 인물로 축소된다. 크리치 부인 또한 복잡한 내면 심리로 인해 고통에 시달리는 인물로서의 진중한 무게를 갖지 못한다. 원작에서 크리치 부인은 긴장된 맹금류의 시선을 보내는 차갑고 도도한 인물로서, 신과 노동자들에게 봉사하려 한 남편에게 겉으로는 복종하나 실제 내면에서는 크게 반발하고 있다. 남편을 "노동자들의 고통을 먹고 사는 죽음의 새"(244)로 단정하면서 그에게 내적으로 격렬하게 반항하는 가운데 그녀는 소진된다. 영화에서는 크리치 부인이 구걸하러 오는 가난한 사람들에게 분노하는 이유가 밝혀지지 않은 채 개를 풀어 그들을 쫓아내는 모습만 나온다. 그래서 그녀는 단순히 불쌍한 거지를 동정하지 않는 심술궂은 노파로 보일 정도이다. 단지 영화는 이 장면에서 카메라 렌즈를 크리치 부인의 눈으로 대신하여 그녀의 무심함을 암묵적으로 보여줄 뿐이다.

원작을 대폭 단순화한 영화에서는 서아프리카 조각상을 둘러싼 버킨의 사색이나 인류가 나아가야 할 제3의 길을 모색하는 버킨의 모습 또한 그려지지 않는다. 타락한 영국의 모습을 대표하는 런던 예술가들의 부도덕성과 그들의 방종이 그려진 원작의 5, 6, 7장의 내용도 생략된다. 허마이어니의 정신주의가 부각되지 않은 채 러시아 발레를 추는 장면에서는 힘을 행사하기를 즐기는 자기중심적인 면만이 강조되기도 한다. 따라서 영화 속 허마이어니는 희화화되고 만다.

"별들의 평형"이라는 원작의 비전을 굳이 전달하려 하지 않은 영화에서는 재래식 '사랑'을 둘러싼 버킨과 어슐라의 갈등 또한 그려지지 않는다. 소설 14장 「물놀이」"Water-Party"에서는 어슐라 식의 '사랑'에 저항하는 버킨의 모습이나 그의 두 자아 사이의 갈등 양상이 부각되는데, 영화에서는 두 사람이 진한 사랑을 표출하는 모습만을 영상으로 보여줄 뿐이다. 「물놀이」 장에서 버킨은 육체적 합일을 이룬 후 곧장 청혼해줄 것을 바란 어슐라의 기대를 저버리고 며칠이 지나서야 청혼하러 간다. 어슐라 아버지의 위압적인 태도에 당황하고 어슐라의 청혼 거절에 화가 난 버킨은 제럴드를 찾아가 나체로 레슬링을 하자고 제안한다. 어슐라가 고집하는 재래식의 '사랑'을 수용할 수 없는 버킨은 제럴드와 함께 남자와 남자 간의 형제애를 나누고 싶어 한 것이다. 그러나 영화에서는 버킨이 추구하는 사랑이 자신이 원하는 사랑과 다름을 깨달은 어슐라가 그에 대해 비이성적인 증오를 느끼는 15장, 어슐라가 제공하는 사랑을 속박으로 간주한 버킨이 이를 받느니보다는 삶을 포기하는 쪽이 더 낫다고 생각하는 16장, 어슐라가 연못 위에 비친 달에 돌을 던지는 버킨의 모습을 보고 그의 태도가 일방적임을 비난하자 버킨이 어슐라에게 자기주장 의지를 포기하라고 말하는 19장이 생략된 채, 14장 「물놀이」 내용 이후 바로 이 레슬링 장면으로 이어진다. 그 결과 '사랑'을 둘러싸고 벌어지는 버킨과 어슐라 사이의 논쟁이 생략된다. 영화에서 레슬링 장면은 남녀 간의 재래식 '사랑'을 대체할 남성과 남성 간의 유대 모색이라는 심오한 의미를 띠지 못한 채, 익사 사건 후 두 남자가 죽음의 공포에서 오는 긴장을 완화하고 비극 후의 우울함을 떨쳐버리기 위해 몸을 뒤섞는 것으로 처리된다.

재래식의 '사랑'이 아닌 "별들의 평형"이라는 비전을 제시하려 한 원작에서는 버킨과 어슐라 사이의 입장차가 두 사람의 관계에 있어서 큰 걸림돌로 작용한다. 23장 「소풍」,"Excursion"에서 어슐라가 허마이어니에 대한 질투심을 내비친 것을 계기로 두 사람은 열띤 말다툼을 벌이는 가운데 사랑에 대해서 논쟁한다. 영화에서는 원작 속의 대화를 그대로 차용하고는 있으나 질투심을 훨씬 크게 부각한다. 버킨과 어슐라의 관계 진전에 있어 허마이어니가 큰 장애물로 설정된 것이다. '사랑'을 둘러싸고 버킨과 논쟁을 벌이는 고집이 세고 주관이 강한 어슐라의 모습에 초점을 두지 않기 때문에 어슐라 역의 제니 린던Jennie Linden은 버킨의 사랑관에 강력한 위협을 가할 만큼 개성이 뚜렷한 인물로 자리매김 되지 못한다.

"별들의 평형"이라는 비전을 제시하려는 의도가 없었기 때문에 러셀의 영화에서는 작가의 대변자로서 비전을 제시하는 소설 속 버킨의 모습이 살려지지 않는다. 소설에서 버킨은 현학적이고 자기 주관이 뚜렷하며 서구 근대문명의 문제점에 대한 깊은 고민으로 인해 약간은 우울한 모습을 보이는 내성적인 인물이다. 반면 그의 내면이 잘 그려지지 않은 영화 속 버킨에게서는 로렌스의 심오한 철학이나 비전을 대변할만한 깊이를 느끼기 어렵다. 버킨 역의 베이츠는 불안정하고 냉소적이면서도 다른 한편으로는 구드런 앞에 야생 소 떼가 나타난 위급한 상황에서도 장난을 칠만큼 활기가 넘치는 인물로 등장한다. 군인 출신의 제럴드와 알몸 레슬링을 할 때도 전혀 밀리지 않은 활달하고 건장한 모습이다. 베이츠는 버킨을 좀 더 인간의 차원에서 극적으로 공감 가는 인물로 그려낸다(Crump 29). 이는 영화에서 "별들의 평형"이라는 비전을 제시할 의도가 없었기 때문에 큰 무리가 없어 보이게 된다.

'사랑과 죽음'의 주제에 집중한 영화에서는 상호파괴적인 결말로 치닫는 구드런과 제럴드의 관계는 그런대로 잘 극화되었다. 그렇지만 서로 대립하는 관점으로 갈등하고 충돌하는 가운데 변증법적인 의견의 통합을 이루어 결국 새로운 길로 함께 나아가는 버킨과 어슐라의 관계 변화 양상과 그 과정은 제대로 극화되지 못한다. 그들의 관계는 사건 중심으로 빠르게 전개되고 관계의 진전 또한 신속하다.

2. 원작의 정수를 살린 창조적 미장센 및 교차편집

비록 원작에 나타난 심오한 주제를 온전히 살려내지는 못했으나 러셀 감독은 작가 로렌스가 의도한 바를 이해하고 있었다. 그렇게 볼 수 있는 이유로는 첫째, 소설의 배경을 이루는 말세의 분위기를 효과적으로 조성한 점을 들 수 있다. 원작에서는 1차 대전 이후 산업화가 가속화되는 가운데 인류의 파멸을 앞둔 듯한 분위기가 표현된다. 영화에서는 전쟁과의 연관성이 명시적으로 나타나지는 않지만 1차 대전 후의 정신적 공황 상태나 불안정한 심리 및 광적인 분위기는 잘 전달되고 있다. 크리치가의 결혼식장에서 돌발적으로 달음박질을 한 신랑과 신부가 얼마 지나지 않아 물에 빠져 죽는 장면은 전후 세대의 불안정성을 원작에서보다 더 잘 포착한 예라 할 수 있다. 원작에서는 신부가 아닌 다이아나Diana가 유람선 선실 지붕에서 춤추다가 물에 빠지고 그녀를 구하러 뛰어든 젊은 의사가 죽는다. 반면 영화에서는 결혼식장에서 불안정한 심리 상태를 보인 신부 로라Laura가 물에 빠져 죽는 것으로 변경한 것이다.

둘째 러셀의 작품은 구드런의 '임'을 제대로 그려냈다. 수소 떼 앞에서 구드런이 춤을 추면서 의지력의 힘겨루기를 하는 장면은 지배 욕구가 강한 그녀의 저돌적이고 왜곡된 모습을 잘 드러내고 있다. 수소 앞에서 무모하게 춤추던 구드런이 이를 말리는 제럴드의 얼굴을 손등으로 후려지는 것은 속박당하기보다는 지배하려는 의지가 강한 그녀가, 암말에게 잔인한 지배 의지를 행사했던 제럴드에게 반격을 가하는 의미를 함축한다. 제럴드의 비인간적이고 기계적인 맹목성을 목격한 구드런은 그에게 거부감을 느끼면서도 동시에 이끌리는데, 이때 그녀 내부에 자리 잡고 있던 지배욕이 일깨워진 것이다. 그녀의 지배 의지는 광부들이 사랑을 나누고 있는 다리 밑에서 제럴드와 키스를 할 때 그가 광부들의 주인이라는 사실에 흥분한다는 데서도 시사된 바 있다. 제럴드가 암말을 잔인하게 복종시켰듯이, 위압적이고 저돌적인 춤을 추며 수소 떼를 뒤로 물러서게 만드는 구드런의 행위는 지배 의지를 둘러싸고 구드런이 제럴드에게 느끼는 경쟁 의식의 격렬한 표출이라고 할 수 있다. 따라서 구드런의 춤은 행위를 하는 인물이 아닌 "행위로서의 인물"(Crump 32)을 나타낸다고 할 수 있을 정도로 그녀의 '임'을 잘 드러낸다. 그녀는 자신이 마지막에도 일격을 가하겠다면서 자기를 이렇게 행동하게 만든 사람은 바로 제럴드라고 말하는데 이 말을 들은 지 몇 분 후 그는 그녀에게 사랑을 고백한다. 이 장면은 제럴드가 구드런에게서 동질성을 발견하고 그녀와 숙명적으로 하나임을 감지한다는 사실을 암시한다. 이후 그녀는 제럴드와의 관계에서 상대방을 "지배하기 위한 치열한 경쟁"을 벌이며 거기에서 "흥분"(Crump 31)을 느끼는데 이 사실이 영화에서 잘 포착되어 있다.

러셀은 구드런의 '춤'을 통해 그녀와 제럴드가 맺은 관계의 성격을 원작보다 더 상징적으로 표현하기도 한다. 수소에게서 힘을 끌어내는 여자 마법사의 제스처를 보여준 구드런은 제럴드가 막아서자, 마치 그를 올가미에 엮으려는 듯한 신비스러운 동작으로 땅 위에 누워 뒹군다. 카메라는 그 모습을 마치 최면에 걸린 듯이 가까이 근접해 보여주다 뒤로 물러서며 잡아낸다(Zambrano 48). 이 미장센은 제럴드가 운명적으로 구드런에게 붙들려 꼼짝하지 못하게 된다는 사실을 효과적으로 함축한다.

러셀의 작품에서는 구드런의 '임'을 그려내기 위해서 원작에 없는 장면을 첨가하기도 한다. 구드런이 만든 제럴드의 조각상이 그 한 예이다. 이 조각상은 상대방을 "책 속의 인물처럼 혹은 그림 속의 대상처럼 완결된 하나의 창조물"(15)로 보는 구드런의 '임'을 상징적으로 잘 드러낸다. 원작에서 구드런의 '임'은 그녀가 제럴드의 '임'의 실체에 근접해가는 과정에서 밝혀진다. 제럴드를 처음 본 순간 구드런은 그녀의 호기심을 자극하고 채워줄 먹잇감을 발견했다는 사실에 흥분하며 환희를 느낀다. 냉정하고 도도한 그녀에게는 냉소적으로 방관하는 구경꾼의 면모와 함께 관찰하고 분석하면서 극한까지 파고들어 알아내고자 하는 '앎'에의 의지가 있기 때문이다. 냉정한 지성으로 가차 없이 파헤치는 구드런에 의해 제럴드는 "봉합되고 도장 찍히고 완결된다"(15). 이 작업의 결과가 조각상이라고 할 수 있다. 구드런이 조각상의 입에 조각칼을 꽂는 장면은 남자를 경멸하고 아이러니하게 대하는 그녀의 성향을 상징적으로 드러낸다(Crump 36). 영화 속 구드런은 여러 등장인물 중에서 원작의 동명 인물에 가장 근접하게 형상화되었다고 할 수 있다. 아이러니한 지성과 세련미를 갖춘 차갑고 신경이 날카로운 인물로 구드런을 연기한 글렌다 잭슨이 비중 있는 여러 상을 휩쓴 것은 이 사실에 기인한 바 크다.

영화에서 구드런의 '임'을 드러내기 위해 새로 첨가한 또 하나의 예는 그녀가 밤에 거리를 걷다가 주변에서 벌어지는 난잡한 성행위 모습에 묘하게 끌리는 장면이다. 이 장면은 구드런의 뒤틀린 성적 욕망을 암시하는데, 이 왜곡된 끌림은 나중에 그녀가 뢰르케와 공유하는 퇴폐적이고 왜곡된 감각 추구를 예고한다.

영화에서는 구드런이 수소 앞에서 무모할 만큼 저돌적으로 추는 춤뿐만 아니라, 여러 인물이 추는 춤을 통해 각 인물의 '임'을 드러내기도 한다. 검은 옷을 입은 허마이어니가 자신의 의지를 다른 사람들에게 강요하며 그들을 압도하기 위해서 안하무인 격으로 자아도취 되어 추는 춤, 그녀의 지배욕에 반발한 버킨이 분위기를 바꿔 그녀의 자아도취를 깨뜨리고자 장난치듯 추는 빠른 춤이 그 예이다. 여기에서 허마이어니의 춤은 구드런이 수소 앞에서 추는 춤과 그 기본 배경에서뿐 아니라 스타일 면에서도 유사하다(Greiff 101). 이 춤이 각 인물 속에 있는 "단 하나의 급진적으로 불변하는 요소", 즉 "개성으로부터 발산되는 불꽃"을 드러내는 "객관적 상관물"(Crump 33)이라는 지적은, 이 춤이 인물의 '임'을 드러낸다는 필자의 주장과 일맥상통한다.

감독이 원작을 잘 이해했음을 보여주는 세 번째 예는 원작에서 작품 전체를 통해 유기적으로 의미를 구축해가는 '물' 이미지를 영화 속에서 죽음과 연관시키면서 일관성 있게 그 의미망을 확대해간 점이다. 물놀이 때 제럴드와 구드런의 실루엣이 비치는 물은 두 사람을 에워싸고 있는 죽음의 그림자를 상징하면서 나중에 제럴드가 그 안에서 죽음을 맞게 되는 알프스의 치명적인 눈을 암시한다(Crump 36). '물'이 죽음과 연관됨은 버킨과 어슐라가 제럴드와 구드런과는 달리 물가에서 충분히 떨어진 안전한 곳에 자리 잡는다는 사실로 인해 더욱 부각된다. 신부 로라와 신랑의 시체를 반쯤 뒤덮은 것은 검은 진흙인데 이는 버킨이 보기에 근대문명을 완전히 삼켜버릴 "와해의 검은 강"을 암시한다(Crump 36). 질펀한 흙의 불길한 분위기는 제럴드가 아버지의 묘에서 흙을 주먹으로 움켜쥐는 장면으로 이어진다(Crump 36). 이와 함께 구드런이 제럴드의 조각상을 만들 때 그 원료는 진흙인데 이는 그가 "와해의 검은 강"을 구성하는 일부분임을 암시한다고 할 수 있다. 잿빛 석탄 가루로 물든 광부들의 얼굴과 몸은 그들이 이미 심리적으로는 근대 산업사회에 매장되어 죽은 것이나 다름없음을 상징한다(Crump 36).

넷째, 러셀 감독은 로렌스가 나타내고자 한바, 어슐라 식의 재래식 '사랑'이 버킨이 원하는 "함께 자유로움"의 상태가 아니라 죽음으로 이끈다는 사실 또한 이해하고 있었던 것으로 보인다. 그 예로 들 수 있는 것은 원작에 없지만 첨가된 다음의 몽타주이다. 익사해서 검은 흙 위에 뒤엉켜 있는 벌거벗은 연인, 사랑을 나눈 후 기진맥진한 상태로 누워 있는 버킨과 어슐라가 똑같이 뒤엉켜 포옹하는 자세를 취하고 있는 모습을 병치시켜 교차 편집한 것이다. 두 인물이 갈등을 빚는 것은 사랑을 통한 자아 포기를 원한 어슐라와는 달리 버킨은 함께 자유로운 "별들의 평형" 상태를 원하기 때문이다. 그런데 버킨이 어슐라를 향한 육체적 격정에 굴복했음을 보여주는 이 장면은 어슐라가 고집하는 '사랑'에 내재한 감정적인 소유욕이 마치 로라가 남편을 죽음으로 끌어들였듯이 버킨을 심리적 죽음으로 끌고 갈 수 있다는 작가 로렌스의 생각을 생생하게 극화한다(Crump 35).

그런데 사실 앞서 분석한 장면들과 그 안에 함축된 의미는 로렌스가 쓴 원작을 이미 심도 있게 이해한 관객이 아니라면 포착해내기가 힘들다. 영화에서 크리치 부인이 남편의 장례식 때 미친 사람처럼 낄낄 웃는 장면이 특히 그러하다. 이 장면은 그녀가 남편에게 표면적으로는 복종했으나 실제로는 분출되지 못한 채 내부에 쌓여 온 불만 때문에 미칠 지경에 다다랐음을 암시하려고 의도된 듯 보이지만 그 점이 잘 전달되지 못한다. 영화에서는 그녀의 내면세계, 즉 남편에의 반감을 억누른 채 살아가면서 갖게 된 무관심과 냉정함 그리고 광기가 제대로 전해지지 못하므로 그녀는 단지 정신 나간 기이한 인물로 비치게 된다. 이는 그만큼 주제 전달을 위해 이미지나 여러 서술 방법을 적재적소에 사용한 로렌스의 독특한 소설 세계를 영화에서 그려내기가 어려움을 보여주는 것이기도 하다.

러셀 감독은 로렌스의 소설을 영화화하기가 어려움을 깨달은 듯, 원작의 심오한 주제를 간혹 드러내기는 하지만, 대체적으로는 일반적인 애증 관계에 초점을 둔 '사랑과 죽음'이라는 주제에 맞춰 전개해 나간다. 원작과는 달리 '임'의 차원에서 벌어지는 제럴드와 구드런 사이의 갈등 및 제럴드가 비극적 죽음으로 내몰리는 숙명적이고 필연적인 과정을 추적하지 않는 것이다. 심지어 필요하다면 원작의 내용을 변경하기도 한다. 가령 강한 의지로 토끼를 제압한 제럴드를 보고 그의 '임'을 간파한 구드런이 악의적인 유대감을 느끼는 원작의 내용이 변형된다. 제럴드가 토끼의 목에 잔인하게 일격을 가하는 행위 대신 그냥 토끼의 부드러운 털을 어루만지는 모습을 담아냄으로써 그가 구드런의 성적 본능을 자극하는 것으로 처리하는 것이다.

'사랑과 죽음'의 주제는 제럴드 여동생의 결혼식이 교회 뜰에서 묘석을 배경으로 열리는 첫 장면부터 시각적 이미지를 통해 전달된다. 구드런이 묘지 석판 위에 드러누운 이 장면은 "그녀의 무의식적인 죽음과의 친연성"(Crump 34)을 상징한다. '사랑과 죽음'의 주제를 부각하기 위해 교차편집 또한 사용된다. 아버지의 죽음 이후 제럴드가 구드런과 섹스 중에 아버지의 장례식 장면을 떠올리는 것이 그 예이다.

영화에서는 버킨과 어슐라의 관계 또한 일반적인 차원에서의 '사랑과 죽음'이라는 주제에 맞춰 그려진다. 구드런과 제럴드의 관능적 격정과 대조되는 어슐라와 버킨 사이의 부드럽고 온전한 사랑의 방식에 주목하는 것이다. 원작 23장 「소풍」에서는 어슐라와 버킨이 "별들의 평형"에 이르기까지의 과정과 마침내 도달한 그 상태가 그려진다. 반면 영화에서는 두 사람이 물놀이 때 강렬하게 관능적 격정을 나누었던 과거와 대조되게도, 이제는 진정으로 서로를 받아들이는 부드럽고 온전한 사랑을 나누는 차원에 이르렀음을 영상으로 보여준다.

이 장면에 대해 카엘은 영화가 원작과는 달리 깊고 섬세한 인물 형상화를 하지 못하고 있다고 혹평한다(Crump 39 재인용). 그렇지만 이 장면이 만족스럽지 못한 이유는 로렌스 자신이 어슐라와 버킨 사이의 온전한 사랑을 충분히 설득력 있게 극화하지 못했기 때문이다. 인간의 일반적인 경험과는 동떨어진 "별들의 평형"에 이른 상태를 로렌스는 일반 사람들이 납득할 수 있게 구체적으로 실감 나게 보여주지 못한다. 원작에서 "별들의 평형"이라는 추상적인 관념의 상태를 나타내기 위해 로렌스가 사용한 "이집트의 파라오" 이미지가 함축하는 의미는 작가의 교조적인 목소리를 통한 요약적인 설명으로써 일방적으로 제시되는 데 그치는 것이다.

일반적인 차원에서의 '사랑과 죽음'으로 그 주제를 축소한 영화에서는 버킨과 허마이어니 관계의 경우에도 두 사람의 갈등을 유발하는 다른 여러 요인은 생략하고 자연스러운 성의 발현을 둘러싼 문제에 집중한다. 이를 위해 원작에 없는 장면을 첨가하기도 하는데, 정원에서의 모임 장면이 그 예이다. 무화과를 칼로 네 조각을 내서 교양 있게 쪼개 먹는 허마이어니와, 통째로 먹으면 자연스럽게 즙이 나온다고 말하면서 손으로 세게 움켜잡아 벌리는 버킨의 모습을 병치하면서 두 인물 사이의 미묘한 갈등 장면을 연출한다. 버킨은 무화과를 벌리면서 이를 여자의 음문에 비유한다.[29] 이 장면은 육체적으로 관계를 맺는 순간에도 정신적 의식의 지배를 받는 허마이어니를 못마땅하게 여긴 버킨이 성이란 자연스러운 본능의 발현이 되어야 함을 암시하는 것으로 해석할 수 있겠다. 이와 함께 자신의 견해에 동의를 구하는 듯 버킨이 어슐라를 바라보는 장면은 그녀가 허마이어니와는 달리 성에 대한 그의 생각을 공유해 줄 수 있는 인물임을 감지했음을 시사해준다. 이때 카메라를 수평으로 좌에서 우로 움직이는 팬pan을 통해 주위의 다른 사람들의 즐거운 표정과는 대조되는 어슐라의 수줍어하는 얼굴을 비추는 미장센을 통해 그녀가 버킨과 감정적인 유대를

---

29) 이때 버킨이 말하는 대사는 로렌스가 시 "무화과"Figs에서 무화과를 여성 신체의 특정 부위에 비유한 부분에서 따온 것이다. *Complete Poems* 282 참고.

느끼고 있음을 시사한다(Zambrano 47).

재래식의 '사랑'과 "별들의 평형"에 대한 논쟁을 통해 어슐라가 버킨이 원하는 사랑을 이해하게 되는 과정이 거의 다루어지지 않는 영화에서는, 마지막 장면 또한 원작의 그것과는 다르게 처리된다. 원작의 마지막 장면은 제럴드의 죽음 후 버킨이 그와의 사랑을 원했었다고 말하자 어슐라가 "그것은 고집이고 이론"이며 "비꼬인 성미"perversity라고 반박하는 내용을 담고 있다. 그녀는 자신과의 사랑 이외에 남자와 남자 간의 사랑을 원하는 버킨에 대해 일반적인 통념을 벗어난 이론을 고집 세게 굽히지 않는다는 의미로 "비꼬인 성미"라고 비난한다. 반면 영화에서 어슐라는 "성도착"perversion이라는 단어를 사용하여 버킨을 공격한다. 일반적인 애증의 차원만을 다루기 때문에 영화 속 어슐라에게는 버킨이 제럴드와의 관계를 원하는 것이 동성애, 즉 정상적인 애정 관계를 벗어난 "성도착"으로 받아들여지는 것이다.

원작의 심오한 주제들을 온전히 극화하지는 못했으나 영화는 일반적인 애증의 차원으로 단순화한 '사랑과 죽음'이라는 주제만큼은 효과적으로 표현해내는 성과를 거둔다. 이는 카메라의 효과적인 활용과 교차편집을 비롯한 적절한 편집, 미장센과 몽타주의 창조적 구사의 결과이다. 촬영을 맡은 빌리 윌리엄즈Billy Williams가 아카데미 촬영상 후보에 올랐을 정도로 이 영화의 촬영법은 뛰어나다. 구드런은 제럴드와 정사 후 육체적으로는 가까워졌으나 정신적으로는 멀리 떨어져 있는 것처럼 느끼는데, 영화에서는 이 상황이 시각적으로 생생하게 전달된다. 구드런을 클로즈업한 다음 롱쇼트로 멀리서 구드런과 제럴드를 보여주고 또다시 구드런을 클로즈업하여 구드런이 제럴드에게서 느끼는 거리감을 표현한 것이다. 이는 영화만이 보여줄 수 있는 묘미이다. 원작에서 이 대목이 "그렇게 멀리 떨어져서 다른 세계에 있었다. 구드런은 고통스러워 비명을 지를 뻔했다. ...
구드런은 들여다보이는 검은 물 저 밑에 놓인 한 점 조약돌을 바라보듯
제럴드를 지켜보고 있는 것 같았다'(390)라고 공간성과 공허감이 느껴지
는 언어로써 묘사된 것을 생각하면 이 장면의 촬영은 창의적이다.

영화는 부드러운 사랑을 나누는 어슐라-버킨 쌍과 격렬한 사랑을 나
누는 구드런-제럴드 쌍의 차이를 각기 다른 촬영법을 사용하여 대조하기
도 한다. 가령 어슐라와 버킨의 부드러운 러브신은 화면의 상하를 반전시
킨 후 느린 화면으로 재생하고, 사람을 죽일 듯이 내리누르는 구드런과
제럴드 간의 난폭한 러브신에서는 조명을 거칠게 하고, 살의가 느껴지는
제럴드의 얼굴과 함께 경악하며 두려움에 휩싸인 구드런의 얼굴을 클로즈
업한다. 두 쌍의 정사 장면을 서로 다른 스타일로 보여주는 일종의 교차
편집이다. 전자의 러브신 장면은 그들이 주변 현실 세계에서 벗어난 다른
차원에서 희열의 상태에 이르렀음을 암시해주는 효과를 거둔다. 후자의
러브신 장면은 그들의 사랑이 폭력적임을 강조한다. 이와 함께 제럴드가
장엄한 산을 뒤덮은 흰 눈 위에서 하나의 점으로 변해가는 모습은 카메라
의 이동 없이 한 쇼트를 장시간 촬영하는 롱테이크 기법으로 찍었다. 제
럴드가 앉아 모자와 장갑을 벗을 때 카메라는 뒤로 물러나 눈 위에 난 그
의 발자국을 비추다가 마지막에 점으로 변한 그의 시체를 보여준다. 마치
흑백 화면처럼 흰 눈과 검은 점이 강하게 대비된 이 비극적 장면의 미장
센은, 살아있는 육체가 생명 없는 눈의 한 요소로 변화해가는 과정을 인
상적으로 보여준다. 제럴드가 버킨의 형제애 제안을 받아들이지 않을 때
카메라에 포착된 거울에 비친 그들의 다양한 모습들은 그들 관계의 당혹
스러울 만큼 다면적인 성격을 시각적으로 표현한다(Crump 34).

마지막 장면 또한 효과적인 촬영법의 예로 들 수 있다. 여기에서 어

슐라는 제럴드와의 사랑을 원한 것은 "성도착"이라는 자신의 말에 "나는 그것을 믿지 않아"라면서 단도직입적으로 반박하는 버킨을 놀란 표정으로 올려다본다. 어슐라의 얼굴을 클로즈업한 채 화면이 정지되고 음악은 미친 듯이 빨라지는데, 긴박한 배경 음악은 '사랑'을 둘러싼 두 사람 사이의 입장차가 여전히 크다는 사실, 남성과 남성 간의 관계 모색이 앞으로도 계속될 절박한 과제임을 효과적으로 전달한다.

각 장면에 부합되는 다양한 배경 음악이 적재적소에 사용된 것도 영화가 거둔 성과이다. 이 영화의 시대적 배경인 1920년은 환멸과 변화의 시대였다. 러셀은 이 분위기를 전달하기 위해 1920년대의 유행곡인 "I'm Forever Blowing Bubbles"를 여러 장면의 배경 음악으로 택했다고 자서전 작가인 존 박스터John Baxter와의 인터뷰에서 밝히고 있다(Greiff 241). 이 음악은 정신없이 돌아가는 회전목마의 배경 음악을 연상시키면서 전후 시대의 하찮음과 공허감을 잘 나타낸다(Crump 33). 신랑이 신부 로라를 구하려 하지만 목을 강하게 휘감은 신부 탓에 함께 익사할 때 연주되는 "Oh You Beautiful Doll"은 신랄할 정도로 아이러니하다(Crump 34). 물놀이에서 물방울처럼 가벼운 구드런의 춤 동작은 어슐라가 부르는 "Pretty Bubbles"라는 노래와 잘 어울린다. 버킨과 어슐라가 말다툼을 한 후 재회하는 장면에서 배경에 흐르는 "See What a Flower I Found You"라는 밝고 부드러운 선율은 화해한 두 사람 사이의 분위기와 잘 부합된다. 이뿐 아니라 곧이어 합일에 도달한 버킨이 어슐라를 황금빛으로 빛나는 "꽃"으로 느끼는 상태를 효과적으로 전달한다.

대조 효과를 위해 시각적으로 눈에 띄게 색상을 대비시킨 것도 영화가 주는 묘미이다. 자매가 걸어가는 길이나 주민들의 행색은 탄광촌이라는 배경에 걸맞게 온통 칙칙하다. 반면에 어슐라와 구드런이 입은 화려한 원색의 의상은 그들을 둘러싼 주위 환경과의 이질감 및 두 자매의 도전적인 태도를 선명하게 부각한다. 이러한 색상 대비는 '새하얀' 얼굴의 제럴드와 그의 아버지인 토마스 크리치가 '새까만' 얼굴의 탄광촌 인부들 사이를 걷는 장면에서도 나타난다. 우중충한 탄광촌이라는 주변 환경과 확연하게 구별되는 탄광주라는 우월한 지위를 드러내기 위해 색상을 대비시킨 것이다. 어슐라와 버킨을 둘러싼 색깔은 보통 밝고 따뜻하나, 구드런과 제럴드의 경우에는 그것과 극단적으로 대조될 만큼 어둡다. 이로써 생명을 불어넣어 주는 부드러운 사랑과 죽음으로 치닫는 파괴적인 격정을 대비한다.

허마이어니의 의상 색상인 보라색과 검은색은 남을 배려할 줄 모르는 데다 활발한 사교성과 우울함이 교차하는 그녀의 불안정한 성격을 잘 나타낸다. 보라색의 옷을 걸치고 대화할 때 고개를 들어 눈을 내리까는 자세는 그녀의 우월감을 잘 나타내준다. 어슐라, 구드런과 함께 촌극을 공연할 때 허마이어니는 모든 것을 빨아들이는 듯한 검은색 옷을 걸치고 나오는데 이는 두 자매를 무시한 채 자신만의 세계에 몰입하는 그녀의 이기적인 모습을 효과적으로 전달해준다.

IV. 총평

러셀이 감독한 영화가 로렌스의 원작 소설을 성공적으로 영화화하지 못했다는 평가를 부인하기는 어렵다. 영화는 '사랑과 죽음'이라는 주제에만 집중하여 일반적인 애증의 차원을 주로 다루면서 원작의 많은 내용을 생략하고 단순화한다. 이에 따라 로렌스의 철학이 담긴 심오한 주제들이 생략되고 에로티시즘이 강조된 면이 있다. 로렌스의 작품 세계가 저속화되고 단순화되었다는 평가를 부정할 수만은 없는 것은 이 때문이다.

　원작에서는 사건의 전개보다는 인물의 '임'의 차원에서 일어나는 거대한 심리적 조류와 인물들 내면에서 벌어지는 긴장과 갈등의 드라마가 펼쳐진다. 로렌스는 이를 그려내기 위해 나름의 언어 및 문체, 자연 이미지 그리고 그때그때 필요한 서술 방법 등을 자유자재로 구사한다. 반면 영화에서는 장르의 특성상 동소체의 관계를 함축하는 자연 이미지나 자유 간접화법 등의 로렌스 나름의 독특한 서술 방법을 살려내기가 어렵다. 그렇기에 러셀 감독이 일반적인 차원에서의 '사랑과 죽음'의 주제로 범위를 축소해서 이에 집중한다고 변호해줄 수 있겠다. 영화에서는 원작에서 중요하게 다루어진 극적 장면들이 단지 멜로드라마처럼 처리되기도 한다. 인물의 '임'을 드러내는 여러 장면이나 "별들의 평형"이라는 비전을 둘러싼 버킨과 어슐라 사이의 갈등 장면들이 그러하다.

　그렇지만 러셀 감독이 로렌스의 작품 세계를 이해하고 있었음은 앞서 확인한 바이다. 러셀은 로렌스의 원작에 비해 범위와 깊이를 축소한 '사랑과 죽음'의 주제를 통해 그가 이해한 바대로 원작의 정수를 어느 정도 살려냈다. 이와 함께 그는 영화에서 가능한 여러 기법, 즉 효과적인 카메라 활용, 배경 음악 그리고 색상 대비의 미장센이나 적절한 교차편집의 몽타주를 통해 상징적인 의미를 함축하기도 하고 주제를 압축적으로 전달하는 창조적 역량을 보여준다. 로렌스의 작품 세계를 나름대로 재해석해서 영상화해낸 점에서 러셀의 영화는 하나의 독자적인 예술작품으로서의 가치를 지니고 있다고 하겠다.

『귀향』

The Return of the Native

I. 작가와 작품 소개

토마스 하디Thomas Hardy는 1840년 도체스터Dorchster 근방에서 석공인 아버지와 독서를 좋아하는 어머니 사이에서 태어났다. 그는 고전 작품을 탐독할 정도로 독서를 즐겼고 글쓰기를 좋아했다. 건축업자로 자수성가한 아버지의 뒤를 이어 건축사무소에서 견습을 마친 하디는 중세 고딕양식을 부활시킨 건축사 밑에서 일하며 교회 재건 사업에 참여하기도 했다. 점차 전통적 종교를 포기하게 된 하디는 목사가 되기 위한 대학 진학의 꿈을 버리고, 1865년부터는 시를 쓰기 시작했다. 하지만 시를 통해서는 생계를 이어나가기가 어렵다는 생각에 소설을 쓰기로 한다. 1874년 『광란의 무리를 멀리 떠나』Far From the Madding Crowd의 성공 이후 하디는 전업 작가의 길에 들어서고 1878년 『귀향』을 출판했다.

하디의 소설은 목가적인 농촌 이야기나 낭만적인 사랑 이야기도, 추상적이고 형이상학적인 운명과 인간 사이의 대립에 관한 이야기도 아니다. 그의 소설은 비극적이고 운명론적 색채를 띠기는 하지만 운명론적 비관론으로 가득 차 있지 않다. 하디는 자신이 불합리한 사회제도나 관습을 고쳐나가 비극적 상황과 사회를 점진적으로 개선할 수 있다고 믿는 사회개량론자로 평가받기를 원했다.

하디는 『귀향』에서 비극적 운명론이나 운명에의 저항 그리고 비극을 초래하는 성격적 결함 문제를 다루면서 고전 비극에 버금가는 소설을 써보려 했다. 하디는 목가적 전원소설이나 사회풍자 소설인 이전 소설에서와는 달리 삶의 근원적인 문제에 천착하여 얻게 된 그의 비극적 비전을 고전 비극의 형식 속에 담아내려 했다. 『귀향』 이후에 쓴 『캐스터브릿지의 읍장』The Mayor of Casterbridge(1886), 『더버빌가의 테스』Tess of the d'Urbervilles(1891), 『무명의 주드』Jude the Obscure(1895)에서 그는 비극적 비전을 잘 담아낼 수 있는 작품 형식을 실험한다. 『귀향』이 하디 소설의 발전사에서 중요한 전환점에 해당하는 이유는 여기에 있다.

『귀향』에서 하디는 엑돈 히스Egdon Heath를 작중인물의 운명을 좌우하는 거대한 존재로서 의인화한다거나, 고전의 인유를 축적함으로써 고전 비극적인 분위기와 배경을 환기하려 한다. 하디는 엑돈 히스를 운명을 주관하는 거대하고 장중하며 영원불멸한 존재로 의인화하여 인간의 세계 이상으로 거대한 세계로서 형상화한다. 그럼으로써 로렌스D. H. Lawrence가

예리하게 지적하듯이 개인과 사회 사이의 상투화된 갈등을 넘어 "삶 자체의 광대하고 탐험되지 않은 도덕률"이나 "자연의 부도덕성"을 탐구한다.

비록 원숙한 성취에 다다르지는 못했다 할지라도 엑돈 히스를 통해 인간 세계 이상의 거대한 세계를 탐험하고, 엑돈을 바라보는 인물의 반응 및 태도를 통해 그 인물의 내적인 욕구 및 성격적 결함 등을 함축적으로 드러낸 데 『귀향』의 위대성이 있다. 로렌스가 지적하듯이 하디의 비극적 인식은 배경인 엑돈 히스에서 비롯된다. 『귀향』이 완벽한 예술적 성취를 거두고 있다고 보기는 어렵지만 독특한 매력으로 읽는 이의 뇌리에 쉽게 사라지지 않는 강한 인상을 남기는 것은 이 때문이다.

명작으로 꼽히는 소설 중에서 하디의 『귀향』만큼 영화로 제작하려는 시도가 적었던 작품도 드물다. 『귀향』은 여러 번 무대용으로 각색된 적은 있으나 정식 영화로 만들어진 바가 없고 1994년에 텔레비전 드라마로 한 차례 제작되었다. 이는 이 소설이 예술적 원숙함에 도달하지 못했기 때문이기도 하지만 그보다는 영화화되기 어려운 특성이 있다는 방증이기도 하다. 각색작품 <귀향>은 로버트 렌스키Robert W. Lenski에 의해 텔레비전 드라마로 시나리오가 완성되고, <제10의 사나이>The Tenth Man(1988)와 <소비보 탈출>Escape from Sobibor(1987) 등 다양한 영화를 감독한 잭 골드Jack Gold에 의해 1994년 제작되었다. 이 작품은 뛰어난 음향효과와 녹음 기술 그리고 음악으로 1995년 골든 글로브Golden Globe TV 미니시리즈 상과 에미Emmy상 후보에 올랐다. 하지만 우리나라에서 이 드라마는 소개되지 않았다. 주인공 유스테이시어Eustacia 역은 당시에는 잘 알려지지 않았던 이국적인 외모의 캐서린 제타존스Catherine Zeta-Jones, 와일디브Wildeve 역은 클리브 오웬Clive Owen, 클림Clym 역은 레이 스티븐슨Ray Stevenson이 맡았다. 클림의 어머니인 요브라잇 부인Mrs. Yeobright 역은 감독 리차드 올리비에Richard Olivier의 친어머니인 존 프라우라이트Joan Plowright, 벤Venn 역은 스티븐 매킨토쉬Steven Mackintosh, 토마신Tomasin 역은 클래어 스키너Claire Skinner가 맡았다. 이 영화 이후 스타덤에 오른 캐서린 제타존스는 이후 <조로의 마스크>The Mask of Zorro(1998)와 <시카고>Chicago(2002)에 출연해서 2003년 <시카고>로 아카데미 여우조연상을 받았다. 클리브 오웬은 <킹 아더>King Arthur(2004), <디레일드>Derailed(2006)에서 열연한 바 있다.

2010년에 이 소설은 비디오로 만들어져 출시되기도 했다. 벤 웨스트브룩Ben Westbrook이 감독했고 대공황 시대의 애팔라치아를 배경으로 한 이 각색작은 대략적인 줄거리는 원작에서 차용하되 시간적, 공간적 배경을 바꿨다.

II. 원작: 고전 비극의 형식과 엑돈 히스의 상징적 의미

『귀향』에는 하디의 초기 소설이나 그 이전 소설과는 다른 특징이 있다. 하디는 이 소설에서 나름의 비극적 인식을 특유의 서술 방법을 통해 고전 비극의 형식 속에 담아내려 했다. 하디가 『귀향』을 집필할 때부터 이를 의도한 것은 아니었다. 『귀향』은 원래 "격정과 죄에 관한 시골풍 멜로드라마"30)로 의도되었다. 하디는 처음 유스테이시어를 마녀에 가까운 보조 인물로 설정하였으나 저술 도중 운명에 저항하는 그녀에게 흥미를 느껴 16장까지를 완성한 이후 소설의 내용을 새로 쓰기 시작했다고 한다.

---

30) Thomas Hardy, *The Return of the Native* 1878; rpt. (New York: Norton, 1969). 335. 이후 인용은 이 책에 따르며 면수만 표기한다.

그런데 유스테이시어라는 인물이 새로운 각도에서 형상화되면서 『귀향』은 원래의 의도와는 다른 방향으로 쓰이게 된다. 사회의 규범이나 법규를 넘어선 삶 본연의 차원을 배경으로 하여 운명을 포함한 존재의 문제가 본격적으로 다루어지게 된 것이다.

소설 『귀향』에서 도입된 고전 비극 형식은 5막 구성과 시간, 장소, 그리고 행위의 삼일치 법칙이다. 소설 속의 사건은 1년과 하루라는 시간 동안에, 엑돈 히스라는 통일된 공간적 배경 안에서 벌어진다. 그런데 히스가 무성한 황량한 들판인 엑돈 히스는 일반 소설에서의 단순한 공간적 배경에 머무르지 않는다. 그곳은 저항할 수 없는 엄청난 힘으로 인간 운명을 주관하는 거대한 존재로 의인화되어 고독하고 숙명론적인 분위기를 짙게 드리우면서 고전 비극의 분위기를 조성한다. "폭풍은 연인이고 바람은 벗"이며 "문명은 적"(이상 4)인 엑돈은 문명 이전의 세계, 즉 원초적인 자연의 상태를 나타낸다. 시간이나 문명의 영향에 길들여지지 않은 태고의 모습을 그대로 간직한 채 자연적인 본능으로 꿈틀거리고 있다는 묘사는 엑돈이 역동적인 생명체로서 거대한 자연 세계 그 자체를 상징하고 있음을 함축한다.

인간 사회보다 더 넓은 차원인 우주 및 자연을 나타내는 엑돈 히스는 비극적이고 한정적인 분위기를 풍긴다. 이러한 외면 분위기가 가장 분명하게 나타나는 때는 바로 제1장의 시간적 배경이 되는 시점인 11월, 그중에서도 황혼으로 물든 무렵이다. 이때 "이 거대한 형체"는 비극이 일어날 가능성을 강하게 암시하면서 "방심하지 않고 골몰히 살피려는 조심스러움"으로 가득 차, "마지막 하나의 위기, 즉 최후의 전복만을 기다리고" (이상 3) 있는 듯이 보인다. 엑돈의 불길한 존재가 모든 것을 지배하는 듯한 무거운 분위기는 장엄하게 그리고 곰곰이 생각하듯 느리게 서술하는 방식을 통해 효과적으로 전달된다.

원작 제1부 1장에서 엑돈의 모습은 하디의 탁월한 표현과 섬세한 묘사로 놀랄 만큼 거대하고 웅장하게 형상화된다. 엑돈 히스를 묘사할 때 하디는 회화에서 사용될 법한 원근법을 사용하여 멀리서 바라본 전체의 풍경에서부터 시작해 마치 카메라의 줌을 당기듯 서서히 접근하여 하나의 사물에 초점을 맞춘다. 2장에서는 관찰자적 관점으로 거대한 엑돈에서 시선을 자연스럽게 좁혀 들어가며 인간을 하나의 "움직이는 점"으로 포착한다. 이로써 거대한 자연 속에서 인간이란 하나의 작은 점에 불과함을 나타냄과 동시에 인간사의 이야기를 도입한다. 거대한 자연을 배경으로 하여 사소한 인간사가 펼쳐짐을 상징적으로 함축한 것이다.

엑돈 히스는 중심인물이라 할 수 있을 만큼 중요한 자리를 점하면서 작중인물의 운명을 좌우한다. 음습하고 음울한 분위기를 풍기며 꾸물꾸물 움직이는 하나의 생명체와도 같은 그곳에서 벌어지는 사건은 우연도 단순하게 우연히 일어난 것이 아니라 거부할 수 없는 운명의 힘에 따른 것으로 보인다. 그곳이 인물들과 사건의 흐름에 관여해 끼치는 영향력은 지대하다. 특히 유스테이시어에게 그러하다. 기분 나쁜 기운이 산재한 그곳은 끈적이듯 요동치면서 유스테이시어를 파국으로 몰아가고 결국은 그녀를 송두리째 삼켜버리는 듯하다.

주요 인물인 유스테이시어와 클림은 비극적 운명을 상징하는 듯한 엑돈 히스에 대해 나름의 감정을 품고 있다. 그들이 엑돈 히스에 보이는 태도는 그들이 맞게 되는 비극의 원인이 된 삶이나 운명에 대한 관점 및 심리 상태 그리고 성격적 결함을 가늠하는 잣대가 된다. 이 점에서 엑돈 히스는 중요한 역할을 한다고 할 수 있다. 특히 엑돈 히스와 가장 밀접한 관계를 맺고 있는 인물인 유스테이시어의 경우에 그러하다. 그녀의 비극적이고 우울한 외적 분위기는 엑돈 히스의 어둡고 암울한 색조와 완벽하게 조화되면서 하나의 융합된 전체를 이룬다(9). 엑돈 히스는 유스테이시어로 인해 비로소 조화를 이룬 듯이 보일 만큼 그녀의 외양은 엑돈 히스의 유기적인 한 부분이다. 그렇지만 유스테이시어는 비극적인 분위기의 엑돈이 자신의 비극적 운명을 준비하고 있다고 단정하면서 이에 반항한다. 특히 엑돈 히스가 우울하고 한정적인 분위기로 휩싸이는 겨울에 그녀는 더욱 그곳을 미워한다. 그녀 생각에 엑돈 히스는 "나의 수난이자 모욕이고 죽음을 초래하게 될 것이었다"(69). 그녀는 "자신을 잔인하게 부려 먹는 존재"(147)인 엑돈 히스가 자신에게 떠맡기려는 운명을 그대로 받아들이기를 거부한다.

그렇지만 유스테이시어는 엑돈 히스의 진정한 산물이다. 그녀의 내면에 본능적 열정이 강하게 자리 잡고 있듯이, 억압적이고 한정적인 분위기를 발산하는 엑돈 히스도 그 내면으로는 시간이나 문명의 영향에 길들여지지 않은 채 태고의 모습을 그대로 간직하고 있기 때문이다. 그런데 유스테이시어는 엑돈의 실재를 제대로 파악하지 못한 채 바깥 분위기만을 느끼는 데 그친다. 유스테이시어가 사회의 규범이나 규정에 대립하는 자연스러운 삶의 상징으로서 엑돈 히스의 본모습을 간파해내지 못한다는 사실은 그녀가 사회적 가치 기준과 윤리에서 자유로운 듯이 보이지만 실상은 거기에 얽매여 있음을 의미한다.

유스테이시어의 이러한 태도는 자신의 내적 문제점을 어렴풋이 알고 있으면서도 이에 대한 인식을 회피하고 책임을 운명에 전가해 버리려는 심리와도 깊은 연관성을 맺고 있다. 유스테이시어의 사랑이 금방 사라져 버리는 것은 그녀가 추구하는 사랑의 본질, 즉 실현 가능한 사랑의 대상을 찾고자 한 것이 아니라 열정적인 사랑 자체를 동경한다는 점에서 그 원인을 찾을 수 있는 데도 그녀는 그것을 운명의 탓으로 돌려버리는 것이다. 그녀는 외형상 운명에 도전하는 태도를 보이지만 실상은 비관적 운명론에 젖어 있다. 이러한 비관적인 태도는 그녀가 표면상 견지하는 운명에 도전하는 적극적인 자세와 상반된다. 그녀에게는 이율배반적으로 보이는 한계성이 내재해 있다.

클림의 경우에도 그가 엑돈 히스를 바라보는 관점은 그의 심리 상태와 삶에 대한 태도를 반영하는 지렛대로 작용한다. 이는 그가 비극을 맞게 된 원인을 함축적으로 드러내 준다. 클림은 엑돈에서 편안함을 느끼고 있는 것 같지만 실제 정신적으로는 유리되어 있다. 처음 교육 사업을 계획할 때 클림이 엑돈 히스 앞에서 우월감을 느끼는 것이 그 반증이다. 클림은 개간되지 않은 엑돈 히스를 보고 야만적인 즐거움을 느끼기도 한다. 이는 개간하려는 인간의 시도를 무화하는 히스에 대해 그가 만족하고 있음을 상징적으로 보여준다. 클림은 정신적으로는 교육 사업이 엑돈 사람들에게 도움이 되리라 생각하나 실제 마음속 깊은 곳에서는 그것이 잘될 것인지에 대해 비관적이다. 이미 그에게는 패배주의적으로 체념하는 면이 있는 것이다. 주위 환경이 여의치 않게 되자 그의 문제점인 본능과 정신 사이에서의 불균형이 심해지면서 클림은 엑돈으로부터 소외감을 느낀다. 자신이 받는 큰 고통에도 불구하고 무감각하고 태연해 보이는 엑돈 히스 앞에서 클림은 보잘것없는 존재가 되어 버린다.

클림의 자기 소외가 시작된 것은 유스테이시어와의 결혼을 결정한 후 그녀가 사랑하는 대상은 그 자신이기보다는 낭만적 환상 속의 인물임을 깨닫고 자신이 처한 곤경을 절박하게 깨닫게 되었을 때이다. 이제까지 클림은 유스테이시어의 실체를 애써 외면한 채 자신이 원하는 바대로 그녀를 짜 맞출 수 있다고 생각했다. 정신의 힘으로써 본능이나 직관으로 감지한 진실을 도외시한 것이다. 그때 그는 왕궁과도 같은 마음으로 우월감을 느끼면서 히스를 내려다볼 수 있었다. 그러나 이제 클림은 히스가 "동등한 위치에서 자신을 짓누름"(164)을 느낀다. 그곳은 그에게 태양 아래 있는 모든 생명체는 아무리 보잘것없는 것이라도 동등하고 그들 사이에는 어떠한 우월성도 없음을 느끼게 한다.

클림이 겪는 내적 불균형으로 인한 엑돈 히스로부터의 소외감 및 거리감은 결혼 문제로 어머니와 결별한 후 표면화된다. 히스 위를 걷는 클림의 눈에 보이는 너도밤나무는 6월인데도 폭풍우로 인해 심하게 상처를 입어 수족이 절단되고 불구가 된 피폐한 모습이다. 클림이 보기에 그들은 마음의 상처를 입고 있다. 어머니와 결별하면서 내적으로 균열된 클림의 심적 아픔이 나무의 흐느낌으로 전이된 것이다. 그런데도 엑돈 히스 위의 가시금작화와 히더는 자신의 고통에는 아랑곳하지 않은 채 초연한 모습을 띠고 있다고 클림은 생각한다. 히스로부터 거리감을 느끼는 것이다.

'정신'을 '왕궁'으로 삼았던 클림은 시력을 상실하게 되자 '정신없이' 엑돈 히스에 몰입한다. 균형감각을 완전히 상실한 그는 하나의 인간으로서의 개별성 및 개체성을 잃는다(Gregor 102). 그는 가시금작화를 베는 일을 하면서 자신을 지워버리고 몸을 내맡김으로써 히스로부터 분리될 수 없는 상태가 된다. 곤충들은 그가 인간이라는 사실을 의식하지 않고 함께 어울릴 정도로 그를 전혀 두려워하지 않는다. 흡사 곤충이나 기생충으로 보일 정도로 자연의 미소한 것들과 하나가 된 그는 한 개의 갈색 점에 불과하게 된다.

클림의 내적 불균형은 어머니의 죽음 후 더 심해지고 이와 함께 엑돈 히스로부터의 소외 또한 깊어진다. 어머니가 황야에서 죽은 후 클림은 모든 것을 자기 탓으로 돌리며 과도하게 슬퍼하는데 이는 유스테이시어가 진상을 밝힐 엄두를 내지 못하게 한다. 클림은 이 일이 유스테이시어에게 가져올 여파를 무시해버리는 이기주의를 보인다. 유스테이시어가 문을 열어주지 않았다는 사실을 알게 된 클림은 그녀를 살인자로 간주하며 크게 분노한다. 이때 클림의 눈에 비친 엑돈 히스는 자신을 전혀 동정하지 않은 채 꿰뚫어 볼 수 없는 "거대한 무감각성"(252)을 견지한 채 차갑게 대할 따름이다. 클림이 보기에 자신의 고통과는 전혀 무관하게 무감각하고 태연한 태도를 보이는 엑돈 히스로 인해 그는 보잘것없고 무가치한 존재로 격하된다. 엑돈 히스를 이처럼 바라보는 클림의 관점은 자신이 처한 상황을 적극적으로 타개하려고 용감하게 맞선다기보다는 수동적으로 굴복해버리는 그의 태도를 상징적으로 보여준다.

엑돈 히스와의 관계를 통해 드러나듯이 클림은 내적 불균형으로 인해 자신으로부터 그리고 어머니와 아내 유스테이시어로부터도 소외된다. 그 결과 어머니와 아내의 죽음 그리고 더 나아가서는 자신의 비극을 초래하게 된다. 이처럼 엑돈 히스는 중심인물인 유스테이시어나 클림이 맞는 비극의 원인이 되는 그들의 심적 상태 및 갈등 그리고 성격적 결함을 반영해주는 지렛대 역할을 한다.

엑돈 히스와 밀접한 관련성이 있는 유스테이시어는 고전 비극의 주인공에 버금가는 위상을 부여받는다. 유스테이시어는 엑돈을 배경으로 처음 등장할 때부터 그리스 신전의 이미지와 연관되는 가운데 신화의 인물처럼 묘사된다. 다른 인물들보다 훨씬 웅대한 차원의 인물로 설정된 것이다. 이와 함께 하디는 과장법과 시적인 영탄 그리고 고전의 인유나 장황한 수사법을 사용하여 유스테이시어를 비극적인 위엄이 있는 인물로 만들고자 한다(Evans 251-59). 그녀의 외면 묘사로 시작하는 제1권 7장이 그 예이다. 이 장에서 유스테이시어는 그리스 신화의 여신 및 전설적인 인물과 연관되며 그들의 인유를 통해 신의 광휘를 부여받는다. 그녀는 기독교 문명의 압력을 받지 않았기 때문에 타고난 열정을 그대로 간직할 수 있었던 그리스 신화 속의 여신처럼 관능적이다. 그녀의 관능성은 밤의 신비를 간직하고 있는 이교도적인 눈, 탄탄한 체격, 부드러운 살결, 육감적인 입술, 그리고 부드러운 새까만 머리카락 등을 통해 전달되다가 "불꽃처럼 타오르는 영혼"이라는 표현을 통해 극단적으로 강조된다. 유스테이시어는 야성적인 욕구를 강하게 느끼는 여인으로서 오만하고 반항하는 기질이 강하다. 그녀의 내면은 자신을 억압하는 상황을 뚫고 나오려는 욕구로 가득 차 있다. 엑돈 히스의 꼭대기 레인바로Rainbarrow 위에 우뚝 서 있는 모습으로 등장한 그녀는 마치 주위의 경치를 지배하는 여왕이나 천체 위에 존재하는 신과 같은 모습이다. 동시에 그녀는 길들일 수 없는 이쉬마엘과 같은 존재인 엑돈 히스의 신비한 정령이며 여사제처럼 보인다. 엑돈의 암울한 환경에서 오는 절망감으로 인해 무시무시한 위엄을 획득한 그녀는 장엄하고 숭고한 배경을 바탕으로 고전 비극의 주인공과 흡사한 인물로 그려지는 것이다. 고전 비극의 주인공이 사악함이나 타락 때문이 아니라, 오만함이나 지나친 자신감 및 자존심 같은 비극적 결함 때문에 불행해진다고 할 때, 보통 사람보다 더 열정적이고 반항적 기질을 갖고 있으며 자기주장이 강한 유스테이시어는 고전 비극의 주인공으로서의 면모에 부합한다.

유스테이시어를 고전 비극 속의 인물로 형상화하려는 시도는 그녀의 비극적 죽음을 둘러싼 부분에서 다시 가해진다. 제1권 1장 엑돈 히스의 묘사에서 나타난 거대한 자연 및 우주적 조망은 운명에 의한 비극으로 의도된 듯한 제5권 7장 유스테이시어의 죽음에서 절정에 이른다고 할 수 있다. 여기에서 하디는 유스테이시어에게 고전 비극의 주인공다운 숭고함이나 위엄을 부여하려고 한 듯하다. 결혼 맹세를 깬 채 와일디브의 정부가 되는 혼외의 비천한 결합은 할 수 없다고 생각할 만큼 자존심이 센 그녀는 와일디브의 경제적인 도움 없이 혼자서는 버드무스Budmouth로 갈 수 없다는 사실에 절망한다. 더는 살아갈 의미가 없다고 느끼면서 유스테이시어는 자기 삶을 개선해보려는 시도가 결국 방향을 제대로 찾지 못했음을 비통한 심정으로 한탄하며 이러한 대우를 받게 된 운명을 원망한다.

> "떠날 수 있을까? 떠날 수 있을까?" 그녀는 비통해하였다. "그 사람은 나를 맡길 만한 대단한 인물이 아닌데ㅡ그는 내 욕망을 채워 줄 수 없어! ... 그 사람 때문에 결혼 서약을 깨뜨리다니. 그건 너무 볼품없는 사치야! ... 그런데 혼자서 갈 돈도 없어! 갈 수 있다고 해도 무슨 위안이 되겠어? 올해처럼 내년에도 이렇게 지루하게 살아야 하고 그다음 해도 마찬가지일 텐데. 그렇게도 멋진 여자가 되려 했건만 운명은 얼마나 나에게 가혹했던가! ... 내가 이런 운명을 겪는다는 것은 당치 않아!" 그녀는 격렬한 반항의 광기로 울부짖었다. "오, 이렇게 잘못된 세상에 보내진 것은 얼마나 잔인한가! 난 많은 일을 할 수 있었는데, 내가 어찌해 볼 수 없는 것들에 의해, 다치고 꺾이고 짓밟히다니! 하늘에 아무 해도 끼친 일을 하지 않은 내게, 하늘이 이런 고통을 주다니 너무 가혹하지 않은가!" (275-76)

유스테이시어는 자신의 욕망이 꺾이고 삶을 개선해보려는 시도가 방향을 제대로 찾지 못한 사실을 한탄한다. 이때 폭우 속 칠흑같이 어두운 하늘을 향한 그녀의 울부짖음은 황야의 폭풍우 속에서 절규하는 리어 왕King Lear의 모습을 연상시킨다. 이는 그녀의 좌절감을 극대화해서 보여주고 비극적 강렬함을 부각하는 효과를 거둔다. 비관적인 절망감으로 가득한 마지막 독백과 함께 무대에서 사라진 후 그녀는 시체로 발견되는데 그녀의 죽음의 원인은 불분명하게 처리되지만 고결하게 스스로 목숨을 끊었다고 볼 수 있는 소지가 많다. 그녀의 죽음은 주변의 억압적인 상황에 굴복한 것이기보다는 자신의 욕구에 대한 주위 세계의 냉담을 향한 절박한 저항의 표현이라고 할 수 있다. 그녀의 죽음이 고결하게 처리됨으로써 운명에 항거하고자 했던 낭만적 영웅이 운명의 힘 앞에서 안타깝게도 쓰러지고 말았다는 고전 비극의 틀이 갖춰진다. 죽은 그녀의 모습이 위엄을 풍긴다는 묘사는 비장미를 불러일으킨다. 주위의 잔인한 방해로 영혼의 날개가 부러져버린 유스테이시어를 곁에서 본 사람이라면 그녀를 동정하지 않을 수 없을 것이라는 서술자의 언급은 고전 비극에서와 같은 연민을 불러일으키려는 시도로 볼 수 있다.

　한편 원작에서는 유스테이시어 내면의 심리 및 실상이 밝혀짐으로써 그녀의 성격 및 사람됨이 깊이 있게 다루어진다. 유스테이시어의 내면의 실상은 전지적 작가 시점을 통해 직접적이고 단도직입적으로 가차 없이 분석된다. 그녀는 미치도록 사랑받고 싶은 욕구를 강하게 느끼는데 이는 누군가를 사랑하기보다 열렬히 타오르는 사랑의 감정 그 자체를 원함을 의미한다. 그녀에게 사랑은 자신의 감정에 충실하기 위한 수단이다. 와일디브는 그녀에게 있어서 사랑을 위한 도구이지 목적은 아니다. 사랑의 정의가 이러하기에 그녀는 사랑을 마치 파워 게임처럼 즐긴다. 유스테이시어가 외견상으로는 고대 그리스의 여신과도 같으나 실상은 피상적이고 뒤틀린 면이 있다는 사실이 연이어 지적된다. 예수 그리스도를 포함하여 성경에서 숭배되는 선량한 인물이나 다윗보다는 폰티우스 파일리트 등과 같은 이교도적인 인물을 선호한다거나 일요일에는 일부러 성서를 읽지 않고 다른 요일에 읽는다거나, 모든 사람이 일하는데 자신이 쉴 때만 그 휴식을 가치 있게 생각한다는 것이 그 예이다. 공동체 사회와의 관계를 고려하게 되면서 서술자는 더 단정적으로 유스테이시어를 신랄하게 비판한다. 원하는 것은 무엇이든 할 수 있다는 신과 같이 기고만장한 자만심을 상실했으나 할 수 있는 것만을 하겠다는 소박한 열의 또한 아직 갖지 못한 유스테이시어의 상태가, 타협을 거부한다는 점에서 이론적으로는 장엄한 기질일 수 있으나 실제 현실적으로는 공동체 사회에 위험할 수 있다는 것이다(57).

다른 한편 유스테이시어의 내면이 밝혀짐으로써 그녀의 남다른 비범성과 그녀가 처한 상황이 동정을 불러일으키게끔 부각되기도 한다. 가령 와일디브가 자신의 기대에 못 미치는 인물임에도 불구하고 다른 마땅한 대안이 없으므로 할 수 없이 그에게 매달리면서도 자존심 때문에 갈등을 겪는 그녀의 내적 상황이 밝혀진다. 여러 문제점에도 불구하고 유스테이시어에게는 와일디브의 실상을 꿰뚫어 볼 수 있는 명석한 지력과 통찰력 및 자유로운 정신과 자존심이 있다는 것이다. 이와 함께 보통 여성들이 쓰는 책략이 아니라 거의 신의 신탁에 버금간다고 할 수 있는 책략을 쓸 수 있을 정도로 상상력이 뛰어난 유스테이시어의 비범성이 다시 지적되면서 자신의 크기에 비해 비좁고 협소한 곳에 갇혀서 꿈을 펼치지 못하는 그녀의 처지가 동정적으로 그려진다.

하디는 클림의 이야기 또한 고전 비극의 형식 속에 담아내려 한다. 이 소설의 초판과 개정판을 비교, 분석한 패터슨Paterson에 의하면 하디는 클림을 영웅적인 인물로 만들어내고자 노력했다고 한다(341). 엑돈의 시골 사람들을 교육하려는 계획을 실행하기 위해 공부하다 실명하거나 어머니 죽음의 수수께끼를 캐는데 비극적으로 몰두하는 클림을 오이디푸스 비극이나 프로메테우스의 고난과 연관시킨 것도 그의 이야기를 고전 비극의 틀 속에서 형상화하고자 했기 때문이다.

　클림의 개인적인 결함, 즉 본능과 지성 사이의 불균형을 엑돈 히스와의 관계를 통해 함축적으로 드러내고 이를 그가 맞게 된 비극의 원인으로 일관되게 제시하는 등 고전 비극의 형식을 따른다는 사실은 앞서 지적된 바이다. 서술자 내지 작가는 클림이 비극적 인물로 보이도록 전지적 작가 시점으로 철학적으로 설명하고 분석하기도 한다. 그 예로는 클림이 처음 등장하는 제2권 6장의 연극 장면을 들 수 있다. 그의 귀향을 알리는 소식에 낭만적 환상을 품은 유스테이시어가 그의 '얼굴'을 보기 위해 오랜 시간에 걸쳐 애쓰는 장면을 배치하여 독자들의 호기심을 자극한 후 비로소 그가 등장하는 부분이 바로 이 연극 장면이다. 클림이 등장하는 첫 순간 그의 특이한 '얼굴'에 관심이 쏠리는데, 이때 서술자는 그 '얼굴'에 대해 관념적인 설명을 장황하게 늘어놓는다. 제3권 1장에서도 철학적인 설명 및 분석을 찾아볼 수 있다. "페리클레스 시대의 그리스 조각가인 파이디아스라면 클림과도 같은 얼굴을 만들어냈을 것"(131)이라는 등 역사적인 인물을 인유하거나 16, 17세기 학자의 말을 인용하는가 하면 현학적인 어투를 구사하기도 한다.

　본능과 지성 사이에서의 균형 상실이라는 클림의 개인적 결함은 엑돈 히스를 바라보는 그의 관점 속에 함축될 뿐 아니라 전지적 작가 시점을 통해 직접 지적되기도 한다. 서술자는 단도직입적으로 시골 사람들을 위해 봉사하려는 클림의 교육사업 계획은 본능과 정신 사이에서 균형을 유지하지 못한 심리 상태에서 비롯된 우스꽝스러운 것이라고 지적한다(136-37). 엑돈 사람들이라는 집단을 위해 자기 자신을 희생하려는 그의 박애주의는 실상 균형이 무너진 심리 상태에서 비롯되었다는 것이다. 사실 클림에게는 외부로부터 부과된 관념체계를 받아들일 수 있는 정신만이 중요하다. 엑돈 사람들에게 필요한 것은 물질적 풍요보다는 그들에게 지혜를 가져다주어 삶을 개선해 줄 지식이라고 생각하는 그는 "당시에 유행하던 윤리 체계", 즉 도시 지식인들의 사고 체계를 시골 사람들에게 그대로 적용하려 한다. 그런데 클림의 계획에 대한 엑돈 사람들의 반응이 회의적이라는 사실이 시사해주듯 그의 계획은 그곳 사람들의 실제적인 삶의 욕구와 유리되어 있다. 그는 지성보다는 본능과 직관에 따라 살아가는 시골 사람들의 현실적 바람을 도외시하고 추상적인 개념체계에 그들을 억지로 끼워 넣으려 한 것이다. 여기에는 그가 본능과 직관을 포괄하는 본질적인 차원에서의 삶을 영위할 수 없다는 의미가 내포되어 있다(Sumner 118).

　　서술자는 전지적 작가 시점을 통해 클림의 '얼굴'을 자세히 분석하면서 그의 개인적 결함을 지적하는 동시에 더 나아가 이를 당시의 시대 상황과 연관시킨다. 클림의 '얼굴'에는 "사고가 육체의 질병"이 되어 있는 근대적 불균형이 여실히 나타나 있는 것으로 소개된다. 육신을 지치게 하는 "생각이라는 기생충" 때문에 가차 없이 황폐해진 채 고독한 분위기를 풍기며 내부에서 일어난 격렬한 분투의 결과 균형을 상실한 상태에 처해 있다는 것이다. '전형적인 미래의 얼굴'로서 그의 얼굴은 새로운 시대에 삶을 바라보는 새로운 방식을 반영한다. 오랜 시간에 걸쳐 환멸을 겪은 결과 삶의 강렬한 즐거움을 추구하던 '헬레니즘적 인생관'이 사라지게 되었고 자연법칙의 결함들이 드러나면서 인간은 지금 낭패의 상태에 처해 있다(132). 이전 시대의 "존재에 대한 열정"은 이제 인생은 "참아야 할 어떤 것"이라는 견해로 바뀌었다. 적극적인 삶에의 강렬한 욕구가 상실되고 수동적이고 패배주의적인 태도가 만연해진 것인데, 이러한 새로운 인식이 클림의 얼굴에 기록되어 있다.

요컨대 작가는 클림과 유스테이시어를 고전 비극의 주인공으로 형상화하기 위해 전지적 시점으로 직접 개입하여 철학적이고 관념적인 설명 및 해석을 하거나, 그들이 엑돈 히스를 바라보는 관점을 통해 그들의 비극적 결함을 일관되게 함축적으로 드러낸다.

III. 각색작: 멜로드라마로의 단순화

1. 엑돈 히스의 형상화

드라마 <귀향>에서는 고전 비극으로서의 원작이 아니라 하디가 처음에 의도한 멜로드라마를 영상화하는 데 치중한다. 소설을 영화화할 때는 그 내용을 그대로 옮기는 것이 불가능하므로 그것을 어떤 각도에서 바라보고 해석할 것인가 하는 각색이 중요하게 되는데, 드라마 <귀향>은 클림과 유스테이시어의 낭만적이고 비극적인 사랑의 로맨스로 각색된다. 따라서 드라마에서는 하디의 비극적 인식이나 고전 비극의 형식을 고려할 필요가 없었고, 따라서 엑돈 히스의 상징적 의미를 표현해내거나 전지적 작가 시점을 통한 철학적이고 관념적인 설명 등 이 소설 특유의 서술 방법을 되살릴 필요가 없게 된다. 단지 소설 내용을 화면 위에 어떻게 풀어놓을 것인가 하는 문제, 즉 스토리의 재구성이 중요시된다. 그 결과 원작과 비교할 때 각색 드라마에서는 비극적 강렬함이 덜하고 주인공들의 성격 강도나 깊이가 약하다.

원작과 드라마 각색작이 각기 고전 비극과 로맨스로 의도되었기 때문에 두 작품은 첫째 엑돈 히스의 형상화 방법, 둘째 유스테이시어와 클림의 인물 형상화 면에서 차이를 보인다. 영화의 지향점이 원작과 다르므로 원작의 내용이 변형되고, 소설 제6권의 내용이 영화에서 간단하게 처리된다.

사랑의 로맨스로 의도된 드라마는 엑돈 히스를 취급할 때 고전 비극의 형식 속에 중심인물들의 비극을 담아내려는 원작과 큰 차이를 보이게 된다. 원작에서 엑돈 히스는 전지적 작가 시점으로 몇 장에 걸쳐서 아주 상세하게 묘사되어 독자들은 그곳의 적막감과 고요함 그리고 웅장함 등을 생생하게 상상할 수 있다. 황량하고 암울한 모습으로 비극이 일어날 것 같은 분위기를 조성하는가 하면 사건의 결과까지 암시하기도 하면서 엑돈은 운명을 주관하는 하나의 인물로 등장한다. 반면 드라마에서는 소설에서 배경 및 무대이자 중요한 인물로서 큰 축을 차지하는 엑돈 히스의 중요성이 크지 않게 된다. 인물 위주의 서사에 치중하는 드라마에서는 소설에서의 서술 방법, 즉 전지적 작가 시점을 통한 묘사와 그를 통한 암시 및 상징적 함축 등이 살려지지 못함으로써 엑돈 히스의 중요성이 거의 부각되지 않는다.

영화에서 엑돈 히스는 평범한 자연 배경에 불과하다. 비극을 주관하는 거대한 존재처럼 드리워져 유스테이시어가 필연적으로 그 장소에서 비극을 맞이할 것 같다는 느낌이 들 정도로 훗날의 비극을 암시하는 원작에서의 엑돈의 역할이 전혀 나타나지 않는다. 엑돈을 둘러싼 우울하고 비극적인 분위기나 엑돈 황야가 등장 인물에게 주는 영향이 영상에 옮겨지지 않아서 소설에 팽배한 비극적인 기운이 느껴지지 않는다. 물론 드라마에서는 소설에서처럼 배경을 직접 묘사할 수가 없으니, 상상해 볼 수 있는 가상의 이미지에 가장 부합하는 장소를 찾아서 시각적으로 보여주는 수밖에 없는데, 엑돈 히스처럼 독특하고 그만의 강렬한 분위기를 가진 장소를 물색하기란 쉬운 일이 아니라는 점을 감안하지 않을 수 없다. 그렇지만 드라마에서 엑돈 히스는 계곡과 넓은 황야로 이루어진 평범하고 조용한 시골 마을로서 소박하고 정감 있는 분위기를 풍긴다.

물론 드라마에서도 주인공의 갈등을 유발하는 사건이 발생하는 장소가 특별한 공간이라는 점을 상기시켜주려는 듯이 카메라는 수시로 적절한 시기에 황야를 포착해 보여준다. 가령 요브라잇 부인의 반대를 무릅쓰고 클림과 유스테이시어가 만나 결혼을 약속할 때 그곳 들판에는 안개가 짙게 밀려온다. 엑돈 히스로부터 벗어나기 위해 유스테이시어가 집을 나오는 날 엑돈 히스에 불길한 기운이 뻗치고 있음을 암시하려는 듯 많은 비가 쏟아지기도 한다. 하지만 원작과 비교해볼 때 엑돈은 극히 미미하게 처리되어 하나의 배경에 그치고 만다.

드라마에서는 엑돈과 인물들 간의 연계성 또한 드러나지 않는다. 유스테이시어의 운명적 고독과 그녀의 이교도적인 아름다움을 엑돈의 고독감과 황량함 및 태초의 신비와 연결하려는 하디의 시도는 도외시된다. 드라마 중간에 골동품을 발굴하는 장면에서 유스테이시어가 그것을 높이 들어 올리자 카메라가 주위배경과 그녀를 함께 잡아 준 것 이외에는 엑돈과 인물 간의 관계가 중요하게 다루어지지 않는다.

2. 유스테이시어와 클림의 인물 형상화

드라마에서 유스테이시어는 원작에서와는 달리 고전 비극의 주인공에 버금가는 인물로 형상화되지 않았다. 원작에서 유스테이시어를 고전 비극의 주인공으로 보이게 하는 장면인 제1권 7장 "밤의 여왕"Queen of Night뿐 아니라 그녀가 죽기 직전 운명을 탓하는 장면이 영상으로 옮겨지지 않았다. 드라마에서의 그녀는 사고인지 아닌지 불분명한 상태에서 아무 말 없이 그냥 떨어져 죽고 만다. 자신의 신세를 한탄하는 마지막 장면이 영상으로 옮겨지지 않았기 때문에 그녀가 폭풍우로 인해 사고당했을 가능성도 있어 보인다. 유스테이시어의 실상이 그려지지 않으므로 그녀의 문제점뿐 아니라 비범성도 드러나지 못한다. 유스테이시어의 심리가 제대로 묘사되지 않은 결과 그녀의 오만함과 자기 중심주의 그리고 허영심뿐 아니라 와일디브가 자신의 수준에 맞지 않음을 인식하고 자신이 처한 상황에 울분을 느끼는 등 지적이고 자존심이 강한 면 역시 부각하지 못한다.

유스테이시어가 엑돈을 떠나려다 죽게 되는 폭풍우 몰아치는 날의 묘사 또한 너무 짧아 비극적인 분위기를 잘 전달하지 못한다. 빠른 이야기 진행과 결말로 인해 관객들은 유스테이시어에게 동정심을 느끼기 어렵다. 유스테이시어의 감정이 제대로 묘사되지 않은 채 줄거리만을 이끌어 나가므로 그녀의 죽음이 필연이기보다는 단순한 사고나 우연에 의해 초래된 듯한 느낌을 준다.

유스테이시어와 클림의 비극적 사랑 이야기가 로맨스의 형태로 펼쳐지는 드라마에서는 고전 비극의 여주인공 같은 유스테이시어의 면모가 잘 드러나지 않은 채 그녀는 마녀처럼 묘사되는 데 그치고 만다. 가령 찰리 Charlie에게 손을 잡도록 허락해주는 동안 갈고리로 그의 머리 위에 원을 그린 후 찰리의 가슴을 가리키는 그녀의 동작과 그 모습을 수잔Susan이 계속 살피는 장면이 그 예이다. 이는 유스테이시어가 처음 등장하는 장면에서 그녀의 모습이 주위의 엑돈 히스와 완벽한 조화를 이루면서 주위 세계를 지배하는 여신과도 같다고 전지적 작가에 의해 설명되는 원작소설과 현격히 다른 인물 형상화이다.

드라마에서는 유스테이시어의 비관적이고 비극적인 면모보다는 욕망을 추구하는 성향을 크게 부각한다. 소설 속의 유스테이시어는 와일디브와 춤을 출 때도 달빛이 비치는 희미한 저녁에 어둠의 기운을 빌릴 정도로 사람들의 이목을 의식한다. 반면 드라마 속의 유스테이시어는 햇볕이 내리쬐는 대낮에 거리낌 없이 춤을 출 만큼 욕망을 스스럼없이 표출하는 성향을 보여준다.

유스테이시어 역을 맡은 캐서린 제타존스는 소설 속의 유스테이시어처럼 도도한 이교도적 아름다움을 풍긴다. 그렇지만 제타존스에게서는 타고난 운명적 외로움이나 신비감을 느낄 수 없다. 소설 속의 유스테이시어에게는 두 개의 충돌하는 면이 있다. 하나는 엑돈을 떠나 인생을 꽃피우고 싶은 적극적이고 건설적인 면이고, 다른 하나는 모래시계의 모래가 떨어지는 모습을 보며 시간이 속절없이 사라져 버리는 모습을 직접 눈으로 보는 데서 쾌감을 느끼는 등 비관적이고 파괴적인 면이다. 드라마에서는 유스테이시어 내면에서 충돌하면서 갈등을 일으키는 이 두 개의 면모가 부각되지 않아 그녀의 성격상의 깊이가 느껴지지 않는다. 대신 캐서린 제타존스에게서는 자신의 욕구를 거리낌 없이 발산하는 야성적인 매력이 풍긴다.

클림 또한 드라마에서는 고전 비극의 형식을 취한 원작과는 다르게 인물화되었다. 유스테이시어와 클림의 만남 및 사랑에 초점을 두어 로맨스로 각색된 드라마에서는 사랑에 모든 것을 거는 낭만주의자로서의 클림의 모습이 그려진다. 따라서 시대성이나 역사성이 부각되지 않으며 클림을 근대인으로 자리매김하는 언급 또한 없다. 반면 원작에서는 끊임없이 시간에 대한 의식이 나타난다. 가령 "시간이 거의 영향을 미치지 못하는 얼굴"로 엑돈 히스를 묘사하는가 하면 그곳의 단조롭고 권태로운 모습이 암시하는 무시간적인 지루한 시간을 벗어나고자 모래시계를 들고 다니는 유스테이시어의 모습, 그리고 근대적인 진보 사상의 소유자로 클림을 형상화한 것이 그 예이다. 이는 전지적 작가의 시점에서 상세하게 전달된다. 이와 함께 원작에서는 엑돈에 정착하여 교육사업을 펼치려는 이상주의자로서 클림의 야망과 자신이 의도한 바를 고집스럽게 밀고 나가는 의지가 중요하게 다루어진다. 반면 드라마에서는 유스테이시어와의 사랑이 더 중시된다.

　　로맨스로 의도된 드라마에서는 클림과 유스테이시어의 첫 만남 장면도 낭만적으로 처리된다. 현실인지 꿈인지 구분이 안 될 만큼 시간적 배경과 장소가 모호한 상태에서 숲속을 산책하던 클림이 연기에 휘감긴 듯한 신비롭고 환상적인 배경 속에서 백마와 함께 있는 유스테이시어를 발견하는 것이다. 그 순간의 유스테이시어를 보고 클림은 한눈에 반해버린다. 이러한 두 사람의 만남은 필연적이기보다는 인위적이라는 느낌을 준다. 반면 원작에서는 유스테이시어가 엑돈을 벗어나 화려한 도시 파리로 가고 싶은 낭만적 환상에 빠져 클림과의 만남을 학수고대한다는 사실이 다음과 같이 중요하게 부각된다. 파리에서 귀향하는 클림이 유스테이시어와 비둘기 같은 한 쌍이 될 수 있을 것이라는 마을 사람의 말 한마디에 클림과 사랑에 빠진 유스테이시어는 꿈에서 투구를 쓴 남성을 만나 춤을 추다 입을 맞추려는 순간 깨어난다. 이 꿈은 불만족스러운 현 상황에서 구원해 줄 기사를 기다리는 그녀의 낭만적 환상을 잘 보여준다.

　　시간 제약상 생략이 불가피하긴 하지만 드라마에서는 유스테이시어가 자신의 환상에 사로잡히는 모습과 엑돈에서 탈출하고 싶은 절박한 욕구가 잘 전달되지 않고 있다. 원작의 내용이 많이 생략된 채 소인극에서 만난 이후 유스테이시어와 클림이 사랑에 빠진다는 내용으로 진행된다. 소인극에서 터키 기사로 분한 채 바닥에 쓰러진 유스테이시어를 금방 알아본 클림은 바깥으로 뛰쳐나온 유스테이시어를 뒤쫓아 나온다. 클림은 그녀가 여자임을 확인하고 몇 마디 대화를 나누지만, 소설에서와는 달리 삶이 주는 절망감을 떨쳐버리고 흥분을 찾기 위해 공연에 참여하게 되었다고 말하는 유스테이시어의 대사는 없다. 그 결과 엑돈을 벗어나고자 하는 유스테이시어의 욕구가 얼마나 절박한 것인지가 전달되지 못한다.

드라마에서는 두 사람의 낭만적 사랑 장면이 수차례 영상화된다. 원작과 비교해서 두 사람의 열애 장면이 애틋하게 그려지고 신체 접촉도 과도할 만큼 여러 번 나타난다. 유스테이시어가 클림을 한 남자로서 열렬히 사랑했다기보다는 엑돈을 벗어나 파리로 갈 수 있게 해줄 돌파구로 생각하는 면이 더 강하게 부각된 소설에서와는 달리, 드라마에서는 남녀 간의 애틋한 사랑이 강조되기 때문이다. 결혼 생활도 짧게 요약되는 소설에서와는 달리 여러 장면을 통해 낭만적으로 펼쳐진다.

극적 긴장감 및 극적 갈등 또한 드라마에서는 잘 살려지지 못한다. 결혼 전 유스테이시어와 클림 사이의 복합적인 심리의 대립 및 내적 갈등이 잘 드러나 있지 않다. 소설에서는 유스테이시어와 클림이 각각 자신이 생각하는 바대로 상대방을 이끌 수 있다고 착각했다가 그것이 여의치 않음을 발견하고 당혹감을 느끼는 대목이 부각되지만, 드라마에서는 인물들의 내적 갈등이 잘 전달되지 않는다. 결혼 후에도 클림을 부추겨 파리로 가려는 유스테이시어의 의지와 그녀의 그러한 열망을 꺾어놓으려는 클림의 의지 대결 및 이로 인한 갈등이 소설만큼 중요하게 다루어지지 않는다. 유스테이시어가 파리로 가자고 하자 더 열심히 책을 읽은 결과 시력이 약해진다는 내용은 생략된 채 별다른 갈등이 없는 상태에서 클림의 시력이 우연히 나빠진다. 일꾼으로 만족해하는 클림 앞에서 유스테이시어가 절망과 좌절을 느낀다는 내용도 생략된다. 이는 유스테이시어가 절망감을 떨쳐버리고자 '집시 놀이'라고 부르는 야유회에 가기로 하고 이 사실을 클림에게 알린 후 "두 명의 삶이 소진되고 있다"고 중얼거리며 비참한 심정에서 죽음을 생각하는 원작과 다른 점이다.

극적 갈등이 잘 부각되지 않으므로 극적인 긴장감도 별반 느껴지지 않고 극적 강렬함 또한 약해진다. 극적 긴장감이 최고조에 달하는 제4권 「닫힌 문」"The Closed Door"에 해당하는 부분이 그 예이다. 원작에서는 클림과 유스테이시어가 결혼 4주 동안 무섭고 방만하게 사랑을 불태운 후 두 사람의 꿈이 접점이 없는 평행선처럼 서로 달라 유스테이시어의 불만이 서서히 싹트려 할 즈음 유스테이시어와 요브라잇 부인의 격렬한 말다툼으로 극적 긴장감이 조성된다. 와일디브가 크리스천Christian에게서 딴 돈을 클림의 몫까지 그의 아내인 유스테이시어에게 주었을 것으로 추측한 요브라잇 부인은 클림의 집으로 향하던 도중 연못가에서 우연히 유스테이시어를 만나 이러한 내용을 추궁하듯 물어본다. 유스테이시어는 시어머니에게 지금까지도 자신을 부정한 여자로 의심하느냐고 언성을 높이며 클림과의 결혼은 지체를 낮춰 양보한 것이었다고 쏘아붙인다. 이에 요브라잇 부인은 심한 모욕감을 느낀다. 자존심이 강한 두 사람의 억눌려 있던 불같은 감정이 격렬하게 폭발해 결국 두 사람은 봉합할 수 없을 만큼 극도로 험악한 관계로 치닫게 된다. 이 사건은 유스테이시어가 나중에 시어머니에게 문을 열어주지 않는 직접적인 원인이 된다는 점에서 중요한데 드라마에서는 생략되어 있다.

비극 형식을 따르지 않는 드라마에서는 절정이나 파국을 향해 불가항력으로 치닫는 치열한 과정이 생생하게 전달되지 않는다. 비극의 절정인 요브라잇 부인의 죽음이 스쳐 지나가는 하나의 사건에 불과하다. 아들 내외를 만나지 못해 비참한 기분으로 되돌아오던 요브라잇 부인은 언덕을 넘던 도중 쓰러지고 마침 그곳을 지나던 조니Johnny는 클림에게 달려가 어머니가 쓰러진 사실을 알린다. 요브라잇 부인의 죽음의 비밀이 그 자리에서 밝혀져 버리기 때문에 원작에서 진실을 알게 되기까지 극심한 자책에 시달린 클림의 슬픔이 비중 있게 다뤄지지 않는다. 단지 조니로부터 진상을 들은 클림이 유스테이시어를 추궁하고 결국 둘은 헤어지는 것으로 마무리된다. 유스테이시어가 집을 떠나자마자 클림이 그녀가 남기고 간 장갑을 어루만지며 애틋한 사랑을 아쉽게 표현하는 이 장면은 멜로드라마에 부합한다. 극적 반전을 이루는 클림과 유스테이시어의 갈등보다는 두 사람의 낭만적이고 깊은 사랑이 강조되는 것이다. 반면 원작에서는 요브라잇 부인의 죽음에 얽힌 사연이 자세하게 전개된다. 어머니가 죽음에 이른 진상을 알게 되기까지 긴 시간이 흐르는 동안 클림의 상심과 자책, 그리고 어머니가 죽은 원인을 규명하려는 집요한 노력이 반복해서 상세하게 다루어진다. 요브라잇 부인의 죽음의 비밀이 늦게 밝혀지기 때문에 유스테이시어가 자책하는 클림 앞에서 죄책감을 느끼며 언제 비밀을 말해야 할지 마음을 졸이는 장면이 생생하게 부각된다.

드라마는 유스테이시어와 클림의 로맨스로 의도되었기 때문에 두 사람을 중심으로 펼쳐진다. 원작에서는 유스테이시어와 클림, 유스테이시어와 와일디브, 토마신과 와일디브, 벤과 유스테이시어, 유스테이시어와 요브라잇 부인의 갈등 등을 골고루 다루면서 탄탄한 구성으로 이야기가 진행된다. 반면 드라마에서는 유스테이시어와 요브라잇 부인의 고부갈등, 사건 진행에 중요한 암시와 복선이 되었던 크리스천의 도박사건, 벤이 토마신에게 와일디브와 유스테이시어가 다시 만나고 있음을 넌지시 암시해주는 등의 굵직한 사건들이 모두 생략된다.

이와 함께 클림과 유스테이시어 외의 인물들은 모두 주변인으로 등장한다. 가령 원작에서 상당히 비중 있게 다루어진 토마신과 벤이 그러하다. 토마신은 실리와 가문의 명예를 중시하는 현실주의자로서 외모뿐 아니라 성격이나 행동에 있어서 유스테이시어와 대조되는 인물이다. 토마신이라는 인물로 인해 유스테이시어의 특성이 두드러져 보이는 면이 있다. 그런데 드라마에서는 토마신의 비중이 줄어들고 유스테이시어만 강조되기에 오히려 유스테이시어의 특성이 잘 부각되지 못한다. 토마신뿐 아니라 끈질기고 주도면밀한 성격으로 와일디브와 대조되는 인물로서 일편단심 토마신의 행복을 위해 애쓰는 벤의 역할 또한 미미하다. 원작에서 흥미를 불러일으키던 벤과 와일디브 사이의 팽팽한 긴장감 또한 생략되어 있다.

고전 비극의 형식을 사용하는 원작에서 코러스로 등장한 마을 사람들도 그러하다. 그들은 군중으로서 배경과도 같은 역할을 하는 동시에 개인으로서의 개별적 특징을 갖고 있다. 중심인물들과 밀접한 관계를 맺으면서 그들의 대화나 사건에 직접 개입하기도 하고 앞으로 일어나고 밝혀질 사건에 대한 독자의 호기심을 불러일으킨다. 그들은 그저 주인공을 뒷받침해 주기 위한 주변인에 그치지 않고 사건에 개입해 주인공들의 비극적인 운명을 진행하는 데 나름의 역할을 한다. 그들이 스치듯 무심코 던진 말 한마디에 유스테이시어가 클림에게 관심을 두게 되는 것이 그 하나의 예이다. 반면 드라마에서 마을 사람들은 각 개인으로서는 나름의 역할을 맡으나 주변인에 그치고 만다.

그런데 원작과 드라마는 결말 부분에서 큰 차이점이 없이 유사해진다. 그 이유는 하디가 제6권에서 고전 비극 형식을 버리고 멜로드라마를 써나가기 때문이다. 그렇기에 원작 제1권부터 5권까지의 형식 및 분위기와 제6권의 그것이 확연히 다르고, 제6권에서의 엑돈 히스가 드라마에서의 그것과 유사하게 다루어지며, 원작 제6권의 분위기가 영화의 전체 분위기와 비슷하게 느껴지는 것이다. 엑돈 히스가 사실적인 차원에서 그려지는 제6권에서 엑돈은 완전히 변화되어 있다. 엑돈 히스의 풍경을 신비화하고 유스테이시어를 신격화하던 과장과 인유의 화려한 수사는 없다. 엑돈 히스가 지닌 비극적 웅장함의 분위기가 희석될 뿐 아니라 그 상징적 중요성도 상실된다. "최후의 전복"을 기다리는 듯 비극적 분위기를 풍기던 엑돈 히스는 이제 평범한 자연 배경일 뿐이다.

원작과 드라마는 토마신과 벤의 행복한 결혼으로 멜로드라마의 권선징악의 결말을 맺으면서 앞서 팽배했던 비극적 분위기를 상쇄시킨다는 공통점을 갖는다. 소설에서는 토마신과 벤이 맺어지는 과정 또한 한 편의 멜로드라마로 전개된다. 토마신은 벤이 축제 때 장갑 한 짝을 찾으려고 늦도록 애쓰다가 찾은 장갑에 입 맞추는 모습을 보고 장갑의 주인이 누구일까 궁금하게 생각하는데 바로 그녀 자신이 그 장갑의 주인임을 발견하고 놀란다. 당혹감에 산책하는 그녀 앞에 벤은 멜로드라마 속 바람처럼 등장하는 백마 탄 기사처럼 말을 타고 나타나 토마신을 향한 변함없는 사랑을 은연중에 암시한다. 드라마에서는 장갑에 얽힌 멜로드라마적인 면은 생략이 되었지만, 유스테이시어와 클림의 비극적 결혼에 대한 대안으로 제시되었다고 볼 수 있는 토마신과 벤의 행복한 결합이 이어진다. 이는 멜로드라마의 권선징악 해피 엔딩에 부합한다. 그것은 토마신과 와일디브 사이의 행복하지 못했던 결혼, 결국 실패로 끝난 유스테이시어와 와일디브의 사랑의 도피행각, 그리고 비극적인 결말을 맞은 클림과 유스테이시어 사이의 결혼과 대비된다. 그들의 결혼은 유스테이시어의 죽음으로 인한 비극적이고 암울한 분위기를 상쇄시키는 역할도 한다.

하지만 원작과 드라마는 유스테이시어가 죽은 이후 클림의 근황을 다루는 부분에서 차이를 보인다. 소설에서는 거창한 고전 비극의 차원으로까지 격상되었던 지금까지의 이야기와는 달리 두 여인의 죽음이 클림에게 끼친 심경 변화 및 초라하게 쇠잔해가는 클림의 모습이 독자들에게 부각된다. 클림이 육체적으로는 살아있으나 그 영혼은 파멸해가고 있음을 보여주는 것이다. 유스테이시어의 죽음 후 시간이 흐르면서 클림은 "구겨진 정신"(295)의 상태에 처했다고 할 수 있을 만한 상태에 이른다. 클림은 여전히 근시안적으로 자기 생각에만 몰두해 사건이 흘러가는 추이를 제대로 파악하지 못하는 우를 범한다. 그는 토마신이 벤과 결혼할 것을 진지하게 고려하고 있음을 모른 채 그녀가 자신을 사랑할지도 모른다는 생각을 하며 이를 거추장스럽게 여긴다. 그러던 중 어머니 요브라잇 부인이 두 사람의 결혼을 바랐을지도 모른다는 생각이 들자 토마신과의 결혼을 결심한다. 아이러니한 이 부분은 독자가 씁쓸한 웃음을 짓게 한다. 드라마에서는 토마신과 벤의 은밀한 감정적 교류와 결혼으로 이르는 일련의 과정이 생략된다. 그 결과 클림에게 아이러니를 보낸 소설 제6권의 기본 톤이 잘 전달되지 않고 있다.

원작에서 정신적으로 죽어있는 것과 다름없는 클림은 스스로 고립시키면서 서서히 몰락해간다. 클림의 고립과 소외는 오월 축제 장면이나 토마신과 벤의 결혼을 배경으로 강하게 부각된다. 오월 축제에 참여하지 못한 클림은 벤과 토마신의 결혼 피로연에도 참석하지 않고 밖에서 배회한다. 피로연에 모인 사람들로부터 관심을 받지 못할 정도로 그는 국외자가 되어 있다. 공동체 사람들로부터 소외된 클림은 '야외 순회전도사'가 된다. 마을 사람들은 그를 따뜻하게 맞아주는데 이는 그의 내력을 알고 있기 때문이다. 땔감을 베는 일 외의 다른 일은 할 수 없는 남자로서는 설교에의 몰두가 지극히 잘된 일이라는 것이 마을 사람들의 시큰둥한 반응이다. 레인바로 위에 외로이 올라선 설교자로서의 클림의 모습은 소설 첫 부분에서 엑돈 히스의 신비스러운 분위기에 둘러싸여 주위를 지배하는 것

같던 유스테이시어의 위엄 있는 모습과 비교해볼 때 왜소하고 초라하다. 33세의 나이에 산상설교를 하는 클림의 모습은 예수를 강하게 연상시킨다. 작가는 클림에게 공감을 느끼고(P. Collins 62), 동정하고 있는 듯하지만(D. L. Collins 154), 엑돈 히스에 비해 보잘것없는 인물로 격하되어버린(Schwarz 161) 상태를 부각하고자 한 것은 분명하다. 드라마에서는 '정신'을 '왕궁'으로 삼은 클림의 내적 불균형이나 "구겨진 정신"의 문제를 주목하지 않았기 때문에 그의 고립과 소외에 관해서도 관심을 기울이지 않는다.

한편 클림의 정신적 죽음이 그려지는 소설에서와는 달리 드라마에서는 고뇌하거나 좌절하는 그의 모습 대신 그저 유유자적하게 책을 읽으며 살아가는 모습을 보여준다. 영상화된 이야기도 유스테이시어와 연관된 내용으로 국한된다. 유스테이시어의 죽음 후 클림은 그녀에 대한 사랑을 새삼 깨닫는 것처럼 보인다. 피로연에 참석을 안 하고 밖에 나와 있던 클림은 뒤따라 나온 찰리에게 줄 것이 있다면서 유스테이시어의 머리카락을 건네주는 등 여전히 그녀에 대한 생각에 사로잡혀 있다. 설교자가 된 후 설교 중에도 유스테이시어의 환영을 보는 장면이 영상화되는 등 클림의 그녀에 대한 애절한 사랑이 끝까지 부각된다. 이는 원작에는 없는 장면이다.

IV. 총평

장편의 원작을 두 시간 정도의 제한된 시간 안에 각색해내는 일은 어려운 일이다. 많은 이야기를 담고자 하면 많은 시간이 소요되는데, 이는 관객들의 흥미를 계속 잡아두기 어렵다. 관객의 흥미 유발을 위해 지루하지 않게 이야기를 끌어나가는 과정에서 소설을 각색한 작품은 작가가 의도한 원작의 중요 부분을 훼손하기도 한다. 그런데 사실 그 생략된 부분이 작가가 진정으로 중요하게 생각했던 주제일 수도 있다. 각색 드라마 <귀향>은 그 하나의 예라고 할 수 있다.

『귀향』을 각색한 1994년 작 <귀향>에는 삶의 근원적인 문제에 천착하여 얻게 된 그의 비극적 인식을 엑돈 히스를 통해 형상화하려 한 하디의 의도가 도외시되어 있다. 드라마에서는 엑돈 히스가 하나의 단순한 자연 배경에 그치고 만다. 대신 유스테이시어와 클림의 로맨스에 초점이 맞춰진다. 사실 하디가 고전 비극의 형식 속에 비극적 인식을 표현하려 했다는 사실에 주목하지 않는다면 유스테이시어가 와일디브나 클림과 맺는 관계는 상당 부분 멜로드라마의 패턴을 따르고 있음을 부인할 수 없기에 이는 당연한 귀결일 수도 있다. 낭만적인 환상과 미성숙에서 초래되는 삼각관계나 고부간의 갈등 등 특별히 새로울 것이 없는 내용이 멜로드라마로 볼 수 있는 예이다. 유스테이시어를 둘러싸고 벌어지는 이야기 또한 격정에 관한 멜로드라마로 간주할 수 있는 소지가 다분하다. 클림을 둘러싼 이야기 역시 유혹의 주제에 고부간의 갈등을 가미한 멜로드라마적인 면을 지닌다. 드라마에서는 이 줄거리만 살려놓은 것이다. 그 결과 고전 비극 형식을 모방하려 한 소설에서의 음울하고 어두운 분위기와는 다르게, 로맨스로 의도된 영화는 전체적으로 갈색의 화면에 신비스러운 분위기를 풍기는 백마의 잦은 등장과 안개 및 연기의 효과로 밝고 산뜻하면서도 환상적인 분위기를 자아낸다.

소설 『귀향』은 배경에서부터 등장하는 부수적인 인물까지 빠짐없이 역할이 부여된 짜임새 있는 작품이다. 방대하고 세부적인 이야기는 톱니바퀴처럼 이어져 긴밀한 내적 구조를 갖추고 있다. 인물의 심리에 관심을 두면서 느린 서술로 섬세하게 묘사함으로써 개연성을 획득하고 있기도 하다. 한편 드라마에서는 클림과 유스테이시어의 로맨스에 초점을 맞춘 채 줄거리 위주로 빠르게 전개해 나간다. 내적 갈등이 잘 그려지지 않은 클림과 유스테이시어에게서는 강렬한 비극성이 느껴지지 않고 그렇기에 그들의 사랑의 로맨스는 큰 감동을 주지 못한다. 원작이 고전 비극 형식과 멜로드라마 내용 간의 불협화를 보인 점을 염두에 두더라도 각색 드라마 <귀향>은 원작의 정수를 잘 살려내지 못했다고 할 수 있다.

원작의 충실한 재현과 그 성패

『위대한 개츠비』

The Great Gatsby

I. 작가와 작품 소개

피츠제럴드F. Scott Fitzgerald는 미네소타주 세인트 폴Saint Paul에서 가난한 명문가 출신의 아버지와 부유한 집안의 어머니 사이에서 태어났다. 어머니 집안의 경제적 후원으로 프린스턴Princeton 대학에 입학한 그는 대학 재학 중 비평가인 에드먼드 윌슨Edmund Wilson과 단편 작가인 존 비숍John Bishop의 도움으로 작가로서 성장할 수 있는 기틀을 마련한다.

피츠제럴드는 제1차 세계대전 이후 1920년대의 경제적 번영기를 거쳐 1929년 대공황으로 막을 내린 '재즈 시대'의 대표적 작가로 자리매김 되고 있다. 물질적 번영을 추구하면서 감각적인 재즈 선율로 대표되는 향락과 쾌락에 빠져 있던 재즈 시대의 사회상을 잘 나타내고 있는 작품이 바로 1925년 출판된 『위대한 개츠비』이다.

피츠제럴드는 이 소설에서 현실과 환상의 괴리 속에서 결국 비극적 죽음으로 치닫고 마는 개츠비의 낭만적 사랑 이야기를 통해, 개츠비의 이상이 물질적 현실 속에서는 실현 불가능한 비극적 미망임을 보여준다. 이 소설은 '미국의 꿈'American Dream으로 표상되는 물질적 성공에 대한 환상 속에 향락주의와 허무주의에 빠져 있던 '재즈 시대', 즉 1920년대 문화에 대한 피츠제럴드의 환멸과 비판을 예술적으로 잘 형상화한 작품이다.

『위대한 개츠비』는 2013년 바즈 루어만 감독이 리오나르도 디카프리오와 캐리 멀리건을 주연으로 한 영화를 발표하기 전, 1926년, 1949년, 1974년, 그리고 2000년 네 차례 영화화되었다. 그중 잭 클레이튼Jack Clayton 감독의 1974년 영화와 로버트 마코비츠Robert Markowitz 감독의 2000년 영화가 평자들의 주목을 받았다. 마코비츠 감독의 영화는 텔레비전용으로 만들어졌다. 클레이튼의 영화는 프란시스 코폴라Francis Ford Coppola의 각색, 로버트 레드포드Robert Redford와 미아 패로우Mia Farrow의 주연으로 만들어져 아카데미 주제가 편곡상과 의상 디자인상을 받았다. 머틀Myrtle을 연기한 캐런 블랙Karen Black은 골든 글로브 여우조연상을 받았다. 전체 구성상으로 원작에 가장 충실한 영화로서 제1차 세계대전 직후 광란의 재즈 시대의 풍속도라 할 만큼 1920년대의 미국 사회를 잘 그려냈다는 것이 일반적인 평가이다.

II. 원작: 미국의 꿈/개츠비의 꿈

원작『위대한 개츠비』에서 주안점을 두고 있는 것은 크게 두 가지로 요약할 수 있다. 첫째, 데이지Daisy를 되찾으려는 개츠비의 꿈을 신대륙에 처음 건너온 네덜란드 선원들이 품었던 '미국의 꿈'과 연관시킨다. 개츠비의 정체성에 대한 꿈이나 데이지를 향한 그의 꿈의 본질 및 성격, 그리고 그녀를 되찾으려는 꿈에 함축된 의미를 탐색하며, 더 나아가 개츠비의 꿈을 '미국의 꿈'과 관련지어 조망하는 것이다. 거부가 되어 톰Tom의 아내가 된 데이지 앞에 나타난 개츠비는 데이지로 하여금 톰에게 그를 사랑한 적이 없었다고 말하게 한 다음 '5년 전으로 되돌아가' 그녀와 결혼하기를 원한다. 개츠비에게 있어서 데이지를 되찾는 것은 단순히 옛사랑을 되살린다는 의미를 넘어 "과거로 되돌아간다"[31]는 좀 더 깊은 의미를 띤다. 여기에서 '과거'는 '과거의 그 자신'을 의미한다. 데이지를 되찾고자 하는 개츠비의 꿈은 부를 축적하겠다는 일념으로 수단을 가리지 않고 벼락부자가 되는 과정에서 큰 혼란에 빠져 "불안"(79)을 느낀 그가, '신의 아들'로 새로 태어났던 과거 자신의 혼란하지 않았던 이상적인 모습을 되찾고자 하는 절박한 몸부림이다.

개츠비의 꿈은 미국이라는 신생 공화국의 꿈과 연결된다. 개츠비가 그 옛날 신대륙에 도착한 네덜란드 선원들과 유사한 꿈을 꾸었고 그들과 마찬가지로 경이감을 가졌다는 것, 그리고 그 꿈은 사실 덧없이 흘러가 버리는 것이어서 이미 사라지고 없다는 사실이 시사된다. 더 나아가 '미국의 꿈'이 개츠비의 꿈과 연결되면서 순수했던 희망과 믿음이 변질되어 물질 추구로 흐르다 보니 이제는 결코 붙잡을 수 없게 되었다는 의미로까

---

31) F. Scott Fitzgerald, *The Great Gatsby* 1925; rpt. (서울: 경문사, 2010). 134. 이하 인용은 이 책에 따르며 면수만 표시한다.

지 확대된다. 개츠비의 비극은 단순히 한 개인의 차원에 머무르지 않고 미국 건국의 역사라는 문맥에 자리매김된다. 작가가 소설을 쓰던 그 시점에서 과거로 거슬러 올라가 그 역사적 근원을 찾는 것이다. 더 나아가 소설의 결말 부분에서 개츠비의 꿈은 모든 인간의 보편적인 이상의 문제로까지 그 의미가 확장된다.

둘째, 조직폭력계 거물과 손을 잡고 불법으로 밀주를 판매하거나 도박을 해서 짧은 시간 안에 막대한 부를 축적한 점에서 도덕적인 인물이라고 할 수 없는 데다, 시간의 흐름을 무시한 채 과거를 되돌릴 수 있다고 생각한다는 점에서 터무니없을 만큼 현실감각이 없는 인물인 개츠비를 "위대한" 인물로 자리매김하고 이에 독자가 공감하도록 이끈다. 이를 위해 작가는 개츠비의 진정성과 순수성을 톰, 데이지, 조던Jordan의 진실되지 못함이나 무책임성과 병치, 대조하는 가운데 톰/데이지의 풍요롭고 화려한 상류 사회가 사실은 황무지와 같이 황량하고 공허한 "재의 계곡" valley of ashes과 다르지 않다는 사실을 서서히 밝혀나간다. 동시에 개츠비가 그들에 비해 훨씬 나은 인물임을 점차 깨닫는 닉Nick에게 동조하도록 독자를 이끈다.

가난한 농부의 아들로 태어난 개츠비는 처음 벤자민 프랭클린Benjamin Franklin 식으로 절약, 근면, 성실, 금욕, 절제 등의 생활 태도를 체화하여 자수성가하겠다는 꿈을 꾸며 자기계발을 하였다. 이런 점에서 그는 노력으로 성공을 꿈꾸는 미국인의 원형과 같은 인물이다. 그러나 다른 한편 그는 17세 때 이미 19세기 후반부에 들어 왜곡되고 변질되어 간 '미국의 꿈', 즉 물질적인 성공을 좇고 있었다. 그는 초기 미국의 개척자들처럼 미덕을 실천하여 부를 축적하려 한 것이 아니었다. 그가 '제이 개츠비'라는 새로운 정체성으로 다시 태어날 때 아버지로 모신 신의 일이란 "저속하고 겉만 번지르르한 아름다움"(121)을 섬기는 것이었다. 그렇기에 그는 데이지로 대표되는 부가 인생의 많은 가능성과 새로운 삶을 보장해준다고 착각한 채 데이지를 그의 꿈의 화신으로 삼은 것이다.

데이지를 향한 개츠비의 사랑은 자신의 정체성에 대한 낭만적인 이상과 밀접한 연관성이 있다. 데이지와 5년 만에 재회한 개츠비가 닉에게 해준 이야기에 따르면 개츠Gatz는 17세 때 '제이 개츠비'라는 이상적인 인물로 새로 태어난다. 그가 자신을 이상화한 것은 플라톤처럼, 시간과 공간의 제약을 받는 물리적인 현실은 가짜이고 이상적인 '관념'ideas의 세계야말로 진짜 세계라고 믿었기 때문이다. 자신에 대한 완벽한 이미지를 만들어낸 개츠는 "자아도취"(121) 속에 '제이 개츠비'로서 살아가고자 한다.

개츠가 만들어낸 '제이 개츠비'라는 이상적인 관념은 처음에는 "막연한" 것이었지만 댄 코디Dan Cody를 만나면서 "구체화"(이상 124)된다. 이후 개츠비의 이상적인 꿈을 구현하는 "화신"(135)이 된 인물이 데이지다. 사실 개츠비는 데이지를 차지하고 난 후에는 그녀를 떠날 의도였다. 데이지를 취한 후 그는 그녀가 자신을 차버리길 바랐으나 그녀는 그를 사랑하고 있었다. 그래서 그는 "본래의 야망을 잊은 채 순간순간 더 깊이 사랑에 빠져들었고 갑자기 다른 일에는 신경 쓰지 않게 되었다." 그때 그가 한 생각은 "거창한 일을 할 필요"(이상 179)가 없다는 것이었다. 이제 그에게는 데이지를 갖는 것이 "성배 찾기"(178)가 되었다. 처음부터 의도한 것은 아니었지만 개츠비에게는 데이지를 얻는 것이 그의 이상을 구현하는 유일한 방법이 되어버린 것이다. 이제 데이지는 개츠비가 열망하는 행복과 성공을 포함한 모든 것, 인생이 줄 수 있는 가장 아름다운 것들을 대표하게 된다. 개츠비에게 있어서 데이지는 현실 속의 여성이기보다는 "자신의 플라토닉한 관념"(120)이 투영된 이상의 결정체가 된다. 개츠비 자신에 대한 이상적인 관념이 데이지에 대한 이상화로 대체된 것이다.

톰과 데이지가 신혼여행을 하는 동안 개츠비는 루이빌로 돌아오는데 이는 개츠비에게 있어서 종교적 순례와 같은 의미를 띤다(Lehan 117). 데이지와 함께했던 장소를 찾아다니면서 개츠비는 "가장 신선하고 최상"이었던 과거의 그 상태를 "잃어 버렸"(이상 182)음을 깨닫는다. 데이지가 부자 톰과 결혼함으로써 그의 꿈이 좌절되자 개츠비는 가난 때문에 잃어버린 사랑을 되찾아오기 위해 수단과 방법을 가리지 않고 단기간에 큰 재산을 축적하려 한다. 잃어버린 옛사랑과 최고로 충만했던 과거를 돌려줄 수 있는 것은 바로 물질적인 성공이라고 생각한 것이다. 인생의 가능성과 행복에의 추구를 수단과 방법을 가리지 않고 불법도 마다하지 않는 부의 추구로 격하시킴으로써 개츠비의 꿈은 저속하고 공허한 것이 된다.

개츠비의 파멸은 그의 꿈 자체가 내포한 한계에서 비롯된다. 그의 몰락은 불가피한 것이었는데, 그 이유는 데이지를 그의 꿈을 구현하는 화신으로 삼았기 때문이다. 개츠비 환상 속의 모습과는 달리, 실제의 데이지는 무미건조하고 단조로운 일상에 지쳐있는 인물이다. 그녀의 모든 언행은 감정이 깃들어 있지 않은 하나의 겉보기용 제스처에 불과하다. 그녀는 감정적으로 연루되기를 원치 않으며 단지 멀리서 안전하게 구경하고자 할 따름이다. 물질주의자 데이지가 최우선으로 삼는 것은 부와 사회적 지위의 안전한 확보이다. 그것이 보장되지 않을 때 그녀는 쉽게 감정을 정리하고 상대를 버릴 수 있다. 그녀는 피상적인 감성의 소유자에 불과하다. 개츠비에게 있어서 데이지는 "성배"와 같았지만, 데이지는 "개츠비에게는 아무것도 남겨놓지 않은 채"(178) 부유한 자신의 삶 속으로 언제든지 사라져 버릴 수 있는 인물이었다. 데이지가 개츠비에게 약속한 것들은 사실은 속이 텅 빈 것이다. 마술을 부리는 듯 오르락내리락 출렁이는 그녀의 목소리는 듣는 사람을 흥분시키고 굉장한 일이 곧 일어날 것을 약속해주는 듯하다. 하지만 사실 그녀의 목소리는 아무런 의미가 없는 빈껍데기 같은 울림에 불과한 것으로, 재가 인간의 형상을 만들었다가 신기루처럼 사라져 버리듯 공허한 것이다. 그녀는 자신이 낸 자동차 사고의 결과를 개츠비가 떠맡도록 내버려 두는 등 극도로 무책임하고 이기적이다.

사실 개츠비의 꿈은 '현실과 환상의 괴리'라는 문제를 내포한 '미국의 꿈'이 그러하듯이 본질적으로 취약하다. 개츠비의 꿈이 실현되지 못한 것은 겉으로는 우아하지만 실제로는 극히 부도덕한 사회 탓이기도 하지만 가장 큰 이유는 그의 꿈 자체에 내재한 관념성에 있다. "개츠비가 상상 속에서 만들어낸 과거에 대한 자신만의 비전"(Doherty 47)은 공기 중에 떠 있는 안개와 같이 하나의 환상이었다. 개츠비의 결점은 그의 꿈의 본질을 꿰뚫어 보지 못한 것, 즉 그것이 사실은 타락한 사회 속에서 단지 망상에 지나지 않음을 깨닫지 못한 데 있다. 그는 또한 거부가 되어 엄청난 부를 과시한다 해도 결코 과거, 데이지를 향한 그의 순수했던 사랑을 되찾을 수 없다는 사실을 이해하지 못한다. 그는 현실에 대한 실제적인 관점을 갖지 못한 것이다. 개츠비는 멋진 "제스처"(5), 즉 물질적인 부유함이라는 외양만 갖추면 데이지를 되찾아 올 수 있다고 착각했다. 이상적인 관념 속에 빠진 그는 그 관념과 냉혹한 현실 사이의 괴리를 이해하지 못하고 있었다.

개츠비가 결국 부닥치게 되는 현실은 톰과 데이지에게서 보이듯 무책임하고 이기적인 부자들의 파괴성이다. 개츠비의 꿈이던 데이지는 거부가 되어 나타난 그 앞에서 잠시 흔들리지만 결국 안전하고 견고한 톰의 세계로 회귀한다. 톰, 데이지, 조던Jordan은 남을 희생양으로 삼고서도 아무 일 없었다는 듯 아랑곳하지 않는 '무심한' 사람들이다. "거대한 무관심"(214)이 그들의 가장 큰 특징이다. 주위를 때려 부순 후 남이야 어떻게 되던 자신의 이익과 안녕에 무관하면 모른 척하면서 뒤치다꺼리는 남들이 하도록 내버려 둘만큼 그들은 이기적이고 무책임하다. 개츠비는 그러한 부자들의 세계에 편입되기 위해 몸부림치다가 결국 그의 생명까지 내놓은 것이다.32) 낭만적인 이상주의자 개츠비는 이렇게 물질 만능의 사회에서 결국 희생당하고 만다.

개츠비의 꿈과 "그의 꿈이 지나간 자리에 떠도는 더러운 먼지"(5), 개츠비의 위대함과 그의 한계를 동시에 관조하게 되는 인물은 닉이다. 닉은 개츠비의 '삶의 약속에 대한 높은 감수성'과 '희망을 품는 비범한 재능', 즉 다른 사람에게서는 찾아보기 힘든 삶의 가능성에 대한 굳은 믿음에 경의를 표한다. 그리고 비록 개츠비가 헛된 환상을 좇다 허망하게 죽었다 하더라도 삶의 낭만적 가능성을 믿으며 그 꿈을 줄기차고도 치열하게 추구했다는 점에서 진정성과 고귀함이 있다고 닉은 느낀다. 그래서 개츠비는 위대하다는 것이 닉의 판단이다.

III. 클레이튼의 영화: (원작의) 충실한 재현 vs 변형

1974년 영화로 만들어진 클레이튼의 작품은 생명력이 없고 별반 감동을 주지 못한다는 비판을 적지 않게 받아왔다. 그 이유에 대해서는 작품의 전반적인 플롯 등을 원작과 지나치게 똑같이 하려 했기 때문이라는 견해가 지배적이다. 사실 클레이튼의 영화는 원작에서 관찰자이자 서술자

---

32) 헤이즈Hays는 개츠비의 비극이 부분적으로는 "계층 없는 사회"classless society(217)라는 미국의 신화, 즉 그가 부를 쌓으면 세습부자인 톰과 동등해지리라는 순진한 믿음에 있었다고 본다.

이며 하나의 인물인 닉을 등장시키고 그의 육성 설명voice-over을 삽입하여 서술자로서 그의 역할을 되살리며 인물들의 대사까지도 원작에서 그대로 따올 정도로 원작에 충실하다. 그렇지만 영화를 자세히 살펴보면 원작의 외형적인 틀은 그대로 유지하면서도 실제로는 원작에 상당한 변형을 가했음을 알 수 있다.

영화에서는 원작에 따라 재즈 시대의 환락과 그 안에 깃든 공허감을 재현하고 데이지를 향한 개츠비의 꿈을 미국의 꿈과 연관시키려 한다. 하지만 이를 어렴풋이 시사하는 데 그치고 만다. 대신 개츠비와 데이지의 개인적인 차원에서 낭만적 연애담을 중심으로 하여 순진하게 한 여성을 일편단심 사랑하다가 무자비하고 이기적인 사회에서 희생당하고 마는 개츠비에게 초점을 맞춘다. 이를 위해 닉의 성장 과정을 생략한 채 장면의 병치, 대조를 통해 톰/데이지로 대표되는 사회의 이중성과 도덕적 타락을 비판한다.

그런데 20세기 가장 '위대한' 미국소설 중의 하나로 뽑힐 만큼 고전으로 평가받고 있는 원작과는 달리 영화는 그다지 큰 감동을 주지 못한다. 그 이유는 다음과 같이 정리해 볼 수 있다. 첫째, 원작을 고전의 반열에 올려놓을 만큼 독특한 깊이와 폭을 부여하고 있는 핵심적인 주제인 개츠비의 정체성에 대한 꿈의 본질 및 성격 그리고 그것과 데이지를 향한 개츠비의 꿈 사이의 관련성, 더 나아가 '미국의 꿈'과의 연계성을 제대로 전달하지 못했다. 둘째, 낭만적 사랑을 하다가 희생되고 마는 개츠비의 지극히 개인적인 이야기와 '미국의 꿈'에 함축된 심오한 문제를 함께 담아보려 하지만 이 두 개가 상호 유기적으로 통합되지 못한 채 겉돌고 만다.

1. 데이지를 향한 개츠비 꿈의 변형

클레이튼의 영화에서는 개인적인 차원에서의 단순한 낭만적 멜로드라마에 주안점을 두는 가운데 데이지라는 인물과 그녀를 향한 개츠비의 꿈을 변형한다. 원작에서 데이지는 개츠비의 이상적인 여인이자 '미국의 꿈'을 상징하는 존재로 형상화된다. 작가는 데이지를 개츠비 꿈의 구현이자 이상적인 관념 속 인물로 그려내기 위해서 그녀의 뿌리치기 힘든 매력을 알려주려 한다. 가령 데이지를 등장시킬 때 직접 그녀를 묘사하기보다는 닉이 받은 인상을 통해 간접적으로 "보여주기"(Cutchins 298) 한다. 조던의 회상을 통해 모든 남성의 우상이었던 젊은 날의 사랑스러운 데이지의 모습을 소개하기도 한다. 이와 함께 독자가 데이지에게 이끌리는 개츠비나 닉에게 공감을 보낼 수 있도록 데이지의 결함을 미리 드러내지 않는다. 그런데 사실 실제의 그녀는 무미건조하고 단조로운 일상에 지쳐있는 텅 빈 존재로서 그녀의 모든 언행은 감정이 깃들어 있지 않은 하나의 겉보기용 제스처에 불과하다.

클레이튼의 영화에서 데이지의 본성은 그것이 서서히 조금씩 드러나게 되는 원작에서와는 달리 너무 일찍 명확하게 밝혀져 버린다(Cutchins 298). 또 데이지의 목소리가 돈으로 가득 차 있다는 언급은 있으나 그것이 공허한 울림을 상징한다는 사실은 시사되지 않는다. 영화 속의 데이지는 처음부터 속이 텅 비고 이기적인 여성이라는 인상을 관객에게 줄 뿐 개츠비의 이상적인 꿈의 화신으로서의 면모를 설득력 있게 보여주지 못한다.

데이지를 그의 꿈의 구현체로 삼고 환상 속에서 비정상적일 만큼 그녀에게 집착했는데도 개츠비가 '위대한' 인물이 될 수 있는 것은 결국 그가 미망에서 벗어나 비극적 인식에 도달하기 때문이다. 원작에서는 이 사실을 관찰자인 닉의 다음과 같은 서술을 통해 시사한다. 개츠비가 조금씩 그의 꿈의 실체에 접근해가는 과정을 목격해온 닉은 그가 꿈을 잃고 난 후 그 꿈을 되돌아보면서 "단 하나의 꿈"을 오랫동안 품고 살아온 것에 대해 "값비싼 대가"를 치렀음을 느낀 것이 틀림없다고 추측한다(192). 개츠비가 마음속에서 그려왔던 하늘은 이상세계에 속한 것이었기에 현실을 맞닥뜨리고 직시하게 되었을 때 현실 세계는 "현실감은 없으면서 형상을 갖춘" "낯설고" 두려운 "새로운 세계"로 보였을 것이라는 거다(192). 이 대목에서 개츠비는 마침내 자신이 텅 비어 있으면서도 겉으로는 거짓 형상을 띠는 "재의 계곡"의 세계에 살고 있음을 깨달았을 것이 암시된다. 이 세계에서 "가여운 허깨비들"(192)이 공기처럼 꿈을 들이마시며 이리저리 방황한다는 대목에서 "가여운 허깨비"는 부자들의 세계에 대해 환상적인 꿈을 좇다가 이제 정신적으로는 이미 죽은 것이나 다름없는 개츠비를 나타내고, 그를 향해 서서히 다가오는 "잿빛 환영"은 완전히 "재의 계곡"과 하나가 된 윌슨Wilson을 가리킨다(Kelly 9). 윌슨은 "자신이 살아 있는지도 모르는"(33) 껍데기에 불과한 존재로서 또 하나의 '가여운 허깨비'이기도 하다.

반면 영화에서는 데이지를 되찾으려는 개츠비의 꿈, 이상적인 정체성을 확립한 개츠비의 꿈 그리고 이들 사이의 연관성이 별로 중요하게 취급되지 않는다. 대신 영화는 대사가 없이 음악만 흐르는 가운데 데이지의 집 부두에서 비치는 녹색 불빛을 바라보고 서 있는 개츠비의 모습을 반복적으로 보여준다. 이때 닉의 육성 설명을 첨가함으로써 개츠비의 꿈을 전하려 한다. 하지만 이 장면들은 개츠비의 정체성에 대한 꿈과 데이지를 향한 개츠비의 꿈 사이의 밀접한 연관성을 관객에게 전달하지 못한 채 전체 내용에 유기적으로 통합되지 못하고 겉돈다. 원작에서 데이지 집의 부두에서 반짝이는 녹색 불빛은 '미국의 꿈'으로 그 의미가 확대된다. 반면 영화에서 녹색 불빛은 간헐적으로 그 모습을 드러내기는 하지만 개츠비의 꿈이나 '미국의 꿈'을 상징한다기보다는 그저 하나의 소품으로 전락해 버린다.

어두운 바다에서 깜박이는 녹색 불빛을 배경으로 닉의 얼굴을 클로즈업하면서 마무리 짓는 영화의 마지막 장면에서 개츠비의 꿈은 닉의 육성 설명을 통해 다음과 같이 암시되기는 한다.

> 나는 개츠비가 데이지의 부두 끝에 있는 녹색 불빛을 처음 찾아냈을 때 그가 느낀 경이로움에 대해 생각해 보았다. 이 잔디밭으로 오기까지 그는 많은 과정을 거쳤고 그의 꿈이 너무 가까이 있어서 붙잡지 못할 거라는 생각을 하지 않았을 것이다. 그러나 그는 그 꿈이 이미 자기 뒤에 있음을 깨닫지 못했다.

그런데 이 대목은 개츠비가 경이롭게 바라보던 부두의 녹색 불빛을 아메리카 대륙을 처음 대면한 네덜란드인이 숨죽이고 바라본 녹색 대륙과 동일시하면서 개츠비의 꿈을 미국이라는 신생 공화국의 꿈과 연결하는 원작의 마지막 부분에 함축된 깊은 의미를 제대로 전달하지 못한다. 단지 개츠비가 데이지를 향해 품었던 꿈, 즉 사랑과 결혼을 끝내 성취하지 못한 사실을 아쉬워하는 것으로 보인다.

영화에서는 데이지를 향한 개츠비의 꿈이 개인적인 차원에서의 낭만적 연애담으로 축소된다. 이를 위해 원작에는 없는 장면이 새로이 첨가된다. 전쟁 중 두 사람이 야외로 놀러 가서 손을 맞잡고 키스를 하는 장면이나 군복을 입은 개츠비와 데이지가 촛불을 켜놓은 채 춤을 추면서 옛사랑을 되살리는 낭만적인 장면이 그 예이다. 이와 함께 재회한 개츠비와 데이지가 밀애를 나누는 장면 사이에 톰과 머틀Myrtle의 은밀한 애정행각이나 닉과 조던의 교제 장면을 배치하여 세 쌍의 로맨스를 병치한다. 개츠비와 데이지의 사랑에 중점을 두기 때문에, 두 사람의 과거 얘기가 원작에서는 조던을 통해 전달되지만, 영화에서는 개츠비가 데이지와 해후한 후 옛날을 회상하는 내용 속에 포함된다. 그 결과 두 사람의 감정이 여과 없이 직접 관객에게 전달되고 관객은 남녀 간의 애절한 사랑에 집중하면서 감상적으로 그들을 바라보게 된다.

영화는 두 사람의 사랑이 현실적인 차원을 도외시한 낭만적인 사랑이라는 사실은 효과적으로 잘 영상화해내고 있다. 가령 재회하는 순간 데이지는 개츠비를 직접 대면하는 것이 아니라 거울을 통해 바라보는데 이 장면의 미장센은 데이지가 보고 있는 지금의 개츠비가 허상이라는 사실을 효과적으로 함축해낸다. 재회한 두 사람의 키스 장면을 금붕어가 노니는 수면에 비치는 흔들리는 모습으로 포착한 것도 그들의 사랑이 불안정한 허상일 수 있음을 암시한다. 이와 함께 개츠비와 데이지가 만나는 장면은 하나의 화면이 끝나기 전에 다음 화면이 겹치면서 먼저 화면이 차차 사라지는 오버랩 기법으로 촬영되는데, 이 또한 두 사람의 만남이 그저 신기루처럼 허망한 것임을 암시하는 미장센이다.

녹색 불빛의 이미지는 녹색 반지의 형태로 변형되어 등장하면서 지극히 개인적인 사랑을 부각한다. 개츠비는 데이지에게 사랑의 증표로 녹색 반지를 주는데 데이지는 자신이 낄 수 없다면서 개츠비의 손가락에 끼워준다. 개츠비가 죽고 난 뒤 들것에 실려 갈 때 카메라는 밑으로 축 늘어진 개츠비 손에 끼워진 이 반지를 비추는데, 이는 데이지에 대한 개츠비의 일편단심을 상징적으로 나타내준다. 이 녹색 반지가 익스트림 클로즈업되는 장면 위로 희망을 감지하는 개츠비의 탁월한 재능과 다른 사람에게서는 찾기 힘든 삶의 가능성에 대한 믿음을 언급하는 닉의 육성 설명이 흐른다. 감독이 녹색 반지를 녹색 불빛과 마찬가지로 개츠비의 꿈을 상징하는 지표로 사용하였음을 알 수 있는 대목이다. 그러나 다른 한편 반지라는 개인적인 소품이 사용됨으로써 녹색 불빛의 의미가 약해지고 개츠비의 꿈을 '미국의 꿈'에 연결 짓는 원작에서의 깊은 의미가 제대로 전달되지 못한다.

영화에서는 개츠비의 위대성이 닉의 육성 설명으로 군데군데 언급되기는 하지만 원작처럼 전체 내용에 유기적으로 짜 들어가 있지 못한 채 겉돈다. 그 결과 개츠비의 위대성을 충분히 각인시키지 못한다. 원작에서 개츠비가 '위대한' 것은 비록 그가 녹색 불빛이라는 이상을 찾아 허망하게 헛된 꿈을 추구했으나 톰이나 데이지처럼 "불안"하게 "표류"하는 것이 아니라 삶의 낭만적 가능성을 믿으며 꿈을 향해 줄기차게 "항해"(이상 Harvey 99)하다가 결국 비극적 인식을 하는 인물로 형상화되었기 때문이다. 그런데 영화에서의 개츠비는 진실한 사랑을 하다가 무고하게 죽고 마는 순애보적인 인물로 보일 따름이다.

원작과는 달리 영화에서는 서술자로서의 닉의 모습이 잘 나타난 도입 부분을 제외하면 그의 역할이 제대로 부각되지 않는다. 서술자로서 뿐만이 아니라 인물로서의 닉의 중요성 또한 약해져 개츠비의 인생을 목격하고 이해하게 되는 닉의 변화 및 성장 과정 또한 제대로 전달되지 않는다. 원작과는 달리 머틀의 교통사고가 일어난 날, 닉의 불안감이 잘 전해지지 않을 뿐 아니라 톰과 데이지가 공모하듯 앉아 있는 모습을 닉이 목격하는 장면도 없다. 단지 닉이 개츠비의 과거 얘기를 듣고 자기 집으로 건너가다가 갑자기 되돌아서서 "그들은 썩어빠진 사람들이요. 그들을 다합친 것보다 당신이 더 나아요"라고 말하는 장면이 있을 따름이다. 따라서 닉이 개츠비에게 이러한 평가를 하는 것이 설득력이 없어 보인다.

원작에서 개츠비를 둘러싼 사건은 그것을 바라보는 닉의 관찰과 명상이라는 틀에 넣어져 간접적으로 전달되므로 담담한 분위기가 조성된다. 반면 영화에서는 애절한 음악을 배경으로 일편단심 데이지의 사랑을 희구하는 개츠비의 감상적인 멜로드라마가 직접 관객 앞에 펼쳐진다.

2. 개츠비/미국의 꿈과 사회 비판

클레이튼의 각색작은 개츠비의 꿈을 '변질된 미국의 꿈'과 연관시키는 원작을 변용한다. 개츠비를 애절한 희생자로 부각하는 가운데 사회를 비판하기 위해서다. '미국의 꿈'은 쉽게 정의하기 어려운 복합적인 개념이지만 다음과 같이 간략하게 정의해볼 수 있다. 원래 그것은 잘살 수 있다는 믿음으로 미국에 건너온 사람들이 종교적, 정치적, 경제적으로 자유롭고 평등한 사회에서 물질적 성공을 이루는 이상 국가를 건설하려는 꿈이었다. 그렇지만 19세기 말 '미국의 꿈'은 맹목적으로 물질적인 부를 성취하는 것으로 변질되었다. 경제적 성장을 이루기 위해 탐욕적이고 이기적이며 타락한 수단이 동원되었던 탓에 사람들의 삶은 겉으로는 화려하고 풍요로 넘쳤으나 그 이면에는 정신적 공허감이 자리 잡고 있었다. '변질된 미국의 꿈' 자체가 환상과 실재의 괴리를 함축하는 것이다. 원작에서 물질적인 부를 성취하여 데이지를 되찾아오려 한 개츠비의 꿈은 '미국의 꿈'과 관련지어진다. 원작에 따라 개츠비의 꿈을 '미국의 꿈'과 연관 지어 보려고 한 영화에서 '미국의 꿈'은 녹색 불빛을 바라보는 개츠비의 모습을 반복적으로 영상화한다든가 닉의 육성 설명을 통해 스치듯이 언급하는 방법 이외에도 오프닝 크레딧opening credit이나 엔딩 크레딧ending credit에서 함축적으로 제시된다.

　오프닝 크레딧에서는 멀리서 찍은 개츠비의 호화로운 저택, 그의 값비싸 보이는 자동차, 그의 저택에 있는 수영장 그리고 화려하게 꾸며진 거실이 클로즈업된다. 이때 공허하다고 할 수 있는 텅 빈 실내와 대조되게도 밖에서는 한껏 신이 나 있는 사람들의 웃음소리가 흘러나온다. 이후 카메라는 애잔한 음악을 배경으로 하여 온통 데이지와 연관된 것들, 그녀와 관련된 기사와 스냅 사진, 그리고 개츠비의 재력을 과시하는 금으로 만든 장신구들을 훑어나간다. 이어 개츠비의 아버지가 먹다 남은 것으로 보이는 초라한 빵에 붙어 있는 파리의 모습이 카메라에 포착된다. 물질적인 부를 상징하는 개츠비 저택의 화려한 외양과 극한 대조를 이루는 이 장면을 통해 감독은 '미국의 꿈'에 함축된 실재와 허상 사이의 괴리를 드러내고자 한 듯하다.

　한편 엔딩 크레딧에서는 신나는 재즈 음악을 배경으로 하여 사람들이 흥겹게 놀러 가는 모습이 포착된다. 이는 영화의 결말 부분에서 무관한 사람의 손에 무고하게 죽임을 당한 후 조문객도 없이 쓸쓸하게 치러진 개츠비의 장례식 장면과 확연히 대비된다. 원작을 읽어본 사람이라면 이러한 장면의 병치가 외형적으로는 풍요로움 속에 광란의 파티를 벌이며 환락을 즐기나 내적으로는 공허감에 젖어 상호 교감이 없이 소외된 당대 사람들의 실상, 즉 '미국의 꿈'에 함축된 실재와 환상 사이의 괴리를 나타내려 한다는 사실을 감지할 수 있다. 그렇지만 영화만을 본 사람이라면 데이지를 되찾으려는 개츠비 개인적인 차원에서의 꿈의 공허함과 부질없음만을 느낄 수 있을 따름일 것이다. 영화에서는 개츠비의 꿈을 '미국의 꿈'과 유기적으로 연관시키지 못하고 있으며 '미국의 꿈'의 이면을 제대로 드러내고 있지 못하기 때문이다.

'미국의 꿈'과 연결되는 개츠비의 꿈에 함축된 실재와 환상 사이의 괴리가 중요한 원작과는 달리 영화에서는 자신들이 저지른 죄를 남에게 뒤집어씌워 무고한 사람들을 처치해 버리는 톰/데이지로 대표되는 상류계층의 타락상을 비판하는 것이 더 중요한 관심사이다. 원작에서는 개츠비의 꿈이 실현되지 못한 가장 큰 이유가 그의 꿈 자체가 지닌 관념성 탓이지만, 영화에서는 겉으로는 우아하지만 실제로는 극히 부도덕한 사회의 탓이라는 식으로 단순화된다. 머틀의 죽음에 이어지는 개츠비와 윌슨의 죽음을 보면 그들이 무고한 희생자이고 그들의 죽음은 비극적 낭비로 보이는 면이 분명히 있다. 그렇지만 개츠비 꿈에 깃든 관념성을 포함하여 그 본질을 탐색하는 원작에서는 개츠비가 사회의 희생자라는 작은 틀에 한정되지 않는다. 반면 영화에서는 개인사적인 차원에서, 이상주의자 개츠비가 이기적이고 무책임한 사회에서 머틀의 살인자인 데이지와 정부인 톰의 죄를 대신 뒤집어쓰고 영문도 모른 채 윌슨에게 살해당하는 희생자라는 관점에만 초점을 맞추고 있다.

영화는 차에 치여 죽은 머틀의 모습만을 생생하게 묘사하는 원작과 달리 머틀뿐 아니라 개츠비와 윌슨의 죽음을 직접 장면화해서 보여준다. 풀장에서 수영하던 중 윌슨의 총에 맞아 피범벅이 된 채 물아래로 가라앉는 개츠비의 죽음 장면과 윌슨이 총구를 자신의 입에 넣어 자살하는 장면이 총성 소리와 함께 재현된다. 그들의 죽음이 충격적이고 폭력적인 장면을 통해 더욱 상세하게 다루어짐으로써 사회 기득권층의 부도덕성과 무책임성이 결국 개츠비와 머틀 및 윌슨을 모두 비극적인 죽음에 이르게 한 요인이라는 사실이 영화에서 생생하게 전달된다. 원작에서는 개츠비와 윌슨의 죽음이 직접 묘사되지 않고 간접적으로 담담하게 서술됨으로써 비극의 비현실감을 자아낸다. 그렇기에 개츠비의 죽음이 사회의 희생자라는 구도로 좁혀지지 않는다.

사회 비판에 초점을 둔 영화에서는 "재의 계곡"에 살며 최하위층으로서 힘겨운 삶을 살아가는 윌슨 부부가 더 비중 있게 다뤄진다. 감금되어 있던 머틀이 톰의 것으로 보이는 차를 목격하자 창문을 필사적으로 두드리다 결국 유리창을 깨뜨리고 그 과정에서 피투성이가 된 손의 피를 미친 듯이 핥는 장면이 날카로운 음향 효과와 함께 충격적으로 영상화된다. 윌슨이 머틀을 친 차의 주인을 찾아내기 위해 톰의 집을 방문하여 얘기를 나눈 후 서서히 개츠비 집으로 접근해가는 과정 또한 서스펜스를 조성하면서 상세하게 영상화된다. 머틀을 친 범인이 정부라고 단정하고 자기를 속이고 불륜을 저지른 아내를 위해 복수하려는, 상황에 매몰된 윌슨의 절망적인 모습 역시 직접 하나의 장면으로 전달된다.

원작에서는 개츠비와 톰이 정면으로 맞대결을 펼칠 때, 데이지가 군대 간 그를 기다리지 않고 톰과 결혼한 것은 가난 때문이었음이 개츠비의 입을 통해 잠시 언급되기는 한다. 하지만 그들 관계를 가로막은 것이 물질적인 부라는 사실이 직접 부각되지는 않는다. 반면 영화에서는 데이지가 톰과 결혼하기 전 큰 심적 갈등을 겪었다는 내용이 조던의 얘기를 통해 전해지는 원작과는 달리, 재회 후 개츠비가 데이지에게 왜 자기를 기다려주지 않고 톰과 결혼했느냐고 직접 추궁하는 장면이 새롭게 첨가된다. 이때 데이지는 낭만적 군복 아래 신분을 숨기고 불가능한 사랑으로 자신의 가슴을 아프게 했다고 개츠비를 비난한 후 "부잣집 딸은 가난한 남자와 결혼하지 않는다"면서 흐느껴 운다. 데이지가 개츠비를 버리고 톰과 결혼한 것은 물질적인 부 때문임을 부각하는 이 장면은 영화가 당대 심각했던 물질 지상주의를 비판하고자 했음을 잘 보여준다.

영화는 개츠비가 톰과 데이지로 대표되는 타락한 물질 만능사회에서 희생된다는 구도하에 개츠비와 톰/데이지를 병치하면서 대조한다. 겉으로는 여유 있고 우아한 부부지만 실제로는 톰의 불륜으로 인해 기만과 불신 그리고 이로 인한 긴장으로 가득 찬 톰의 집에서 돌아오는 길에 닉은 멀리서 녹색 불빛을 쳐다보는 개츠비를 우연히 보게 된다. 개츠비의 모습은 인물을 아래에서부터 위로 우러러보는 구도로 잡는 로우 앵글로 촬영되어 그를 다른 사람보다 더 나은 인물로 은연중 자리매김한다.

이어 "결국 개츠비는 옳았다는 것이 판명되었다. 그의 꿈을 따라 떠돈 먼지가 바로 개츠비를 잠식시킨 것이다"라는 닉의 육성 설명이 흐른다. 이는 원작의 서두에 서술되었던 내용인데 영화는 위치를 바꾸어 이 대목에 배치했다. 닉의 육성 설명에서는 개츠비의 꿈이 상징적으로 제시되고 그 꿈을 잠식시킨 것은 먼지임이 강조된다. 이후 개츠비 집에서 열린 광란의 파티 장면에 사람들이 "나방"처럼 날아들었다는 닉의 육성 설명이 더해진 다음에 "쓰레기 하치장"(30)이라 할 수 있는 "재의 계곡"이 포착된다. 녹색 불빛을 응시하는 개츠비, 개츠비가 데이지를 되찾으려는 꿈을 실현하고자 개최한 파티, 그리고 "재의 계곡"이 병치됨으로써 개츠비의 꿈을 잠식시킨 먼지가, 타락하고 황량한 사회의 실상을 적나라하게 집약적으로 보여주는 "재의 계곡"과 연관된다는 사실이 함축된다. 이러한 몽타주를 통해 쓰레기 더미 같은 현실 때문에 개츠비의 꿈이 실현될 수 없다는 메시지가 함축적으로 전달된다. 개츠비의 꿈이 실현되지 못했던 가장 큰 원인은 사회에 있음을 부각하는 것이다.

영화가 사회 전반에 주안점을 두다 보니 닉이 타락한 동부 사회의 물질 지상주의적인 가치관을 대변하는 톰과 데이지를 비판하는 모습이 더욱 강조된다. 가령 조던을 만나 대화를 나누는 중에 닉은 톰과 데이지가 개츠비의 장례식에 참석하지 않은 것은 말할 것도 없고 조화나 전보조차

보내지 않았다며 자신들이 망쳐놓은 일을 다른 사람이 처리하게 하는 무책임한 사람들이라고 비난한다. 닉이 한때 가까웠던 조던과의 관계를 정리한다는 데 주안점이 주어진 원작과 다른 점이다. 이와 함께 원작에서는 닉이 길가에서 우연히 만난 톰의 악수를 뿌리치지는 않지만, 영화에서는 호텔에서 톰을 만나게 되며 그의 악수 제의를 끝내 거절한 채 윌슨에게 뭐라 말했냐며 다그친다. 원작에서 데이지는 개츠비의 죽음 후 모습을 드러내지 않지만, 영화에서는 여행할 채비를 한 채 화려하게 차려입고 아무 일도 없었다는 듯이 천연덕스럽게 행동하는 장면이 첨가된다. 데이지가 원작에서보다 더 가증스러운 인물로 자리매김된 것이다. 자신들 때문에 희생된 개츠비의 죽음 이후에도 일말의 죄책감 없이 무책임하게 안락을 추구하는 톰과 데이지에 대한 강한 비판은 그들의 모습과 "재의 계곡"에서 언니 머틀의 유품을 버리는 캐서린Catherine의 모습을 담은 장면을 병치, 대조하는 데서 다시 확인된다.

원작에서 "재의 계곡"은 속이 텅 비어 있는 재가 여러 가지 기괴한 형상을 재현하는 "쓰레기 하치장"이다. "재의 계곡"의 세계가 상징적으로 함축하고 있는 혼돈 및 공허감은 톰과 데이지의 내면 상황이기도 하다. 톰과 데이지의 외양은 우아하고 화려하나 그 내면세계는 "재의 계곡"과 흡사하다는 점에서 "재의 계곡"은 그들 내면세계의 객관적 상관물이라 할 수 있다. 실제 거주자인 윌슨 부부뿐 아니라 최상류 계층인 톰과 데이지도 실제로는 이곳의 거주자인 것이다. "재의 계곡"이 등장인물들이 뉴욕으로 가기 위해서 꼭 거쳐야 하는 장소로 설정된 것도 모든 사람이 이곳과 밀접하게 연관되어 있다는 사실을 상징적으로 함축한다. "재의 계곡"은 "미국 그 자체의 소우주"(Moyer 275)인 것이다. 이로써 뉴욕으로 대표되는 1920년대 화려한 물질문명 사회의 실상은 더러운 먼지와 잿더미로 가득한 "황무지"(31)에 불과한 것임이 시사된다. 그런데 영화에서 "재의 계곡"은 잿빛 필터를 통해 암울한 무채색으로 촬영되어 황량한 불모지임을 암시하기는 하지만 원작에서와 같은 깊은 의미는 전달하지 못한다.

3. 창조적 몽타주와 미장센

다른 한편 영화에서는 영상물로서의 이점을 살려 효과적인 몽타주와 미장센으로써 "재의 계곡"과 연관되는 여러 상황을 영화가 의도한 주제에 부합되게 잘 재현해내고 있다. "재의 계곡"이 다루어질 때 항상 클로즈업 되는 것은 황량함 속에 우뚝 솟아있는 안과 의사의 광고 간판이다. 도덕의 불모지에서 마치 신이나 되는 것처럼 큰 눈으로써 모든 것을 내려다보고 있는 안과 의사의 광고 간판은 "신성에 대한 패로디"(Kelly 7)이다. 영화에서는 머틀을 치는 과정에서 깊게 파이고 핏자국으로 얼룩진 개츠비 차의 헤드라이트 부분이 광고 간판의 커다란 눈과 겹쳐지는 장면이 원작과는 달리 새롭게 첨가된다. 물질주의의 부산물인 상업광고를 현대 기계문명을 대표하는 자동차와 연결하는 이 몽타주 장면은 익스트림 클로즈업하는 미장센으로 관객에게 충격을 주는 가운데 머틀이 물질주의의 희생자임을 강력하게 시사한다. 안과 의사의 광고판 앞에서 신은 모든 것을 다보고 있다면서 복수하러 떠나는 윌슨의 모습을 먼 거리에서 촬영하는 익스트림 롱 샷으로 처리한 미장센은 자기 삶의 주체가 되지 못한 채 상황에 매몰되어 도구로서 이용당한 후 무의미하게 폐기되고 마는 윌슨의 처지를 잘 드러낸다.

'새'의 상징성 또한 새롭게 첨가되어 이상주의자 개츠비가 희생당한다는 이야기 구도를 보완한다. 저녁 식사 도중 톰의 정부로부터 걸려온 전화 때문에 속이 상한 데이지는 잔디밭에서 새를 보고는 먼 곳에서 날아온 것이 틀림없다며 낭만적이라고 말하는데, 여기에서 새는 오랫동안의 준비 끝에 꿈을 찾아온 낭만주의자 개츠비를 상징한다. 닉은 8년 만에 재회한 개츠비와 데이지를 남겨두고 밖으로 나와 서성이는데 그때 정원의 테이블 위에는 두 마리 새가 사이좋게 앉아 있다. 두 마리의 새는 사랑을 나눴던 과거의 기억 속으로 낭만적으로 젖어 드는 두 사람을 상징한다고 할 수 있다. 새가 개츠비의 이상을 상징함은 데이지 앞으로 개츠비가 던진 형형색색의 아름다운 고급셔츠들이 마치 새처럼 공중에 흩날리는 장면의 미장센에서도 분명해진다. 개츠비와 데이지의 밀애가 무르익고 개츠비의 과거를 추적하는 기자가 닉을 찾아올 즈음 닉은 개츠비 집 근처 해안가로 떠밀려온 죽은 새를 발견하고 바위 위에 올려놓는다. 여기서 죽은 새는 이상이 꺾인 개츠비의 죽음을 예기한다. 이처럼 새는 꿈을 쫓다가 무고하게 희생당하고 마는 개츠비와 연관되면서 유기적으로 그 의미망을 구축해 간다.

IV. 총평

원작에서 개츠비는 구체적인 한 개인이라기보다는 윤곽이 선명하게 드러나지 않는 하나의 상징적 존재로 등장하여 1920년대 재즈 시대의 변질되어 버린 '미국의 꿈'을 대표한다. 반면 개인적인 인간관계에 치중하는 영화에서 개츠비는 자신의 상상 속 이미지의 여인을 쫓다가 죽게 된 남자로 전락한다. 물론 영화는 닉을 등장시켜 개츠비의 꿈을 '미국의 꿈'과 연관 지으려고 시도한다. 하지만 개츠비의 꿈 및 그것과 '미국의 꿈' 사이의 밀접한 관련성을 탐색하는 원작의 주제를 제대로 드러내지 못한다. 개츠비의 인생에서 닉이 읽어내는 의미보다는 극화되고 있는 개츠비의 인생

자체에 중점을 두는 영화는 개츠비의 인생이 미국 사회라는 커다란 틀 속에서 어떤 의미를 지니고 있는지를 전달하지 못한다.

원작에서는 개츠비가 품은 새로운 정체성에 관한 꿈과 데이지를 되찾으려는 꿈 그리고 그것 사이의 연관성을 독자에게 공감적으로 전달하는데 있어서, 여러 인물이 다른 각도에서 닉에게 해주는 이야기를 통한 반복 서술과 닉의 명상이 효과적으로 활용된다. 이기적이고 무책임한 톰/데이지의 세계와 개츠비의 세계를 병치, 대조함으로써 개츠비를 '위대한' 인물로 자리매김하기도 한다. 개츠비를 동정하면서도 동시에 그를 둘러싼 사건으로부터 거리를 둔 채 명상에 잠기는 닉을 매개로 하여 이야기가 전해지기 때문에 독자는 감상에 빠지지 않고 차분히 그 비극적 의미를 음미할 수 있다.

반면 클레이튼의 영화에서는 두 개의 상반되는 방식을 병행한다. 한편으로는 닉이라는 인물을 등장시켜 개츠비나 그를 둘러싼 인물들로부터 거리를 유지하면서 닉의 육성 설명을 통해 개츠비의 꿈을 '미국의 꿈'과 연결하려 한다. 그렇지만 다른 한편으로 닉이 직접 사건에 개입하면서부터는 화자로서보다는 등장인물의 역할을 하게 함으로써 관객이 개츠비 이야기의 대부분을 닉의 해설 없이 직접 접하게 한다. 개츠비와 관객 사이의 거리를 좁혀 물질 지상주의적인 현대 사회에서 희생당하는 로맨틱한 이상주의 실패자로 자리매김한 개츠비에게 더 많은 '개인적인' 공감을 하게 하는 것이다.

그런가 하면 관객이 개츠비의 비극에 몰입되지 않고 그 비극에서부터 거리를 두면서 거기에 함축된 비극적 의미를 음미하도록 하려 한다. 엔딩 크레딧에서 흥겨운 행락객들의 모습을 앞선 개츠비의 비극적 죽음과 아이러니하게 병치하는 것이 그 예이다. 그렇지만 이러한 거리 두기를 통해 비극적 의미를 음미하게 하려는 시도가 성공한다고 보기는 어렵다. 엔딩 크레딧이 함축하려 한 것으로 보이는 '변질된 미국의 꿈'에 내포된 실재와 환상의 괴리 문제가 작품 속에서 일관되고 설득력 있게 제시되지 못했기 때문이다.

영화에서는 개츠비의 사랑과 죽음이라는 애수 어린 감상적 멜로드라마를 만들려는 시도와 그 멜로드라마적인 내용을 '미국의 꿈'과 연결하려는 또 하나의 시도가 유기적으로 통합되지 못한 채 불협화를 초래한다. 영화는 상충하기 어려운 두 가지 목표, 즉 '변질되어버린 미국의 꿈'과 데이지를 향한 개츠비의 지고지순한 사랑의 로맨스를 함께 다루려 했다. 하지만 원작에 충실하고 재즈 시대를 재현하는 데 엄청난 제작비를 쏟았음에도 불구하고 클레이튼의 영화는 관객에게 별반 감동을 주지 못하는 어설픈 작품이 되고 말았다.

『주홍글자』
The Scarlet Letter

I. 작가와 작품 소개

　　나다니엘 호손Nathaniel Hawthorne은 1804년 매사추세츠Massachusetts주 세일럼Salem의 청교도 집안에서 선장의 아들로 태어났다. 17세기 뉴잉글랜드에서 마녀재판을 통해 많은 무고한 사람의 처형에 가담했던 자신의 청교도 조상, 특히 고조부 존John으로 인해 호손은 심한 죄의식에 시달렸다. 그가 자신의 성에 w자를 삽입한 것은 조상과 구분하기 위함이었다고 한다.

호손은 대학 졸업 후 어머니에게서 경제적 도움을 받으며 고향인 세일럼에서 작가로서 어렵게 생계를 꾸려나갔다. 그러다가 대학 시절 사귄 친구 프랭클린 피어스Franklin Pierce 상원의원의 노력으로 1839년 보스턴 세관에서, 1846년에는 세일럼 세관에서 공직을 맡았다. 순전히 경제적인 이유로 취직했던 그 시절 호손은 창작 활동을 제대로 할 수 없었다. 이후 1849년 휘그당이 대통령 선거에서 승리하자 호손은 중상모략을 당해 세관에서 해고당했다. 세관을 그만둔 후 본업인 작가로 돌아간 호손은 1850년 본격적인 첫 장편 소설이자 최초의 성공작인 『주홍글자』를 출판했다. 이 작품의 서문 격인 「세관」"The Custom House"에서 호손은 정적들을 신랄하게 비판하면서 당시의 비참한 심경을 적나라하게 토로했다. 「세관」이 독자 대중에게 불러일으킨 호기심으로 『주홍글자』의 초판은 조기에 매진되는 등 큰 성공을 거두었다.

『주홍글자』는 1926년 빅터 시스트롬Victor Sjostrom 감독의 흑백 무성 영화부터 시작하여 여러 차례 영화화된 바 있다. 릭 하우저Rick Hauser 감독의 드라마도 그 하나이다. 컬러 텔레비전이 폭넓게 보급된 후 영국에서 문학 작품을 영화로 제작하는 붐이 일어나자 이에 자극받은 미국 보스턴의 공영 텔레비전 방송국 WGBH는 1970년대 후반 미국의 대표적인 고전인 『주홍글자』를 각색하는 작업에 착수했다. 하우저 감독이 4년 반에 걸쳐 만들어낸 드라마가 그 결과물이다. 하우저의 드라마는 1979년 4부작 미니시리즈로 만들어져 미국의 공영 텔레비전 PBS에서 4일간 방영되었다. 조세프 소머Josef Sommer가 화자, 멕 포스터Meg Forster가 헤스터Hester, 존 허드John Heard가 딤즈데일Dimmesdale, 케빈 콘웨이Kevin Conway가 칠링워즈Chillingworth, 엘리사 어레일리Elisa Erali가 펄Pearl을 연기했다. 흥행에서는 성공하지 못했으나 이 작품은 그 시즌 PBS 드라마 중에서 최상의 등급을 받았고, 두 번째 에피소드Part 2는 그 해 '비디오 편집부문 에미상' Emmy Award for Outstanding Video Tape Editing을 수상하는 성과를 거두었다.

이 드라마에 대한 당대 평가는 양가적이다. 미덕은 인정하되 그 한계도 명확히 존재한다는 것이다. 겔먼과 윌슨David Gelman and Cynthia Wilson이 『뉴스위크』Newsweek 지에서 기꺼이 인정하는바 "시대의 걸작"으로 의도된 하우저의 각색작품은 "결함이 있긴 하지만 눈부신 산물"(2 Apr. 1979)이 었다. 호평의 또 다른 예로는 "걸작을 전적으로 매혹적이며 충실하게 극화한 작품"(Los Angeles Times), "흠잡을 데 없는 연출, 탁월한 연기"(TV Guide, 이상 Österberg 223 재인용) 등을 들 수 있다. 하지만 『버라이어티』Variety 지에서 평자들은 이 작품이 "존경할만하고 (원작을) 문자 그대로 따르고 있지만 아주 강렬한 각색작은 아니"(11 Apr. 1979)라고 평가했다. 또 다른 비판의 예로는 "예술적 재앙"(New York Times 2 Apr. 1979), "어리석을 만큼 따분하고 숨 막힐 것 같은 언어"(Washington Post 2 Apr. 1979, 이상 Henry III 39 재인용) 등을 들 수 있다.

1979년 드라마의 가장 큰 미덕은 일반인들이 문학 작품을 직접 읽지 않고도 그 작품 세계를 접할 수 있을 만큼 여러 면에서 원작에 충실하게 각색했다는 점이다. 이 드라마는 원작의 '자매 편'이라 할 수 있을 정도로 줄거리뿐 아니라 전반적인 음울한 분위기를 거의 그대로 시각적으로 옮겨 놓았다. 이런 연유로 『주홍글자』를 각색한 여러 작품 중에서 원작의 "뉘앙스에 가장 잘 맞추고"(Ingebretsen 5) 있다는 평을 듣기도 했다. 이와 더불어 이 드라마는 원작과 마찬가지로 화자를 등장시켜 화면에 모습을 드러내지 않은 채 '목소리로만 하는 해설'voice-over을 하게 했다. 하우저가 공언하듯 그의 각색작은 원작과 "진짜로 똑같지는 않고 똑같을 수도 없지만 충실했다고 감히 확신할 수 있다"(*Viewer's Guide*. Barlowe 142 재인용). 이 드라마가 수십여 개 나라의 문학 수업에서 원작 읽기 대용으로 활용되고 있는 것은 이 때문이다. 하지만 원작에 충실한 하우저의 각색 드라마는 평자들의 호평을 별로 받지 못했다. 던Michael Dunne은 하우저 감독과 각색자인 에일리언 니Alien Knee 및 앨빈 사핀슬리Alvin Sapinsley가 과도하게 원작을 충실히 따르려다가 "영상적 재현"을 망쳤다고 비판한다 (82). 베이커Larry Baker에 따르면 텍스트를 그대로 살렸더라도 그것이 호손의 원작을 충실하게 재현했음을 의미하지는 않는다(220). 사실 이 드라마는 단순하고 밋밋하며 속도감이 없는 전개로 극적 집중도가 떨어지는 등 예술적 완성도가 낮다는 사실을 부인하기 어렵다.

원작에 충실한 하우저의 각색작과 뚜렷이 구별되는 것은 독자적인 해석을 통해 원작을 파격적일 만큼 자유롭게 변형한 롤랑 조페Roland Joffé 감독의 1995년 영화이다. 영화 역시 소설 못지않게 그것이 생산된 시대의 사회, 문화적 산물이라는 측면에서 호손의 원작을 자유롭게 각색한 조페의 영화는 나름의 의미가 있다. 원전의 내용에는 충실하지 않으나 원작의 핵심적인 모티브를 포착해서 흥미진진한 현대적 영상으로 재현하고 있기 때문이다. 이 영화는 현대 대중의 취향에 맞추면서 현대 사회의 문제를 부각하려 했다. 이를 위해 청교도주의 비판이나 죄와 구원의 주제 대신 헐리우드식 권선징악의 구도하에 사랑과 가족애를 중심축으로 삼아 편협함을 넘어선 관용을 강조한다. 원작의 관용 정신을 현대적으로 재해석해서 인디언이나 여성 등 침묵당해 온 타자의 목소리를 복원하는 20세기 후반의 포스트모던적 사고와 접목했다고 할 수 있겠다.

조페의 영화 속 인물들은 인물의 심층 심리에 주목하는 원작과는 많이 달라지는데 그중 가장 크게 변형된 인물은 딤즈데일이다. 그는 죄의식에 시달리는 심약한 인물이 아니라 열정적인 성직자이자 모든 난관을 뚫고 사랑을 지키는 강인한 영웅적인 인물로 등장한다. 결말에서도 딤즈데일은 교수형에 처할 위기를 평소 편견 없이 친하게 지냈던 인디언들의 도움을 받아 벗어난 후 헤스터, 펄과 함께 새로운 삶을 찾아 떠난다. 헤스터의 경우도 죄의식과 열정 사이에서 고통받는 원작과는 달리 강인하고 꿋꿋하게 편견과 억압에 굴하지 않는 현대적 여권론자로 변형된다. 헤스터는 개혁가인 히빈스Hibbins 부인과 끈끈한 동지애로써 서로 의지하며 사회의 편견과 억압에 맞선다. 칠링워즈는 인물들이 선악의 대립 구도로 단순화되는 과정에서 악을 체현한 인물로 극단적으로 변형된다. 펄도 그 역할이 크게 바뀐다. 성장한 펄은 '목소리 해설'로서 이야기를 회상하는데, 부모의 이야기를 실제 있었던 실화인 양 사실성을 부각하는 역할을 한다.

조페의 각색작은 인간 심리의 복합성을 치열하게 탐색하면서 죄의 진정한 회개와 따뜻한 관용 및 용서, 그리고 이를 통한 구원을 그려낸 원작의 깊이에 도달하지는 못한다. 인물 설정에서 호손이 비판했던 알레고리와 이분법적인 시각을 드러내기도 한다. 하지만 현대라는 시대정신에 부합하게 창조적으로 변형하고 이를 예술성 높은 영상으로 재현했다는 점에서 나름의 가치가 있다고 할 수 있다.

II. 원작: '용서와 구원'의 주제와 '로맨스' 속 화자

호손은 억압적인 청교도주의와 그로 인한 죄의식, 그리고 죄의식이 심리에 끼치는 영향을 심도 있게 고찰한 작가이다. 그는 신의 계시라는 미명으로 엄격한 규율과 처벌만을 중요시했던 편협한 청교도적 삶을 비판하고 따뜻한 용서와 이를 통한 구원을 강조했다. 호손이 보기에 죄인이 구원을 받기 위해 외적인 차원에서 필요로 한 것은 용서이다. 인간이란 누구나 죄를 범할 수 있는 나약한 존재이므로 계율을 통한 단죄보다는 용서와 화해, 그리고 인간 본연의 사랑과 동정심이 필요하다는 것이다.

한편 구원받기 위해 내적인 면에서 필요한 것은 죄를 회개하는 것, 즉 진실을 드러내고 용서를 비는 것이다. 죄를 숨기면서 고립되어 살 것이 아니라 자신의 진실된 모습을 용기 있게 대면하고 떳떳하게 책임져야 한다는 것, 그럼으로써 사람들과의 유대를 유지하고 살아야 한다는 것이 호손의 입장이다.

그런데 호손이 청교도주의를 비판하고 용서와 구원의 주제를 극적으로 생생하게 보여주기 위해 사용한 것이 바로 그 나름의 독특한 로맨스 양식이다. 호손은 일상성이나 사실성에 제한받지 않은 환상적인 인물과 사건 및 배경을 로맨스적으로 형상화하지만, 다른 한편 자신을 대변하는 화자를 통해 사실주의 소설이 그러하듯이 이야기에 생생한 현실성을 부여하고 '그럴듯함'plausibility과 신빙성을 확보한다.

이와 함께 호손은 주제를 설득력 있게 전달하고자 자기 나름의 독특한 로맨스 양식을 사용하여 현실적으로 표면에 드러나지는 않지만 실재하는 '인간 마음의 진실', 즉 내면 심리를 그려낸다. 더 나아가 인물들의 내적 변화 및 그 양상을 추적하여 그들의 행위에 내적 논리를 부여하고 '인과성'causality을 확보한다.

선과 악을 단선적인 이분법으로 나누고 사람을 인간으로서가 아닌 단일적인 의미의 알레고리나 하나의 상징으로 보는 청교도주의 자체가 로맨스 양식에 부합한다. 그렇기에 로맨스 양식은 청교도주의를 효과적으로 비판하기 위한 유용한 수단이 된다.

로맨스 양식에 담긴 원작에서는 화자의 역할이 중요한데, 그 역할은 크게 두 가지이다. 하나는 확실하게 단정 짓는 대신에 소문과 추측이라면서 모호한 해석을 내리는 것이다. 이는 열린 시각과 관용을 촉구하는 가운데 독단적이고 편협한 청교도주의를 비판하기 위해서다. 화자의 또 하나의 역할은 내면 심리, 그 갈등 양상과 변화를 함축적으로 전달하여 인물의 행위에 내적 인과관계를 부여하는 것이다. 그럼으로써 헤스터와 딤즈데일, 그리고 칠링워즈를 둘러싼 인간 존재의 "어두운 진실", 즉 인간의 죄의식과 죄의 심리적 결과를 추적하면서 용서와 구원의 주제를 전달한다.

원작 속 화자는 비현실적으로 보일 수도 있는 사건 및 배경에 지속해서 사실성을 부여하며 사실주의 소설의 틀을 유지하려 한다. 전체 소설의 약 1/6에 달하는 분량인 「세관」에서부터 그러하다. 여기에서 화자는 세관 사무실에서의 3년에 걸친 일상생활 경험과 이전 직책에서 해고당한 정치적 배경을 지극히 사실적으로 상세하게 적고 있다. 화자는 또한 세관 생활 중 선임 검사관 조나산 퓨Jonathan Pue의 서류뭉치에서 흐릿하게 A의 형상을 띤 주홍글자가 새겨진 낡은 천과 헤스터의 이야기가 적힌 기록물을 우연히 발견한 과정을 사실적으로 기록한다. 이때 사실주의 소설 양식에 따라 세일럼 세관의 검사관이라는 구체적인 화자가 등장한 것 이외에도 "할 일이 없던 어느 비 오는 날"이라는 구체적인 시간과, "세관 2층의 큰 방"33)이라는 구체적인 장소가 적시된다. 1인칭 화자는 조그만 꾸러미에 담긴 주홍글자가 새겨진 천이 손으로 만질 수 있는 실제 물건이었음을 강조하기도 한다. 주홍글자 자체를 이야기의 그 어느 부분보다도 더 사실적으로 보이게 한 것이다. 더 나아가 화자는 검사관 퓨가 실제 인물이니

---

33) Nathaniel Hawthorne, *The Scarlet Letter* 1850; rpt. (서울: 신아사, 2014), 76. 이하 소설의 본문 인용은 이 책에 따르며 면수만 표기한다.

그의 원고 속 헤스터에 관한 사건도 실제 일어난 일이고, 퓨 시절에도 여전히 나이 든 사람들은 헤스터를 기억한다면서 그녀가 실존 인물임을 믿게 하려 한다. 화자는 반복적으로 그 이야기가 '진짜임'(82)을 강조하는 것이다. 이렇게 「세관」에서 화자는 주홍글자 전체 이야기에 사실적인 이야기라는 틀을 제공한다.

화자는 비현실적인 로맨스의 요소가 다분히 많은 본 이야기에서 장소와 인물, 사건을 "애매한 분위기로 에워싸"(Turner 108 재인용)지만, 다른 한편 사실적으로 보이게 하려 한다. 일반 로맨스와 사실주의 소설 사이에서 균형을 유지하려 하는 것이다. 이렇듯 화자는 호손 특유의 로맨스 양식 속에서 중요한 역할을 한다.

그렇기에 원작 속 펄은 일반 로맨스에 나올 법한 환상적인 인물이면서도 사실적인 인물로 형상화될 수 있게 된다. 펄은 요정이나 악동 같은 특이한 행동을 하는 존재지만 순수하고 호기심 많은 현실 속의 아이이기도 한 것이다. 이로써 펄은 인간과 요정 사이의 중간 지대에 속하게 된다. 알레고리와 사실주의를 오가는 인물형상화 방법을 사용한 것은 선과 악이라는 단순한 이분법으로 단죄하는 단선적인 청교도적 가치관을 비판하고 용서와 구원의 주제를 전달하기 위해서다.

펄은 구원으로 이끌어주는 알레고리적인 역할을 한다. 화자에 따르면 펄은 살아 있는 주홍글자로서 헤스터에게 고통을 준다. 펄을 양육해야 하는 헤스터에게 펄은 주홍글자보다 더 효과적인 규율의 기제로 작용한다. 자신이 누구인지 계속 질문하고 주홍글자에 예민한 반응을 보이는 펄의 뜻밖의 말이나 행동들은 헤스터로 하여금 고통 속에서 자신의 죄를 끊임없이 자각하도록 자극하는 양심의 역할을 한다. 또한 순진하고 거리낌 없는 아이로서 예리한 통찰력으로 정곡을 찌르는 펄은 '진실'을 상징한다.

헤스터는 점차 펄이 자기 가슴속의 슬픔을 위로하고 정열을 극복하도록 도와주는 존재이며 신이 펄을 통해 "자비와 은총"(272)을 베풀어주려 한 것으로 생각하게 된다. 펄을 보며 구원의 가능성을 엿본 헤스터는 숨기며 회피하려는 태도에서 벗어나 주홍글자와 그 의미를 정면으로 대면할 수 있게 된다. 그 결과 숲에서 다시 "검은 남자"(280)에 관해 묻는 펄에게 헤스터는 자신이 그를 일생에 단 한 번 만난 적이 있고, 즉 일탈한 적이 있고 주홍글자가 그 징표라는 진실을 비로소 담담하게 인정한다.

펄은 헤스터와 딤즈데일이 죄를 회피하지 않고 진실을 대면하도록, 특히 딤즈데일로 하여금 숨기고 있는 죄를 스스로 밝히게 하는 역할을 한다. 펄은 도망 후 새로운 삶을 꿈꾸는 두 사람에게 죄를 계속 상기시키며 과거에 저지른 죄와 그것의 현실적인 결과를 정면 대결하도록 한다. 펄이 주홍글자를 떼어내 버린 헤스터에게 주홍글자를 다시 달라고 명하고, 딤즈데일에게 다음날 대낮에 셋이 함께 처형대 위에 서자고 요구한 것이 그 예이다. 펄의 말은 딤즈데일이 죄를 고백하지 않는다면 아무리 멀리 떠나더라도 결코 양심의 가책이나 죄의식에서 벗어나지 못하리라는 것을 암시한다.

고통을 주는 동시에 구원으로 이끌어주는 펄의 알레고리적인 역할은 딤즈데일이 처형대에 올라 이제까지 숨겨온 죄를 공개적으로 고백할 때 마침내 끝난다. 펄이 목사에게 입 맞출 때 "마법"(368)은 풀리고 펄은 상징이나 알레고리로 대표되는 로맨스적 인물을 넘어서 마침내 하나의 개별적인 인간으로서 사회의 구성원이 된다. 그런데 이 과정은 로맨스 세계와 사실주의 세계의 경계를 넘나드는 호손 특유의 로맨스 양식 속의 화자로 인해 실감 나게 전달될 수 있게 된다.

용서와 구원에 대비되는 복수의 화신으로서 칠링워즈의 인물형상화도 펄의 경우와 유사하다. 칠링워즈의 복수는 죄를 공개하지 못하는 딤즈데일의 죄의식을 가차 없이 집요하게 자극하여 결국 파멸로 몰아가는 것이다. 화자는 칠링워즈의 이러한 행위를 대상의 몸에 달라붙어 피를 빨아먹는 "거머리"(186)로 비유한다. 차분하고 지성적인 학자였던 칠링워즈가 증오심에 불타는 악마라는 알레고리의 인물로 변해가는 양상을 묘사할 때 비현실적인 것과 사실적인 것을 적절히 혼합한 로맨스 양식 속 화자가 중요한 역할을 한다.

원작 속 화자의 또 하나의 역할은 애매모호함을 유지하는 것이다. 딤즈데일이 하늘에서 주홍글자의 형태를 띤 유성을 보게 되는 장면에서의 모호한 서술이 그 한 예이다. 화자는 이를 마치 실제로 일어난 일인 양 자세하게 기술하면서도 다른 한편 신비스러운 초자연적인 현상으로 보이게 한다. 헤스터와 숲에서 만나 새로운 곳으로 도망가기로 한 후 마을로 돌아오는 길에 딤즈데일은 악한 충동을 느끼는데 이를 실제 행동으로 옮겼는가의 여부 또한 애매하게 처리된다.34)

원작 속 화자의 애매모호한 서술은 용서 및 관용의 주제를 전하는 데 효과적이다. 딤즈데일 죽음 이후를 이야기하며 이 소설의 의미를 종합하는 마지막 장에서 화자는 딤즈데일이 가슴 위 치욕의 표시를 드러냈을 때 목격자들의 각양각색 증언을 전하면서 독자에게 이들 중 어느 하나를 마음대로 선택하라고 한다. 모호하게 다중적 의미의 해석을 내리는 것이다. 이는 독자가 경직된 청교도주의에서 벗어나 유연한 사고로 용서와 관용을 베푸는 태도를 보이도록 이끌기 위해서라고 할 수 있다. 호손 로맨

---

34) 반면 드라마 속 딤즈데일의 행동은 모호하게 처리되지 않았다. 그는 원작에서와는 달리 순결한 마을 여신도에게 실제로 가까이 다가간다. 여신도와 거의 입 맞출 상황까지 갔을 때 목소리로 들리는 "내가 미쳤나?"라는 생각이 불현듯 스치면서 그만둔다.

스의 특징인 '경계가 흐릿해지는 모호성'이 경계를 허무는 열린 시각을 주문하는 이 소설의 주제에 부합하는 것이다. 호손의 로맨스는 독자로 하여금 이제까지 당연하게 주어졌던 것들을 다시 생각해볼 수 있는 여지를 마련해준다고 할 수 있다.

다른 한편 원작 속 화자는 헤스터와 딤즈데일의 내면세계를 자세하게 서술하는 가운데 그들의 심리적 갈등 양상과 그 변화 과정을 전달한다. 이를 통해 인물의 행동이 변화한 이면에 심리적 변화가 있었다는 내적 인과관계를 확보한다. 가령 주홍글자가 헤스터에게 미치는 영향, 펄에 대한 헤스터의 생각의 변화, 그리고 그로 인한 헤스터의 전반적인 내적 변화가 추적된다. 사실 헤스터와 도망가기로 약속했던 딤즈데일이 축제일 기념 설교 후 처형대 위에서 죄를 고백하고, 딤즈데일의 죽음 후 뉴잉글랜드를 떠났던 헤스터가 다시 돌아와 주홍글자를 단 채 여생을 살아간다는 원작의 결말은 일견 인과성이 없이 갑작스럽게 보인다. 그들이 그렇게 행동하게 된 원인이 애매모호하고 불분명해 보이기 때문이다. 하지만 실제로 인물들의 심리 변화를 추적하다 보면 거기에는 다음과 같이 내적 인과관계가 내재해 있음을 알 수 있다.

간음죄로 형기를 마친 후 출소한 헤스터는 외견상으로는 참회하고 청교도 규범을 따르는 것 같지만 실제로는 그렇지 않다. 처음 처형대 위에 서서 수모를 당할 때 헤스터는 짓누르는 현실에서 도피하고자 자신의 과거사를 회상한다. 쇠락해가는 가정, 기형인 남편, 불행했던 결혼 생활 등이 회상되는 이 장면에서 분노하는 신의 이미지는 전혀 나타나지 않는다. 이는 헤스터가 진심으로 회개하고 있지 않음을 시사한다. 군중 속에서 남편을 발견한 헤스터는 두려움을 느끼며 다른 사람들을 사이에 두고 있기에 둘이서 마주하지 않을 수 있음에 안도한다. 또한 헤스터의 내면에는 아직도 딤즈데일에 대한 열정이 자리 잡고 있다. 딤즈데일을 향한 열정과 죄책감 사이에 끼어 있기에 헤스터는 자기 기만적인 이중성을 보인다. 이 이중성이 깨진 계기는 헤스터가 딤즈데일의 고통을 직접 목격한 때이다. 딤즈데일에게 칠링워즈의 정체를 마침내 밝힌 헤스터는 그와의 열렬한 사랑을 확인한 후 유럽으로 도망가자고 제안하고 주홍글자를 떼내 버린다. 하지만 헤스터는 그것을 손가락으로 가리키며 가슴에 다시 달라고 떼를 쓰는 펄의 완고한 요구에 맞닥뜨리면서 자신이 저지른 죗값을 피할 수 없음을 깨닫는다.

딤즈데일이 고백을 하고 죽은 후 보스턴을 떠났던 헤스터는 펄의 결혼 후 "자진해서"(376) 죄가 행해진 곳으로 돌아와 주홍글자를 달고 살아간다. 이제 그녀는 적극적으로 사람들과 유대를 맺으며 현 사회를 개혁해야 함을 목소리를 내어 말하게 된다. 이는 헤스터가 자신이 저지른 죄의 결과를 진정으로 수용하기로 마음먹었음을 의미한다고 할 수 있다.[35] 이처럼 헤스터가 보스턴으로 돌아와 주홍글자를 다시 달고 살아가게 된 배경에는 심리 변화라는 내적 인과관계가 성립하는 것으로 그려지고 있다.

딤즈데일의 내적 변화 및 거기에 내재된 인과관계는 다음과 같다. 딤즈데일은 목사로서의 명예를 유지하고 싶은 열망과 죄를 숨기고 있는 데서 오는 죄책감 사이에서 극도로 고통받는다. 엄청난 고통으로 밤샘을 할 때 딤즈데일은 거울 속에서 자신을 비웃는 사악한 형상들과 함께 고개를 돌리며 지나치는 어머니의 모습을 본다. 화자의 서술에 따르면 보통의 어머니라면 연민의 눈길을 보냈으련만 딤즈데일의 환영 속 어머니는 그렇지

---

35) 헤스터의 귀환에 대해 과거 자신의 행동을 수용할 수 있게 된 헤스터의 승리로 보는 대표적인 평자는 맥윌리엄즈(McWilliams 67)이다. 이와는 달리 헤스터가 사회에 순응한 결과로 보는 평자로는 베임(Baym 407)과 버코비치(Bercovitch 629)가 있다.

않다. 이는 그가 간음에 대해 얼마나 큰 죄책감에 시달리는지를 함축적으로 시사한다. 이런 딤즈데일에게 큰 변화가 찾아오는데, 칠링워즈의 정체를 알게 된 것과 다른 곳으로 떠나자는 헤스터의 제안을 들을 때다. 딤즈데일은 칠링워즈와는 달리 자신이 인간 마음의 신성함을 침범하지는 않았다면서 신의 용서를 기대하게 된다. 다른 곳에서 새롭게 시작하자고 부추기는 헤스터의 유혹에 순간적으로 도망갈 결심을 한 그는 새로 태어난 사람처럼 기쁨을 느끼지만 이내 들뜨고 불안정한 상태가 된다. 펄이 헤스터로 하여금 주홍글자를 다시 달도록 강력히 요구하고 딤즈데일에게 셋이 대낮에 손을 맞잡고 마을에 들어갈 수 있느냐고 물으며 그의 키스를 물로 씻어내 버리는 행동을 한 것이 그 계기이다. 숲에서 집으로 돌아오는 길에 자기 안에서 일어나는 사악한 충동에 당혹감을 느낀 그는 히빈스 부인과의 대화를 통해 자신이 악의 세계에 가까워졌음을 확인하게 된다. 이로 인해 죄를 고백하지 않은 채 이곳을 떠난다는 것은 "악마에게 영혼을 판" (325) 마녀의 행위와 다름없음을 깨닫게 된다. 죄악에 가까운 충동을 가까스로 억누르는 과정을 통해 딤즈데일은 "새롭게 더 현명해진 존재" (326)가 되어 다른 각도에서 그의 전 존재를 바라보게 된다. 그는 자신이 죄인임에도 불구하고 신으로부터 선택받았다는 고양된 기분 속에 구원의 희망을 보며 마침내 죄를 고백하기로 결심한다. 이제까지 그는 속죄할 수 있을지를 확신하지 못해 자신의 현실을 인정하지 못하는 비겁함을 보였지만 신의 구원과 자비에 대한 새로운 관점을 얻은 후 자기기만에서 벗어나 고백할 용기를 낸 것이다.36) 이처럼 딤즈데일이 마침내 죄를 고백할 수 있게 된 것은 그의 내적 변화라는 인과관계에 따른 것으로 그려진다.

---

36) 스튜어트Stewart, 스텁즈Stubbs 등의 평자들도 딤즈데일의 고백 장면을 그의 숭고한 승리로 본다. 반면 데이비슨Davidson 등의 평자들은 온전한 속죄라기보다는 도피로 본다(89-91).

원작은 헤스터와 딤즈데일의 내면 심리와 그 변화를 전달하는 가운데 일반 로맨스와는 달리 탄탄한 내적 인과관계를 확보한다. 이로써 헤스터와 딤즈데일의 내면 변화는 신빙성을 담보하게 된다. 그렇기에 두 인물이 내적 변화를 통해 진실을 인정하고 그럼으로써 용서와 구원을 받게 된다는 주제가 설득력 있게 잘 전달된다.

III. 하우저의 드라마: 현대적 멜로드라마로의 단순화

1. 로맨스에서 사실적 드라마로

하우저의 각색작은 원작의 주요 사건과 인물들을 거의 빠짐없이 등장시킬 정도로 외형상으로는 원작을 그대로 차용했으나 원작의 깊이와 그것이 주는 감동에 크게 미치지 못했다. 그 이유는 원작의 정수를 살리지 못했기 때문이다. 원작의 정수란 호손 특유의 로맨스 양식과 이를 통해 전달한 청교도주의 비판 및 '죄와 구원'이라는 주제의식이라고 할 수 있다. 그리고 이를 가능하게 한 것이 화자의 적절한 활용이다.

각색작에서는 호손 특유의 로맨스 양식에 대한 고려가 없다. 각색작에 "호손이 쓴 로맨스"라는 부제가 붙어 있지만 호손 특유의 로맨스를 의미하지는 않는다. 대신 이 각색작에서 로맨스는 연애 소설 구도 속의 배신과 복수의 사랑 이야기를 의미한다. 그 결과 하우저의 작품은 단지 멜로드라마가 된다.

원작의 로맨스 양식에 따르지 않은 각색작에서는 화자의 역할이 달라진다. 원작에서 화자는 본격적인 이야기가 시작되기 전 '서문' 격으로 붙인 「세관」에서부터 등장하여 본 이야기에서 활용될 독특한 로맨스 양식을 정의한다. 또한 화자는 주홍글자가 새겨진 천과 그 내력이 적힌 문서를 입수한 경위를 자세히 설명하면서 사실성을 확보하려 한다. 본 이야기가 진행되면서 화자는 헤스터 사건에 대한 자료를 토대로 사건의 흐름을 전지적 작가 시점으로 서술한다. 그런가 하면 3인칭 관찰자 시점으로 인물의 생각이나 감정을 추측하듯이 서술해나가기도 한다. 화자는 작품 구성과 전개에 있어 중추적인 역할을 하는 것이다.

각색작도 표면상으로는 원작에서 이야기를 주도적으로 이끌어 가는 화자의 존재를 그대로 살리고 있다. 자신을 호손이라고 밝힌 화자가 서재에 앉아 주홍글자가 새겨진 천을 세관에서 발견한 사건부터 독자에게 직접 얘기해준다. 본 이야기가 진행되면서는 부연 설명이 필요할 경우에 '목소리 해설자'로 등장한다. 화자는 4회에 걸친 TV 연재드라마의 매회마다 등장하여 세관의 사건을 반복 설명한다.

하지만 화자의 존재감이 원작에 비해 크게 떨어지는 각색 드라마에서는 원작 속 화자의 역할이 앵글의 활용으로 대체되기도 한다. 앵글은 관객에게 카메라가 포착한 소재를 어떤 관점에서 바라보아야 하는지를 알려주는 장치이다. 가령 처형대 위의 첫 장면에서 헤스터는 빈번히 로우 앵글로 잡히는데, 이는 관객이 처형대 위에 선 그녀를 올려다보는 군중의 시선을 그대로 따라가도록 유도한다. 그 장면의 미장센에 동화되는 체험을 통해 관객이 헤스터라는 인물에 호기심을 갖고 몰입하도록 해주는 것이다.

하우저의 각색작은 로맨스 양식을 따르기보다는 사실성을 확보하려 하므로, 이에 따라 화자의 역할은 원작에 비해 크게 축소된다. 원작 속 화자의 장황한 설명 및 논평은 인물의 대화 속에 집어 넣어지고 많은 경우 영상 이미지로 변환, 즉 사실적인 장면으로 극화된다. 헤스터가 마을 여자의 해산을 돕는 등 선행하는 장면이 그 한 예이다. 헤스터가 "능력 있는" 사람으로 인식되고 있다는 원작 속 화자의 설명은 마을 사람들 사이의 대화 장면으로 제시된다. 또한 윌슨Wilson 목사가 길거리 군중들 앞에서 헤스터를 훈계하며 수치심을 느끼게 한다는 화자의 긴 서술이 드라마에서는 하나의 장면 속에 실제 사건으로 극화된다.

또 다른 예로는 펄의 인물형상화를 들 수 있다. 원작에서는 화자의 목소리로 요정과 현실 속 아이 사이를 오가는 펄의 특성을 여러 차례 전하지만 드라마에서는 다음과 같이 사실적인 장면으로 극화된다. 헤스터를 동행한 펄이 교회의 문을 열자 폭풍우가 안으로 밀려들어 오는데, 그때 설교 중이던 윌슨 목사가 준엄한 목소리로 "여기에 악이 있는가? 찾아내!"라고 소리치고, 흥분한 펄은 설교 중에 뛰쳐나간다. 이 장면은 어린아이 펄의 반항심이 종잡을 수 없는 행동으로 표출되기도 함을 사실적인 맥락에서 보여준다. 원작 5장의 한 구절을 극화한 이 하나의 장면을 통해 하우저는 사회의 비판 대상이 되는 헤스터의 고립무원의 상황과 펄의 조숙하고 범상치 않은 면을 함께 전달하는 역량을 보여준다.

하우저의 각색작에서는 주홍글자를 펄과 연관시키는 원작 속 화자의 목소리가 없다. 헤스터에게 고통을 주는 살아 있는 주홍글자로서의 펄의 상징성도 드러나지 않는다. 펄이 주홍색 옷 대신 주로 흰색과 붉은색 옷을 입고 등장하는 것은 이와 무관치 않다. 펄의 알레고리 역할이 도외시되고 대신 현실 속의 아이로 자리매김되는 것이다. 칠링워즈의 알레고리 역할 또한 전달되지 않는다. 평범한 학자였던 사람이 악마라는 알레고리 속 인물로 변해가는 과정이 전개되는 원작과는 달리 각색작 속 칠링워즈는 시종일관 악한 인물로 등장한다.

하우저의 각색작에서는 화자가 애매모호한 태도를 보이는 부분이 삭제된다. 대신 인물이나 사건 묘사에서 선과 악을 분명하게 이분법적으로 단순화한다. 가령 칠링워즈가 합리적으로 사고할 수 있는 인물에서 점차 악마로 변해가는 과정이 추적되는 원작에서와는 달리 악마이자 복수의 화신으로서의 그의 모습이 시종일관 더 크게 부각된다. 딤즈데일을 용서해 달라는 헤스터의 부탁을 거절한 후 물웅덩이에 비친 칠링워즈의 모습은 박쥐처럼 큰 날개를 단 흉악한 모습이다. 이렇게 변용한 것은 낭만적인 사랑과 복수 이야기, 즉 멜로드라마로 단순화하기 위해서다.

이와 함께 영화는 여러 행위 간의 인과적 틈을 메워 사실적인 드라마로서의 개연성과 신빙성을 확보하려 한다. 이를 위해 현실과 비현실 세계를 오가는 원작과는 달리 사실적인 내용을 대폭 보완한다. 가령 딤즈데일이 손을 그의 가슴에 갖다 대는 습관을 마을 사람들이 아닌 칠링워즈가 지적하는 것으로 변경한다. 이 지적을 들은 윌슨 목사가 딤즈데일에게 칠링워즈를 주치의로 맞이하라고 제안하는 내용으로 바꿈으로써 딤즈데일과 칠링워즈가 한 지붕 아래 살아가게 된 정황이 충분히 일어날 수 있는 그럴듯한 일로 보이게 된다. 또한 여러 장면을 추가하여 칠링워즈가 딤즈데일과 헤스터의 관계를 의심하게 되는 과정을 개연성 있게 만든다. 딤즈데일이 헤스터를 유심히 바라보는 모습을 칠링워즈가 목격한다거나, 주지사 홀에서 펄을 뺏길 위기에 봉착한 헤스터가 딤즈데일에게 도움을 청하는 예사롭지 않은 상황을 칠링워즈가 의아하게 여긴다거나, 딤즈데일이 극심한 고통을 겪고 있다는 사실을 시중드는 여자에게서 칠링워즈가 직접 들음으로써 확실히 인지할 수 있게 되는 장면이 그 예이다. 또한 지도층 인사들이 펄을 헤스터에게서 떼어놓으려 한다는 것을 벨링엄Bellingham 지사 부인이 미리 귀띔해주는 장면을 첨가하여 헤스터가 주지사를 찾아가는 행위에 개연성을 부여한다. 하우저의 각색작은 원작 속 화자의 애매모호한 서술을 삭제하고 이렇게 인과적 틈새를 메우는 장면을 극화함으로써 지극히 사실적인 멜로드라마가 된다.

2. 여권론자 헤스터와 가부장제 사회 비판

각색작은 원작과는 달리 인물들의 심리적 변화 및 그 안의 내적 인과관계를 전하는 데 주안점을 두고 있지 않다. 그 결과 딤즈데일이 고백하게 된 배경이나 헤스터가 다시 돌아와 주홍글자를 달고 살아가는 이유가 설득력 있게 잘 전달되지 않는다. 각색작에서 인물의 내적 인과관계 확보에 중점을 두지 않는 이유는 죄와 구원이라는 원작의 주제와는 다른 주제, 즉 청교도 가부장제 사회 비판과 여권론적37) 관점에 더 주안점을 두었기 때문이다.

하우저의 드라마는 당시 미국에서 유행한 여권론적 관점을 취한다. 이는 작품이 제작되던 당대 사회 분위기와 밀접한 관련이 있다. 1970년대 미국의 '여성 운동'은 1960년대 시민권 운동에 직접적인 뿌리를 두고 있는데, 하우저의 각색작이 계획된 1977년경에는 여성 운동이 무르익고 있었다. 이러한 분위기에 맞춰 각색작은 청교도 가부장제 사회에서 핍박받는 여성의 문제를 제기하는 가운데 헤스터를 현대적 여권론자로 그리고자 한다. 이에 따라 원작에서 화자가 헤스터의 심리적 고통과 갈등을 서술하는 부분이 드라마에서는 헤스터가 여권론적인 발언을 하는 장면으로 변환된다. 원작 13장 「헤스터의 새로운 생각」"Another View of Hester"에서 화자가

---

37) 여권론은 편의상 페미니즘feminism으로 지칭된다. 하지만 주지하는바 여권론과 페미니즘을 동일시할 수는 없다. 여권론은 1970년대 중반 도입된 이래 1980년대에 여성해방론으로 정점을 찍었다. 이후 1990년대 중반부터는 성에 보다 균형 잡힌 입장을 견지하는 여성주의, 페미니즘으로 발전했다고 할 수 있다.

자세히 서술한 여성의 운명에 대한 헤스터의 생각은 다음과 같다.

> 아무리 행복한 여성일지라도 여성으로 산다는 것이 과연 받아들일 만
> 한 가치가 있는 것인가? 자신의 개인적인 삶에 관한 한 그녀는 이미
> 오래전에 그렇지 않다는 판단을 내렸고 그 문제는 해결이 난 것으로
> 처리해 버렸다. ... 헤스터는 가망 없는 일이 자기 앞에 놓여 있음을 아
> 마도 알아차렸을 것이다. 먼저 첫 단계로 사회조직을 다 깨부수어 새로
> 이 세워야 한다. 그러고 나서 여성도 정당하고 적절한 지위 비슷한 것
> 이나마 차지할 수 있게 될 때까지, 남성의 천성 자체나 오랫동안에 걸
> 쳐 천성이 되어 버린 유전적인 습관을 근본적으로 뜯어고쳐야 한다. 나
> 머지 난관이 마침내 모두 제거되더라도 여성 자신이 더 크게 변하기
> 전에는 이런 초보적인 개혁을 유리하게 이용할 수 없을 것이다. 그런
> 상태에서는 여성의 가장 진정한 삶을 이루는 영혼의 정수가 수증기처
> 럼 사라져 버리고 말 것이다. ... 이따금 차라리 펄을 당장 천국으로 보
> 내버리고 자신도 '영원한 정의의 신'이 마련해주는 내세로 가버리는 쪽
> 이 더 낫지 않을까 하는 무서운 의구심이 그녀의 영혼을 사로잡았다.
> (251-52)

그런데 이 대목이 각색작에서는 펄과 헤스터 간의 다음의 대화로 극화된
다. 성서의 밧세바Bathsheba 이야기를 읽던 펄은 헤스터에게 덕망 있는 여
자가 되는 것이 무엇을 의미하는지 묻는다. 헤스터는 많은 진실 중 한 가
지 진실이란, "만일 여자가 일상적인 궤도를 조금이라도 벗어나면 온 세
상 사람들이 공통으로 그녀에게 적대적인 명분을 만들어낼 것이다"라고
답한다. 이어 펄은 "여자들은 행복하기로 정해져 있나요?"라고 묻는다. 헤
스터는 "정해져 있냐고? 행복해지라고 명령받은 거야. 진정한 행복이란

단지 우리의 복종에 놓여 있지. 이게 달라지기 위해서는 이 모든 것이 무너져 새로 세워져야만 해. 이것은 천 명의 앤 허친슨Anne Hutchinson도 해 낼 수 없는 일이야'라고 답한다. 허친슨이 누구냐는 펄의 질문에 헤스터는 "기개가 법을 넘어선 여성이지. 남자들이 두려워할 만큼 용감한 여성이었어"라고 응답한다. 남자가 여자를 무서워할 때 무엇을 하느냐는 펄의 물음에 헤스터는 "그들은 우리에게 자식을 즉시 천국으로 보내버리는 편이 더 낫지 않을까 하는 의문을 품게 하지"라고 대답한다. 펄이 이해하지 못하겠다고 하자 헤스터는 자신이 한 말을 학교에 가서 물어본다면 치안 판사들은 "준엄한 불쾌감"을 내비칠 것이라고 덧붙인다. 이 대화 장면에서 헤스터의 말은 원작의 해당 구절을 선별적으로 그대로 옮기고 있으나 전반적인 메시지는 현대적인 의미에서 반가부장적이고 여권론적이다. 각색작 속 헤스터는 당대의 여권론과 직접 연관된 것이다.

반면 원작에는 펄이 없었더라면 헤스터가 앤 허친슨 같은 행동가로서 역사에 이름을 남겼을 텐데 펄 때문에 그렇게 되지 않았다는 화자의 서술이 있다. 또한 헤스터가 혁명적으로 사고하는 자유를 누린다는 사실보다는 혁명적 사고를 할 수 있으나 마음이 건강하지 못한 상태이므로 비관적이며, 여성의 운명에 대해서도 건설적인 생각을 발전시켜 나가지 못한 채 "미궁"(252)에 빠져 있는 상태임을 시사하는 데 방점이 찍힌다.

각색작에서는 헤스터의 내적 고통이 그다지 크게 부각되지 않는다. 헤스터의 내적 고통을 주홍글자와 밀접하게 연관시키지도 않는다. 원작에서 주홍글자는 금색 실로 옷에 바느질되어 있으나 그 색깔은 주홍색으로서 성적 부도덕성과 연관된다. 반면 하우저의 드라마에서 주홍글자 A는 금색 가지에 보라색과 핑크색의 꽃이 장식된 환상적인 형상으로 고안되었다. 더구나 헤스터는 이 글자를 수놓을 때 콧노래를 하므로 관객은 주홍글자가 야기한 헤스터의 고통을 느끼기가 어렵다. 그러므로 각색작 속 그녀에게는 간음으로 인한 죄책감이나 심적 갈등이 없어 보이며 애초부터 여권론자로 보이게 된다. 이 미니시리즈가 PBS에서 첫 방영되었을 때 헤스터가 금빛 A자를 달고 등장한 것은 신랄하게 비판받았다고 한다.

하우저의 드라마는 여권론을 주창하는 가운데 가부장제에서 부당하게 박해받는 연인들의 비극이라는 멜로드라마로 의도되었다. 원작과는 달리 헤스터 내면의 자기기만이나 진실 회피 등 내면의 문제점을 드러내지 않은 것은 이 때문이다. 헤스터의 내면세계를 길게 서술하는 원작 5장 「바느질하는 헤스터」"Hester at Her Needle"에 해당하는 부분이 이를 예증한다. 형기를 마친 헤스터가 감옥에서 나와 보스턴에서 살게 되었을 때 하우저의 화자는 원작 속 화자의 서술인 "(헤스터가) 장래 끝없는 벌을 함께 받을 최종 심판의 법정으로라도 결혼식의 제대를 삼고"(136) 싶어 한다는 구절을 생략한다. 이로써 사회가 인정해주지 않을지라도 딤즈데일과 지옥에서라도 결혼하기를 염원하는 헤스터의 내적 열망이 드러나지 않게 된다. 또한 원작 속 헤스터는 딤즈데일을 향한 "열정적이고 절박한" 욕망을 품고 있으면서도 "이를 정면으로 마주하지 못한" 채 깊은 내면의 "감옥 속에 놓고 빗장을 질러두며"(이상 137), 죄를 지은 이곳에서 지상에서의 형벌을 받아야 한다는 생각으로 자신을 기만한다. 각색작에서는 이 대목이 삭제됨으로써 원작 속 헤스터의 자기기만의 이중성이 전달되지 않게 된다.

각색작은 헤스터의 내면 심리와 그 변화 과정보다는 가부장제가 여성에게 가하는 부당한 억압을 부각하려 한다. 이를 위해 헤스터 개인에 대한 원작 속 화자의 평을 삭제한다. 화자가 헤스터에게 비판적인 시각을 보이는 대목을 잘라낸 것이 그 대표적인 예이다. 딤즈데일이 도망가지 못하겠다고 하자 각색작 속 헤스터는 가슴 위의 주홍글자를 가리키며 "이것이 내 힘이에요. 다른 사람들이 차마 발을 들여놓지 못하는 자유로운 야생의 무법 지대로 들어갈 수 있는 통행권이죠. 수치심, 절망, 고독이 내 스승이 되어 나를 강하게 만들었어요"라고 선언한다. 원작에서 이 대목은 헤스터의 말이 아니라 다음과 같은 화자의 서술이다. "수치심, 절망, 고독! 이것들이 그녀의 스승이었다. 준엄하고 무모한 스승이었다. 그것들은 그녀를 강하게 만들었으나 매우 빗나가게 가르치기도 했다"(296-97). 그런데 마지막 문장인 "매우 빗나가게 가르치기도 했다"는 부분이 드라마에서는 생략되었다. 이로써 헤스터에게 우호적이면서도 다른 한편 비판적이기도 한 화자의 모호성을 없앤 것이다.[38]

또 다른 예는 "주홍글자는 제 역할을 다하지 못하고 있었다"(252)는 구절이다. 원작에서는 헤스터가 미궁을 헤매는 것을 보면 주홍글자가 헤스터에 대한 징벌과 교육의 역할을 다하지 못한 것이라면서 화자가 이렇게 논평한다. 여기에는 화자가 헤스터를 비난하는 태도가 담겨 있다. 그런데 드라마에서는 이 구절이 펄의 양육 문제로 방문한 헤스터를 청교도 사회의 정점에 있는 벨링엄 지사가 꾸짖는 말로 바뀐다. 이로써 죄책감과 내적 반발 사이에서 갈등을 겪고 있는 헤스터가 비판되는 것이 아니라 청교도 사회 자체의 억압성과 불관용이 비판된다. 원작 속 화자의 논평을 각색작이 의도한 주제에 부합하게 변용한 것이다.

---

38) 원작 속 화자의 태도는 양가적이다. 헤스터의 강한 개인주의를 긍정하면서도 거기에 내재된 여성적이지 못한 반항적 측면을 비판한다. 가령 "무모함", "거칠고 화려한 특성"(이상 105), "충동적이고 격정적인 본성"(110) 같은 단어를 나열하면서 헤스터를 청교도 사회의 규율로 길들일 필요가 있음을 강조한다.

3. 심리 함축의 미장센과 그 효과

각색작에서는 원작 속 행간에 함축된 두 인물의 내적 갈등이나 변화, 그리고 그 안의 내적 인과관계가 잘 전달되지 않는다. 하지만 영상에 함축된 의미를 통해 심리 상태를 알려주는 장면이 없는 것은 아니다. 오버랩 등의 몽타주와 미장센을 통해 헤스터의 심리 상태를 나타낸 것이 그 예이다. 감옥 문을 나오면서 많은 군중, 그중에서도 특히 아낙네들의 매서운 눈초리를 마주한 헤스터는 그날 저녁 난롯불 속에서 그들의 모습을 떠올린다. 활활 타오르는 난롯불과 환상 속 여자들의 따가운 경멸의 눈초리가 오버랩 기법으로 겹쳐 표현된 것이다. 이로써 헤스터가 받은 수모가 계속 타오르는 아픈 심리적 상처로서 마음속에 깊이 아로새겨졌음이 효과적으로 전달된다.

영상 이미지를 통한 심리 묘사의 또 하나의 예는 감옥에서 나온 헤스터가 바닷가를 거닐 때의 장면이다. 그녀는 바다를 배경으로 하여 처형대 위에 오른 자신의 모습 등 여러 환상을 본다. 헤스터가 아득하게 펼쳐진 수평선에서 자신의 치욕적인 경험을 회상한다는 것은 이 경험이 그녀에게 결코 떨쳐버릴 수 없을 만큼 막막한 심리적 상흔을 남겼음을 시사한다.

배우의 얼굴 표정 등의 외관을 통해서도 인물의 심리가 표현된다. 절망하여 우는 헤스터의 얼굴에 나타나는 많은 상념, 멍한 표정이나 헝클어진 머리 등은 그녀의 처절한 감정 상태를 효과적으로 드러낸다. 또 다른 예는 헤스터가 불 속의 이미지 속에서 다른 사람의 죄를 꿰뚫어 보는 힘을 갖게 되었을 때와, 내적인 고뇌에 시달리는 딤즈데일이 불에서 유령의 환영을 볼 때 두 사람의 얼굴에 나타나는 표정이다. 흥미롭게도 두 주인공의 심리는 불이라는 동일한 매개체를 통해 전달된다. 다른 사람의 죄를 꿰뚫어 보게 되었음을 발견하고 놀라는 헤스터에 대해 서술하는 부분, 그리고 유령의 환영으로 고통받는 딤즈데일의 내면 심리가 자세히 서술된 원작과 대응하는 대목이다. 소설 속의 관념적 서술이 영상 이미지로 변환된 예이다. 놀라움을 일으키는 음악을 수반한 이 장면의 미장센은 두 사람의 당혹감과 두려움의 심리 상태를 효과적으로 전달한다.

음악을 동반한 시각적 이미지 또한 인물의 심리 상황을 함축한다. 가령 처형대의 이미지가 이따금 나올 때 흐르는 비극적인 배경 음악은 인물의 처연한 심리를 반영한다. 헤스터가 고통으로 죽어가는 딤즈데일을 구하려는 절박한 심정으로 칠링워즈를 만나는 바닷가 장면에서 배경에 깔리는 철썩거리는 거친 파도 소리 또한 두 인물 사이에 고조되는 감정적 긴장과 그것의 긴박성을 효과적으로 전달하는 미장센의 예이다.

IV. 총평

하우저의 각색작은 외형상으로는 원작을 충실하게 따르나 사실은 단순화되고 현대화된 멜로드라마이다. 당시 미국에서 유행한 여권론적 관점을 취하는 가운데 가부장제 속에서 박해받는 연인들의 비극에 초점을 맞춘다. 그렇기에 원작을 구성하는 핵심적인 요소인 로맨스 양식이 과연 각색 가능한 것인가의 여부를 차치하고서라도 로맨스 양식을 채택하려는 시도를 애초에 하지 않았다. 대신 개연성과 신빙성이 있는 지극히 사실적인 드라마라는 틀 속에서 일반적인 의미의 로맨스, 즉 세 남녀의 배신과 복수의 사랑 이야기를 풀어놓는다.

호손 나름의 로맨스 양식을 통해 청교도주의를 비판하면서 죄와 구원의 주제를 효과적으로 전달한 것이 원작의 정수라고 할 때 원작에서 화자가 맡는 역할은 매우 중요하다. 원작에서는 화자가 특유의 로맨스 양식을 설명하고 이 양식에 따라 이야기를 담아낸다. 또한 인물의 심리와 그 변화를 서술하여 내적 인과관계를 확보하는 가운데 인물의 성숙 과정을 보여준다. 하지만 주제를 달리하는 각색작에서는 원작 속 화자의 역할이 살려지지 않았다. 사실적인 멜로드라마로 단순화하는 과정에서 원작 속 화자의 애매모호성 또한 삭제되었다. 여권론적 관점을 드러내기 위해서 원작에서 헤스터의 심리적 고통을 서술하는 부분이 헤스터가 여권론적 발언을 하는 장면으로 극화되기도 한다. 가부장제 사회에 대한 비판으로 단순화하기 위해 내적 갈등을 겪는 헤스터에 대한 화자의 비판적 논평을 변용하기도 한다.

그렇기에 하우저의 드라마는 원작을 상당 부분 충실하게 따르고 있음에도 불구하고 원작의 정수를 포착하지 못했고 그 결과 원작의 깊이에서 오는 진한 감동과 여운을 남기지 못한다. 원작과 견주어 그 역할과 활용이 대폭 축소된 각색작 속 화자의 등장은 결과적으로 작품의 예술적 완성도에 흠이 된다. 화자의 해설은 단순하고 밋밋하여 지루한 느낌을 주는데, 이는 관객들의 몰입을 방해하고 극적 집중력을 분산시키는 결과를 초래한다. 따라서 각색작에서 화자의 작위적인 도입은 불필요했다고 할 수 있다.

『워더링 하이츠』

Wuthering Heights

I. 작가와 작품 소개

에밀리 브론테Emily Brontë는 1818년 영국 요크셔주의 쏜튼Thornton에서 완고하고 무뚝뚝한 목사 아버지와 우울하면서도 정열적인 어머니 사이에서 태어났다. 어린 나이에 어머니를 잃은 에밀리는 하워쓰Haworth 목사관에서 언니인 샬롯Charlotte, 동생 앤Anne과 함께 많은 독서를 하며 문학소녀로 자랐다. 하워쓰 집 너머 히스가 우거진 황무지를 보며 성장한 그들은 곧잘 내적인 상상의 세계에 빠져들었다. 세 자매는 환상과 현실을 기이한 방식으로 융합하여 상상의 세계를 창조했고 1845년 남자의 이름인 커러Currer, 엘리스Ellis, 액톤Acton이라는 필명으로 시집을 출판하기도 했다.

에밀리가 1845년 집필을 시작한 『워더링 하이츠』는 1847년 샬롯의 『제인 에어』Jane Eyre가 출판된 지 두 달 후 앤의 소설 『애그너스 그레이』 Agnus Grey와 함께 출판되었다. 『워더링 하이츠』는 에밀리가 쓴 유일한 소설로서 그 내용이나 서술구조 면에서 탁월한 독창성을 인정받고 있다. 하지만 출판 당시 『제인 에어』는 사회적 물의를 일으키는 가운데서도 대성공을 거두었지만 『워더링 하이츠』는 그렇지 못했다.

『워더링 하이츠』는 통제되지 않은 채 거칠게 분출되는 격정에 관한 이야기를 완벽하게 통제된 구조 속에 담아낸 예술적 완성도가 높은 소설이다. 정확하게 계산되고 치밀하게 구성된 구조 속에 담긴 내용은, 비현실적인 로맨스의 차원에 속한다고 볼 수 있는바, 캐서린Catherine과 히스클리프Heathcliff 사이의 이성적으로는 설명할 수 없는 격렬한 사랑 이야기이다. 범상치 않은 내용과 서술구조를 절묘하게 배합함으로써 『워더링 하이츠』는 서로 극단적으로 대조되는 면, 즉 격정의 과도한 분출과 그것의 절제 및 통제, 음울함과 활력이라는 상반되는 것들 사이에서의 팽팽한 긴장과 그 사이에서의 균형을 유지할 수 있게 되고 궁극적으로는 강한 역동성을 획득할 수 있게 된다.

『워더링 하이츠』에서는 낭만적이고 초월적인 요소가 구체적인 현실과 교차한다. 캐서린과 히스클리프의 관계는 비현실적이고 신화적인 것으로서 로맨스 차원에 속한다. 캐서린과 히스클리프를 둘러싼 세계는 로맨스지만, 히스클리프의 복수는 구체적인 현실 속에서 전개된다. 결혼을 통한 재산권 이전 과정도 치밀하게 그려져 있는 등 히스클리프의 복수는 실제 현실에 부합된다. 『워더링 하이츠』에서는 비현실적이고 고딕 로맨스의 요소가 자연스럽게 현실의 일부를 이루며 사회 현실이나 역사와도 밀접한 관계를 맺는다.

또한 『워더링 하이츠』는 히스클리프와 캐서린 사이의 있는 그대로의 순수하고 진실한 감정이라는 본원적인 차원을 다루면서도 구체적인 사실주의에 따른 주변 사람들의 의례적인 감정 및 감상주의와의 극명한 대조를 형상화한다. 깊은 차원의 감정적 흐름에 바탕을 둔 히스클리프와 캐서린의 관계가 비현실적인 세계에서나 가능한 것으로 그려지지 않고, 구체적인 현실 사회를 배경으로 하여 설득력 있고 신빙성 있게 형상화된 것이다. 이로써 단순한 멜로드라마에 머무르지 않고 이를 뛰어넘는 깊이와 폭을 지니게 된다.

소설 『워더링 하이츠』와 영화를 비교할 때 영화화된 여러 작품 중에서도 1939년 작과 1992년 작을 고려해 볼 만하다. 1939년 영화의 경우 대중성이나 예술성 면에서 성공한 수작으로 평가되고 있고, 1992년 작품은 원작처럼 두 세대 이야기를 망라하고 있는 데다 이전 영화들의 장단점을 참고하여 나름대로 고심한 끝에 만들어졌을 가능성이 크기 때문이다. 1939년 영화는 <벤허>Ben-Hur와 <로마의 휴일>Roman Holiday을 만든 거장 윌리엄 와일러William Wyler의 감독으로 로렌스 올리비에Laurence Olivier, 멜 오베른Merle Oberon, 데이비드 니븐David Niven이 열연한 작품으로 영화사상 가장 빼어난 로맨스 필름의 하나로 꼽힌다. 1940년 아카데미 작품상, 감독상, 남우주연상, 여우조연상, 각색상, 음악상 후보에 올랐고, 아카데미 흑백 부문 촬영상을 받았다. 광기 어린 사랑을 원작 못지않게 표현했다는 평을 받아온 이 영화는 2007년에는 미국 국립영화등기부에 등재되는 영광까지 안았다. 이 영화가 제작된 시대는 헐리우드 스튜디오의 황금기로,

멜로드라마의 정형화된 틀에 따라 영화 내용을 구성하고 현실감을 중시하던 때였다. 청교도주의가 팽배한 1910년대를 지나 '흥청망청하는 1920년대'roaring twenties, 즉 재즈 시대를 거치면서 당시 영화는 여성의 욕망과 일탈을 다루었지만, 결국 여성은 가정으로 되돌아간다는 내용이 주류였다 (벨튼 104). 성적인 정절이나 결혼과 가족에 대한 전통적인 가치의 중요성을 새롭게 인식하게 된 여성이 결국에는 남편과 아내에게로 돌아간다는 식이다. 이러한 패턴에 영향을 받은 흔적을 1939년 영화에서 찾아볼 수 있다.

1992년 영화는 다큐멘터리 전문 연출가인 피터 코스민스키Peter Kosminsky 감독의 지휘로 줄리엣 비노쉬Juliette Binoche, 랄프 피엔Ralph Fiennes을 주연으로 하여 영국에서 영화화되었다. 메리 셀웨이Mary Selway가 제작하고 마이크 서튼Mike Southon이 촬영을 맡은 이 영화는 1939년 영화와 비교해볼 때 스케일이 크고 장대한 느낌을 준다. 배경의 선정부터 주연배우의 선택까지 신중히 고려한 이 영화의 제작진은 캐서린 역의 여배우를 찾기 위해 1백여 명의 미국과 유럽 여배우들을 테스트했고 그 끝에 줄리엣 비노쉬를 선택한다. 랄프 피엔은 연극학교에서 연기수업을 쌓은 후 로얄 셰익스피어 극단에서 활약한 연기파 배우이다. 피터 코스민스키는 다큐멘터리 분야에서 세계적인 거장으로 인정받은 연출가답게 원작과 마찬가지로 1775년부터 1802년까지 27년에 걸친 3대의 인생 역정과 애증을 사실적으로 묘사해낸다. 원작을 그대로 살려 히스클리프의 복수 이야기나 두 세대의 사랑 이야기까지 그려내며, 현대 관객의 취향에 맞춰 그들의 흥미를 유발하기 위해 센세이셔널한 요소도 가미한다.

최근 2011년에는 안드레아 아놀드Andrea Arnold 감독이 각색작을 만들었다. 케이야 스코델러리오Kaya Scodelario가 캐서린 역을, 제임스 하우손

James Howson이 히스클리프 역을 맡았다. 영국에서 만들어진 이 영화의 최고 장점은 원작이 그려낸 거칠고 투박한 야생의 자연을 인상적일 만큼 생생하게 영상화했다는 점이다. 자연과 그것을 배경으로 펼쳐지는 인간의 원초적이고 본원적인 감정에 천착한다는 점에 국한해 보면 이 영화는 원작의 정신에 근접했다. 서로를 분신으로 느끼는 캐서린과 히스클리프의 어린 시절의 절대적인 유대감을 거의 동물적인 친밀감의 차원에서 자연스럽게 그려냈기 때문이다. 이 영화는 흑인으로 설정된 히스클리프의 시선을 통해 이야기를 이끌어가는 파격을 택하면서 히스클리프에게 동정을 유발하려 한다. 하지만 원작의 후반부, 고딕적 악한으로 변한 히스클리프의 처절한 복수와 자살에 가까운 죽음의 원인 및 배경, 이와 밀접하게 연관되는 딸 캐서린과 헤어튼Hareton의 사랑과 성숙의 과정, 그리고 여기에 함축된 의미를 살려내지 못함으로써 원작 속 히스클리프라는 인물을 형상화하는 데 실패한다. 그 결과 원작의 깊이에 이르지 못할 뿐 아니라 그 정수를 제대로 전달하지 못하고 만다.

II. 원작: 히스클리프/캐서린의 절대적 유대감과 이중 서술구조

1. 로맨스와 사실주의의 변증법적 합

원작에서는 어떤 통제도 받지 않은 채 격렬한 감정에 휘말리는 히스클리프와 캐서린의 강렬한 사랑과 폭풍과 같은 격정 그리고 히스클리프의 가학적 폭력과 무자비한 복수 등을 통해 인간의 기본적이고 보편적이며 원초적인 욕구의 차원이 형상화된다. 절제될 수 없는 황야의 자연 그 자체를 상징하는 히스클리프와 캐서린은 서로가 상대방에게 영혼이며 생명 그 자체가 되는 근원적인 유대감으로 굳게 맺어져 있다. 이들 사이에는 서로에게 교양이나 규범으로 통제되기 이전의 진실한 감정이 흐른다. 캐서린과 히스클리프의 관계가 본원적 차원에 속하는 절대적인 것이고, 히스클리프의 처절한 복수 및 그의 광기조차도 캐서린에 대한 절대적 사랑에서 비롯된다는 사실이 원작에서는 중요하게 부각된다.

히스클리프와 캐서린 사이의 범상치 않은 관계를 이해하는 데 중요한 역할을 하는 것은 유령의 존재이다. 록우드의 꿈속에 나타난 바대로 캐서린은 히스클리프와 행복한 어린 시절을 보냈던 워더링 하이츠의 세계로 되돌아갈 것을 희구하는 "유령"waif이 되어 방황한다. 이뿐 아니라 히스클리프가 돌아온 후 스러쉬크로스 그레인지Thrushcross Grange에서 정신분열을 일으킨 캐서린이 또 다른 자신의 모습인 유령을 보는 것, 죽음을 앞둔 히스클리프가 캐서린의 유령과 합일하는 장면 등에서도 유령이 등장한다. 유령의 존재는 피상적인 차원과는 구별되는바 절대적이고 근원적인 차원, 즉 꿈의 세계와 밀접하게 연관된다.39) 유령은 어린아이의 모습으로 나타난다. 이는 히스클리프와 캐서린의 깊은 유대감이 어린 시절에 형성되었다는 점에서 중요한 의미를 띤다. 어린 시절은 교양이나 규범 등으로 통제되기 이전의 상태이므로 다른 시절에 비해 상대적으로 깊은 차원의 자연 발생적인 감정적 교류가 가능한 때이다.

히스클리프와 캐서린의 독특한 사랑을 이해하게 해주는 또 하나의 매개체는 유리창이다. 유리창은 본원적인 세계로서의 워더링 하이츠, 스러쉬크로스 그레인지라는 보통의 일상 세계, 이 둘을 구분 짓는 경계선이며

---

39) 다른 한편 유령은 인물의 분열된 상태, 특히 캐서린의 심리적 분열을 상징하기도 한다. 자신의 기본적인 열망을 도외시한 채 에드가Edgar와 결혼한 캐서린은 신사가 된 히스클리프가 돌아와 그녀의 선택을 질책하자 정신이 분열되어 유령을 보는 상태에 이르렀다가 끝내 죽는다.

서로 다른 두 세계 사이를 넘나드는 통로의 의미를 띤다. 린튼 부인이 된 캐서린은 히스클리프와 함께 지낼 수 있었던 어린 시절을 그리워하며 스러쉬크로스 그레인지의 유리창 저 너머에 있는 워더링 하이츠로 가고자 하는데, 이는 상징적인 의미를 띤다. 두 사람에게 있어서 천국은 편안하고 안락한 장소가 아니다. 거칠고 황량하더라도 둘이 함께 어떤 간섭도 받지 않고 자유롭게 뛰어놀 수 있는 곳, 바로 워더링 하이츠가 천국이다. 그렇기에 죽은 후 황야에서 방황하는 캐서린의 유령은 워더링 하이츠의 유리창을 통해 그 안으로 들어오려 한다.

자연과의 동질성을 바탕으로 한 히스클리프와 캐서린의 사랑은 일상 현실 세계에서의 통상적인 사랑과는 다른 차원에 속한다. 이 때문에 캐서린과 히스클리프의 서로를 향한 욕망은 통념적인 선악 구조를 통해서는 이해될 수 없다. 빅토리아 시대 여느 소설들과는 달리 이 소설에서는 선한 인물과 악한 인물로 양분하는 이분법적 해석이 가능하지 않다. 이와 함께 히스클리프와 캐서린은, 성격적 결함과 이로 인한 시련을 통해 궁극적으로 도덕적인 성장과 자각에 이른다는 성장소설의 틀에 부합하지 않는다. 이들은 죽음의 순간까지도 자신들의 광적인 사랑이 만들어 낸 파괴적인 결말에 대해 후회하거나 자기 성찰에 이르지 않는다.

『워더링 하이츠』에서는 히스클리프와 캐서린의 관계를 통해서 사회 통념상의 선악 구도를 넘어선 인간 존재의 궁극적인 진실이 탐구된다. 히스클리프와 캐서린의 관계는 일상적인 현실 세계에서는 이해하기 어렵다. 일반적인 통념의 세계를 대표하는 록우드Lockwood나 넬리Nelly, 그리고 에드가나 이사벨라Isabella를 비롯한 주변 인물들이 그들 관계의 진실을 이해하지 못하는 것이 그 예이다. 그렇지만 두 사람의 관계는 단순히 '초인간적 교류'나 '육체를 넘어선 합일'에 그치지는 않으며, 초역사적인 인간 본성으로 환원될 수 없다. 두 사람의 관계는 비현실적인 세계에서나 상상해 볼 수 있는 황당무계한 관계가 아니다. 그것은 구체적인 현실 사회를 배경으로 하여 생생하게 전개된다. 이 소설이 보통의 영소설과 구별되면서도 단순히 고딕 로맨스에 머물지 않는 이유는 바로 여기에 있다.

이 소설에는 1771년부터 1820년 사이 영국 요크셔 지방의 사회, 경제적 상황이 사실적으로 재현되어 있을 뿐 아니라 거의 모든 사건의 구체적 일시를 추정해낼 수 있을 정도로 시간의 경과가 정확하게 기록되어 있다. 사건의 진행 및 전개 또한 당대의 구체적인 사회, 경제적인 차원에 완전히 부합한다. 내용 전개에 있어서 두 축을 구성하는 워더링 하이츠의 언쇼Earnshaw가와 스러쉬크로스 그레인지의 린튼Linton가는 당대 영국의 사회 구조상 자영농과 젠트리 계층에 속한다. 전자는 근처에 상당한 토지를 소유하고 직접 농사일을 하며, 후자는 직접 농사일을 하지 않고 소작만 주는 계층이다. 히스클리프가 두 집안을 차지하기까지의 과정 또한 당대의 재산법 및 상속법에 어긋남이 없다. 히스클리프는 양쪽 집안의 실질적인 주인이 되는 과정에서, 여성이 결혼하면 그 재산은 남편한테 귀속된다고 규정한 법이나 상속인을 한정하여 상속하는 한정상속법 같은 당대의 법을 지능적으로 교묘히 이용한다. 이 소설이 나온 1847년과 작중시기인 1771년부터 1803년 사이에, 즉 1834년에 상속법이나 유언법 등의 개정이 있었는데도 불구하고 히스클리프가 재산을 획득하는 과정은, 사건 당시의 법률인 1834년 이전의 상속법을 포함한 법적인 절차에 정확히 맞추어져 있다. 가령 캐서린의 딸 캐시Cathy의 재산은 남편 린튼 히스클리프Linton Heathcliff, 그다음에는 그 아버지 히스클리프에 의해 장악된다. 린튼가의 재산 중 이사벨라 몫은 아들 린튼 히스클리프에게, 에드가 몫은 딸 캐시를 거쳐 남편 린튼 히스클리프에게 전부 귀속된다. 당시는 1870년에 시행된

'기혼여성 재산권 법령'Marriage Women's Rights and Properties Act이 통과되기 이전이었으므로, 아내가 소유하고 물려받게 될 모든 재산을 남편이 소유하게 되어 있었다. 캐시와 린튼의 재산은 그 후 미성년자도 유언으로 재산을 처분할 수 있었던 제도에 따라 히스클리프에게 양도된다(Peterson 11 참조).

현실 사회 배경의 구체적인 제시는 여기에 머무르지 않는다.[40] 진실한 감정에 기반을 둔 히스클리프와 캐서린의 관계가 가능할 수 있었던 상황이나 배경, 즉 워더링 하이츠라는 공간적 배경의 지형적 및 사회, 경제적 요인 등이 제공된다. 근대화의 영향을 아직 받지 않아 문명 세계로부터 격리되고 밀폐된 영국 북부의 요크셔 지방에 속하는 워더링 하이츠의 특수한 배경이 두 사람의 기질을 형성하는 데 중요한 요인으로 작용한다는 것이다. 히스클리프와 캐서린이 거칠고 격정적인 인물이 된 것은 자연 그대로의 모습을 간직한 워더링 하이츠에서 어린 시절을 함께 보내면서 그곳의 영향을 받은 것으로 제시되어 자연스럽게 설득력을 확보하게 된다.

워더링 하이츠에서 함께 자라난 그들이 서로에게 느끼는 감정은, 스러쉬크로스 그레인지에서 성장한 에드가나 이사벨라 그리고 도시 출신 록우드가 느끼는 감정과는 판이하다. 계곡에 평화롭게 자리 잡고 있으면서 규범에 따라 질서 있게 움직이는 스러쉬크로스 그레인지에서의 삶은 워더링 하이츠에서의 그것과는 확연히 대비된다. 스러쉬크로스 그레인지에서 성장한 에드가와 이사벨라는 자연 발생적인 감정에 따라 살아가기보다는

---

40) 한편 브론테는 히스클리프의 출생 환경 및 그가 워더링 하이츠를 떠난 후 어디에 있었으며 어떻게 많은 돈을 모았는지에 대한 구체적인 얘기를 생략한 채 그가 부자가 될 수 있었던 배경을 의문문 형식으로 탐색하는 데 그침으로써 그의 신비함을 일면 조성하기도 한다.

문명사회 규범과 교양의 영향을 받아 온화하고 절제된 행동 양식을 보여주며 거기에서부터 벗어나지 않으려 한다. 도시인 록우드 역시 그러하다.

히스클리프와 캐서린이 서로에게 느끼는 감정과 여타 다른 인물들의 감정은 구체적인 시간적, 공간적 배경 속에서 대비됨으로써 그 확연한 차이점이 부각된다. 근대화 과정에서 중산계층이 부상하고 그들이 중시한 교양과 규범의 통제로 인해 감정이 의례적으로 정형화되어감에 따라, 더는 느끼기가 어렵게 된 본원적인 차원의 온전하고 진정한 감정이 캐서린과 히스클리프의 관계를 통해 형상화된 것이다. 이는 근대화를 둘러싼 사회적 변화와 이에 따른 인간의 감정적인 면에서의 변모까지를 꿰뚫어 통찰한 소설가 브론테의 깊은 역사의식을 반증한다. 캐서린과 히스클리프의 관계가 초현실적이면서도 구체적인 한 사회와 그 역사적 변화라는 현실에 굳게 뿌리를 내리고 있는 것은 이 때문이다.

2. 이중 서술구조

원작에서는 두 서술자를 등장시킨 이중 서술구조를 사용한다. 초현실적인 차원과 사실적인 차원 사이의 경계를 허물고 서로 다른 두 세계가 자연스럽게 뒤섞일 수 있게 해주는 장치이다. 도시의 복잡함을 피해 조용한 시골인 요크셔 지방으로 피신해 와서 스러쉬크로스 그레인지에 세 들게 된 자칭 염세가인 런던 신사 록우드가, 그곳을 돌보는 하녀 넬리로부터 워더링 하이츠와 스러쉬크로스 그레인지 저택을 둘러싼 여러 인물 간에 얽힌 애증의 드라마를 듣는 형식으로 소설은 진행된다. 워더링 하이츠에서 자신이 살아온 세계와 전혀 다른 수수께끼와 같은 세계를 접한 후, 그곳 주인 히스클리프와 그의 며느리 캐시에게 흥미를 느끼게 된 록우드는 넬리의 서술을 듣는 청자이면서, 다른 한편 자기가 직접 보고 들으며 경험한 것을 독자에게 전해주는 화자이기도 하다.

외부에서 온 이방인으로서 넬리의 이야기를 들으며 초현실적인 낯선 세계를 접하게 된 록우드의 서술은 두 종류로 나누어진다. 그 하나는 15장부터 30장에 이르는, 히스클리프의 복수를 둘러싼 넬리의 이야기를 듣게 된 록우드가 그것을 취사선택하여 압축해서 정리한 서술이다. 이 부분의 내용은 히스클리프의 처절한 복수 이야기이다. 넬리의 서술을 그대로 옮겨놓은 4장부터 14장까지와는 달리, 넬리의 이야기를 다 들은 록우드가 그것을 선택적으로 요약해서 서술한다. 또 다른 하나는 1장에서 3장까지, 그리고 30장에서 32장에 해당하는바 하나의 등장인물로서의 록우드 자신이 워더링 하이츠나 스러쉬크로스 그레인지에서 직접 보고 들으면서 겪은 경험을 그 내용으로 한다.

1장부터 3장에서 드러나듯이 록우드는 워더링 하이츠의 비이성적인 세계와 대극적인 위치에 놓여 있다. 그는 그 이름이 시사하는 대로 견고한 현실wood에 굳게 갇혀있는lock 인물로서 일상적인 통념이나 상식을 대표한다. 이성과 상식을 대표하는 록우드는 히스클리프와 캐서린을 둘러싼 범상치 않은 이야기에 구체적인 현실이라는 토대를 제공한다. 지극히 현실적인 인물인 록우드가 넬리의 서술을 듣는 것으로 상황이 설정됨으로써, 넬리가 전하는 비현실적인 로맨스 이야기에 사실주의 소설적인 테두리가 제공되는 것이다. 두 서술자를 통한 서술구조 때문에 록우드와 넬리가 속해 있는 사실적인 차원, 넬리의 서술 내용에서 드러나는 히스클리프와 캐서린의 예사롭지 않은 사랑 및 히스클리프의 범상치 않은 복수 이야기가 서로 공존하게 된다.

넬리는 두 인물 사이의 영혼의 일체감을 드러내 주는 역할을 한다. 그것은 넬리가 서술자의 역할을 하는, 4장에서부터 14장, 그리고 주로 캐서린과 히스클리프의 낭만적인 사랑이나 초현실적인 유대관계에 초점이 맞춰져 있는 32장에서부터 34장에서 잘 나타난다. 32장부터 34장까지는 죽기 전 캐서린의 영혼과의 결합만 꿈꾸는 히스클리프의 모습이 나타나다가, 마침내 그가 캐서린의 영혼과 합치되는 희열 속에 평온하게 죽는다는 내용으로 마무리된다. 히스클리프의 잔인한 복수와 착취 행위 그리고 거기에 함축된 의미가 사실주의적인 차원에서 신랄하게 부각되는 대신, 캐서린과의 불가항력적 유대감이 모든 보복 행위의 원인이었으며 결국 그는 캐서린과 영적인 결합을 이룩했다는 암시로 끝맺음되는 것이다. 그 결과 히스클리프의 보복이 이야기의 중심을 차지하고 있음에도 불구하고 독자에게는 그의 복수보다는 캐서린과의 열정적인 유대관계가 더 강렬한 인상을 남기게 된다. 서술자로서의 넬리는 플롯을 구성하는 배반과 복수의 이야기를 강렬한 사랑 이야기로써 상쇄하는 역할을 한다. 넬리라는 서술자가 존재하기 때문에, 사실주의적 차원에서 전개된 복수 이야기보다는, 신화에 가까울 만큼의 초자연적이고 열정적인 유대관계가 더 중요하게 부각될 수 있게 된다.

넬리는 독자가 히스클리프를 동정해줄 수 있는 여지를 만드는 역할도 한다. 32장에서 34장 중간에 이르는 그녀의 서술에서 확인되듯이, 넬리는 록우드가 떠났다가 다시 돌아온 몇 달 동안에 벌어진 사건, 즉 복수의 화신으로 보이던 히스클리프가 죽기까지의 과정을 서술한다. 록우드가 처음 히스클리프를 만난 것은 그가 경제, 사회적인 면에서 부정한 방법으로 워더링 하이츠와 스러쉬크로스 그레인지를 전부 차지하여 자신의 목적을 달성한 후였는데, 그 후 유령이나 미신을 믿는 사람으로 변모하고 복수의 부질없음을 깨닫는 과정이 록우드에게 직접 목격되지 않고 또 하나의 넬리의 이야기로 처리된 셈이다. 이 부분에는 히스클리프가 복수하지 않을 수 없었던 고통스러운 내면과 복수의 무의미함을 깨닫게 됨으로써 느끼는 공허감을 고백하고 자신의 보복 행위를 변명하는 내용이 포함된다. 자기의 영혼이며 생명이나 마찬가지인 캐서린이 없는 삶 속에서, 히스클리프는 스스로 단정한바 캐서린을 죽게 한 원인을 제공한 주변 사람들에게 폭력과 학대를 가해왔다. 그러나 그것은 캐서린을 상실했다는, 이제는 그녀를 되찾을 수 없다는 상실감을 상기시켜 줄 따름이므로 히스클리프는 마침내 복수의 무의미성을 깨닫게 된다는 것이다. 29장에 이르러 넬리의 이야기를 통해 그동안 히스클리프의 고통을 알게 되므로 독자는 그를 동정해줄 수 있게 된다. 록우드의 꿈속에 나타난 유령 이야기를 듣고 처절하게 울부짖어 그를 혼란에 빠뜨렸던 히스클리프의 비탄이나, 이사벨라가 넬리에게 전한, 악마나 광인처럼 보였던 히스클리프의 행동이 사실은 거의 잡힐 것 같은 캐서린의 유령과의 합일을 꿈꾼 결과임이 밝혀짐으로써 새로운 각도에서 이해되기 때문이다.

연대기 순서로 끝났으면 워더링 하이츠가 히스클리프의 침입으로 폭풍에 휘말렸다가, 그의 죽음 및 캐시와 헤어튼의 조화로운 관계 성립 그리고 서로 상극적이던 두 집안의 융합을 통해 결국 평온을 되찾았다는 식의 일반적인 사실주의 소설의 형태를 띠었을 것이다. 그렇지만 록우드가 서술자 넬리의 이야기를 듣고 다시 서술하는 구조로 구성되었기 때문에, 히스클리프의 죽음으로 끝맺을 수 있게 된다. 두 사람이 죽음을 통해서나마 어린 시절에 맺은 강한 유대감의 상태를 복원한 사실 또한 전면에 부각될 수 있게 된다.

그런데 록우드와 넬리는 단순히 서술자에 머무르지 않고 하나의 인물로 형상화된다. 도시 신사인 록우드는 일반 독자들의 생각이나 가치관을 대변하는 대리 독자의 역할을 한다. 현실 사회의 관습에 익숙한 그는 관념적 사고와 이성적 판단으로 사물을 대하는 인물의 전형이다. 가령 이곳 시골 마을에 대한 그의 첫인상은 "사회의 동요에서 완전히 격리된 곳"이자 "염세가들의 완벽한 천국"41)이다. 이처럼 관습적인 사고에 안일하게 젖어 있는 태도는 그곳을 제대로 파악하는 데 적절하지 않음이 밝혀진다. 그는 처음 캐시를 히스클리프의 "상냥한 부인"으로, 헤어튼을 "아름다운 요정의 남편"으로 간주한다. 그런데 상식선에서 유추해낸 이러한 판단은 전부 잘못된 것으로 판명된다(10-11).

캐시에게 마음이 있으면서도 선뜻 적극적으로 접근하지 못할 만큼 사랑과 열정에 있어서 소심하고 소극적이며 둔감한 록우드의 태도는 캐서린을 향한 히스클리프의 뜨거운 정열과 대조된다. 이는 독자가 보통 사람들의 사랑과는 차원이 다른 히스클리프의 강렬한 열정에 공감하도록 해준다.

넬리 또한 개성적인 성격을 지닌 하나의 인물로 형상화되어 있다. 넬리는 단순히 워더링 하이츠에서 일어난 과거사를 옆에서 목격한 후 그것을 들려주는 위치에 있는 것만이 아니다. 넬리는 거의 모든 사건에 조금씩 관여하는데, 그 과정에서 때때로 의도한 것과 다른 방향으로 사건을 전환하기도 한다. 넬리는 나름의 편견이 가미된 판단을 곁들여서 이야기를 전개한다. 캐서린의 성격을 묘사할 때도 "이기적이고" "오만하며" "고집이 세다"는 등의 부정적인 어구를 자주 사용하며 히스클리프에 대해서도 "악마"와 같다면서 경계한다(260). 히스클리프와 캐서린이 내비친 감정 상태를 그대로 서술하기는 하지만 그들의 고뇌를 이해한다거나 동정하지는 않는다. 그렇기에 독자는 오히려 히스클리프나 캐서린에게 더 공감

---

41) Emily Brontë, *Wuthering Heights* (New York: Norton, 1990), 이상 3. 이후 인용은 이 책에 따르며 면수만 표기한다.

할 수 있게 된다.

　다른 한편 넬리는 일반적인 의미에서의 남녀 간의 사랑과는 구별되는, 두 인물 사이의 영혼의 일체감을 드러내 주는 역할을 한다. 이는 그녀가 록우드와는 달리 두 중심인물 내면의 비밀을 들을 수 있는 처지이기 때문에 가능한 것이다. 예를 들어 히스클리프는 캐서린과 황야에서 뛰어놀다가 우연히 환하게 불이 밝혀진 스러쉬크로스 그레인지 저택 내부를 유리창을 통해 보게 되었는데, 그곳의 세계가 캐서린과 자신이 함께하는 워더링 하이츠에서의 생활과 비교해서 얼마나 하찮고 보잘것없이 보였는지를 토로한다(38). 캐서린 또한 에드가의 청혼을 받던 날 밤 넬리를 찾아와 그의 청혼을 받아들여야 한다고 생각하면서도 가슴 속 깊은 곳에서는 "내가 바로 히스클리프"(64)라는 사실을 알기 때문에 그러한 선택이 잘못된 것임을 느끼지 않을 수 없다면서 괴로운 심정을 고백한다. 히스클리프가 돌아왔을 때 캐서린은 과거에 에드가와의 결혼을 선택한 것이 잘못이었음을 인정하지 않을 수 없게 되는데 이때에도 그녀는 미칠 듯이 답답한 심정을 넬리에게 털어놓는다(94-98).

　요컨대 원작에서의 이중 서술구조 효과는 다음과 같이 정리해볼 수 있다. 첫째, 캐서린과 히스클리프의 절대적인 일체감의 본질을 온전히 전달해주고 이는 궁극적으로 이 소설을 비극의 차원으로 승화시킨다. 소설에서는 사회적 통념으로는 설명이 안 되는, 거의 본능적인 끌림으로 묶인 히스클리프와 캐서린의 절대적 유대감, 그 관계의 절박성과 절실함이 부각된다. 그들의 관계에는 어떤 커다란 운명적인 힘이 개재되어 있는 듯 비극적 장엄함의 분위기까지 느껴진다. 서술자 넬리와 록우드와의 비교 및 대조를 통해 히스클리프와 캐서린의 관계가 근원적이고 본질적인 차원에 속한 것임이 분명히 부각되기 때문이다. 그들의 관계는 물질을 지향하는 세속적인 여자의 배반과 그에 배신감을 느낀 남자의 보복 이야기로 간단하게 매도될 수 없다. 히스클리프의 복수는 끊을 수 없는 강한 끈으로 맺어진 캐서린과의 관계가 어긋났을 때 필연적으로 유발된 처절하고 격렬한 반응의 결과이다.

둘째, 소설에서는 두 서술자를 통한 서술구조로 인해 비범성과 일상성 사이의 경계선이 해체되고 상반된 두 요소가 긴장 상태에서 자유롭게 뒤섞이며 서로 통제하고 조절한다. 심지어는 비극적 운명의 색채를 띠는 무거운 분위기와 우스꽝스러운 분위기가 대비되기도 한다. 소설 첫 장에서 워더링 하이츠를 처음 방문하여 그곳에서 예기치 않은 일을 맞닥뜨리게 된 록우드가 연출하는 우스꽝스러운 분위기 다음에, 히스클리프와 캐서린 사이의 비극적이고 운명적인 이야기가 이어지는 것이 그 예이다. 이처럼 상반되는 분위기의 병치 속에서 독자들은 소설 내용으로부터 거리를 유지하며 균형을 취할 수 있게 된다. 작가 브론테는 비현실적이고 충격적인 세계를 펼쳐 보이면서도 독자가 거기에 감정적으로 휘말리지 않고 일정한 거리를 유지하게 해주는 것이다.

셋째, 이중 서술구조는 통념을 벗어난 격정적인 힘들을 적절하게 통제하는 역할도 한다. 넬리와 록우드의 서술은 현재 진행되고 있는 사실이 아니라 현실과는 동떨어진 과거의 일을 대상으로 한다. 극한적인 감정이 표출되는 사건이 록우드와 넬리라는 평범한 인물의 시각을 통해 기술됨으로써 독자들은 그 사건으로부터 어느 정도 거리를 둘 수 있게 된다. 파격적인 내용을 다루면서도 그것을 안정감을 주는 구도 속에 집어 넣어둠으로써 파격성과 안정감 사이에서 팽팽한 긴장을 유지하는 것이다. 그렇기에 원작 소설에서는 음울한 가운데서도 활력이 넘친다.

III. 두 편의 각색 영화: 멜로드라마로의 변형과 그 성패

1. 멜로드라마적 인물 형상화

원작 소설을 영화화한 작품은 일반적으로 멜로드라마인 경우가 많다. 흥행과 직결되는 일반 대중의 기호를 무시할 수 없기 때문일 것이다. 그 결과 원작과 영화는 상당 부분 다를 수밖에 없다. 멜로드라마와는 차원을 달리하는 소설 『워더링 하이츠』의 경우 원작 소설과 영화 사이의 거리는 더욱 커진다. 멜로드라마로 환원될 수 없는 히스클리프와 캐서린의 절대적인 유대관계가 원작의 중요 주제이지만, 두 영화에서는 제작 당시의 사회 분위기를 반영하듯 감상적 멜로드라마에 머문다. 그래서 히스클리프와 캐서린의 관계가 원작만큼 절실하고도 절박하게 다가오지 않는다.

1939년과 1992년 영화는 원작과 달리 두 사람의 독특한 관계를 제대로 형상화하지 않았고 그렇기에 멜로드라마의 틀을 벗어나지 못한다. 이와 함께 개개인의 내부에서 일어나는 정서적이고 도덕적인 갈등을 극적으로 표현하는 멜로드라마가 흔히 그러하듯 감상주의로 흐른다.

원작에서는 히스클리프와 캐서린의 관계가 피상적인 차원이 아닌 본원적인 차원에서만 이해될 수 있는 서로 절대적으로 필요한 관계로 설득력 있게 형상화되나 영화에서는 그렇지 못했다. 이것이 원작과 영화의 가장 큰 차이점이다. 원작에서는 히스클리프의 처절한 복수가 절대적 유대감으로 맺어진 캐서린과의 관계 및 사랑에 기인한 것으로 그려진다. 코스민스키의 영화에서는 통념을 넘어선 두 사람의 절대적 사랑의 관계를 부각하지 못한 채 사랑과 배신 그리고 복수의 플롯으로 만든다. 관객의 시선을 끌 수 있는 남녀 간의 사랑, 배반, 복수, 광기, 유령, 그리고 죽음 등이 이야기의 소재로 사용된다. 히스클리프의 복수는 근원적인 차원에서

맺어진 두 사람의 강한 유대감에서 비롯된다는 것을 제대로 나타내지 못한다. 어린 시절에 형성된 두 사람 사이의 연대감이 영화에서는 잘 그려지지 않았다는 사실도 이와 연관된다. 그들의 관계가 남녀 간의 사랑이기보다는 떼어낼 수 없이 하나인 동지의 관계로 나타난 원작에서와는 달리, 어린 시절이 생략된 코스민스키의 영화에서는 성숙한 두 성인 남녀의 사랑으로 보인다. 소설에서는 히스클리프가 악한임에도 불구하고 악한이 될 수밖에 없었던 궁극적인 이유가 캐서린과의 절대적 일체감에 있기에 그를 동정해줄 수 있다. 반면 영화에서는 그러한 면이 약해진다. 원작과 비교해볼 때 캐서린의 죽음 이후 이야기도 흡인력이 떨어진다.

둘째, 영화에서는 히스클리프와 캐서린의 인물 형상화가 제대로 되지 못했다. 소설에서의 캐서린은 오만하고 정열적이며 남에게 고통을 주기 위해서라면 자학도 불사하는 자기중심적인 여성이다. 반면 와일러 영화 속 캐서린은 자기중심적이고 직설적인 성격을 종종 드러내기는 하지만 당대 여성에게 기대되던 일반적인 기준에서 크게 벗어나지는 않는다. 특히 결혼 후 캐서린은 죽음이 임박한 순간 히스클리프를 사랑하는 마음을 직접 드러내기 전까지는 그 마음을 절제하는 등 남편 에드가를 배려해주는 착한 아내이다. 말없이 떠난 히스클리프가 돌아왔을 때도 캐서린은 그를 만나기를 꺼리는 조신함을 보인다. 오히려 에드가가 손님에게 예의를 지켜야 한다며 만나라고 권할 정도이다. 그녀는 사회적 시선을 의식하면서 통념에 순응하는 이른바 '집안의 천사' 이미지를 구현한다. 사회 통념의 관점에서 본다면, 캐서린은 소설에서보다 영화 속에서 더 사랑스럽고 공감이 가는 인물로 형상화된 것이다. 그럼으로써 캐서린의 죽음은 관객들에게 더욱 가슴 아프게 다가오게 되고 히스클리프와 캐서린의 이루어질 수 없는 운명적이고 애절한 사랑은 큰 감동을 불러일으킨다. 캐서린은 또한 물질적인 풍요에 매혹되는 세속적인 여성으로 등장한다. 개에게 물린 상처 치료차 스러쉬크로스 그레인지에 잠시 머문 후 돌아온 캐서린은 히스클리프에게 워더링 하이츠를 떠나 부자가 되어 돌아와서 자신에게 멋진 세상을 안겨달라는 말을 한다. 이 정도로 그녀는 물질적인 성공과 화려한 생활을 동경하는 보통 여성으로 그려진다. 캐서린을 물질에 관심이 많은 인물로 만들고 히스클리프가 미국에서 많은 돈을 벌어오게끔 설정한 것은 원작을 '미국 성공 신화'로 각색하려 했기 때문이라고 할 수 있다.[42] 코스민스키의 영화에서도 통념을 뛰어넘는 캐서린의 모습이 생생하게 형상화되지 못해 강렬한 인상을 주지 못한다. 대신 멜로드라마의 여주인공답게 그 사회의 틀 속에서 고통을 겪는 가운데서도 조용히 적응해 가는 연약한 비련의 여인상으로 각인된다.

소설에서는 히스클리프 못지않게 캐서린의 욕망 또한 크게 부각된다. 소설 속에서의 캐서린은 어떤 관념으로도 환원되지 않는 하나의 여성 주체로서 진정한 '나·다움'을 성취하고자 한다.[43] 캐서린이라는 한 여성을 있는 그 자체로 사랑하는 히스클리프에게 그녀가 절대적 유대감을 느끼는 것은 그 때문이라 할 수 있다. 두 사람의 유대감은 "타인을 욕망의 대상으로 의식하고 합일을 지향하는 과정이 불필요한 당연한 전제로서의 일체감"(유명숙 xvii)이라고 할 수 있다. 반면 두 편의 영화에서, 특히 와일러

---

42) 캐서린의 물질적 욕망이 부각된 배경은 당시 미국에 퍼져 있던 '미국의 꿈'과 관련이 있다. 이 영화가 상영된 1939년보다 조금 앞선 1925년에 '미국의 꿈'을 소재로 한 『위대한 개츠비』가 출판된 것은 우연이 아니다. 원작에서는 히스클리프가 부자로 부상하게 된 배경이 자세하게 설명되는 대신 생략되고 일반 독자를 대표하는 록우드를 통해 히스클리프기 부지가 될 수 있었던 배경을 의문문 형식으로 언급하는 데 그칠 따름이다.

43) 길버트와 구바Gilbert & Gubar를 위시한 여성주의 비평가들이 구애와 결혼에서 여성이 느끼는 사회적이고 심리적인 긴장을 연구한 것은 여기에 기인한 바 크다.

의 영화에서 캐서린은 히스클리프의 욕망의 대상일 뿐이다. 소설에서는 그 자신 안의 히스클리프적 존재를 바라보며 한편으로는 그것에 공감하고 다른 한편으로는 그러한 면을 두려워하는 캐서린의 내적 분열 및 모순이 나타난다. 반면 영화에서는 그 사실이 잘 포착되지 못한다.

영화에서는 캐서린뿐 아니라 히스클리프도 당대 사회의 규범에서 크게 벗어나지 않는 인물로 등장한다. 히스클리프가 현실적인 인물이면서도 신화의 차원에 속하는 인물로 설정된 원작에서와는 달리, 와일러의 영화에서는 전형적인 멜로드라마에서 쉽게 만나볼 수 있는 다소 평범한 인물로 등장한다. 원작에서 히스클리프는 외면상으로는 화려한 스러쉬크로스 그레인지가 실상은 워더링 하이츠에 비해 보잘것없고 하찮음을 직시하고 있다. 이 사실은 그가 피상적인 차원을 넘어선 세계에 속함을 예증한다. 반면 와일러의 작품에서 돈을 많이 번 후의 히스클리프는 로맨스의 주인공답게 당당하고 자신감 넘치는 멋진 신사로 등장한다. 이와 함께 그의 악마적이고 신비한 이미지는 약해진다. 코스민스키의 영화에서는 히스클리프의 신비스럽고 광기 어린 모습이 부각되기는 했지만, 그러한 모습이 핵심적으로 전달해야 하는 진실, 즉 히스클리프가 보통 사람들은 이해하기 힘든 보다 본원적인 차원에서 캐서린과 유대감을 맺고 있다는 사실은 제대로 나타나 있지 않다. 그 결과 히스클리프와 캐서린의 일체감이나 관계의 절박성이 관객에게 절실히 다가오지 않는다. 와일러 감독의 히스클리프가 한 여성을 열정적으로 사랑하는 면모를 보여주었다면, 코스민스키 감독의 히스클리프는 뜨거운 열정과 함께 침착하게 계획을 세워 집요하게 복수를 이행하는 냉철한 인물로서 등장한다.

셋째, 코스민스키의 영화에서는 히스클리프와 캐서린의 관계를 통상적인 남녀 간의 사랑을 넘어선 독특한 관계로 형상화하지 못했기 때문에 고딕 소설적 분위기가 작품의 내용 및 주제에 잘 녹아있지 않다. 이 영화에서는 다양한 촬영 기술과 어두운 분위기를 조성하는 조명 효과 및 회색 계통의 차가운 색조의 효과적인 사용에 힘입어 워더링 하이츠의 음산하고 황량하며, 그러면서도 낭만이 뒤섞인 고딕 로맨스의 분위기가 잘 표현된다. 그렇지만 그러한 분위기가 두 사람 관계의 본질 및 성격과 긴밀하게 연관되는 원작 소설에서와는 달리 이 영화에서는 단지 음산한 배경 조성에 쓰일 따름이다.

넷째, 선악 구도를 넘어선 원작과 달리 영화는 도덕적 교훈을 은연중에 함축하는 멜로드라마에 머문다. 와일러의 작품에서는 캐서린이 에드가와 결혼한 것이 세속적 조건에 따른 결과였고 그러한 어리석은 선택이 결국 비극적 결말을 초래한다는 식으로 설정되어 도덕적 교훈을 은연중에 풍긴다. 코스민스키의 영화는 한 인간의 잔인한 복수와 헛된 이기심이 초래한 그릇된 결과가 얼마나 비참하고 허무한 것인지를 도덕적인 관점에서 보여준다. 악인은 반드시 응징된다는 권선징악의 도덕주의를 내비친다는 점에서 멜로드라마의 요소를 찾아볼 수 있다. 반면 원작에서는 캐서린의 죽음 후 잔인하리만큼 냉철하게 복수의 집념을 불태운 히스클리프가 결국 복수의 부질없음을 깨닫고 죽는다는 내용이 전개되기는 하지만, 그보다는 캐서린과 히스클리프의 죽음을 통한 하나가 됨, 다시 말해서 두 사람 사이의 끊을 수 없는 관계의 절대성이 더 강조되었다. 원작 소설은 권선징악의 도덕적 교훈을 주는 성장소설이나 교양 소설로 끝맺음되지 않은 것이다.

2. 두 화자 구조의 변용과 그 성패

원작에서와 마찬가지로 두 편의 영화에서도 서술을 틀 속에 넣어 전개한다. 이로써 일상적인 통념을 넘어선 히스클리프와 캐서린의 관계와 거기에서부터 파생되는 여러 사건으로부터의 일정한 거리가 확보된다. 와일러의 작품에서는 원작과 마찬가지로 가정부인 넬리를 등장시켜 록우드에게 이야기해주는 형식을 따른다. 넬리는 단지 이야기를 할 뿐이고 록우드는 그 이야기를 듣기만 한다는 것이 원작과 다른 점이다. 록우드는 서술자가 아닌 청자의 역할만 할 뿐이고 실제로는 넬리의 단순서술로 영화가 진행된다. 코스민스키의 영화는 작가로 보이는 여인의 육성 설명으로 전개된다. 한 여인이 요크셔 지방의 황량한 풍경 속에 등장하여 폐허가 된 집터에 나란히 서 있는 세 개의 묘비를 발견하는 것으로 영화는 시작된다. 묘에는 에드가 린튼, 캐서린 언쇼, 그리고 히스클리프라는 이름이 새겨져 있다. 폐가로 들어간 여인은 세 개의 묘비의 이름과 관련해서 이 집에 어떤 사연이 있는지 호기심을 느끼며 상상의 세계로 빠져든다. 영화는 작가 자신이 서술자의 역할을 대신하며 직접 해설을 하는 가운데 빠른 속도로 진행된다.

코스민스키의 영화에서는 이야기가 두 개의 틀 속에 집어 넣어져 있다. 하나의 틀은 여인이 폐허에 들어갔다가 나옴으로써 이야기를 시작하고 완성한다는 것이다. 세 사람의 묘비가 언급되는 소설에서의 마지막 장면을 영화의 도입부로 삼고 록우드의 관점이 아닌 한 여인의 관점에서 이야기를 전개한다. 세 개의 묘지가 있는 폐가는 영화의 마지막 부분에 다시 여인의 나레이션과 함께 제시된다. 그럼으로써 이야기 첫 부분과 결말 부분이 밀접한 관계를 맺으며 하나의 사이클을 완성한다. 여인을 등장시켜 이 이야기는 그녀의 상상의 소산일 뿐이라고 말함으로써 광기 어린 세계로부터 거리를 둔다. 또 하나의 틀은 록우드로부터 워더링 하이츠에서 꾼 꿈 이야기를 들은 히스클리프가 그 방으로 들어가 캐서린과 함께 떠나간다는, 곧 죽는다는 내용으로 구성된다. 이러한 방식으로 두 개의 틀을 이용하여, 히스클리프와 캐서린 사이의 예사롭지 않은 관계를 완결 짓고 봉합한다. 광기 어린 복수의 세계를 펼쳐 보였다가 그것을 단단히 봉합해 버림으로써 거기에서부터 안전거리를 확보하는 의미를 함축한다고 할 수 있다. 이렇게 함으로써 원작에서 독특한 서술방식을 통해서 확보한 객관적인 거리를 영화에서도 어느 정도는 유지할 수 있게 된다.

이야기 내용으로부터의 객관적인 거리 확보라는 점에서는 원작 소설과 두 영화 사이에 유사성이 있다. 그렇지만 록우드와 넬리의 서술자 역할이나 하나의 구체적인 인물로서의 형상화라는 관점에서 보면, 원작과 두 영화 사이에는 현격한 차이가 있다. 영화에서는 소설에서와는 달리 록우드와 넬리의 화자 역할이 그다지 크지 않다. 일반적인 시각을 대표하는 록우드와 넬리가 히스클리프와 캐서린의 절대적인 유대관계를 얼마나 이해할 수 없는지 또한 이해하기에 부적합한지를 보여주어야 하는데 그것이 잘 되지 못했다. 특히 감상주의에 젖어 있는 록우드의 면모가 잘 그려져 있지 않아서, 이와 대비되는바 온전하고 진실한 감정으로 묶인 히스클리프와 캐서린의 관계가 제대로 부각되지 못했다. 워더링 하이츠에서 함께 보낸 어린 시절에 형성된 두 사람의 관계는 통념적 의미의 사랑을 넘어선 일체감 그 자체, 거의 본능적인 불가해한 끌림으로 맺어진 관계로서, 거침없고 자유분방하다. 이러한 두 사람의 관계가 제대로 형상화되지 못함으로써, 구체적인 현실 사회 속의 사실적인 인물이면서 동시에 초자연적인 세계에 속하는 원작의 히스클리프는, 와일러의 작품에서는 평범한 멜로드라마의 주인공으로, 코스민스키의 영화에서는 광기 어린 음울한 인물로서 그려질 뿐 소설에서 풍기는 강렬함과 깊이가 없다. 캐서린은 활기에 넘치고 솔직하게 자신의 감정을 드러내는 강한 성격의 소유자이기보다는 묵묵히 고통을 감내하는 비련의 여인으로 각인된다.

이와 함께 원작과는 달리 와일러의 영화에서 넬리와 록우드는 하나의 인물로서 생생하게 형상화되지 않는다. 넬리는 유모이자 가정부로서 사건이 진행될 때 그저 보조적인 역할을 하거나 방관자적 입장에서 사건을 관망하는 것 이외에는 특별한 역할을 하지 않는다. 록우드의 경우 와일러의 영화에서는 넬리와 함께 이야기를 이끌어가지만, 코스민스키의 영화에서는 극의 전개에 아무런 영향을 끼치지 않는 단순히 스쳐 지나가는 부수적인 인물에 불과하다.

원작에서는 비현실적인 이야기가 사실적으로 보이게 하려고 두 서술자에게 일정한 역할을 부여했다. 이와는 달리 영화에서 두 서술자의 역할이 최소화되어도 무방한 이유는 그것이 멜로드라마로 의도되었기 때문이다. 와일러의 영화에서는 사실주의적 차원에서만 이야기가 전개되고 히스클리프가 집요하게 복수하는 후반부가 생략되어 있을 뿐 아니라 그의 인간적인 면이 충분히 부각되었으므로 굳이 록우드나 넬리를 통해 그를 공감이 가는 인물로 만들 필요가 없게 된 것이다. 코스민스키의 영화 또한 두 서술자를 통한 서술구조를 필요로 하지 않게 된다. 광기 어린 이야기를 작가로 보이는 여인의 상상력의 산물로 설정했기 때문이다.

모든 이야기가 작가의 상상을 통해 진행된 것으로 설정된 코스민스키의 작품에서는 몽환적이고 환상적이며 신비한 분위기가 창출되기는 한다. 하지만 전반적으로 어둡고 음울할 따름이다. 이 영화를 보면서 관객이 지루하다는 느낌을 받는 것은 이 사실과 무관치 않다.

록우드가 워더링 하이츠에서 통념을 벗어난 여러 사건을 경험한 후 호기심이 생겨 넬리로부터 이야기를 전해 듣는 원작의 서술구조를 택하지 않기 때문에 코스민스키의 영화에서는 장면의 연결이 매끄럽지 못하다.

이 영화에서는 유령을 발견하고 놀라서 뛰쳐나온 록우드가 그 소리를 듣고 달려온 히스클리프에게 유령 이야기를 꺼낸다. 이어 시간은 히스클리프의 어린 시절로 거슬러 올라간다. 이 사건이 록우드가 꿈속에서 겪은 일이라는 어떤 암시도 주어지지 않고 바로 과거로의 여행이 시작되며 영화의 후반부에 이르러서야 그것이 꿈이었음이 밝혀진다. 원작에서와는 달리, 록우드가 유령이 등장하는 꿈을 꾸기 전 다락방에서 캐서린의 일기를 보는 장면이 생략되어, 그의 꿈이 과거에 캐서린과 히스클리프가 워더링 하이츠에서 경험한 사건과 밀접한 관계를 맺는다는 사실이 시사되지 않는다. 그렇기에 장면의 연결이 어색하고 자연스럽지 못하다는 인상을 준다.

코스민스키의 작품은 현대 영화로서 삽화 요소가 많은데 그것이 효과적으로 사용되었다고 보기 어렵다. 각 플롯 사이의 연결이 인과관계에 따라 자연스럽게 연결되지 못해서 보는 사람들은 이 영화에 무언가가 빠져있다는 느낌을 받게 된다. 그 결과 관객은 장면 연결에 연속성이 없음을 느끼게 되며 별반 감동하지 못한다. 이야기의 다층적인 의미나 복합성이 잘 드러나지 않아서 관객이 적극적으로 참여할 여지가 적어지고 그만큼 극적인 흥미도 줄어든다.

코스민스키의 영화에서는 시간의 제약 때문이겠지만 너무 줄거리 전달에 급급해 애절한 사랑 이야기나 처절한 복수 이야기 그 어느 것도 확실히 각인해주지 못한다. 어린 시절이 충분히 형상화되지 않은 결과 히스클리프가 왜 그토록 불타는 복수심을 품게 되었는지 그 동기를 부여하는 내용이 없는 등 사건 진전이나 진행에 개연성을 부여해줄 수 있는 고리가 설득력 있게 제시되어 있지 않다. 그렇기에 이 영화는 원작의 내용을 충실하게 따르고 있음에도 불구하고 히스클리프와 캐서린 관계의 성격이나 히스클리프 복수의 의미를 설득력 있게 부각하지 못한다.

IV. 총평

소설 『워더링 하이츠』와 두 편의 각색 영화 사이의 가장 큰 차이점은 원작을 멜로드라마로 단순화한 데 있다. 원작은 히스클리프와 캐서린의 관계를 통해 교양이라는 울타리에 속박되지 않은 본원적인 차원에서의 인간상, 즉 인간 존재의 근원적인 진실을 형상화했고, 그것을 두 서술자를 통한 서술구조라는 틀 속에 담아낸 아주 독창적인 작품이다. 『워더링 하이츠』의 각색작들이 원작의 폭과 깊이에 한참 못 미치는 것은 이 때문이다.

그렇지만 멜로드라마가 모두 수준이 낮고 예술성이 떨어진다는 말은 아니다. 가령 와일러의 영화는 원작과는 달리, 히스클리프와 캐서린 관계의 초자연적인 면이나 파격적인 면이 생략된 채 이루어질 수 없는 애절한 사랑을 주제로 하는 전형적인 멜로드라마인데도 원작처럼 감동을 준다. 그 이유로는 다음의 몇 가지를 들 수 있겠다. 첫째, 복수를 주요 내용으로 하는 후반부 내용인 히스클리프가 에드가와 힌들리에게 복수하기 위해 꾸민 재산 상속의 문제나 캐서린의 죽음 이후에 전개되는 히스클리프의 복수 이야기를 생략하고, 그 대신 캐서린의 죽음까지를 다루어 캐서린과 히스클리프의 죽음을 넘어선 사랑 이야기로 만든 이 영화에서는, 캐서린에 대해 히스클리프가 느끼는 일편단심의 사랑이 낭만적으로 그려진다. 그들이 유령으로서 손잡고 함께 사라지는 것은 관객에게 슬픈 사랑에 대한 깊은 감동과 짙은 여운을 남긴다. 애정 영화 특유의 극적인 결말로 마무리함으로써 히스클리프와 캐서린의 아름다운 사랑 이야기에 초점을 맞추어 관객에게 감동을 주는 것이다. 둘째, 히스클리프의 어린 시절 및 성장 배경에 초점이 맞춰지기 때문에 캐서린과의 끊을 수 없는 강한 유대감이 더욱 절실하게 느껴진다. 셋째, 침울하고 음산한 코스민스키의 영화와는 달리, 와일러의 영화는 소설의 분위기와 흡사하게도 생명력과 활력이 넘친다. 비록 원작과는 달리 히스클리프와 캐서린의 관계를 본원적인 차원에서 형상화하지는 못했다 해도 이러한 특징을 갖고 있기에 관객은 1939년 와일러의 영화가 원작의 내용을 충실히 재현하려 한 코스민스키의 작품보다도 오히려 원작 소설에 가깝다는 인상을 받게 된다.

인용문헌

....

1. 감춰진 이야기 드러내기

- 『아들과 연인』

Baldanza, Frank. "*Sons and Lovers*: Novel to Film as a Record of Cultural Growth." *Literature/Film Quarterly* 1 (1973): 64-70.

Cowan, James C. "Lawrence and the Movies." *D. H. Lawrence and the Trembling Balance*. University Park: Pennsylvania State UP, 1990. 95-114.

Daleski, H. M. *The Forked Flame: A Study of D. H. Lawrence*. London: Faber and Faber, 1965.

Ghent, Dorothy Van. *The English Novel: Form and Function*. New York: Penguin, 1953.

Greiff, Louis K. *D. H. Lawrence: Fifty Years on Film*. Carbondale: Southern Illinois UP, 2001.

Lawrence, D. H. *Sons and Lovers*. 1913; rpt. 서울: 신아사, 2002.

---. *Phoenix: The Posthumous Papers of D. H. Lawrence*. Ed. Edward D. McDonald. New York: Viking P, 1972.

Martz, Louis. "Portrait of Miriam: A Study in the Design of *Sons and Lovers*." *New Casebook: Sons and Lovers*. Ed. Rick Rylance. London: Macmillan, 1996. 49-73.

Spilka, Mark. *The Love Ethic of D. H. Lawrence*. London: Dennis Dobson, 1955.

Sons and Lovers. Dir. Jack Cardiff. Perf. Trevor Howard, Dean Stockwell, Wendy Hiller, Mary Ure. Twentieth Century Fox, 1960. Film.

■ 『여인의 초상』

Anesko, Michael. "The Consciousness on the Cutting Room Floor: Jane Campion's *The Portrait of a Lady*." *Modern Critical Views: Henry James*. Ed. Harold Bloom. New York: Chelsea House Publishers, 1987. 14-26.

Barry, Peacock. "Picturing James: Jane Campion and the Visualization of *The Portrait of a Lady*." 『헨리 제임스 연구』 5 (2000): 119-43.

Bauer, Dale M. "Jane Campion's Symbolic Portrait." *The Henry James Review* 18.2 (1997): 194-96.

Chandler, Karen Michele. "Agency and Social Constraint in Jane Campion's *The Portrait of a Lady*." *The Henry James Review* 18.2 (1997): 191-93.

Gordon, Rebecca M. "Portraits Perversely Framed." *Film Quarterly* 56.2 (Winter 2002-2003): 14-26.

James, Henry. *The Portrait of a Lady*. New York: Norton, 1975.

The Portrait of a Lady. Dir. James Cellan Jones. Perf. Richard Chamberlain, Suzanne Neve, Beatrix Lehmann. BBC Television, 1968. TV mini series.

The Portrait of a Lady. Dir. Jane Campion. Perf. Nicole Kidman, John Malkovich, Barbara Hershey. Gramercy Pictures, 1996. Film.

■ 『더버빌가의 테스』

Boumelha, Penny. *Thomas Hardy and Woman*. Sussex: The Harvester P, 1982.

Casagrande, Peter. J. *Unity in Hardy's Novels*. London: Macmillan, 1982.

Costanzo, William V. "Polanski in Wessex: Filming *Tess of the d'Urbervilles*." *Literature/Film Quarterly* 9.2 (1981): 71-78.

Dalziel, Pamela. "Thomas Hardy on Screen/ Seeing Hardy: Film and Television Adaptations of the Fiction of Thomas Hardy." *Victorian Studies* 49.4 (Summer 2007): 744-46.

Hardy, Florence Emily. *The Life of Thomas Hardy 1840-1928*. London: Macmillan, 1962.

Hardy, Thomas. *Tess of the d'Urbervilles*. New York: Penguin, 1978.

Lawrence, Maddock. "*Tess of the d'Urbervilles*: The Last Paragraph." *The CEA Critic* 27.3 (December 1964): 8.

Lodge, David. "Thomas Hardy as a Cinematic Novelist." *Thomas Hardy After Fifty Years*. Ed. Lance St. John Butler. London and Basingstoke: Macmillan, 1977. 78-89.

Marcus, Jane. "A Tess for Child Molesters." *Tess of the d'Urbervilles: Contemporary Critical Essays*. Ed. Peter Widdowson. London:

Macmillan, 1993. 90-94.

Mitchell, Judith. "Hardy's Female Reader." *The Sense of Sex*. Ed. Margaret R. Higonnet. Chicago: U of Illinois P, 1993. 172-87.

Niemeyer, Paul. *Seeing Hardy. Film and Television Adaptations of the Fiction of Thomas Hardy*. London: McFarland & Company, 2003.

Sadoff, Dianne Fallon. "Looking at Tess: The Female Figure in Two Narrative Media." *The Sense of Sex*. Ed. Margaret R. Higonnet. Chicago: U of Illinois P, 1993. 149-71.

Silverman, Kaja. "History, Figuration and Female Subjectivity in *Tess of the d'Urbervilles*." *The Sense of Sex*. Ed. Margaret R. Higonnet. Chicago: U of Illinois P, 1993. 5-28.

Strong, Jeremy. "Tess, Jude, and the Problem of Adapting Hardy." *Literature/Film Quarterly* 34.3 (2006): 195-203.

Webster, Roger. "The BBC Adaptation of *Tess of the d'Urbervilles* (2008)." *The Thomas Hardy Journal* 4.3 (Autumn 2008): 78-81.

Tess. Dir. Roman Polanski. Perf. Nastassia Kinski, Peter Firth, Leigh Lawson. Columbia Pictures, 1979. Film.

Tess of the d'Urbervilles. Dir. David Blair. Perf. Gemma Arterton, Hans Matheson, Eddie Redmayne. BBC/A&E, 2008. TV drama.

2. 현대화와 창조적 변형

■ 『무명의 주드』

Boumelha, Penny. *Thomas Hardy and Women: Sexual Ideology and Narrative Form*. Sussex: The Harvester P, 1982.

Hardy, Thomas. *Jude the Obscure*. 1895; rpt. New York: Norton, 1999.

Niemeyer, Paul. *Seeing Hardy. Film and Television Adaptations of the Fiction of Thomas Hardy*. London: McFarland & Company, 2003.

Strong, Jeremy. "Tess, Jude, and the Problem of Adapting Hardy." *Literature/Film Quarterly* 34.3 (2006): 195-203.

Jude. Dir. Michael Winterbottom. Perf. Christopher Eccleston, Kate Winslet. PolyGram Filmed Entertainment, 1996. Film.

■ 『오만과 편견』

Austen, Jane. *Pride and Prejudice*. Ed. Donald J. Gray. New York: Norton, 1966.

Camden, Jen. "Sex and the Scullery: The New *Pride & Prejudice*." *Persuasions On-line* 27.2 (2007).

Dole, Carol M. "Jane Austen and Mud: *Pride & Prejudice* (2005), British Realism, and the Heritage Film." *Persuasions On-line* 27.2 (2007).

Durgan, Jessica. "Framing Heritage: The Role of Cinematography in *Pride & Prejudice*." *Persuasions On-line* 27.2 (2007).

Ellington, Elisabeth H. "A Correct Taste in Landscape: Pemberley as Fetish and Commodity." *Jane Austen in Hollywood*. Eds. Linda Troost & Sayre Greenfield. Lexington: UP of Kentucky, 2001. 90-110.

Gros, Emmeline. "Fidelity to Jane Austen's Narrator in Joe Wright's *Pride & Prejudice*." *Persuasions On-line* 27.2 (2007).

Hopkins, Lisa. "Mr. Darcy's Body: Privileging the Female Gaze." *Jane Austen in Hollywood*. Eds. Linda Troost & Sayre Greenfield. Lexington: UP of Kentucky, 2001. 111-21.

Paquet-Deyris, Anne-Marie. "Staging Intimacy and Interiority in Joe Wright's *Pride & Prejudice* (2005)." *Persuasions On-line* 27.2 (2007).

Stewart-Beer, Catherine. "Style over Substance? *Pride & Prejudice* (2005) Itself a Film for Our Time." *Persuasions On-line* 27.2 (2007).

Pride and Prejudice. Dir. Simon Langton. Perf. Jennifer Ehle, Colin Firth. BBC/A&E, 1995. TV Drama.

Pride & Prejudice. Dir. Joe Wright. Perf. Keira Knightley, Matthew Macfadyen. United International Pictures, 2005. Film.

■ 『위대한 개츠비』

Doherty, Thomas. "The Great Gatsby." *Cineaste* 38.4 (2013): 45-47.

Fitzgerald, F. Scott. *The Great Gatsby*. 1925; rpt. 서울: 경문사, 2010.

Giles, Paul. "A Good Gatsby: Baz Luhrmann Undomesticates Fitzgerald." *Commonweal* 140.12 (2013): 12-15.

Haghanipour, Melodi. *The Great Gatsby—Novel into Movie: A Comparison of F. Scott Fitzgerald's The Great Gatsby and Baz Luhrmann's Movie Adaptation*. Karlstads UP, 2016.

Hays, Peter. "Class Differences in Fitzgerald's Works." *F. Scott Fitzgerald in Context*. Ed. Bryant Mangum. New York: Cambridge UP, 2013. 215-23.

Lehan, Richard. "Seeing and Misseeing: Narrative Unfolding." *The Great Gatsby: The Limits of Wonder*. Boston: Twayne Publishers, 1990. 111-24.

MacLean, Tessa. "Preserving Utopia: Musical Style in Baz Luhrmann's *The Great Gatsby*." *Literature/Film Quarterly* 44.2 (2016): 120-31.

Marshall, Lee. "Gatsby Forever." *Queen's Quarterly* 120.2 (2013): 194-205.

Viscardi, Roberta Fabbri. "The American Dream in Baz Liuhmann's *The Great Gatsby.*" *Looking Back at the Jazz Age: New Essays on the Literature and Legacy of an Iconic Decade.* Ed. Nancy Von Rosk. Cambridge Scholars Publishing, 2016. 179-200.

The Great Gatsby. Dir. Baz Luhrmann. Perf. Leonardo DiCaprio, Tobey Maguire, Carey Mulligan. Warner Bros. Pictures, 2013. Film.

3. 단순화 및 선택과 집중

■ 『연애하는 여인들』

Bell, Michael. *D. H. Lawrence: Language and Being.* Cambridge: Cambridge UP, 1992.

Cowan, James C. "Lawrence and the Movies." *D. H. Lawrence and the Trembling Balance.* University Park: Pennsylvania State UP, 1990. 95-114.

Crump, G. B. "Women in Love: *Novel and Film.*" *D. H. Lawrence Review* 4 (1971): 28-41.

Greiff, Louis K. *D. H. Lawrence: Fifty Years on Film.* Carbondale & Edwardsville: Southern Illinois UP, 2001.

Lawrence, D. H. *The Letters of D. H. Lawrence, Vol. 2: 1913-1916.* Eds. George J. Zytaruk and James T. Boulton. Cambridge: Cambridge UP, 1981.

---. *The Lost Girl.* New York: Penguin, 1977.

---. *Women in Love.* New York: Penguin, 1980.

---. "Figs." *The Complete Poems of D. H. Lawrence*. Eds. Vivian de Sola & F. Warren Roberts. New York: Viking P, 1971. 282-84.

Mcdonald, Edward D. Ed. *Phoenix: The Posthumous Papers of D. H. Lawrence*. New York: Viking P, 1972.

Price, Martin. "Levels of Consciousness." *Modern Critical Views. D. H. Lawrence*. Ed. Harold Bloom. New York and Philadelphia: Chelsea House, 1986. 255-74.

Zambrano, Ana Laura. "*Women in Love*: Counterpoint on Film." *Literature/Film Quarterly* (1973): 46-54.

Women in Love. Dir. Ken Russell. Perf. Alan Bates, Oliver Reed, Glenda Jackson, Jennie Linden. United Artists, 1970. Film.

■ 『귀향』

Collins, D. L. *Thomas Hardy and His God: A Liturgy of Unbelief*. New York: St. Marin's P, 1990.

Collins, Philip. "Hardy and Education." *Thomas Hardy: The Writer and His Background*. Ed. Norman Page. London: Bell & Hyman, 1980. 41-75.

Evans, Robert. "The Other Eustacia." *Novel* 1 (1968): 251-59.

Gregor, Ian. *The Great Web: The Form of Hardy's Major Fiction*. London: Faber and Faber, 1974.

Hardy, Thomas. *The Return of the Native*. 1878; rpt. New York: Norton, 1969.

Lawrence, D. H. "Study of Thomas Hardy." *Phoenix: The Posthumous Papers of D. H. Lawrence*. Ed. Edward D. McDonald. New York: Viking P, 1972. 398-516.

Paterson, John. "Composition and Revision of the Novel." *The Return of the Native*. Ed. James Gindin. New York: Norton, 1969.

Schwarz, Daniel R. "The Narrator as Character in Hardy's Major Fiction." *Modern Fiction Studies* 18.2 (Summer 1972): 155-72.

Sumner, Resmary. *Thomas Hardy: Psychological Novelist*. London: Macmillan, 1981.

The Return of the Native. Dir. Jack Gold. Perf. Catherine Zeta-Jones, Clive Owen, Ray Stevenson. 1994. TV drama.

4. 원작의 충실한 재현과 그 성패

■ 『위대한 개츠비』

Cutchins, Dennis. "Adaptations in the Classroom: Using Film to "Read" *The Great Gatsby*." *Literature/Film Quarterly* 31.4 (2003): 295-303.

Doherty, Thomas. "The Great Gatsby." *Cineaste* 38.4 (2013): 45-47.

Fitzgerald, F. Scott. *The Great Gatsby*. 1925; rpt. 서울: 경문사, 2010.

Harvey, W. J. "Theme and Texture in *The Great Gatsby*." *Twentieth Century Interpretation of The Great Gatsby*. Ed. Ernest Lockridge, Englewood Cliffs. New Jersey: Prentice-Hall, 1968. 90-100.

Hays, Peter. "Class Differences in Fitzgerald's Works." *F. Scott Fitzgerald in Context*. Ed. Bryant Mangum. New York: Cambridge UP, 2013. 215-23.

Kelly, David. "The Lyricism of Nick Carraway." *Sydney Studies in English* 25 (1999): 1-15.

Lehan, Richard. "Seeing and Misseeing: Narrative Unfolding." *The Great*

Gatsby: The Limits of Wonder. Boston: Twayne Publishers, 1990. 111-24.

Moyer, Kermit W. "*The Great Gatsby*: Fitzgerald's Meditation on American History." *F. Scott Fitzgerald's The Great Gatsby: A Documentary Volume*. (DLB 219). Ed. Matthew J. Bruccoli. Detroit: A Bruccoli Clark Layman Book, 2000. 271-78.

The Great Gatsby. Dir. Jack Clayton. Perf. Robert Redford, Mia Farrow, Bruce Dern, Sam Waterston. Paramount Pictures, 1974. Film.

■ 『주홍글자』

Baker, Larry. "The PBS *Scarlet Letter*: Showing Versus Telling." *Nathaniel Hawthorne Journal* 8 (1978): 219-29.

Barlowe, Jamie. *The Scarlet Mob of Scribblers: Rereading Hester Prynne*. Carbondale & Edwardsville: Southern Illinois UP, 2000.

Baym, Nina. "Plot in *The Scarlet Letter*." *The Scarlet Letter*. New York: Norton, 1988. 402-07.

Bercovitch, Sacvan. "The A-Politics of Ambiguity in *The Scarlet Letter*." *History, Critics, and Criticism: Some Inquiries* 19.3 (Spring 1988): 629-54.

Davidson, Edward H. "Dimmesdale's Fall." *Twentieth Century Interpretations of The Scarlet Letter: A Collection of Critical Essays*. Ed. John C. Gerber. Englewood Cliffs: Prentice-Hall, 1968. 82-92.

Dunne, Michael. *Intertextual Encounters in American Fiction, Film, and Popular Culture*. Bowling Green: Bowling Green State U Popular P, 2001.

Gelman, David and Cynthia H. Wilson. "Masterpiece of Our Own." *Newsweek* 2 April 1979. 94.

Hawthorne, Nathaniel. *The Scarlet Letter*. 1850; rpt. 서울: 신아사, 2014.

Henry III, William A. "'Scarlet Letter', Scarlet Faces." *Boston Globe* 6 Apr. 1979. 39.

McWilliams, John P. *Hawthorne, Melville, and The American Character: A Looking Glass Business*. Cambridge: Cambridge UP, 1984.

Österberg, Bertil O. *Colonial America on Film and Television: A Filmography*. Jefferson, North Carolina: McFarland, 2001.

Sapinsley, Alvin and Allen Knee. *Teleplay. The Scarlet Letter*. Boston: WGBH, 1979.

Shales, Tom. "'Scarlet Letter': TV Takes on 'A' Moral." *Washington Post* 2 Apr. 1979.

Stewart, Randall. *American Literature and Christian Doctrine*. Baton Rouge: Louisiana State UP, 1958.

Stubbs, John Caldwell. "A Tale of Human Frailty and Sorrow." *The Scarlet Letter*. New York: Norton, 1988. 384-92.

Turner, Arlin. *Nathaniel Hawthorne: An Introduction and Interpretation*. New York: Holt, Rinehart and Winston, Inc., 1961.

The Scarlet Letter. Dir. Rick Hauser. Perf. Josef Sommer, Meg Foster, John Heard, Elisa Erali. PBS Home Video, 1979. TV mini series.

■ 『워더링 하이츠』

유명숙. 『워더링 하이츠』. 서울: 서울대학교 출판부, 1998.

존 벨튼. 『미국영화/미국문화』. 이형식 역. 서울: 한신문화사, 2000.

Brontë, Emily. *Wuthering Heights*. New York: Norton, 1990.

Gilbert, Sandra M., and Susan Gubar. "Looking Oppositely: Emily Brontë's Bible of Hell." *The Madwoman in the Attic: The Woman Writer and the Nineteenth-Century Literary Imagination*. New Haven: Yale UP, 1979. 248-308.

Peterson, Linda. Ed. *Wuthering Heights*. Boston: St. Martin's P, 1992.

Wuthering Heights. Dir. William Wyler. Perf. Merle Oberon, Laurence Olivier, David Niven. United Artists, 1939. Film.

Wuthering Heights. Dir. Peter Kosminsky. Perf. Juliette Binoche, Ralph Fiennes, Janet McTeer. Paramount Pictures, 1992. Film.

지은이 고영란

서울대학교 사범대학 영어과를 졸업하고 서울대학교 대학원에서 영문학 석사학위, 충남대학교 대학원에서 영문학 박사학위를 취득하였으며 현재 수원대학교 영어영문학과 교수로 재직 중이다. 미국 예일대학교 영문과에서 방문교수로서 활동했고, 한국 로렌스학회 회장과 근대영미소설학회 회장을 역임했다. 저서로『해설이 있는 영국문학개관』,『하디와 로렌스 다시 읽기』,『영미소설의 서술방법과 구조』,『에밀리 브론테의 <폭풍의 언덕>』,『토마스 하디의 <무명의 주드>』,『영국소설과 서술기법』(공저, 학술원 우수도서),『미국소설과 서술기법』(공저, 문체부 우수도서),『영미 소설 속 장르』(공저),『20세기 영국소설 강의』(공저),『20세기 미국소설 강의』(공저),『영국근대소설』(공저),『영화로 읽는 영미소설 1: 사랑이야기』(공저),『영화로 읽는 영미소설 2: 세상이야기』(공저),『페미니즘 시각에서 영미소설 읽기』(공저),『영미 모더니즘 문학의 전개』(공저) 등이 있고, 역서로『영국소설사』(공역),『미국소설사』(공역, 문광부 우수도서)가 있다. 이외에도 영미 소설에 관한 50여 편의 논문을 발표했다.

영미소설과 영화의 만남

초판1쇄 발행일 ● 2020년 6월 25일
지은이 ● 고영란 / 발행인 ● 이성모 / 발행처 ● 도서출판 동인
주소 ● 서울시 종로구 혜화로3길 5 118호 / 등록 ● 제1-1599호
Tel ● (02) 765 7145·55 / Fax ● (02) 765-7165
E-mail ● dongin60@chol.com

ISBN 978-89-5506-828-3
정가 18,000원